नीलू नीलिमा नीलोफ़र

[उपन्यास]

नीलू नीलिमा नीलोफ़र

भीष्म साहनी

राजकमल प्रकाशन

ISBN : 978-81-7178-960-3

मूल्य : ₹ 795

पहला संस्करण : 2000
चौथा संस्करण : 2018
This book is printed on **Print on Demand** Technology : 2025

प्रकाशक : राजकमल प्रकाशन प्रा.लि.
1-बी, नेताजी सुभाष मार्ग, दरियागंज
नई दिल्ली-110 002
शाखाएँ : अशोक राजपथ, साइंस कॉलेज के सामने, पटना-800 006
पहली मंजिल, दरबारी बिल्डिंग, महात्मा गांधी मार्ग, प्रयागराज-211 001
1, अनमोल सोराबजी सन्तुक लेन, धोबी तलाव, मरीन लाइंस, मुम्बई-400 002
वेबसाइट : www.rajkamalprakashan.com
ई-मेल : info@rajkamalprakashan.com

NEELOO NEELIMA NEELOFER
Novel by Bhishma Sahni

यह आख़िरी जाम,
शीला के नाम

एक

परीक्षाएँ आरंभ होते ही कला भवन के बरामदे और गलियारे सूने पड़ जाते हैं। विद्यालय की गहमागहमी खत्म हो जाती है। चारों ओर मौन-सा छा जाता है। कहीं कोई इक्का-दुक्का चपरासी या क्लर्क किसी काम पर जाता हुआ नज़र आ जाए तो आ जाए। वातावरण में एक तरह का अवसाद-सा भरने लगता है।

सुधीर परीक्षा कक्ष में से निकला और बरामदे में खड़े-खड़े ही नीचे मैदान की ओर बड़ी उत्सुकता से देखा। मैदान के बीचोबीच खड़े पीपल के पेड़ के नीचे बना गोल चबूतरा खाली पड़ा था। नीलू वहाँ पर नहीं थी। वह अकसर पेड़ के नीचे बैठी उसकी राह देखा करती थी। नीलू वहाँ बैठी मिले तो पेड़ हरा-भरा सा लगता है, और वहाँ न बैठी हो तो सब सूना-सूना लगने लगता।

नीलू को वहाँ न देखकर सुधीर का माथा ठनका और वह उन्हीं कदमों तेज़ी से चलता हुआ नीचे कैंटीन की ओर जाने लगा। परीक्षा-कक्ष में देर तक चित्र बनाते रहने के कारण उसकी उँगलियाँ थक गई थीं और पीठ बोझिल सी लग रही थी। परंतु चित्र समाप्त कर चुकने पर जब उसने कंधे सीधे किए तो वह आश्वस्त सा महसूस करने लगा था, और फिर नीलू की याद आते ही कि वह पेड़ के नीचे बैठी उसकी राह देख रही होगी, हल्की-हल्की लहरियाँ-सी उसके दिल में उठने लगी थीं।

पर नीलू गई तो कहाँ गई?

परीक्षा के दौरान वह एक बार पानी पीने के लिए बाहर निकला था। तब उसे बरामदे में खड़े-खड़े ही नीलू की झलक मिली थी। वह निचली मंजिल पर गलियारा लाँघ रही थी और देखते-ही-देखते गलियारे का मोड़ काटकर आँखों से ओझल हो गई थी। या तो उसका पर्चा जल्दी ख़त्म हो गया होगा या वह भी किसी काम से बाहर निकली होगी। पर आज तो उसका पर्चा था ही नहीं।

वह भागता हुआ कैंटीन की ओर गया। उसे दूर से ही कैंटीन का दरवाज़ा खुला नज़र आया, जिस पर नज़र पड़ते ही उसके कदम तेज़ हो गए थे।

पर कैंटीन ख़ाली निकली। केवल कोनेवाले एक मेज़ पर दो मैले-से चपरासी

बैठे बतिया रहे थे और बीड़ियाँ फूँक रहे थे। काउंटर के पीछे भी कोई नहीं था, न ही चाय की बड़ी केतली में से भाप निकल रही थी।

वह चपरासियों की ओर बढ़ गया "तुम लोग कब से यहाँ बैठे हो?"

सुनकर एक चपरासी मुसकराया, "हाँ-हाँ, एक लड़की आई थी। उस कोने वाले मेज़ पर बैठी रही।" अपने साथी की ओर देखकर वह फिर से मुसकराया।

"क्यों भैया, आई थी ना?" फिर सिर हिलाकर हँसकर बोला।

"हमें नहीं मालूम भैया, झूठ क्यों बोलें।"

"हमने नहीं देखा", फिर अपने साथी को कोहनी मारकर बोला, "बता रे भाई, अगर कोई आई थी, तो।"

सुधीर मन-ही-मन झुंझलाया, पर चपरासियों के मुँह लगने से क्या लाभ? उनसे पूछना ही भूल थी।

वह फिर से सीधा पेड़ की ओर गया। वह ज़रूर किताब खोलकर पेड़ के नीचे बैठी होगी।

पर उसे वहाँ न पाकर कुछ देर तक तो किंकर्तव्यविमूढ़-सा खड़ा रहा, फिर पुस्तकालय की ओर चल दिया। क्या मालूम पुस्तकालय में जा बैठी हो। पर पुस्तकालय की सभी खिड़कियाँ दरवाजे बंद थे। बड़े दरवाज़े पर भयावह-सा सिक्के का बोझिल—सा ताला लटक रहा था।

सुधीर घबरा गया। वह ज़रूर अपने गाँव चली गई होगी। उसकी परीक्षा तो कल ही ख़त्म हो गई थी। वह ज़रूर यहाँ आई थी, पर मुझे न पाकर लौट गई है। अब मैं उसे ढूँढूँ तो कहाँ ढूँढूँ?

सुधीर परेशान हो उठा। एक बार फिर उसने कला भवन के गलियारे छान मारे। उसे वहम होने लगा कि परीक्षा के दौरान बाहर निकलने पर नीलू की जो झलक उसे मिली थी, वह क्या सचमुच नीलू ही थी या कोई और था? जितनी जल्दी वह आँखों के सामने आई थी, उतनी ही जल्दी आँखों से ओझल भी हो गई थी।

यों भी कभी-कभी सुधीर को वहम सा होने लगता कि नीलू के साथ उसकी मैत्री मात्र कल्पना ही तो नहीं थी, उसके मन का सुखद सा भ्रम ही तो नहीं था। नीलू नाजुक सी लड़की थी, जब पहली बार सुधीर ने उसे देखा था तो उसे काँपते पत्ते का-सा भास हुआ था। कुछ दिन बाद जब वे एक-दूसरे के निकट आने लगे थे और सुधीर ने उसे बताया तो पहले तो नीलू के गोरे-गोरे चेहरे पर लाली दौड़ गई थी, फिर वह खिलखिलाकर हँस दी थी :

"सूखा पत्ता या हरा पत्ता?" और देर तक हँसती रही थी।

वह हँसती तो पहले तो उसके चेहरे पर लाली दौड़ जाती, और जब हँसना बंद कर देती, तो त्वचा पर सुनहरी-सी आभा लौट आती।

सुधीर के लिए उस निर्णायक क्षण को याद कर पाना कठिन था, जब नीलू उसके

लिए सर्वस्व हो गई थी, जब नीलू ने पलकें उठाकर उसकी ओर देखा था और सुधीर की दुनिया बदल गई थी। युवक तो शायद फिर भी ऐसे क्षण का अनुमान लगा ले पर युवतियाँ तो धीरे-धीरे भिनभिननाते हुए ही प्रेमी की ओर खिंचने लगती हैं। नीलू ने उससे—सुधीर उससे दो कक्षाएँ आगे था—एक पुस्तक माँगी थी और सुधीर ने झट से अपने थैले में से निकालकर उसे दे दी थी। इस पर नीलू ने हँसते हुए कहा था :

"तुम्हारा थैला मदारी का पिटारा है क्या?"

"कहो तो एक और निकालूँ?" इस पर दोनों हँस दिए थे।

इसके बाद एक दिन सुधीर हॉल में दाखिल ही हुआ था कि नीलू उसके बनाए चित्र के सामने पहले से खड़ी थी। ऐसा आकस्मिक भी हो सकता था, क्योंकि सीनियर छात्रों के काम की प्रदर्शनी लगाई गई थी, पर वर्षों तक सुधीर के मन पर उसकी छाप बनी रही थी, बल्कि उस छवि में नीलू ने हरे रंग की चुन्नरी कंधों पर ओढ़ रखी थी और उसका एक सिरा फ़र्श को छू रहा था। वह हरे रंग की चुन्नरी तो भावना की गहरी परतों तक जा पहुँची थी। वर्षों बाद भी जब भी नीलू उसकी आँखों के सामने आती तो हरी चुन्नरी ओढ़े हुए।

जब दोनों एक-दूसरे के साथ खुलने लगे और प्रेमी-प्रेमिका के अल्हड़-से, बचकाना वार्तालाप हँसी-खेल में होने लगे तो बार-बार अलग-अलग तरह से दोनों के मन को हल्के-हल्के धक्के से भी लगते, अपने-अपने संस्कारवश चौंक-चौंक भी जाते। परंतु परस्पर प्रेम का ज्वार इतनी तेज़ी से उठ रहा था कि ये हिचकोले, छोटे-छोटे अवरोध उस ज्वार के नीचे न जाने कहाँ डूबते रहे थे।

एक दिन नीलू कह रही थी :

"तुम्हारे साथ मैं भी मीट खाना छोड़ दूँगी।" फिर तनिक सोचकर, सिर हिलाकर बोली, "पर कभी-कभी कबाब खा लिया करूँगी। कबाब मुझे बहुत अच्छे लगते हैं। तुमने कभी कबाब खाए हैं?"

"नहीं तो। मैं मीट नहीं खाता।"

"हाँ, यह तो मैं भूल ही गई थी। फिर तुम क्या खाते हो?"

"साग-सब्ज़ी खाते हैं। दाल खाते हैं। चावल खाते हैं।"

"मैं गोश्त बहुत अच्छा बनाती हूँ, पर अब कभी नहीं बनाऊँगी।"

"मुझे गोश्त से बू आती है।" सुधीर ने कहा, "पर अगर तू बनाएगी तो मैं खा लूँगा।"

इस पर दोनों ठहाका मारकर हँसे।

फिर सुधीर ने झट से ही पूछ लिया : "तुमने बुर्का कभी ओढ़ा है?"

"जब मैं छोटी थी तो बहुत पहनना चाहती थी। पर छोटी लड़कियाँ बुर्का नहीं ओढ़तीं।"

"तुमने बुर्का पहना होता तो मैं तुम्हें देख ही नहीं पाता।" सुधीर ने बड़ी भावुकता से कहा।

"पर मैं तो तुम्हें देख लेती," नीलू ने बड़ी आत्मीयता से जोड़ा, "कैसा होता? मैं तो तुम्हें देख रही हूँ और तुम मुझे देख ही नहीं पाते।"

कहते हुए नीलू की आँखें सुधीर के चेहरे की ओर उठ गईं; मानो किसी विशेष आग्रह से उसके चेहरे पर जम गई हों।

"क्या देख रही हो?"

"कुछ भी तो नहीं।" नीलू ने कहा और पलकें झुका लीं। पर अनायास ही उसकी आँखें फिर से सुधीर के चेहरे की ओर चली गईं।

"क्या तुम्हारे बाबूजी उतने ही साँवले हैं, जितने तुम हो?"

सुधीर झेंप गया, "मैं बहुत काला हूँ ना?"

इस पर नीलू हँसकर बोली :

"मेरी माँ कहती थी, 'काले कर्मों वाले, तुम कर्मांवाले, हो ना?'

"कर्मांवाला हूँ तभी तो तुमसे मिला हूँ।"

इस पर नीलू के चेहरे पर लाली दौड़ गई। सुधीर हँस दिया।

"तुम्हारा चेहरा तो झट से लाल हो जाता है, फिर झट से ही पीला पड़ जाता है।" कहते हुए सुधीर फिर से हँस दिया, "मेरा रंग तवे जैसा है तो तुम्हारा सोने जैसा। खरे सोने जैसा। तुम्हारा नाम नीलू नहीं, सोना होना चाहिए। रख दूँ तुम्हारा नाम, सोना?"

नीलू खिलखिलाकर हँस दी।

"और तुम्हारा?"

"मेरा कालटू!"

दोनों खिलखिलाकर हँस पडे।

इस पर नीलू ने फिर से ज़मीन पर उगी घास का एक तिनका तोड़ा और मुँह में रख लिया। यह भी उसकी आदत थी। जब भी दोनों इस पेड़ के नीचे बैठे बतिया रहे होते तो नीलू किसी-किसी वक्त घास का तिनका तोड़ लेती और दाँतों के नीचे दबा लेती

"तुम घास खाओगी? काट लाऊँ?"

नीलू ने सिर ऊपर उठाया। उसे सुधीर की बात समझ में नहीं आई। घास का तिनका उसने अनजाने में ही तोड़कर मुँह में रख लिया था।

"तुम पिछले जनम में बकरी रही होगी जो घास खाने का इतना शौक है।"

"तुम क्या बोले जा रहे हो?"

"तुम घास जो खा रही हो। यह मुँह में क्या है? घास ही तो है।"

"अरे, यह तिनका! मैं कहूँ, क्या बोले जा रहे हो!" कहते हुए नीलू का चेहरा फिर से लाल हो गया, और उसने मुँह में से तिनका निकालकर फेंक दिया। पर उसी क्षण अनजाने में ही एक और तिनका तोड़ लिया।

"तुम हो तो हॉस्टल में, तुम्हारे कमरे के बाहर घास का गट्ठर रख आऊँ। तुम उसे कमरे में ले जाना। कोई पूछे, नीलू कहाँ है तो मैं कहूँगा, घास खा रही है। नाश्ता कर रही है। शाम तक घास का गट्ठर गायब!" कहते हुए सुधीर ठहाका मारकर हँस दिया।

"ही ही ही, क्या जोक मारा है!" नीलू ने कहा और ज़मीन पर से तोड़ा हुआ तिनका सुधीर के मुँह पर दे मारा।

इस अंदाज़ में दोनों घंटों बैठे बतिया सकते थे। मन उठने को या एक-दूसरे से अलग होने को करता ही नहीं था। शाम के साए उतर आएँ, हवा में ठिठुरन आ जाए, तब कहीं उठते थे, और वहाँ से भी पहले सुधीर उसे हॉस्टल तक छोड़ने जाता, तो हॉस्टल के फाटक तक पहुँचने पर दोनों मुड़ पड़ते और नीलू उसे बस स्टाप तक छोड़ने जाती, पर बस स्टाप पर वे फिर दोनों लौट पड़ते हॉस्टल की ओर। विदाई की यह प्रक्रिया उस वक्त तक चलती रहती जब तक लड़कियों के हॉस्टल के अंदर घंटी नहीं बज जाती। बस स्टाप पर पहुँचने पर यदि सुधीर की बस आ भी जाए तो सुधीर उस पर नहीं चढ़ता था।

"चलो, तुम्हें छोड़ आऊँ। आधे घंटे में फिर बस आ जाएगी। अकेली कहाँ जाओगी।"

और फिर से दोनों लौट पडते।

किसी-किसी दिन अँधेरा गहरा जाने तक यह 'आवागमन' का सिलसिला चलता रहता। इसमें किसी और चीज़ का दखल नहीं था, न परिवारों के रख-रखाव का, न अपने-अपने परंपरागत संस्कारों का, न ज़माने के तनावों तल्खियों का, सर्वोपरि महत्त्व था तो केवल एक-दूसरे के प्रति गहरे लगाव का, एक-दूसरे के निकट रह पाने का। अँधेरा बढ़ जाने पर उनके हाथ एक-दूसरे को छूने लगते, हाथ छू जाते तो तन-बदन में बिजली दौड़ जाती। एक बार तो साहस करके सुधीर ने नीलू का हाथ अपने हाथ में ले लिया। नीलू ने हाथ छुड़ाने की हल्की-सी कोशिश की, पर फिर वहीं पड़ा रहने दिया।

"तेरा हाथ कितना छोटा-सा है, मुलायम-सा," सुधीर बोला, "लगता है, मेरे हाथ में नन्ही-सी चिड़िया आ गई है।"

इस पर नीलू खिलखिलाकर हँस दी थी।

"चिड़िया तो चोंच मारती है।"

"मार दो चोंच!" सुधीर ने हँसकर कहा था।

"हाय, नहीं, मुझे एक बार मुर्गी ने चोंच मारी थी। बहुत दर्द हुआ था।"

"मुर्गी ने चोंच मारी थी ना, नन्हा चूज़ा चोंच नहीं मारता। मेरे हाथ में तो नन्हा चूज़ा है।"

अँधेरा गहराने पर वे एक-दूसरे के साथ सट जाते, इसमें अपार सुख का भास

होता। सुधीर को नीलू के शरीर की हल्की-हल्की महक सराबोर करने लगती।

"चल, तुम्हें हॉस्टल तक छोड़ आऊँ।" कहते हुए फिर से दोनों घूम पड़ते। "मुझे माँ सबसे ज़्यादा याद आती है।" नीलू कह रही थी, "जब मैं छोटी थी तो माँ मुझे गोद में बिठाकर, दूध का कटोरा मेरे मुँह को लगा देती थी।" कहते हुए नीलू हँसने लगी, "अब भी जब गाँव जाती हूँ तो सुबह-सुबह उठकर माँ की गोद में जा बैठती हूँ।"

इस पर सुधीर ठहाका मारकर हँस दिया था।

"वाह, इतनी बड़ी हो गईं और माँ की गोद में बैठती हो।"

"इसमें क्या है! तुम हँसते क्यों हो?"

पर सुधीर अभी भी हँसे जा रहा था।

"कुछ भी तो नहीं। तुम्हें माँ की गोद में बैठा देखा तो हँसी आ गई।"

इस पर नीलू रूठ गई थी और हाथ छुड़ाकर आगे-आगे चलने लगी थी।

इसी तरह दिन बीत रहे थे और वे एक-दूसरे में गुँथते जा रहे थे। यथार्थ का धरातल मात्र एक अवलंब रह गया था, दोनों प्यार के पंखों पर मानो उड़ने लगे थे, जीवन की सारी वास्तविकता एक-दूसरे के प्रति आकर्षण में सिमट आई थी, महत्त्व था तो एक-दूसरे के सामीप्य का, एक-दूसरे की प्रतीक्षा का एक-दूसरे को लेकर बुने जानेवाले भविष्य के सुनहरे सपनों का।

फिर परीक्षाएँ आ गई थीं और मिलना कम हो गया था। सुधीर कला भवन की पढ़ाई के अंतिम वर्ष में था, जबकि नीलू तीसरे वर्ष में थी। इस प्रेम की शुरुआत कुछ ही महीने पहले हुई थी, पर वक्त बीतता पता ही नहीं चला था, और अब अंतिम वर्ष की पढ़ाई समाप्त करने पर सुधीर स्वतंत्र रूप से काम करने लगेगा, चित्र बना-बनाकर बेचने लगेगा, जबकि नीलू की पढ़ाई का कुछ भी पक्का नहीं था, वह अपना कोर्स पूरा करेगी भी या नहीं। जब से सुधीर उसके जीवन में आया था, उसकी रुचि अपने कोर्स में बढ़ने के बजाय कम होने लगी थी।...

सुधीर बदहवास-सा एक गलियारे से दूसरे गलियारे में नीलू को ढूँढ़ता चला जा रहा था, पर नीलू न जाने कहाँ अंतर्ध्यान हो गई थी। विद्यालय पर जैसे वीरानी उतर आई थी। न तो वह एक जगह मिली, न दूसरी जगह। सुधीर के मन को यह आशंका मथ रही थी कि अगर नीलू ने गाँव की बस पकड़ ली है तो फिर न जाने उससे मिलना कब हो पाएगा, हो भी पाएगा या नहीं! कौन जाने क्या होगा! वह कहती रहती थी कि आगे नहीं पढ़ पाएगी। क्या मालूम वह लौटकर ही नहीं आए! वह जो सुबह-सवेरे गलियारों में घूम रही थी तो क्या मालूम मुझे विदा करने आई हो और मुझे न पाकर लौट गई हो। पर उसे तो मालूम था कि मैं परीक्षा में बैठा हूँ।

उसके मन को इस बात की आशंका परेशान कर रही थी कि कहीं नीलू के गाँव

लौट जाने से वह सदा के लिए उसे खो तो नहीं बैठेगा।

सारा विद्यालय भाँय-भाँय कर रहा था। सुधीर विद्यालय में से निकलकर भागता हुआ लड़कियों के हॉस्टल की ओर गया।

गेट पर बैठे चौकीदार से छूटते ही नंबर 6 में रहनेवाली नीलोफर के बारे में पूछा। चौकीदार ने सिर हिला दिया।

"हमें कुछ मालूम नहीं। आप जाइए।"

सुधीर ने अपने थैले में से कागज़ निकालकर अपना नाम लिखा। चौकीदार ने वह भी अंदर ले जाने से इन्कार कर दिया।

"मनाही है। हम कोई चिट्ठी-विट्ठी अंदर नहीं ले जा सकते।"

बाहर खड़े-खड़े सुधीर परेशान हो उठा था। उसका मन हुआ, ज़ोर-ज़ोर से नीलू का नाम पुकारे। अगर वह हॉस्टल में हुई तो झट से बरामदे में आ जाएगी।

"नीलोफ़र!" वह ज़ोर से चिल्लाया।

इस पर चौकीदार उठ खड़ा हुआ :

"ऐ बाबू, काहे चिल्लाता है? बोल जो दिया नंबर 6 वाली लड़की कमरे में नहीं है।"

वहाँ से भागता हुआ वह तीसरी बार फिर कैंटीन में जा पहुँचा। नीलू गई तो कहाँ गई? पत्थर के बने स्टूल और पत्थर की शिलाओं को ही काटकर बनाए गए मेज़ खाली पड़े थे। पर एक मेज़ के आस-पास तीन लड़कियाँ बैठी बतिया रही थीं। सुधीर हाँफता हुआ उनके पास जा पहुँचा।

"आप लोगों ने नीलोफ़र को तो नहीं देखा? नीलोफ़र जो तीसरे दर्जे में पढती है?"

लड़कियों ने सुना एक-दूसरे की ओर देखकर मुस्कराईं। सुधीर खिसिया गया। इनसे पूछना ही भूल थी। ये तो अभी-अभी पर्चा देकर आ रही हैं, इन्हें क्या मालूम होगा? और वह हाँफता हुआ, उन्हीं कदमों लौट पड़ा। कैंटीन में से बाहर जाते हुए उसे लड़कियों की टुनटुनाती हँसी सुनाई देती रही।

तभी उसके मन में यह बात कौंध गई कि नीलू ज़रूर अपने कस्बे के लिए रवाना हो गई है वरना वह ज़रूर कहीं-न-कहीं दिख जाती। और कौन जाने अब तक उसकी बस निकल गई हो!

और वह उन्हीं क़दमों बसअड्डे की ओर भागने लगा। वह ज़रूर बसअड्डे पर मिलेगी। मैं भी कैसा जाहिल हूँ, मुझे पहले इसका ध्यान क्यों नहीं आया?

सुधीर बेतहाशा भागता जा रहा था, जब भागते हुए ही, क्षण-भर के लिए नीलू की छवि उसकी आँखों के सामने घूम गई। उसने देखा कि नीलू बस स्टाप पर एक बेंच पर बैठी है, नीचे ज़मीन पर उसका काले रंग का बैग रखा है। नीलू झुकी-झुकी बैठी है। उसका दायाँ हाथ ठुड्डी के नीचे और बायाँ हाथ बेंच पर रखा है, और वह चुपचाप बैठी नीचे की ओर देख रही है। वह चित्र इतना साफ था कि जैसे ही सुधीर

उसे पुकारेगा तो वह गर्दन उठाकर उसकी ओर देखेगी। और सुधीर को सचमुच लगा जैसे नीलू को उसके भागते क़दमों की आहट मिल गई है और उसने गर्दन उठाकर सडक की ओर देखा है।

फिर वही हुआ जो ज़िंदगी में कई बार होता है और जिसे हम प्रारब्ध का नाम देते हैं। नीलू के गाँव को जानेवाली बस अड्डे पर खड़ी थी। यात्री एक-एक करके बस में सवार हो रहे थे। और नीलू सचमुच बेंच पर बैठी थी और नीचे काले रंग का बैग रखा था। पर फिर वह उठ खड़ी हुई थी और बैग उठाकर मुसाफ़िरों की लाइन की ओर बढ़ गई थी। एक-एक करके मुसाफ़िर बस में अंदर चढ़ते जा रहे थे, अपने बैग, अपने बुचके, थैले, कहीं-कहीं पर अपनी गठरियाँ उठाए हुए, और अपनी बारी आने पर नीलू भी बस के अंदर चढ़ गई थी।

बस का कंडक्टर पिछला दरवाज़ा बंद कर ही रहा था जब नीलू अपना बैग उठाए बस के पायदान पर उतर आई थी। उसका चेहरा लाल हो रहा था और बैग उठाए-उठाए ही वह नीचे कूद गई थी।

वर्षों बाद जब भी नीलू उस दिन को याद करती तो कहती, "मैं तो बस में चढ़ गई थी। सीट पर अपना बैग भी रख दिया था, पर फिर, अपने आप ही बैग उठाकर बाहर निकल आई।"

बस निकल गई तो सुधीर हाँफता हुआ वहाँ पहुँचा था।

"तुम भी कैसी हो? मुझे बताया क्यों नहीं? मुझे लगा जैसे मैं अब तुम्हें कभी नहीं देख पाऊँगा।"

सुधीर की आवाज़ में इतनी अकुलाहट थी कि नीलू उसके चेहरे की ओर देखती रह गई।

"यह आखिरी बस थी। मैं सारा वक्त बेंच पर बैठी रही हूँ। एक-एक करके तीन बसें निकल गईं।" वह धीरे से बुदबुदाई ।

उस वक्त तक सुधीर इतना परेशान हो चुका था कि उसकी आँखें छलक आई थीं।

सुधीर ने नीलू का बैग उठाया और बिना कुछ कहे-सुने दोनों वापिस चल पड़े। कुछ कदम जाने पर नीलू काँपती-सी आवाज़ में बोली :

"मुझे मालूम था, तुम आओगे। पर तुमने इतनी देर कर दी!"

दोपहर ढल रही थी। साए लंबे होने लगे थे। वे चल तो रहे थे शहर की जानी-मानी सड़क पर जिससे उनके पाँव परिचित थे, पर उन्हें जाते कोई देखता तो लगता जैसे दो पथिक, एक-दूसरे का हाथ थामे किसी लंबी यात्रा पर निकले हों, दोनों तरुण, दोनों अकेले पर एक-दूसरे का अवलंब बने, केवल अपने सपनों और प्रगाढ़ प्रेम की पूँजी लिये हुए।"

दो

भोजनालय की ढलान उतरकर डॉ. गणेश और उनकी पत्नी, धीरे-धीरे चलते हुए उस छोटे-से मैदान तक पहुँचे ही थे जहाँ वाचनालय में आनेवाली गाड़ियाँ रुकती हैं, जब डॉ. गणेश सहसा ठिठककर खड़े हो गए।

"सुनो," उन्होंने अपनी पत्नी की कोहनी पर हाथ रखते हुए कहा, "वह नीचे कौन लोग खड़े हैं? देखती हो?"

दोनों ने उस ओर ध्यान से देखा, "यह वह लड़का तो नहीं है जो हमारी बिटिया को चित्रकला सिखाता था?"

"हाँ तो, सुधीर ही तो है," डॉ. गणेश की पत्नी अंजलि ने पहचानते हुए झट से कहा, "यह यहाँ कैसे पहुँच गया?"

"साथ में लड़की कौन है?"

डॉ. गणेश का माथा ठनका। फिर वे पत्नी की कोहनी पर हाथ रखते हुए बोले :

"यह तो, माई डियर, हमारे घर में रहने के लिए आए हैं। शादी कर ली जान पड़ती है, हनीमून पर आए हैं। न ख़त न ख़बर, सूटकेस उठाया और चल पड़े।" डॉ. गणेश का दिल धक् से रह गया। नीचे सड़क के किनारे उनका सूटकेस और थैला भी रखे थे। मित्रों से मिलने पर, डॉ. गणेश जितने उत्साह से उन्हें आमंत्रित करते, मेहमानों के पहुँच जाने पर उतने ही ज़्यादा विचलित भी हो उठते थे। दोनों को खटक गया था कि चित्रकला का टीचर उन्हीं के पास रहने आया है और अपने साथ किसी युवती को भी उठा लाया है।

"उसके साथ वह लड़की कौन है?"

"मैं क्या जानूँ जी! पर जिस तरह के चटकीले कपड़े उसने पहन रखे हैं, उनसे तो उसकी ब्याहता ही लगती है।"

"क्या मालूम शादी हुई है या किसी को यों ही उठा लाया है! शिमला में हर तरह के लोग पहुँच जाते हैं।"

अंजलि अभी से इस उधेड़बुन में पड़ गई थी कि इन बिन बुलाए मेहमानों को

कहाँ ठहराएगी, इनके लिए बिस्तर का भी प्रबंध करना होगा। वे इनके साथ बेरुख़ी भी नहीं कर सकते थे, क्योंकि वह उनकी बेटी को चित्रकला सिखाता रहा था। अंजलि यों भी स्वभाव से हँसमुख थी, मिलनसार थी, पर यह जो बिना कोई सूचना दिए किसी के घर में पहुँच जाना था, इससे उसके मन में खीज भी उठती थी।

उधर गणेश साहिब का तो दिल ही बैठ गया था। कोई भी अड़चन उठ खड़ी हो, सबसे पहले उनका दिल बैठ जाता था और सूझ काम करना बंद कर देती थी। समस्या से जूझना तो दूर, वह समस्या को सहन कर पाने के लिए ही साहस बटोरने लगते थे। इस बीच अंजलि कोई रास्ता निकाल ले तो इनके दिल को बड़ी राहत मिलती थी, वरना वह सारा वक्त बुझे-बुझे से, एक कमरे से दूसरे कमरे में यंत्रचालित-से आते-जाते रहते थे। और यदि अंजलि समस्या का हल अपने ऊपर ले ले और उन्हें छुट्टी दे दे तो वह हल्के-फुल्के महसूस करते हुए चहकने लगते थे और मन ही मन अपने शांत चित्त और स्वभाव की प्रशंसा भी करने लगते थे और निश्चित होकर अपनी किताबों में जुट जाते थे।

"अंजलि जी, हम लोग आपकी राह देख रहे हैं।" सुधीर आगे बढ़ आया और चहकते हुए बोला, मानो उसका यों चले आना अंजलि और गणेश के लिए बड़ा चिरवांछित समाचार रहा हो।

"यह मेरी पत्नी है, नीलू।"

"तुमने बताया ही नहीं कि तुमने शादी कर ली है!"

"हमने सोचा, शादी करने के बाद बताएँगे।"

सुधीर ने फिर से चहककर कहा और साँवले चेहरे में उसकी आँखें और दाँत एक साथ चमक उठे।

अंजलि ने नीलू को बाँहों में भर लिया।

"सब काम तुम लोग लुक-छिपकर करते हो।" अंजलि ने हँसकर कहा, "नाम क्या है तेरा, नीलू?"

"नहीं, नीलू, नीलोफर," सुधीर बोला, "नीलोफ़र एक फूल होता है ना।"

"यह फूल ही तो है!" अंजलि ने उसे फिर से बाँहों में भरते हुए कहा। अंजलि को लड़की नाजुक-सी लगी। गोरा चिट्टा रंग, निखरी-निखरी-सी त्वचा। मुस्कराती तो चेहरा खिल उठता। माथे पर लाल बिंदी खूब फब रही थी।

"चूड़ा नहीं पहना?" अंजलि ने लड़की की कलाइयों की ओर देखकर कहा। कलाइयों पर काँच की रंग-बिरंगी चूड़ियाँ तो थीं, पर नव-विवाहिता का चूड़ा नहीं था।

"शायद इनके यहाँ इसका रिवाज न हो।" अंजलि ने अपने पति गणेश की ओर देखते हुए कहा, "अपने-अपने रिवाज हैं। माथे पर बिंदी तो खूब चौड़ी लगाई है, बंगालिन जैसी।"

लड़की शरमाई और मुस्करा दी।

"पर सुधीर, आपको हमें ख़बर तो कर देनी चाहिए थी कि आप लोग यहाँ आ रहे हो। हम कुछ इंतज़ाम कर लेते।"

"डॉक्टर साहिब ने एक बार कहा तो था कि आपके पास जगह की कमी नहीं है। हमने सोचा..."

"पर अगर इन्हीं दिनों हमारे बेटा-बेटी पहुँच जाएँ तो?"

"वे आ जाएँ तो हम चले जाएँगे। कोई और ठौर-ठिकाना ढूँढ़ लेंगे।"

"कुछ इंतज़ाम तो करना ही होगा," अंजलि बुदबुदाई। फिर सहसा ठिठक कर खड़ी हो गई।

"तुम लोगों ने खाना खाया या नहीं?"

"हमने सुबह अच्छा नाश्ता कर लिया था। अब भूख नहीं है।"

"कहाँ नाश्ता किया था?"

"होटल में। हम लोग कल रात को पहुँच गए थे, रात देर बहुत हो गई थी, इसलिए एक होटल में चले गए।"

यह सुनकर डॉ. गणेश ने मन ही मन कहा, 'होटल में टिके थे तो वहीं टिके रहते। हमें परेशान करने क्यों पहुँच गए?'

मानो सुधीर ने गणेश के मन की बात भाँप ली हो, झट से बोला :

"होटल बड़ा महँगा था, अंजलि जी, एक रात के उसने हमसे नौ सौ रुपए ले लिये।"

"नौ सौ रुपए? एक रात के? कौन-सा होटल था वह?"

सुधीर ने होटल का नाम बताया।

"मामूली-सा होटल था, फिर भी नौ सौ रुपए। हम तो भागे वहाँ से।" सुधीर ने ठहाका लगाते हुए कहा। सुधीर आत्मीयों की भाँति बात कर रहा था।

"फिर वहाँ एक और बात भी थी। वहाँ नीलू के रिश्ते का कोई आदमी भी ठहरा हुआ था। नीलू ने उसे पहचान लिया था। तभी हमने सोचा, भागो यहाँ से...।"

"अरे, क्या मतलब?" अंजलि चलती हुई सड़क के बीचोबीच खड़ी हो गई थी : "क्या तुम लोगों ने छिपकर शादी की है?"

"नहीं तो, छिपकर शादी तो नहीं की।"

"फिर नीलू के सम्बन्धी से क्यों छिपते फिरते थे?"

"छिपकर शादी तो नहीं की, पर हम शिमला छिपकर आए हैं।"

"छिपकर क्यों आए हो? शिमला में तो लोग हनीमून मनाने आते हैं।"

इस पर डॉ. गणेश ने जोड़ा, "ये छिपकर हनीमून मनाएँगे।"

अंजलि फिर भी सड़क के बीचोबीच खड़ी रही।

"तुम लोग हमसे कुछ छिपा रहे हो। सच-सच बताओ, बात क्या है?"

"हम कुछ भी नहीं छिपा रहे हैं, अंजलि जी! नीलू के घरवालों को बताकर ब्याह

किया है; बल्कि उनके सामने ही नीलू ने मेरे साथ ब्याह करने का अपना फैसला सुनाया था। इसके दोनों भाई और नीलू के वालिद, तीनों बैठे थे।"

अंजलि चौंकी। 'वालिद' शब्द अंजलि को कुछ अटपटा सा लगा। हिंदुओं में पिता को वालिद तो नहीं कहते।

"नीलू मुसलमान परिवार से है, अंजलि जी! इसका पूरा नाम नीलोफ़र है।" अंजलि ने पलटकर नीलू की ओर देखा और उसे सिर से पाँव तक देख गई। हल्की-सी झेंप भरी मुस्कान नीलू के होंठों पर काँप रही थी मानो उसका मन शंकित-सा हो उठा हो कि अंजलि बीबी की कैसी प्रतिक्रिया होगी।

"कुछ भी तो पता नहीं चलता।" अंजलि ने मुस्कराकर कहा, "इसे माथे की बिंदी तो हिंदवानियों से भी ज़्यादा फबती है। मैं तो इसे हिंदू ही समझे बैठी थी, पर क्या फर्क पड़ता है!"

और सभी फिर से ढलान उतरने लगे थे।

सुधीर ने सूटकेस कंधे पर उठा लिया था, और बाएँ हाथ में बैग उठाए आगे-आगे ढलान उतरने लगा था। उसके ऐन पीछे-पीछे नीलू चली आ रही थी।

अंजलि के मन में अभी भी धुकधुकी लगी थी। उसने धीमी आवाज़ में अपने पति से बुदबुदाकर कहा :

"तुम कहते हो इसके भाई और पिता शादी में शामिल हुए थे। फिर तुम उस होटल से भाग क्यों आए? उस रिश्तेदार को बता देते कि तुम लोग हनीमून के लिए आए हो। क्यों जी? नए ब्याहे लोग कहीं तो जाएँगे।"

अंजलि के प्रश्नों से डॉ. गणेश को कोफ़्त होने लगी, "हमारे पूछने से क्या लाभ? कोई कारण रहा होगा।"

डॉ. गणेश के घर की बैठक से जुड़वाँ पिछले छोटे-से कमरे में सुधीर और नीलू का बिस्तर फ़र्श पर लगा दिया गया था। नीलू थकी हुई थी, पहले ही बिस्तर पर पसर गई थी। सुधीर अपने सामान को खोलकर तरतीब से कपड़ों आदि को रख रहा था, जब दरवाज़े को किसी ने खटखटाया। अंजलि थी।

कमरे में कदम रखते ही अंजलि बोली, "मास्टर जी हम आपको यहाँ नहीं ठहरा सकेंगे। यह हमारा घर नहीं है। वाचनालय के अपने नियम हैं।"

सुधीर ठिठक-सा गया, फिर मुस्कराकर बोला, "कहें तो हम अभी किसी दूसरी जगह चले जाते हैं।"

"इस वक्त कहाँ जाओगे? रात यहीं काट लो सुबह चले जाना।"

"ठीक है।" फिर सहसा ही बोल पड़ा, "अंजलि जी, हम यहाँ हनीमून मनाने नहीं आए हैं। मुझे यहाँ एक स्कूल में नौकरी मिली है। दो दिन बाद नौकरी पर जाने लगूँगा।"

अंजलि को अचंभा हुआ, "अरे, तुमने बताया क्यों नहीं? कभी कहते हो शिमला में छिपकर रहोगे, अब कहते हो नौकरी करोगे।"

इस पर सुधीर हँसकर बोला, "नौकरी करने आया हूँ पर हम नहीं चाहते कि नीलू के घरवालों को पता चले कि हम शिमला में रह रहे हैं।"

अंजलि सुधीर के चेहरे की ओर देखती हुई ठिठकी खड़ी रही, फिर मुड़कर बाहर जाने लगी।

कमरे की धीमी रोशनी में जब तक सुधीर लौटकर आया, नीलू गहरी नींद सो रही थी। कमरे में हल्की-हल्की सीलन थी, कुछ-कुछ बंद हवा का भी भास होता था। सुधीर का मन हुआ खिड़की खोल दे, पर फिर ज्यों का त्यों बिस्तर पर ही बैठा रहा। अंजलि की रुखाई से वह थोड़ा ठिठक-सा गया था, हालाँकि वह बिलकुल अप्रत्याशित रही हो, ऐसा भी नहीं था।

बिस्तर पर बैठे-बैठे वह सोच रहा था। शादी के फौरन ही बाद कैसी आँधी-सी चलने लगी है, कुछ ही दिनों में कितना कुछ घट गया है!

सुधीर का स्वभाव कूद जाने का था, एक ही दाँव पर जिंदगी-भर की बाज़ी लगा देने का। देखा जाएगा जो होगा। उसके स्वभाव में उधेड़बुन के लिए अथवा ज़ेहनी कशमकश के लिए कोई स्थान नहीं था। इसलिए अंजलि द्वारा कल ही कमरा खाली कर देने के आदेश से वह विचलित नहीं हुआ। नीलू का स्वभाव किसी का सहारा मिल जाने पर सब कुछ उसी पर छोड़ देने का था। इसलिए उसके लिए भी ज़ेहनी उधेड़बुन कोई मायने नहीं रखती थी।

बिस्तर पर बैठे-बैठे बरबस ही ध्यान उन छोटी-बड़ी घटनाओं की ओर जाने लगा था जो पिछले कुछ दिनों में घटी थीं।

"तू तो गधा है," उसका मित्र जगदीश कह रहा था, "अगर किसी ने कह दिया कि मुसलमान लड़की को अगवा करके ले गया है, नीलू के ही बड़े भाई ने पुलिस में शिकायत लिखकर भेज दी तो क्या करेगा? कहाँ अपने को बचाता फिरेगा?"

"तो फिर क्या करूँ?"

और गहरे परामर्श के बाद जगदीश के सुझाव पर दोनों मित्र जाकर पुलिस थाने में अर्जी दे आए थे। और जब अर्जी दाखिल कराकर लौट रहे थे तो जगदीश ने हँसकर कहा था :

"गनीमत समझो कि स्टेशन आफिसर हिंदू निकला। कोई मुसलमान स्टेशन आफिसर होता तो दस अड़चनें डालता।"

स्टेशन आफिसर ने ज़्यादा तो कुछ नहीं, इतना ही कहा था कि अगर लड़की बालिग है और अपनी मर्ज़ी से तुम्हारे साथ शादी कर रही है तो कानून की तरफ़ से कोई रुकावट नहीं होगी।

अपने सामने बैठा युवा चित्रकार पुलिस अफसर को भला लगा था, केवल

गाहे-बगाहे ही ऐसे लोग पुलिस स्टेशन में आते हैं। फिर उसने स्वयं ही सुझाव दिया था, "लड़का और लड़की, दोनों के घरवाले यहाँ आ जाएँ, लड़की उनके सामने अपना फैसला सुना दे, तो सब बात कानूनी तौर पर साफ़ हो जाएगी।"

यह सुनकर सुधीर चौंका था। नीलू के गाँव से कौन चलकर दिल्ली के थाने में आएगा। नीलू का एक बड़ा भाई—मुख़्तार—दिल्ली में एक दफ़्तर में मुलाज़िम था। नीलू के परिवार में केवल उसी से सुधीर ने अपना इरादा ज़ाहिर किया था। और वह अपने घर की दहलीज़ पर खड़े-खड़े ही बोला था : "अमाँ, हमसे छिपाते रहे हो। आज आकर बताया। पहले कभी इसका ज़िक्र क्यों नहीं किया?"

कहाँ तक मुख़्तार की उदार मुद्रा ओढ़ी हुई थी और कहाँ तक स्वाभाविक थी, कहना कठिन है, पर वह सुधीर पर बरसा नहीं, न ही सूचना पाकर बौखलाया। उसने बड़ी संयत आवाज़ में इतना-भर कहा, "मैं इस धोखे में रहा कि कला भवन में एक सीनियर स्टुडेंट की हैसियत से तुम नीलू की मदद करते रहे हो। मुझे क्या मालूम था कि अंदर ही अंदर क्या पकता रहा है।"

फिर बड़े दार्शनिक अंदाज़ में बोला, "तुमने मेरे साथ आकर बात की है, अच्छा किया, पर मैं तुम्हें यही मशविरा दूँगा कि इसमें से निकल आओ। इससे बहुत बड़ा बखेड़ा पैदा हो सकता है।"

बाद में वही मुख़्तार पुलिस स्टेशन में अपने अब्बा जान और छोटे भाई को बुला लाया था।

सुधीर के परिवार में से कोई नहीं आया। एक छोटी बहिन आ सकती थी, पर बालिग न होने के कारण उसकी उपस्थिति का कोई अर्थ नहीं था। केवल जगदीश, सुधीर के मित्र के नाते, सुधीर के साथवाली कुर्सी पर बैठा था।

जितना ही मुख़्तार संयत स्वभाव का था, उतना ही उसका छोटा भाई हमीद अक्खड़ तबीयत का था। वह बौखलाया बैठा था। पुलिस अफसर ने उन सबको बुलाने का प्रयोजन बताया ही था कि हमीद फट पड़ा, "यह हमारी बहिन हमें रुसवा करने पर तुली हुई है, हमारी नाक कटवाने यहाँ पहुँच गई है, बेपर्द होकर, हरामजादी!"

फिर इंस्पेक्टर को संबोधन करते हुए बोला, "इंस्पेक्टर साहिब, हमारे वालिद साहिब को यह नदामत सहनी पड़ रही है। आप जानते हैं, यह कौन हैं? गाँव के चौधरी हैं, म्युनिसिपैलिटी के मेंबर रहे हैं।"

इस पर नीलू के अब्बा जो अटपटा-सा महसूस करते हुए अपने दोनों हाथ आपस में बाँधे सामने की ओर देखे जा रहे थे, बड़े मुदब्बराना अंदाज़ में बोले, "इंस्पेक्टर साहिब, यहाँ हिंदू लड़का मुसलमान लड़की को ब्याहने लाया है। आप सरकारी मुलाज़िम हैं। चूँकि लड़का हिंदू है और आप भी हिंदू हैं, आपकी हमदर्दी इस लड़के के साथ है। अगर लड़का मुसलमान होता और लड़की हिंदू होती तो आपका रुख कुछ दूसरा ही होता।"

इस पर हमीद फिर बिफरकर बोला था, "शादी के मामले में पुलिस का क्या दखल है, साहिब? आपने इस लड़के की दरख्वास्त को ले कैसे लिया? शादी-ब्याह के मामले में पुलिस कहाँ से आ गई?"

पुलिस इंस्पेक्टर ने दो-टूक शब्दों में कहा था, "ऐसी शादी पहली बार नहीं हो रही है। मेरी हमदर्दी लड़के के साथ होती क्योंकि मैं हिंदू हूँ तो आप लोगों को बुलवाता ही नहीं। मेरे लिए यही काफी था कि लड़का-लड़की दोनों बालिग हैं, एक-दूसरे से शादी करना चाहते हैं। मैं उनकी दरख्वास्त लेकर फ़ाइल में लगा देता। मैंने तो आपको इसलिए बुलाया है कि घरवालों के सामने लड़का-लड़की अपनी रजामंदी जाहिर करें। बस इतना ही।"

फिर लड़की के वालिद को मुखातिब करके बोल पड़ा, "अब आप अपनी लड़की को समझाना चाहते हैं तो बेशक समझा-बुझा लीजिए। डाँट-डपट करना चाहते हैं तो डाँट-डपट कीजिए। लेकिन कानून की नज़र से लड़की का ही फैसला आखिरी फैसला होगा।"

सुधीर की आँखों के सामने वह बंद दरवाज़ा घूम गया जिसके पीछे दोनों भाई अपनी बहिन को लेकर चले गए थे और जो आधे घंटे तक बंद रहा था, और जिस दौरान सुधीर का दिल धक् धक् करता रहा था। इस कारण नहीं कि नीलू का फैसला क्या होगा, बल्कि इस कारण कि उसका भाई हमीद उसकी प्रताड़ना कर रहा होगा।

नीलू के वालिद उनके साथ नहीं गए थे। उन्होंने बिफरकर इतना भर कहा था, "एक तो लड़की बेपर्द होकर हमें रुसवा करने यहाँ पहुँच गई है। अब मैं पुलिस थाने में इसे बैठकर समझाऊँ? मेरा कोई घर-घाट है या नहीं?"

और वह वहीं बैठे रहे थे।

नीलू सारा वक्त नज़र नीची किए बैठी थी और हाथ में पकड़े छोटे-से रूमाल को हथेलियों पर बार-बार मसलती रही थी। उसके जर्द पीले चेहरे पर पसीने की परत झलक आई थी।

बगलवाले कमरे में तीनों चले गए थे और तभी सुधीर का अंग-भंग शिथिल पड़ गया था। अब कुछ नहीं हो सकता। नीलू हाथ से गई! पर ऐन उसी वक्त एक दूसरा विचार भी सुधीर के मस्तिष्क में कौंध गया था, नीलू जो फैसला करे, मुझे मंजूर है। उसका फैसला सिर-आँखों पर। मुझे उसी की खुशी मंजूर है। वास्तव में हमीद को चिल्लाता देखकर सुधीर को नीलू की स्थिति पर दया आने लगी थी। एक तो अपने घर-परिवारवालों को छोड़े, इस पर उनके मुँह से बुरा-भला सुने। मुझे कुछ नहीं चाहिए। मुझे नीलू की खुशी चाहिए। वह बार-बार अपने मन में कहता रहा था।

आधे घंटे बाद दोनों भाइयों के पीछे-पीछे नीलू, पहले की ही भाँति हथेलियों को छोटे-से रूमाल से रगड़ती चली आई थी। उस पर नज़र पड़ते ही सुधीर का दिल जाने कैसा हो आया था। उसका गला रुँध गया था और उसे उस प्रताडना का कुछ-कुछ

भास होने लगा था जिसे नीलू निपट अकेली सहन करती रही थी।

आखिर चुप्पी को तोड़ते हुए इंस्पेक्टर ने नीलू से कहा था :

"क्या फैसला किया है? अपने लोगों के साथ जाओगी या सुधीर के साथ?" यह सुनकर नीलू के गालों पर हल्की-सी रंगत दौड़ गई थी। सुधीर को लगा था जैसे उसके शरीर में लरज़िश-सी हुई है।

सकता-सा छा गया था। नीलू चुप थी मानो उसका मुँह बंद कर दिया गया हो। दोनों भाई उसके चेहरे की ओर देखे जा रहे थे, जबकि उसके अब्बा नीचे फ़र्श पर आँखें लगाए हुए थे।

तभी बैठे-बैठे ही, नज़र नीची किए ही, नीलू ने सुधीर की ओर इशारा करके कहा था :

"मैं सुधीर के साथ जाऊँगी।"

उसके यह कहने की देर थी कि नीलू के अब्बा उठ खड़े हुए थे, "और अब नीलू बिटिया, समझ ले कि हम तेरे लिए मर गए और तू हमारे लिए मर गई, "कहते हुए अपना लट्ठ पटपटाते हुए पुलिस थाने से बाहर निकल गए थे। उनके पीछे-पीछे मुख़्तार और हमीद भी निकल गए। हमीद कुछ बड़बड़ाया था, या गाली दी थी, सुधीर उसे समझ नहीं पाया था। इतना ही उसके कानों में पड़ा था, "हम भी देख लेंगे, समझ लेंगे।"

विवाह-संस्कार आर्यसमाज मंदिर में हुआ था। जगदीश अपने चार-पाँच दोस्तों-संगियों को भी पकड़ लाया था। गेंदे के फूलों के हार ले आया था। फिर दोनों भागकर नीलू के लिए चटकीले रंगों की एक साड़ी ले आए थे। जगदीश सारा रास्ता बतियाता रहा था। नीलू इस बीच जगदीश के कमरे में अकेली बैठी रही थी। और जब निकली थी तो न केवल चटकीली साड़ी पहने हुए, बल्कि माथे पर चौड़ी-सी सिंदूर की बिंदी भी लगाए हुए और हँसती हुई।

"अभी बिंदी कैसे लगा ली, नीलू? बिंदी शादी के बाद लगाते हैं।" जगदीश ने झट से कहा था।

"लगा ली तो लगा ली, इसमें क्या है!"

तदुपरांत, प्रेम को गृहस्थ में ढालने की प्रक्रिया आरंभ हो गई थी।

विवाह-संस्कार के बाद, गुलाब के फूलों की दो-एक पंखुड़ियाँ नीलू के बालों में अभी भी अटकी हुई थीं, अंतिम मंत्र पढ़ने के बाद पंडित जी ने युवा जोड़ी पर पुष्प वर्षा करने को कहा था और सभी ने चिंगेर में से गुलाब की पंखुड़ियाँ उठा ली थीं। नीलू को बड़ा अच्छा लगा था, जब सभी ने एक साथ उन पर पंखुड़ियाँ बरसाई थीं।

मंदिर में से बाहर निकलते ही जगदीश ने एक राहजाता स्कूटर रोक लिया था, और वर-वधू—दोनों उसमें सवार होकर सुधीर के घर की ओर चल पड़े थे।

स्कूटर में चढ़ने से पहले, जगदीश ने हँसते हुए सुधीर के कान में कहा था,

"घर में अगर जूते पड़ें तो दोनों चुपचाप मेरे कमरे में लौट आना। शरमाना नहीं।" और खी खी करके हँस दिया था।

और जब वे स्कूटर में बैठ गए तो जगदीश ने नीलू से हँसकर कहा, "भाभी, यह खटारा जब चलेगा तो समझ लेना, शादी का बैंड-बाजा बज रहा है!" और खुद ही ताली बजाकर हँस दिया था।

स्कूटर सचमुच बड़ा फटीचर-सा निकला था। हर चौराहे पर उसका इंजन बंद हो जाता था। और अभी सुधीर के घर तक का कुछ फासला बाकी था, जब स्कूटर को खाँसी छिड़ गई थी, और एक बार इतनी जोर से खाँसा था कि स्कूटर के सभी पिंजर हिल उठे थे और वह चौरस्ते से पहले ही हाँफकर चुप हो गया था। फिर बार-बार पैडल मारने पर भी जब स्कूटर नहीं चला तो स्कूटरवाले ने जवाब दे दिया :

"बाबू, आप कोई दूसरा स्कूटर ले लो।"

इस पर स्कूटर में से उतरते हुए सुधीर ने बुदबुदाकर कहा था, "हमारे ब्याह से सभी नाराज़ हैं।"

और तब दोनों वर-वधू पैदल पैर घसीटते हुए घर पहुँचे थे। बरामदे में खड़ी तारा ने दूर से ही उन्हें देख लिया था और देखते ही उछलने लगी थी। भैया ने कंधे पर काले रंग का बैग उठा रखा था, जबकि भाभी के कंधों पर साड़ी का पल्लू फिसल-फिसल रहा था और उन्हें देखकर वह भागती हुई सीढ़ियाँ उतरने लगी थी।

पर स्वागत के नाम पर एक ही चीज़ थी—हरे पत्तों का बंदनवार, जो तारा ने अपने हाथ से पिरोकर सीढ़ियोंवाले दरवाज़े के ऊपर टाँग दिया था; या फिर उसका खिलखिलाता, दमकता चेहरा।

उसी ने चहकते हुए नीलू के बालों में से गुलाब के फूलों की दो पंखुड़ियाँ निकालीं और फिर हँसते हुए ही, "हाय नहीं!" कहते हुए एक-एक करके दोनों पंखुड़ियों को वापिस बालों में खोंस दिया था।

तारा को यों चहकते-नाचते देखकर सुधीर को लगा था, जैसे सारा संसार उसके विवाह पर खुशियाँ मना रहा है। पर घर का कोई और व्यक्ति बाहर नहीं निकला। न माँ, न बाबूजी। बड़ी बहिन तो बाबूजी के डर से सुबह ही अपने बेटे के साथ अपने घर चली गई थी।

सुधीर ने जब पहली बार अपने घरवालों को नीलू के बारे में बताया था कि वह उससे ब्याह करने जा रहा है तो उसके बाबूजी ने रसोईघर में बैठे-बैठे ही, चूल्हे में से जलती लकड़ी खींचकर उठा ली थी और उसे घर में से निकल जाने की धमकी दी थी :

"न किसी से पूछा, न बताया और आज हमें नोटिस दे रहा है कि मुसलमानी से ब्याह करेगा। हरामी! दूर हो जा मेरी आँखों से!"

और चौके में चूल्हे के पास बैठी उसकी माँ जो रोटियाँ सेंक रही थी, ठिठक

कर जैसे बैठी की बैठी रह गई थी और बाद में देर तक रोती-बिलखती रही थी। और एक ओर दीवार के साथ बैठी एक ही थाली में से खाती हुई दोनों बहनें रो पड़ी थीं। उन्हें अपना भाई पराया-सा लगने लगा था।

"तेरा भेजा फोड़ दूँगा, अगर फिर उस लड़की का नाम लिया।" बाबूजी ने अपनी लाल-लाल आँखें दिखाते हुए कहा था।

चूल्हे के सिरहाने बैठी दुबली-पतली सुधीर की माँ, न तीन में न तेरह में, जिसकी घर में कोई नहीं सुनता था, मुसलमान लड़की का नाम सुनते ही काँप गई थी।

सुधीर के परिवार के लोग स्वयं ऊँची जाति के नहीं थे, पर हिंदू तो थे, मुसलमान तो नहीं थे।

सुधीर का पिता छोटी-सी सरकारी नौकरी से अवकाश ग्रहण करने के बाद, घर की दहलीज़ पर आ बैठा था। न काम न काज़, पेंशन के आधे पैसे घरवालों को देता, बाकी पैसे शराब की नज़र जाते थे। पर प्रेम विवाह का नाम सुनते ही उसने भी जलती लकडी उठा ली थी। जब उसने जलती लकड़ी उठाई थी तो वह पिए हुए था, पर नशे के बावजूद 'मुसलमान' शब्द फिर भी उसकी चेतना को बेंध गया था।

स्वयं पियक्कड़ होते हुए भी सुधीर के पिता पर परंपरागत संस्कार हावी थे। उसे अव्वल तो प्रेम-विवाह से ही चिढ़ थी, वह भी मानता था कि प्रेम-विवाह करने वाले युवक-युवतियाँ गिरे हुए लोग होते हैं, जिनका नैतिक पतन हो चुका होता है। उसे भी प्रेम में उच्छृंखलता और कामुकता ही नज़र आती थी। जो युवक कर्तव्यपरायण होते हैं, वे लड़कियों के चक्कर में नहीं पड़ते। युवतियों के लिए प्रेम करना तो और भी घृणास्पद है, जघन्य पाप है। लज्जा स्त्री का ज़ेवर है, उसे ही खो दिया तो पीछे क्या रह गया! कहाँ तो युवतियों का संकोची भीरु स्वभाव जो उनके सौंदर्य का अंग है, और कहाँ उनका मुँह उघाड़कर घूमना, गली-बाज़ार में मुँह फाड़कर हँसना, लड़कों की कमर में हाथ डालकर घूमना, क्या उन्हें शोभा देता है? यह गिरावट नहीं तो क्या है?

बाप की भभकी का सुधीर पर कोई विशेष असर हुआ हो, ऐसा नहीं था। बाप की भभकियाँ तभी असर करती हैं, जब वह घर में कमाकर लाता हो। पियक्कड़ बाप से कौन बेटा डरेगा, और वह भी जब बेटे की कमाई से घर का खर्चा चलता हो? सुधीर भाग-दौड़ करके अपने कुछेक चित्र बेच लिया करता था। उसके हाथ के बने चित्र बिकने लगे थे, होटलों की दीवारों पर कहीं-कहीं पर लटके हुए नज़र भी आने लगे थे। कभी-कभी तो खरीदार उसका घर पूछते हुए पहुँच जाते थे।

इसके विपरीत जब से उसका बाप घर आ बैठा था, उसकी स्थिति बच्चों तक की नज़र में नगण्य होती जा रही थी। विडंबना इसी बात में थी कि जितना अधिक वह नगण्य होता जा रहा था, उतना ही अधिक वह घर में चिल्लाने और हुक्म चलाने लगा था।

वे लोग अभी कमरे में बैठे ही थे कि छोटी बहिन तारा भर्राई आवाज़ में बोली

थी, "भैया, अब क्या तुम घर छोड़ जाओगे?" और कहते हुए रो पड़ी थी।

"पगली, मैं कहीं नहीं जा रहा हूँ। ब्याह कर लिया तो रहूँगा तो यहीं पर।" तारा हैरान-सी होकर उसके चेहरे की ओर देखने लगी थी।

"पर यहाँ पर जगह कहाँ है? एक कमरे में तो हम भाई-बहिन सोते हैं, और दूसरे में बाबूजी और माँ?"

उसने पिता के मुँह में से निकले शब्द दोहरा दिए थे और फिर झट से बोली थी, "नहीं जी, क्यों, मैं बरामदे में सो जाया करूँगी, और आप दोनों कमरे में?" तारा के मुँह से निकले शब्द सुनते हुए, सुधीर को अपने मित्र जगदीश का वाक्य याद हो आया था, 'घर में अगर जूते पड़ें तो दोनों चुपचाप मेरे कमरे में लौट आना। शरमाना नहीं।'

माँ जो डरी-सहमी, अधमुचड़े कपड़े पहने, एक कमरे से दूसरे कमरे में जाती घर के कामों में लगी रहती थी, सुधीर और नीलू के आने पर जड़वत् चौके में ही बैठी रही थी। पर जब तारा किलकारियाँ भरती उन्हें अपने कमरे में ले गई तो मन पर छाया आतंक भी कुछ-कुछ कम होने लगा था। ज़माना बीत चुका था, जब उस महिला के मन में कोई साध उठी हो। यदि कहीं किसी इच्छा का अंकुर फूटता भी था तो वह स्वयं उसे दबा देती थी, मसल देती थी, इस डर से कि कहीं सुधीर का पिता न आ जाए, उसे उसकी चाहना का पता न चल जाए।

सुधीर और नीलू के घर में आने पर माँ रसोईघर में ही बैठी रही थी। पर देर तक गुमसुम बैठे रहने के बाद उसके अंदर से ही किसी आवेग ने ज़ोर मारा था और वह जैसे भय की जंजीर तुड़ाकर बाहर चली आई थी और बच्चोंवाले कमरे की दहलीज़ पर आकर खड़ी हो गई थी, और दरवाज़े को ही पकड़े-पकड़े गुमसुम अंदर देखती रही थी।

सुधीर जानता था कि पिता की मनाही के कारण ही माँ कुछ बोल बतिया नहीं रही है। यों माँ कुछ कहती भी तो क्या! पर फिर दरवाज़े पर डोलते साए को देखकर नीलू उठ खड़ी हुई थी और मुस्कराती हुई-सी उसके सामने जाकर खड़ी हो गई थी।

सुधीर की माँ चुपचाप उसे किसी गूँगे व्यक्ति की भाँति देखती रही, फिर मानो छटपटाकर, उसने अपने दोनों हाथों से अपने गले में से कंठहार उतारा और नीलू के गले में डाल दिया, और उन्हीं क़दमों लौटकर मानो भागती हुई रसोईघर में चली गई थी।

नीलू ने सुधीर की माँ के बारे में बहुत कुछ सुन रखा था, पर फिर भी वह उसके व्यवहार से चौंक सी गई थी। उसकी हडबडी उसकी समझ में नहीं आ रही थी।

उसके बाद लगभग आधे घंटे बाद, नीलू ने आँख उठाई तो कुछ दूरी पर सुधीर की माँ चुपचाप खड़ी थी, बुत का बुत। नीलू की समझ में नहीं आया कि माँ क्यों वहाँ पर खड़ी है। पर जब तारा ने मुड़कर उसकी ओर देखा तो माँ ने सिर हिलाकर और तर्जनी के इशारे से उसे अपनी ओर बुलाया जिस पर तारा भागकर माँ की ओर चली गई, और तभी दोनों एक साथ वहाँ से हट गईं।

सुधीर समझ गया था कि माँ खाना तैयार करने में लग गई है। और कुछ देर बाद जब तारा भागती हुई आई और उन्हें रसोईघर की ओर भोजन करने के लिए लिवा ले गई और दोनों वर-वधू शादी के बाद के अपने पहले भोजन के लिए पहुँचे तो सुधीर ने देखा कि भोजन का प्रबंध रसोईघर के बाहर किया गया था। तारा ने फर्श पर छिड़काव कर दिया था, बड़ी चौकी पर फूलदार कपड़ा भी बिछा दिया था, पानी के गिलास भी रख दिए थे, पर भोजन रसोईघर के बाहर ही खिलाया जा रहा था। सुधीर को समझने में देर नहीं लगी कि यह भी पिता के डर के कारण किया जा रहा है।

और भोजन करने के कुछ ही देर बाद जिद में माँ ने अपनी ओर से गुड़ और घी का मिश्रण बनाकर वर-वधू का अपनी गँवई प्रथा के अनुसार स्वागत किया था। इसके बाद सुधीर और नीलू फिर से स्कूटर में बैठे जगदीश के क्वार्टर की ओर जा रहे थे। तारा रो पड़ी थी और स्कूटर के मोड़ मुड़ जाने के बाद भी आँसू बहाती सड़क के किनारे खडी रही थी और जब उसने आँख उठाकर ऊपर की ओर देखा तो छत पर मुँडेर के पीछे उसकी साँवली, दुबली माँ चुपचाप मूर्तिवत् खड़ी थी।

तीन

अपना गिलास उठाए, धीरे-धीरे चलता हुआ, मुस्कराता हुआ, गंजा प्रोफेसर सेठी, सीधा नीलू के सामने आकर खड़ा हो गया। कुछ देर तक अपनी नम, सराहना भरी आँखों से उसकी ओर देखता रहा, फिर अपना गिलास तनिक ऊँचा उठाकर बोला, "यह जाम, नीलू के नाम! तुम्हारे साहस के नाम! तुम्हारी जिंदादिली के नाम! तुम्हारी खूबसूरती के नाम! तुम्हारे नाजुक बदन और फौलादी इरादों के नाम!"

"वाह!" कमरे में बैठे लोगों में से किसी ने कहा।

इस पर सेठी मुस्कराया और तैरती आँखों से कमरे में बैठे अपने साथियों की ओर देखते हुए बोला, "किसी ने ठीक ही कहा है कि मुहब्बत फूल से भी ज्यादा नाजुक और फ़ौलाद से भी ज़्यादा मज़बूत होती है।"

फिर घूमकर, नीलू और उससे कुछ दूरी पर बैठे सुधीर की ओर जाम ऊँचा उठाकर बोला, "जीती रहो नीलू! जीते रहो, सुधीर!"

"वाह, खूब कहा!" कमरे में से फिर से आवाज़ आई, "अब आओ, और अपनी जगह पर बैठ जाओ।"

इस पर कुछ लोग हँस दिए। गंजा प्रोफेसर सेठी मस्ती में था।

"आता हूँ! आता हूँ!" कहकर अपने हाथ में पकड़ा गिलास और ऊँचा उठाता हुआ बोला : "आओ, हम पथ से हट जाएँ!

युवती और युवक मदमाते
उत्सव आज मनाने आते
लिये हृदय में हर्ष, नयन में स्वप्न,
हृदय में अभिलाषाएँ!"

"वाह, वाह, खूब, बहुत खूब! अब आकर अपनी जगह पर बैठ जाओ।"

पर सेठी, सुना-अनसुना करता हुआ, अपना दायाँ हाथ नीलू की दिशा में फैलाते हुए, और कमरे में बैठे हुए लोगों को सुनाते हुए बोला :

"Here is a lesson from a butterfly,
that on a hard rock, happy can lie!"

और झूमता, मुस्कराता हुआ, अपनी कुर्सी पर आकर बैठ गया।

डॉ. गणेश के घर में पार्टी चल रही थी और बाहर मूसलाधार बारिश हो रही थी। लगभग सभी बुद्धिजीवी—समाजशास्त्री, दर्शनशास्त्री, इतिहासशास्त्री—अपनी अर्द्धांगिनियों सहित पहुँचे हुए थे, और भारतीय प्रथानुसार स्त्रियाँ एक ओर दीवार के साथ लगी कुर्सियों पर और पुरुष कमरे की दूसरी दीवार के साथ लगी कुर्सियों पर विराजमान थे। पार्टी जोबन पर थी। कमरे के बाहर बरामदे में, डॉ. गणेश ने रम की दो बोतलें और पानी के जग, और स्त्रियों के लिए पेप्सी की बोतलें रखवा दी थीं। आओ, ढालो और पियो। बुद्धिजीवियों का यह चहेता पेय था, सस्ता भी और सिर पर चढ़कर बोलनेवाला भी। रम पियो, पकौड़े खाओ, सत्यान्वेषण, छिद्रान्वेषण करो, और झूम-झूम जाओ!

यह ख़बर समूचे कार्यालय में जंगल की आग की तरह फैल गई थी कि एक हिंदू चित्रकार अपनी ब्याहता मुस्लिम लड़की के साथ संस्थान में पहुँच गया है और दोनों डॉक्टर और श्रीमती गणेश के यहाँ ठहरे हैं। किताबों की दुनिया में विचरनेवाले बुद्धिजीवियों के लिए यह बड़ा विरल अवसर था। नवदंपति को भी देखेंगे और सामाजिक गुत्थियाँ भी सुलझाएँगे। जब दो-एक ने टेलीफोन पर इस जानकारी की चर्चा की तो श्रीमती गणेश के सुझाव पर डॉ. गणेश ने बहुत-से अनुसंधानकों को 'रम और पकौड़ों की जियाफ़्त पर आमंत्रित कर लिया और बावजूद मूसलाधार बारिश के सभी पहुँच गए। ऐसी स्थिति में श्रीमती गणेश ने नवदंपति—सुधीर और नीलू—को यह कहकर रोक लिया कि बारिश बंद हो जाए तो चले जाना। आज घर में बड़े-बड़े समाजशास्त्री आएँगे, उनसे भी मिल लेना।

प्रोफेसर सेठी की एक टाँग समाजशास्त्र में तो दूसरी साहित्य में थी, इसी कारण वह भावुक हो रहा था। यों तो रम के दूसरे दौर तक, दर्शनशास्त्री हो या समाजशास्त्री, सभी भावुक होने लगते हैं और उनके झिझक और संकोच झर-झर कर गिरने लगते हैं, फिर भी इस सीमा तक नहीं कि शे'र और कवित्त बोलने लगें और लच्छेदार भाषा में बार-बार जाम उठाने लगें।

सेठी ने बैठने से पहले फिर भावुक होकर कहा, "वाह, वाह, प्रेम की नाजुक-सी नौका पर ये दोनों तरुण, हरहराते सागर के थपेड़ों के बीच उतर गए हैं!"

इस पर कहीं से आवाज़ आई, "इसे और न पीने दो, यार, नहीं तो यह सारा वक्त जाम उठाता और शेर पढ़ता रहेगा।"

हँसी-ठहाके के बीच सेठी बैठ गया।

नीलू चुपचाप बैठी सुने जा रही थी, पर उसके पल्ले कुछ भी नहीं पड़ रहा था। सुधीर के साथ शादी के बाद इतना कुछ घटता रहा था, पर वह एक तरह से

बेसुध-सी अर्द्धसुप्तावस्था में जी रही थी। उसके आसपास जो कुछ भी घट रहा था, वह उसके मस्तिष्क को छूता तो ज़रूर था, पर चेतना के स्तर पर कुछ भी स्पष्ट नहीं हो पाता था।

प्रोफेसर चावला, नीलू की बगल में ही बैठा था। नीलू को संबोधित करते हुए वह भी बोला, "तुम बड़ी हिम्मतवाली, बड़ी दिलेर लड़की हो। लड़कियों में हिम्मत ज़्यादा होती है। इस हिम्मत को अपने अंदर बनाए रखना।"

चावला को लगा जैसे नीलू बड़े ध्यान से उसकी बातों को सुन रही है। इससे प्रोत्साहित होकर वह और भी ज्यादा गर्मजोशी से कहने लगा, "किसी से दबना नहीं। एक से दबोगी तो सभी तुम्हें दबाएँगे।"

निकट बैठे डॉ. सहगल ने सुन लिया और अपनी बग़ल में बैठे डॉ. कौल को कोहनी मारकर धीरे से बोला :

"शुरू हो गया हमारा योद्धा। अब उसे वर्ग संघर्ष के सभी गुर एक-एक करके समझाएगा।"

चावला नीलू से कह रहा था, उसे एक ठोस सुझाव दे रहा था, "जो विचार मन में उठे, उसे एक डायरी में लिख लिया करो। ये टिप्पण बड़े मूल्यवान होते हैं। इनसे बहुत-सी बातें साफ़ होती हैं।"

इस पर निकट ही बैठे शर्मा ने, व्यंग्य कसते हुए कहा, "इसीलिए चावला इतनी किताबें लिख गया है, क्योंकि वह डायरी लिखता है।"

इस पर कमरे में ठहाका हुआ। महफ़िल में सभी जानते थे कि चावला बौद्धिक तर्क तो बहुत झाड़ता है, पर किताब एक भी नहीं लिख पाया।

चावला ने सुन लिया। छूटते ही बोला, "मेरी डायरी ही सबसे बड़ी किताब है। तुम्हारी बीसियों किताबों के बराबर।"

दाढ़ीवाला डॉ. वर्मा इस डर से कि कहीं तू-तू मैं-मैं न शुरू हो जाए, ऊँची आवाज़ में बोला, "छोड़ो यार, किताबों की सिरदर्दी क्या ले बैठे हो। किताबों से थोड़ी देर के लिए पिंड छुड़ाने के लिए ही तो हम मिल बैठे हैं।"

बुद्धिजीवी अपने बौद्धिक सरोकार रम के जामों में डुबो देने के मूड में थे। यों सुधीर-नीलू के प्रेम-विवाह में बुद्धिजीवी समाजशास्त्रियों की एक विरल घटना के नाते, दिलचस्पी थी। यह अंतर्जातीय विवाह था। आज के माहौल में अंतर्जातीय, अंतर्धर्मी विवाह अनुसंधान का महत्त्वपूर्ण विषय है। इस एतबार से सुधीर और नीलू उनके लिए एक जीते-जागते उदाहरण बनकर आए थे। यों, अनुसंधान की पहली शर्त तटस्थता होती है, पक्षधरता का उसमें कोई दखल नहीं होता, भावनात्मक स्तर पर तो बिलकुल भी नहीं। न ही अनुसंधानक की निजी दृष्टि का, न समाज के हित-अहित का। इसलिए एक तरह से सुधीर और नीलू उनके लिए प्रयोगशाला में लाए गए जीवधारियों के समान ही थे।

इस तरह बुद्धिजीवियों की अपनी दृष्टि, अपना तर्क होता है। वे सच्चाई की तह तक पहुँचने का प्रयास तो करते हैं, पर सच्चाई की झलक मिल जाने के बाद उससे जुड़ते नहीं। उनका मकसद बस इतना ही रहता है कि तार्किक दृष्टि से खोज करते हुए कुछ आधारभूत निष्कर्ष उनके हाथ लग जाएँ। बस, इतना ही। अन्वेषण की यही सीमा रेखा है। जानकारी को क्रियात्मक रूप देना, व्यवहार में ढालना, यह उनके क्षेत्र के बाहर की चीज़ है। इस दृष्टि से वे निश्चेष्ट, निर्लिप्त होते हैं। किसी प्रकार की प्रतिबद्धता का तो सवाल ही नहीं उठता।

लेकिन इस सबके बावजूद, अपने-अपने निजी संस्कारों का कोई क्या करे? संस्कारों से अपना पिंड कौन छुड़ा पाया है? तटस्थता और निष्पक्षता विषय के अन्वेषण तक तो बने रहते हैं, पर किताब बंद करते ही, निजी संस्कार, अनुभव, रागद्वेष अपने-अपने चिंतन पर वैसे ही हावी होने लगते हैं, जैसे जनसाधारण के चिंतन पर।

इस तरह जहाँ बैठक में बैठे अधिकांश लोग हँसी-खेल में भाग ले रहे थे, वहाँ दरवाज़े के निकट साथ-साथ बैठे दो बुद्धिजीवियों के बीच धीमा-धीमा वार्तालाप चल रहा था :

"यार, यह इस लड़की को कहीं से भगाकर तो नहीं ले आया? मुझे तो दाल में कुछ काला नज़र आता है।"

"तुम्हें यह ख़याल क्यों कर आया?"

"सूरी की पत्नी कह रही थी कि ये लोग बिना पूर्व सूचना दिए पहुँच गए। कभी ऐसा भी होता है?"

"कलाकार है, भगाकर क्यों लाया होगा?"

"कलाकार है, इसीलिए हो सकता है भगाकर लाया हो," दूसरे ने हँसकर कहा, "क्यों? कलाकार चार सौ बीस नहीं होते? कौन जाने अंदर क्या मामला है! मैं सोचता हूँ, डॉ. गणेश को सावधान कर देना चाहिए। इन्हें ज़्यादा दिन अपने यहाँ न ठहराएँ। इस पर एक हिंदू, एक मुसलमान। देख तो रहे हो, ज़माना कैसा चल रहा है। इन्हें जल्दी ही चलता करें। क्या तुम्हें ये दूल्हा-दुल्हन नज़र आ रहे हैं? इनके कपड़े तो देखो। लड़की के बदन पर ज़ेवर का नाम नहीं। यह पुलिस का मामला भी बन सकता है। गणेश को इन्हें अपने पास नहीं ठहराना चाहिए था। "कहते हुए वह स्वयं आतंकित-सा महसूस करने लगा था, "पुलिस हमें भी इस मामले में घसीट सकती है।"

इस पर उसके साथी ने हँसकर कहा, "तुम थोड़ा पी लिया करो रघुनाथ! फिर इतने डरे-सहमे नहीं रहोगे।"

पर रघुनाथ आवाज़ धीमी करके बोला, "देख लेना, क्या होगा। बावेला मच सकता है। लड़का हिंदू है, लड़की मुसलमान।"

इस पर उसका साथी उठकर बरामदे में गया और उसके लिए रम का गिलास भरकर ले आया।

"लो पियो, इससे दुनिया तुम्हें इतनी भयानक नज़र नहीं आएगी, लो।"

"तुम तो जानते हो, मैं नहीं पीता। यह क्या मज़ाक है?"

उधर, एक ओर को, गोल खिड़की के नीचे बैठी महिलाएँ, अपने-अपने ढंग से रस ले-लेकर इस विवाह की चर्चा कर रही थीं। सेक्रेटरी की पत्नी बड़ी खिलन्दरी स्वभाव की महिला थी। हँस-हँसकर कह रही थी, "दूल्हा इसे स्कैंडल प्वाइंट ले जाएगा। इसे आइसक्रीम खिलाएगा। इसके बालों में फूल टाँकेगा। इसके कानों में प्यार भरी बातें कहेगा, 'तू मेरे दिल की रानी है।' यह प्यार के हिंडोले में झूलती रहेगी। और जिंदगी में रखा क्या है! जो घड़ी दो घड़ी मन भुलावे में बीत जाए, वही बहुत है। होता तो सब झूठ है, यह तो मैं भी मानती हूँ। पर यह बड़ा प्यारा झूठ होता है। दिलफ़रेब झूठ। पर अपने को झुठलाए रखना क्या बुरा है?"

सेठी जो कान लगाए महिलाओं का वार्तालाप सुन रहा था, झट से बोला :

"आए कुछ अब कुछ शराब आए।

इसके बाद आए जो अज़ाब आए!"

सेक्रेटरी की पत्नी कह रही थी, "अगर मुझे कोई इतने कंप्लीमेंट दे तो मैं आज भी उसके साथ भाग जाऊँ।"

"क्यों? सेक्रेटरी तुम्हें कंप्लीमेंट नहीं देते?"

"आदमी बोर होते हैं। मुझे चुलबुले लोग पसंद हैं। मुँह लटकाकर बैठनेवाले किताबी लोग मुझे पसंद नहीं हैं। इन मीठी-मीठी बातों का भले ही कोई मतलब न हो, पर हैं तो मीठी!"

इस पर वर्मा की पत्नी ने धीमे से कहा, "लड़की की कलाइयाँ तो नंगी-बूची हैं। चार-चार काँच की चूड़ियाँ हैं, बस। नई ब्याही दुल्हन क्या ऐसी होती है?"

"सफर करके आए हैं ना," सेक्रेटरी की पत्नी बोली, "सफ़र में ज़ेवर उतार दिए होंगे।"

"पर यहाँ पर बैठने से पहले तो पहनकर आ सकती थी ना। ज़ेवर होते तो पहनती।"

इस पर एक और महिला धीमी आवाज़ में बोली, "ऐसे ब्याह दो दिन नहीं चलते।"

सेक्रेटरी की पत्नी ने घूमकर देखा और फिर हाथ हिलाकर बोली, "अरी, दो दिन हँस-खेल ले, तो क्या बुरा है, बाद में तो औरत को खटना ही खटना है। इस वक्त तो वह इसे घुमाएगा, इस पर लट्टू जो है। ब्याहकर आई है या नहीं, ब्याह दो दिन चलेगा या नहीं, हमें इससे क्या? मैं तो यह कहती हूँ, भागकर आई है तो भी अच्छा, प्रेम-विवाह करके आई है तो भी अच्छा। दो दिन घुमाए-फिराएगा तो इसे?"

"चंबेली, तुम्हें किसी ने नहीं घुमाया-फिराया?"

"मेरा क्या पूछती हो। मैं तो ब्याहकर आई तो पहली रात को ही यह किताब

खोलकर बैठ गया।"

"औरतों की ओर से टुनटुनाती हँसी की आवाज़ आई :

"तब से यह किताबें ही पढ़ रहा है।"

"हमारे जीजाजी किताबें पढ़ते रहे हैं तो ये तीन-तीन बेटे-बेटियाँ कैसे पहुँच गए?"

"मेरी हिम्मत से, और क्या? मैंने एक रात किताब छीनकर फर्श पर फेंक दी।..."

इस पर चंबेली की साथिनें ठहाका मारकर हँसने लगीं।

"वर्मा ठीक कह रहा था। आज जो मौज-मेल करना है, कर लो। कल की कोई नहीं जानता। बाद में यह लड़की कुछ याद तो करेगी। बाद में पिसना तो सभी औरतों को है। बच्चे भी जनेंगी, पालेंगी। चौके में भी खटती रहेंगी, अपने घरवाले को भी सँभालेंगी, इस पर भी घरवाला कभी सीधे मुँह बात नहीं करेगा।" कहते-कहते वह और ज़्यादा जोश में आ गई, "औरत तो दुनिया में बेवकूफ बनने के लिए आई है। घरवाला दो चूड़ियाँ बनवा देगा तो वह खुश। सभा-सोसाइटी में कोई उसके रूप की प्रशंसा कर देगा तो वह फूली नहीं समाएगी। पर उसे जिंदगी में मिलता क्या है?"

"अगर हमारे यहाँ ऐसे अंतर्जातीय विवाह होने लगें तो एक बहुत बड़ी समस्या का हल हो जाए।" एक समाजशास्त्री ने सिर हिलाते हुए कहा जो कोट-नकटाई पहनकर आया था और आँखों पर मोटे शीशों का चश्मा लगाए हुए था।

"एक भले काम में दो-दो मज़े!" कहीं से आवाज़ आई, "मुसलमानों को हिंदवानियाँ पसंद हैं और हिंदुओं को मुसलमानियाँ।"

इस पर ठहाका हुआ।

"यह सेठी अपनी टिप्पणी किए बिना नहीं रहेगा।"

"क्यों, क्या मैंने गलत कहा है?" सेठी सरूर में था। कुर्सी पर बैठे-बैठे ही बोला, "छोटी उम्र में हम लोग मुसलमानों के मुहल्ले में रहते थे। अक्सर औरतें बुर्का लगाए रहतीं। सड़क को छोड़कर जब वे किसी छोटी गली में घुसतीं तो बुर्का उठा देतीं। मैं छोटा-सा था। मैं कहूँ यह बुर्का चेहरे पर से उठाएगी तो कैसा चाँद-सा मुखड़ा नीचे से निकलेगा। मैं कल्पना के घोड़े दौड़ाता रहता। बुर्का पहनते ही औरत 'मिस्टरी' बन जाती है।"

"कितनी बार जूते पड़े?" कोने में बैठे एक और समाजशास्त्री ने कहा। कमरे में ठहाका हुआ। पर सेठी अपना गिलास उठाए उठ खड़ा हुआ था और मस्ती में हफ़ीज़ जालंधरी की नज़्म में से शेर सुनाने लगा था :

हे हुस्न की शहज़ादियाँ
पर्दे की हैं आबादियाँ
चश्म-ए-फ़लक ने आज तक
देखी नहीं इनकी झलक

कब सामने आती हैं वो
ग़ैरत से कट जाती हैं वो।"

अभी वह शेर सुना ही रहा था कि चावला सिर हिलाकर बोला, "नज़्म तो अच्छी है, लेकिन इसके विचार पिछड़े हुए हैं।"

इस पर सेठी ने टिप्पणी की, "तुम इस वक्त नज़्म का ही मज़ा लो। विचारों पर विचार लायब्रेरी में बैठकर करना; या डायरी लिखते समय।"

खिड़की के पास डॉ. असलम बैठा था। गोरा चिट्टा चेहरा, खूब दमकता हुआ और छरहरा बदन। वह अभी तक चुपचाप बैठा रम की हल्की-हल्की चुस्कियाँ ले रहा था। कभी उसकी नज़र सुधीर पर तो कभी नीलू पर जा पड़ती। सेठी ने असलम को देखा तो झट से बोला, "हमें तो बुर्के ने मारा, पर असलम भाई, तुम बताओ तुम कैसे ज़बह हुए?"

असलम चौंका। वह सेठी के रिंदाना मिज़ाज से वाकिफ था। हँसकर बोला, "हमें ज़ुल्फ़-ए-बंगाला ने मारा।"

ठहाका हुआ। महफ़िल में बैठे दोस्तों की आँखें पहले असलम की ओर, फिर घूमकर अँगीठी के पास स्त्रियों की पाँत में बैठी उस बंगाली महिला—हेमा—पर जा टिकीं जिसके साथ वर्षों पहले डॉ. असलम का प्रेम-विवाह हुआ था।

"सुना भाभी?" सेठी उठ खड़ा हुआ था और दायाँ हाथ बंगाली महिला की ओर बढ़ाते हुए बोला :

"एक जाम ज़ुल्फ-ए-बंगाला के नाम हो जाए!, जिनके पेंचो ख़म में हमारा यार अभी भी फँसा हुआ है!"

बंगाली महिला मुस्करा दी। शरमा गई। धीमी-धीमी मुस्कराहट। काली ज़ुल्फों की जगह अब खिचड़ी बाल सिर पर आ गए थे। दोस्तों के बीच बेतकल्लुफी थी, उसने सुझाव का बुरा नहीं माना। केवल धीमी-धीमी मुस्कराहट के साथ सेठी के सुझाव की सराहना भी की और उसे आगे बढ़ने से रोक भी दिया।

पर सेठी रुकनेवाला नहीं था। डॉ. असलम की ओर मुखातिब होकर बोला, "सुना है, तुम पर पत्थर पड़े थे, पुष्प वर्षा हुई थी और तुम जान बचाकर भागे थे। कामदेव ने तो एक ही बाण चलाया, पर भाइयों ने तो पत्थरों की बौछार ही कर दी।"

महफिल में बैठे सभी को सभी की जिंदगी के राज़ मालूम थे। हर रोज़ का उठना-बैठना था। कोई छिपाव-दुराव नहीं था।

पर नीलू से कुछ दूरी पर बैठा सुधीर यह सुनकर चौंका, और उसने सहसा ही मुड़कर डॉ. असलम की ओर देखा। अरे, क्या यह वही आदमी तो नहीं जिसे मैंने बचपन में देखा था? स्कूल में छुट्टी हो जाने के बाद वह घर लौट रहा था जब उसने एक युवक को सड़क पर बड़ी तेज़-तेज़ साइकिल चलाकर जाते देखा था,

और उसके पीछे पाँच-सात लड़के, हाथों में ढेले उठाए, उसका पीछा कर रहे थे, और रुक-रुककर उस पर पत्थर फेंक रहे थे। एक पत्थर उसके सिर पर लगा था और देखते ही देखते उसकी पीठ लहूलुहान हो गई थी। पर वह बराबर पैडल मारता, साइकिल दौड़ाता जा रहा था। उसकी कमीज़ पीछे से लहू से सन गई थी, और जगह-जगह पीठ पर पड़ते ढेलों की मिट्टी लगी थी। इस दृश्य को देखकर सुधीर का दिल दहल गया था। वहीं पर सड़क पर खड़े लोगों में से किसी को कहते सुना था : लड़का मुसलमान है, इधर पीछेवाले कॉलेज में पढ़ाता है। किसी हिंदू लड़की के साथ इसकी आशनायी है।

सुधीर एकटक डॉ. असलम की ओर देखे जा रहा था। तो यही वह आदमी रहा होगा जिस पर उस दिन पथराव हुआ था! सड़क पर ढलान थी—अब भी वह दृश्य सुधीर की आँखों के सामने आ गया था—जिस पर वह साइकिल दौड़ाता भागा जा रहा था। साइकिल के कैरियर पर से उसकी किताबें फिसल-फिसलकर नीचे गिर रही थीं, कॉपी में से पन्ने, फ़र्राते हुए, सड़क पर उड़-उड़कर छितरने लगे थे। उसकी पीठ खून से सनी थी। उसका चेहरा सुधीर देख नहीं पाया था। पर उसे इतना याद था कि उसकी गर्दन गोरी-गोरी-सी थी और साइकिल के हैंडल को थामे उसके हाथ भी उसे गोरे-गोरे लगे थे।

इसके बाद वर्षों तक सुधीर इस दृश्य को भूल नहीं पाया था। यहाँ तक कि नीलू के साथ गहरी दोस्ती हो जाने पर भी दो-एक बार वह दृश्य उसकी आँखों के सामने घूम गया था।

डॉ. असलम धीमे-धीमे मुस्करा रहा था और सिर हिला रहा था।

"कुछ कहोगे भी या मीठा-मीठा मुस्कराते ही रहोगे?" सेठी बैठे-बैठे ही बोला।

"जैसी हमारी बीती है, वैसी सबकी बीते। इन दोनों की बढ़िया बीते। फूलें-फलें!" इस पर यार लोगों ने तालियाँ बजाईं :

"वाह, खूब कहा!"

पर सेठी, अपना गिलास उठाए, आगे बढ़ आया था, "यह झूठ बोल रहा है। कल ही ये लोग झगड़ रहे थे।" उसने बड़े ड्रामाई अंदाज़ में कहा!

इस पर ठहाका हुआ।

"प्रेम-विवाह हुआ है तो इसका यह मतलब तो नहीं कि झगड़ा ही न हो!" असलम ने हँसकर कहा, "प्रेम अपनी जगह, झगड़ा अपनी जगह।"

मोटे चश्मोंवाला प्रोफ़ेसर उठ खड़ा हुआ और बड़ी संजीदगी से एक-एक शब्द तौल-तौलकर बड़े फलसफ़ाना अंदाज़ में कहने लगा :

"डॉ. असलम ने बिलकुल सही कहा है, इन्सान एक जिंदगी में दस जिंदगियाँ जीता है। जिंदगी के एक चरण के बाद दूसरे चरण में जाओ तो पिछला चरण अपना प्रभाव खो चुका होता है। अगर कल इनकी जिंदगी में अड़चनें उठने लगे तो इसका

दोष इनके प्रेम-विवाह को नहीं दिया जा सकता।..."

"वाह, कमाल कर दिया, प्रोफेसर साहिब, पूरा वाक्य आप धाराप्रवाह सही बोल गए।"

किसी ने चुटकी ली, जिस पर ज़ोर का ठहाका हुआ। इस पर सेठी ने बैठे-बैठे हाथ पसारकर शे'र पढ़ दिया :

"तुझमें सौ नग़मे हैं,
ऐ तार-ए-रुबाब-ए-हस्ती!"

और फिर बैठे-बैठे ही उसे दोहरा भी दिया :

"तुझमें सौ नगमे हैं,
ऐ तार-ए-रुबाब-ए-हस्ती!"
(ऐ जीवन की वीणा, तुझमें सैकड़ों धुनें बजती हैं।)

प्रोफेसर अभी भी बोले जा रहे थे, "जिंदगी का प्रत्येक चरण अपनी उलझनें और अपने समाधान लेकर आता है। मात्र पिछले चरण को दोष देना अनुचित होगा।"

"वाह, वाह, हमने समझ लिया, प्रोफेसर साहिब!"

पर प्रोफेसर साहिब और ज़्यादा समझाने पर तुले हुए थे, "प्रेम-विवाह या अंतर्जातीय विवाह से परेशानियाँ बढ़ेंगी, तो क्या इससे पहले परेशानियाँ कम थीं?"

सुनते हुए डॉ. गणेश थोड़ा सतर्क हो गए। डॉ. असलम और उनकी पत्नी हेमा का ज़िक्र आने के बाद उन्हें लगा जैसे अंतर्जातीय विवाह का मसला फिर से केंद्र में आने लगा है। कहीं रम के सरूर में लोग व्यक्तिगत आक्षेप न करने लगें, कोई उल्टी-सीधी बात न कह बैठे।

कुछ देर बाद पार्टी का माहौल कुछ-कुछ बोझिल होने लगा था। जगह-जगह मेहमान लोग आपस में बातें करने लगे थे, एक-दूसरे से ध्यान हटने लगा था। उधर नीलू थकने लगी थी। अकेला महसूस करने लगी थी। कोई बात उसके पल्ले पड़ती, कोई नहीं पड़ती थी। यों तो भावनाओं और सपनों के जिस घटाटोप में वह जी रही थी, वहाँ तक इन आवाजों का पहुँच पाना ही संभव नहीं था। अधमुँदी आँखों से, तनिक मुस्कराती हुई वह मात्र सिर हिला रही थी। सुधीर कुछ अधिक सचेत था। डॉ. असलम को देख पाना उसके लिए अनूठा अनुभव रहा था, बल्कि उसने इसे थोड़ा विचलित भी कर दिया था।

पार्टी, इसके बाद ज्यादा देर तक नहीं चली। नव विवाहितों को अपनी शुभकामनाएँ देते हुए लोग एक-एक कर निकलते गए। बारिश भी तब तक थम गई थी। चोपड़ा ने

नीलू के साथ हाथ मिलाते हुए, जिस पर नीलू सकुचा गई थी, फिर से ज़ोर देकर कहा, "किसी से दबना नहीं। हिम्मत से काम लेना। औरतें ज्यादा जीवट वाली होती हैं।...

पास से गुजरते हुए सेठी ने चुटकी ली, "और डायरी लिखना। डायरी लिखने से ज़ेहन साफ़ होता है। दोस्त-दुश्मन की पहचान ज़्यादा साफ़ होती है। वर्ग-शत्रु पहचाना जाता है...।"

पीछे खड़े कुछ लोग हँस दिए।

मेहमानों के चले जाने के बाद जहाँ नीलू और सुधीर अपने कमरे में चले गए थे, वहाँ डॉ. गणेश और उनकी पत्नी ऊपरवाली मंजिल पर सोने चले गए। दोनों ही थके हुए थे। अंजलि पार्टी के दौरान ज़्यादा बोल नहीं पाई थी, इसलिए टिप्पणी करने के लिए उतावली हो रही थी। उधर डॉ. गणेश जो तरह-तरह की टिप्पणियाँ सुनते रहे थे, उनका समाजशास्त्रीय विवेचन करने के लिए उतावले हो रहे थे।

कपड़े बदलकर हाथ-मुँह धोने और हाथों और चेहरे पर क्रीम लगा चुकने के बाद अंजलि ने पलंग पर बैठते ही कहा :

"जवानी कैसी मस्तानी होती है, जी! प्यार में अंधे होकर ये लोग आग में कूद गए हैं।"

"सो जाओ अंजलि, अब ज़माना बदल गया है। अब पहलेवाली बात नहीं रही। लोगों की ज़हनीयत बहुत कुछ बदल गई है, बड़े शहरों में खास कर।"

"क्या बदल गया है? सुधीर का बाप बड़े शहर में नहीं रहता? उससे इतना नहीं हुआ कि बहू के सिर पर हाथ रखकर उसे आशीष दे देता? इधर ये सीढ़ियाँ चढ़कर अंदर गए, उधर वह बड़बड़ाता हुआ सीढ़ियाँ उतरकर बाहर निकल गया। घर में ब्याह तो एक पर्व जैसा होता है। खुशियाँ मनाने का मौका होता है, और तुम कहते हो ज़माना बदल गया है।"

डॉ. गणेश, पत्नी के पलंग के सामने आकर खड़े हो गए। गहरी सोच में डूबे हुए बोले, "ग़लती तो इस लड़के ने की है। छोटी-सी लड़की को ब्याहकर ले आया है। इस पर न घर, न घाट। वह भी इसके बहकावे में घर-बाहर छोड़कर इसके साथ आ गई है।"

तभी अंजलि के मुँह से निकला, "लड़की न ससुराल की रही, न मायके की। लडकी पर तरस आता है, और क्या!"

"तू तरस नहीं खाया कर। जो उसे ब्याहकर लाया है, वह उसकी देखभाल भी करेगा और सुन, उनके सोने का प्रबंध तुमने उस सीलन भरे कमरे में क्यों कर दिया है? बेचारा लड़की को हनीमून करवाने शिमला में लाया है और तुमने उन्हें उस फटीचर-सी जगह में धकेल दिया।"

पत्नी ने आँख उठाकर पति की ओर देखा। कल तो दोनों पति-पत्नी उन्हें जल्दी से जल्दी घर से विदा करने पर तुले हुए थे, आज सहसा ही सद्भावना के सोते कैसे फूट पड़े? शायद इसलिए कि उनके रहते पार्टी बड़ी कामयाब रही थी। और अंजलि तो सदा लडकियों का पक्ष लेती थी :

"ग़लती की है तो बाद में पछताएगा। इसमें हम-तुम क्या कर सकते हैं।"

डॉ. गणेश ठिठककर अपनी पत्नी के चेहरे की ओर देखते रहे, और वहाँ खड़े-खड़े ही अपने विचारों में खो गए। उनकी आँखें पत्नी के चेहरे पर लगी रहीं, पर ध्यान विचारों में उलझा हुआ था।

"इनसान ग़लतियाँ करता है, क्योंकि वह ग़लतियाँ ही कर सकता है। यह जानकारी न होने या अनुभवहीनता की बात नहीं है। इनसान के अंदर एक वृत्ति है जो उससे ग़लतियाँ करवाती है। सुधीर बाद में पछताएगा या नहीं पछताएगा, पर पछताने के बाद भी गलतियाँ करेगा।"

"क्या बोलते जा रहे हो?"

"जिंदगी की सबसे भयानक सच्चाई यही है कि हर गलती के पीछे अक्सर सोच-समझकर उठाया गया कदम होता है।"

"अच्छा, अब छोड़ो इन फिलासफ़ियों को, पहले ही बारह बज रहे हैं। इसीलिए तुम्हारी पार्टियों से मुझे चिढ़ उठती है।"

पर पतिदेव का मस्तिष्क गर्माने लगा था :

"यह इनसान की नियति है। सुधीर ने सोच-समझकर ब्याह किया है।"

"हाँ, पर तुम्हीं इसे ग़लती कहते हो, मैं तो इसे गलती नहीं कहती। वे एक-दूसरे से प्रेम करते हैं, उन्होंने विवाह कर लिया। तुम तो इसमें कोई नया फ़लसफ़ा बघारने लगे हो।"

डॉक्टर गणेश कुछ भी कहे बिना अपने विचारों में खोए कमरे में आर-पार टहलने लगे। डॉक्टर की पत्नी समझ गई कि अब यह न जाने कितनी देर तक टहलते रहेंगे। कमरे के आर-पार टहलते हुए ही इन्हें नए-नए विचार सूझते हैं। वह कितनी-कितनी देर तक टहलते रहते। किसी-किसी वक्त वह टहलते-टहलते, कमरे के बीचोबीच खड़े हो जाते और अपना दायाँ हाथ गर्दन पर रखे, फ़र्श पर आँखें गाड़े रहते। उस वक्त उनकी पत्नी समझ जाती कि कोई विचार उनके मस्तिष्क में जन्म ले रहा है। यों खड़े-खड़े ही वह सहसा, गर्दन पर रखा हाथ उठाकर गर्दन पर दे मारते, मानो मच्छर मार रहे हों। उस वक्त उनकी पत्नी समझ जाती कि विचार ने जन्म ले लिया है। यही प्रक्रिया कितनी-कितनी देर तक चलती रहती।

पत्नी पलंग पर उठकर बैठ गई थी। अब मेरी नींद तो बर्बाद हुई, न जाने कब तक पतिदेव विचारों को जन्म देते रहेंगे।

"हर विचार का अपना स्वतंत्र अस्तित्व होता है," उसके पति कहा करते थे,

"जन्म लेने के बाद, वह नवजात शिशु की भाँति पनपने लगता है, बड़ा होने लगता है। वह विकास पाता है जैसे पौधा बड़ा होता है। फिर उस विचार में नए-नए अंकुर फूटते हैं, वह अपना भरपूर जीवन जीने लगता है।"

ऐसे मौकों पर पत्नी चुपचाप पलंग पर पालथी मारकर बैठ जाती और एक के बाद एक विचार के जन्म की राह देखने लगती, 'चल मना, इन्हें यह पसंद है तो करने दो। कभी तो थककर सोएँगे और मुझे चैन से सोने देंगे।' वह मन ही मन कहती।

"एक-एक विचार, एक-एक जिंदा इनसान के बराबर होता है।" प्रोफेसर कहते, "फर्क इतना ही है कि इनसान ख़त्म हो जाता है, विचार खत्म नहीं होता, मरता नहीं। वह भले ही समय की धूल-मिट्टी के नीचे दब जाए पर मरता नहीं, फिर से कुलबुलाकर उठ खड़ा होता है। गौतम बुद्ध के विचार क्या मर गए हैं? गौतम बुद्ध नहीं रहे पर उनके विचार आज भी जिंदा हैं।"

सुनते हुए पत्नी मन ही मन कहती, 'पर कुछ विचार इतने मरियल होते हैं कि कोई नहीं कह सकता कि जी रहे हैं या जन्म लेते ही मर चुके हैं। पर वह इस टिप्पणी को कभी भी मुँह पर नहीं लाती थी कि कहीं प्रोफेसर यह न समझ लें कि उनके विचारों की वह खिल्ली उड़ा रही है।

प्रोफेसर ने सहसा ही गर्दन पर हाथ मारा। पत्नी सचेत होकर बैठ गई।

"अंजलि, मैं गलत नहीं कह रहा था। इनसान की वृत्ति अपनी प्रियतम चीज़ का ध्वंस करने की होती है। मारने की होती है। भले ही वह सचेत रूप से ऐसा न करता हो। पर अंदर ही अंदर, अवचेतन में यह वृत्ति उसे उकसा रही होती है।"

पत्नी सुनकर त्रस्त-सी रह गई।

"अंदर ही अंदर से यह वृत्ति उसे धकेल रही होती है। ज़ाहिरा तौर पर वह अपनी प्रेयसी से प्यार कर रहा होता है। उस पर निछावर होता है। पर अंदर ही अंदर उसे कुचल डालना चाहता है।"

पत्नी को धक्का लगा। ये कैसे विचार उनके मन में कभी-कभी उठने लगते हैं! अँधेरे में उसके पति उसके पलंग के सामने आकर खड़े हो गए थे।

"फूल कितना सुंदर होता है! सुन रही हो, अंजलि? फूल को देखते ही बच्चे का चेहरा खिल उठता है और वह लपककर फूल को उठा लेता है। पर फिर एक-एक पंखुड़ी तोड़-तोड़कर फेंकने लगता है। तुमने कभी किसी बच्चे को फूल की हत्या करते देखा है? जब तक वह पंखुड़ी-पंखुड़ी उसे नोंच नहीं ले, उसे चैन नहीं मिलता। जब तक वह उसे रौंद नहीं डाले, उसे मसल नहीं डाले, उसे छोड़ता नहीं। फूल का सर्वनाश कर देता है। उसे सुंदर गुड़िया दे दो, उसके बाल नोच डालेगा, उसके कपड़े फाड़ देगा। मैं इसी वृत्ति की बात कर रहा हूँ। बच्चे का व्यवहार चूँकि स्वत:स्फूर्त होता है, वह अभी समाज के नियमों के शिकंजे में जकड़ा नहीं होता, इसलिए उसकी वृत्ति अभी दबी नहीं होती। इसीलिए वह फूल

की पंखुड़ी-पंखुड़ी नोचने लगता है। बड़ी उम्र के आदमी का व्यवहार स्वत:स्फूर्त नहीं रह जाता, इसीलिए उसकी यह वृत्ति विधि-निषेध की चट्टान के नीचे दब जाती है। वहीं कुलबुलाती रहती है, पर मौका मिलने पर छटपटाती हुई अपना विनाशकारी काम करने लगती है।"

सुनते ही प्रोफेसर की पत्नी सिहर उठी। यह इन्हें क्या हो जाता है? पर बात को टालने के लिए और पति को उनकी पटरी पर से उतारने की चेष्टा करती हुई बोली, "अच्छा हुआ जो हमारा प्रेम-विवाह नहीं हुआ, वरना क्या मालूम तुम मेरा गला किसी दिन घोंट डालते।"

पर प्रोफेसर कहे जा रहे थे, "मैं तो वृत्तियों की बात कर रहा हूँ, अंजलि, इनसान की फितरत की। मैं वृत्तियों पर अंकुश लगाने की बात नहीं कर रहा हूँ। मैं यह नहीं कह रहा कि वृत्तियों को बेलगाम छोड़ दिया जाए।"

"बस, बस, मुझे और कुछ नहीं सुनना है। रोज़ कोई-न-कोई शोशा ले बैठते हो। इनसान की फितरत! इनसान की फितरत में दोष नहीं, तुम्हारी फितरत में दोष है। तुम्हारे दिमाग में कोई कीड़ा है। अब आओ और सो जाओ।"

"तुम तो मुझे दोष देने लगीं, अंजलि, यह तो अनुसंधान का गंभीर विषय है, इस पर तो काम होना चाहिए। यह तो अद्भुत विचार मुझे सूझा है।"

"अनुसंधान करते रहना। इस वक्त आओ और सो जाओ। जिससे हम प्रेम करते हैं, उसे हम सुखी बनाना चाहते हैं या उसकी हत्या करना चाहते हैं? तुम्हारी बातों का कोई सिर-पैर ही नहीं होता। अब आओ, प्लीज़, और सो जाओ...।"

अंजलि मन ही मन क्रुद्ध हो उठी थी। इस प्रेमी युगल के बारे में सोचते हुए उसका मन कभी-कभी जाने कैसा हो आता था। एक-दूसरे का हाथ पकड़े घर से निकल आए हैं। अपने प्रेम के बल पर। वह भी आज के ज़माने में! छोटी-सी नाव और हरहराते सागर के थपेड़े। यह नहीं कि इनका मनोबल बढ़ाएँ, हमारे पतिदेव को प्रेमी हत्यारा और प्रेमिका बलि का बकरा नज़र आ रही है।"

जिस समय अंजलि और उसके फिलासफर पति के बीच मनुष्य की वृत्तियों को लेकर कहा-सुनी हो रही थी, उस समय प्रेमी युगल, उस सीलन भरे कमरे में फ़र्श पर बिस्तर लगाए, एक-दूसरे के बाहुपाश में बँधे अपने प्रेम के लिए मनौतियाँ मना रहे थे। काँच की चूड़ियों की हल्की-हल्की खनकार उनका मानो समर्थन कर रही थी। दिन-भर एक-दूसरे से दूर रहने के बाद सुधीर के साथ सटकर लेटी हुई नीलू सुरक्षित महसूस कर रही थी। पार्टी के दौरान तो वह सचमुच घबराने लगी थी, सारी भीड़ में एक भी अपनी जान-पहचान का व्यक्ति नहीं था। शहर भी नया, लोग भी नए, घर भी नया।

"तुम मुझसे इतनी दूर क्यों बैठे थे?" सुधीर के साथ सटते हुए नीलू बोली, "जहाँ मैं बैठी थी वहाँ से तो मैं तुम्हें देख भी नहीं सकती थी। इतनी दूर भी कोई बैठता है?"

"इतने बड़े-बड़े लोग वहाँ पर थे, नीलू! मैं तुम्हारे साथ आकर बैठ जाता तो तुम्हें भी झेंप होती।"

"क्यों?"

"क्योंकि ये लोग जाने क्या सोचते।"

"ये लोग क्या रोज पीते हैं?"

"मुझे क्या मालूम? आज तो पार्टी थी ना।"

"अंजलि जी मेरे पास आईं, उन्होंने पूछा, 'क्या तुम्हारे लोगों में लड़कियाँ चूड़ा नहीं पहनतीं? तुमने हरे रंग की काँच की चूड़ियाँ क्यों पहन रखी हैं? और मुझे लाल रंग की चार चूड़ियाँ लाकर पहना दीं।"

इस पर सुधीर हँसकर बोला, "तभी मैं कहूँ आज चूड़ियाँ बहुत खनक रही हैं!"

"तुमने क्या खाया?"

"खाने को था ही क्या? जलेबियाँ और पकौड़े ही तो थे।"

"मैंने दो पकौड़े खाए, बस।"

"जलेबी क्यों नहीं खाई?"

"जलेबी हाथों पर चिपकती है। तुमने जलेबी खाई?"

"हाँ तो। मैंने चार जलेबियाँ खाईं।"

"तुम्हारी उँगलियों पर चिपकती नहीं थीं?"

"तो क्या? मैंने तो उँगलियाँ चाट भी ली थीं।"

"उँगलियाँ कौन चाटता है?" नीलू हँस पड़ी।

"तुम तो अपने छोटे से रूमाल से हथेलियाँ पोंछती रहती हो।" फिर सुधीर ने पूछा, "वह दाढ़ीवाला प्रोफेसर तुमसे क्या कह रहा था?"

"कहता था, तुमने बड़ी बहादुरी का काम किया है। मैंने कौन-सा बहादुरी का काम किया है?"

"और क्या कहते थे?"

"कहते थे, हिम्मत से काम लेना।"

"फिर तुमने क्या कहा?"

"मैं क्या कहती? मैंने कहा, जी, हिम्मत से काम लूँगी।" और कहते हुए नीलू हँस पड़ी।

फिर स्वयं ही सुनाने लगी, "एक औरत मुझसे पूछने लगी, तुम्हारे यहाँ निकाह कैसे होता है? मैंने अपनी बहिन का निकाह होते देखा था, मैंने बता दिया। वह औरत इतनी बड़ी थी पर उसे निकाह के बारे में कुछ भी मालूम नहीं था। फिर वह पूछती थी, 'क्या तुम लोग छिपकर आए हो?'

"तुमने क्या कहा?"

"मैं उसकी बात समझी ही नहीं। मैंने कहा, हम बस से आए हैं। हमने भागकर बस पकड़ी, बस छूटनेवाली थी जब हम बस स्टैंड पर पहुँचे। हम छिपकर तो नहीं आए ना? क्या हम छिपकर आए हैं?"

सारी शाम चुप बनी रहने के बाद अब नीलू बतियाने लगी थी। कहने लगी, "यहाँ कोई जगह जाखू भी है?"

"हाँ, है तो।"

"मैं वहाँ जाऊँगी। एक औरत बता रही थी कि वहाँ जाओ तो दिल की मुराद पूरी हो जाती है।"

"वहाँ मंदिर है। तुम क्या माँगने जाओगी?"

"कुछ माँगूँगी।"

"अभी से अपने दिल की बातें मुझसे छिपाने लगी हो?"

"मुँह पर नहीं लाते। माँ कहती थी, दिल की साध को मुँह पर नहीं लाना चाहिए।"

"यह तो बता दो, किसके बारे में है दिल की मुराद?"

"तुम्हारे बारे में।"

"तो मुझसे ही छिपा रही हो?"

"हम तुम्हारे लिए दुआ माँगेंगे।" नीलू धीमी आवाज़ में बोली। कुछ देर तक सुधीर चुप बना रहा। फिर उसे बाँहों में बाँधते हुए बोला, "मेरी दुआ तो कबूल हो चुकी है! अब तुम्हारी कबूल होगी या नहीं, मैं नहीं जानता।"

"हाय, होगी। ऐसा मत कहो। तुम्हारी कौन-सी दुआ कबूल हुई है?"

"तुम जो मुझे मिल गई हो, पगली! इतना भी नहीं समझतीं।"

"वह तो मेरी दुआ कबूल हुई है, तुम्हारी तो नहीं।"

कुछ देर तक दोनों एक-दूसरे में गुँथे, चुपचाप पड़े रहे। फिर नीलू बोली, "तुम कल चित्र बनाने जाओगे?"

"हाँ," सुधीर ने धीरे से कहा, "तुम जाखू को जाओगी तो मैं चित्रकारी का सामान लेकर तुम्हारे साथ चलूँगा। रास्ते में कहीं कोई जगह चुन लूँगा। यहाँ इतना कुछ है बनाने को।"

"मैं भी तुम्हारे पास रहूँगी।"

"तुम वहाँ क्या करोगी?"

"तुम चित्र बनाओगे, मैं पास में खड़ी रहूँगी।"

"तुम खड़ी खड़ी थक नहीं जाओगी?"

"क्यों? तुम तसवीर बनाते-बनाते थक नहीं जाओगे?"

इस पर दोनों हँस पडे।

अभी वे हँस-बतिया ही रहे थे कि पड़ोस में किसी मुर्ग ने बाँग दी।

"या अल्लाह!" नीलू के मुँह से निकला, "दिन चढ़ने को है।"

दूसरे क्षण सुधीर की बाँह पर सिर रखे, नीलू गहरी नींद सो गई। उसकी साँस की समतल गति सुधीर की छाती को जैसे सहला रही थी। "अभी-अभी तो बतिया रही थी, अभी सो भी गई।" सुधीर ने चहककर कहा, और उसी क्षण अपनी आँखें भी बंद कर लीं।

चार

अनूठा शहर है शिमला, जिसकी कोई कल सीधी नहीं। सड़कें हैं तो बलखाती हुई चलती हैं; और जगह-जगह गलियों की जगह आपको नीचे उतरती सीढ़ियाँ मिलेंगी। अपने घर का पता बताते हुए कोई शिमला निवासी कहेगा, "पनवाड़ी की दुकान की बग़ल में सीढ़ियाँ उतरती हैं, वहीं, ग्यारहवीं सीढ़ी पर दाएँ हाथ को मेरे घर का दरवाज़ा है। दरवाज़े पर बोर्ड लगा है।"

"रामजीदास का घर कहाँ है?" आप पूछते हैं।

"वह मेरे घर से दस सीढ़ियाँ नीचे है। उसके घर का दरवाज़ा बाएँ हाथ को पड़ता है।"

जिस घर में आपको जाना है, सीढ़ियाँ गिनते उतरते हुए सबसे पहले तो उस घर का रौशनदान आपके पैरों के सामने पड़ेगा, उसके बाद पाँच सीढ़ियाँ उतरो तो उस घर की खिड़की आ जाएगी, और फिर कुछ कदम और उतरो तो आपके मित्र के घर का दरवाज़ा आपके पाँवों की सीध में होगा। यहाँ आप केवल सीढ़ियाँ ही नहीं उतरते, दाएँ-बाएँ पड़नेवाले रौशनदानों खिड़कियों में से अंदर की झलक भी लेते हुए उतरते हो। कहीं कोई महिला खाट पर बैठी अपने बाल काढ़ रही है तो कहीं कोई लड़का आँगन में ऊधम मचा रहा है।

ऐसी ही सीढियाँनुमा गली में, वाचनालय से थोड़ी ही दूरी पर सुधीर और नीलू को दो कमरों का छोटा-सा घर रहने को मिल गया है उन्नीसवीं सीढ़ी पर!

यह तीस सीढ़ियोंवाली गली के बीचोबीच पड़ता है। उन्हीं सीढ़ियों पर नीचे उतरते जाओ तो सबसे निचली मंजिल पर शर्मा हलवाई का गोदाम है, जिसमें वह अपनी रसद रखता है। यों शर्मा हलवाई की दुकान ऊपर, सड़क के किनारे हैं जहाँ सुधीर और नीलू घर की ओर लौटते हुए ज़रूर रुकते हैं और जलेबी खाते हैं और दूध पीते हैं। घर अच्छा है, साफ़-सुथरा है, केवल दो शीशे खिड़की के और एक शीशा

रौशनदान का टूटा हुआ है।

नीलू और सुधीर का जीवन स्थिर गति पर चलने लगा है। सुधीर प्रातः नौ बजे अपने स्कूल में चित्रकला के अध्यापक के नाते पहुँच जाता है, और दोपहर दो बजे लौटता है। नीलू घर पर ही बनी रहती है। उसे घर में रहना अच्छा लगता है, घर के काम में रस मिलता है। कुछ ही दिनों में उसने इन दो कमरों को ऐसे करीने से तरतीब दी है कि उसमें से जैसे किरणें फूटने लगी हैं। घर में दो तिपाइयाँ आ गई हैं, दोनों पर फूलदार तिपाईपोश बिछ गए हैं। दो बाजुओंवाली कुर्सियाँ आ गई हैं। भड़कीले रंगों का पलंगपोश बिस्तर पर बिछ गया है। नीलू एक छोटा-सा काँच का, नीले रंग का गुलदान भी किसी दुकान पर से ले आई है। उसमें दो या तीन फूल ही समा सकते हैं। जंगल में से तोड़कर लाए गए जंगली फूल उसमें सारा वक्त खिले रहते हैं। दोपहर के वक्त दोनों पति-पत्नी घर से निकल जाते हैं। सुधीर चित्रकला का अपना थैला कंधे पर से लटका लेता है, तब किसी भी जगह, किसी प्राकृतिक दृश्य के सामने, तो किसी-किसी सड़क के मोड़ पर, कभी किसी पुरानी इमारत के सामने, कभी दूर हिमाच्छादित पर्वतमाला को लक्ष्य करते हुए, अपना ईज़ल लगा लेता है और कूची चलाने लगता है। नीलू निकट ही किसी पत्थर पर या मुँडेर पर बैठ जाती है। जब कुछ देर बाद, चित्र की रूपरेखा उभरने लगती है, तो नीलू उठकर पास आ जाती है। उसका कहना है कि जब सुधीर की कूची के नीचे उसका चित्र, रूप और आकार ग्रहण करने लगता है तो उसे देखते हुए नीलू को झुरझुरी होने लगती है। उसे लगता है जैसे कोई चमत्कार होने जा रहा है। सुधीर दो-चार बार कूची और चलाएगा और चित्र में जान पड़ जाएगी, फूल खिल उठेंगे और पत्तों से लदी टहनियाँ झूमने लगेंगी और पेड़ों के बीचोबीच रोशनी छिटक जाएगी। ऐसे क्षणों में नीलू चित्र की ओर चुंबक की भाँति खिंची चली जाती है। उसे यह एक कौतुक सा लगता है, एक चमत्कार-सा।

"पुलिस थाने में जब हमीद भैया मुझे डरा-धमका रहे थे, तो तुम मेरी आँखों के सामने आ गए, चित्र बनाते हुए। तभी मैंने मन ही मन कहा, मैं तो इसके साथ जाऊँगी, कुछ भी हो जाए। इसके साथ रहूँगी तो रोज़ चित्र बनते देखूँगी।" नीलूं ने एक बार हँसकर कहा था।

दोपहर को घर से निकलते और सूर्यास्त के बाद जब साये गहराने लगते तो वे थके-माँदे घर की ओर कदम बढ़ाते। शर्मा हलवाई की दुकान के दो मोड़ पहले ही दोनों के बीच चर्चा होने लगती कि कौन क्या खाएगा। गर्म-गर्म दूध में जलेबियाँ डालकर खाने में दोनों को खूब मज़ा आता था। या फिर पकौड़े और चाय। दिन-भर की थकान एक मीठी-मीठी सुस्ती में बदल जाती। चहकते-बतियाते घर लौटते। बड़ी स्फूर्ति और उत्साह में दिन बीतने लगे। रसोईघर के बाहर छोटा-सा छज्जा था। सुबह-सवेरे की धूप में छज्जा नहा उठता। नीलू पहले ही दिन रसोईघर में से छज्जे पर

आई। हाथ में उसके मूँग की दाल की कटोरी थी, जिसे वह भिगोने जा रही थी। पर अचानक ही दरवाजा खोलने पर उसका पैर दहलीज के साथ टकराया और कटोरी हाथ से छूट गई। कटोरी के छूटते ही दाल के दाने फ़र्श पर छितर गए, और अभी नीलू सँभल भी नहीं पाई थी कि जाने कहाँ से गौरैयों का झुंड छज्जे पर उतर आया। फर्र से चिड़ियाँ आईं और धूप में फर्श पर बैठकर चुग्गा चुगने लगीं। नीलू तो नाच उठी। ऐसा कौतुक तो उसने पहले कभी देखा ही नहीं था। कुछ ही देर बाद गौरैयाँ फुर्र से उड़ गईं और नीलू को कुछ पता ही नहीं चला कि उड़कर कहाँ गईं। कुछ देर तक तो वह छज्जे पर खड़ी उनकी राह देखती रही, पर कुतूहलवश वह अंदर आ गई और थैली में से मूँग के कुछ और दाने फिर से छज्जे पर बिखेर दिए। वे अभी छितरे भी नहीं थे कि फर्र से चिड़ियों का झुंड पहुँच गया। नीलू फिर से चहक उठी। उसे तो एक नया खेल मिल गया था।

रोज़मर्रा की जिंदगी में समरसता तो आ रही थी, हँसी-खेल में दिन बीत रहे थे पर कभी-कभी दिल को कचोटनेवाली छोटी-मोटी घटनाएँ भी घट जातीं।

एक दिन सुबह-सवेरे सुधीर की नींद टूटी और उसने झुककर नीलू की आँखों को चूमा तो वह अपने होंठों पर नीलू की आँखों के आँसू पाकर हैरान रह गया। "क्यों नीलू, तुम रो रही हो क्या?" यह पूछने की देर थी कि नीलू, सुधीर से सटकर सुबक-सुबककर रोने लगी।

"तुम्हें तो कभी रोते मैंने नहीं देखा। नीलू, आज क्या बात है? क्या कोई बुरा सपना आया है?"

कुछ देर तक नीलू रोती रही, यहाँ तक कि उसकी हिचकियाँ बँध गईं। फिर धीरे-धीरे उसका रोना-बिलखना कम हुआ। वह थोड़ी देर बाद उठ बैठी और चुन्नी अपने कंधे पर डालती हुई सुधीर की ओर देखकर मुस्कराई।

सुधीर का दिल आवेगों से उमड़ पड़ा।

"क्या हुआ नीलू? मैं तुम्हें यहाँ रुलाने के लिए तो नहीं लाया। क्या बात है?"

"यों ही," नीलू बोली, और खाट पर बैठे ही बैठे, ठुड्डी घुटनों पर रखे, कहने लगी, "माँ याद आ गई थी।" फिर सिर झटककर बोली, "सुबह, आस-पास कहीं कोई मुर्ग बोला था। मैं जाग गई। नींद में ही मुझे लगा, मैं अपने घर पर जागी हूँ। वहाँ भी आँगन की दीवार पर बैठा मुर्ग़ रोज सुबह बाँग देता है। और माँ 'या रब्ब! या परवरदिगार'!' कहती हुई उठ खड़ी होती है और आँगन लाँघकर बाहर का किवाड़ खोल देती है। ऐसा वह हर रोज़ करती है। मुझे लगा, मैं उसे देख रही हूँ। उसने काली धारियोंवाली ओढ़नी कंधों पर डाल रखी है। मेरा मन हुआ, भागकर जाऊँ और माँ से लिपट जाऊँ। मैं अम्मी अम्मी कहती हुई उठ बैठी। तभी मेरी नींद खुल गई। अम्मी अभी भी मेरी आँखों के सामने बंद किवाड़ की ओर बढ़ रही थी। उसकी सलवार का एक पाइंचा थोड़ा-सा ऊपर को उठा हुआ था। मुझे उसके शरीर की महक भी

आ रही थी।" कहते हुए नीलू फिर से सुबक पड़ी, "हाय, सुधीर, मैं कब अपनी माँ से मिलूँगी! माँ, मेरी प्यारी माँ, तुम कहाँ हो?" कहती हुई नीलू सुधीर पर लुढ़क गई।

सुधीर देर तक भौंचक्का-सा बैठा रहा था।

इसके कुछ ही देर बाद, सुधीर बाज़ार में से सौदा-सूद लेकर लौटा ही था कि घर के अंदर क़दम रखते ही ठिठककर खड़ा हो गया। कमरे के एक ओर दीवार के साथ नीलू मुँह-सिर लपेटे नमाज़ पढ़ रही थी। जिस वक्त सुधीर की आँख उस पर लगी, वह घुटनों के बल बैठी थी और दोनों हाथ सामने की ओर इबादत में उठाए हुए थी और उसके होंठ इबादत के शब्द बुदबुदा रहे थे।

सुधीर भौंचक्का-सा देखता रह गया। इस तरह उसने नीलू को नमाज़ पढ़ते पहले कभी नहीं देखा था और इसका सुधीर को ख़्वाब-ख़्याल भी नहीं आया था। यह कैसे हो गया?

मुँह-सिर लपेटे बैठी नीलू बड़ी सुंदर लग रही थी, जैसे कोई देवी हो! गढ़ी-गढ़ाई मूरत। उसका आधा माथा ढका हुआ था, आँखें बंद थीं और ऊपर को उठे हुए नाजुक से हाथ और बुदबुदाते होंठ और गोरा गोरा चेहरा। भावोद्रेक में उसका मन हुआ कि धीरे से पीछे से जाए और नीलू को आलिंगन में भर ले। पर ऐसा करना अनुचित होगा। क्या मालूम उसे बुरा लगे! क्या मालूम इसके धर्म में इसे बुरा मानते हों! क्या मालूम इस बात को भी बुरा मानते हों कि इबादत के बाद नमाज़ पढ़नेवाले की नज़र किसी दूसरे धर्मवाले पर पड़े! कौन जाने! मुझे तो कुछ भी इसके धर्म के बारे में मालूम नहीं। पर इतने दिन तक इसने कभी भी रोज़ा-नमाज़ का ज़िक्र तक नहीं किया। सुधीर ने यही समझा कि माँ की याद आने पर नीलू बेचैन हो गई है, और नमाज़ पढ़ने के पीछे भी यही ज़ेहनी बेचैनी है।

वह दबे पाँव एक ओर को हो गया।

उसी दिन दोपहर को एक और घटना घटी, जिसने सुधीर को विचलित कर दिया।

इतवार का दिन था। आकाश में बादल घिर आए थे। और घिरे क्या थे, देखते ही देखते मूसलाधार बारिश होने लगी थी।

"यहाँ कैसे बादल कड़कते हैं, क्यों नीलू? इतनी ज़बर्दस्त कड़क मैंने पहले कभी नहीं सुनी! लगता है, आसमान में जैसे दहाड़ते हुए घोड़े सरपट दौड़ते जा रहे हों!"

नीलू भी इस कड़क को सुनते हुए हर बार काँप-काँप जाती थी।

उस दिन बाहर जाने का तो सवाल ही पैदा नहीं होता था। बाज़ार तक जाना भी कठिन हो रहा था। जब बारिश में कुछ ठहराव आया तो सुधीर ने कहा कि वह शर्मा की दुकान पर से कुछ मिष्ठान्न आदि ले आएगा, और कहते ही वह बाहर निकल गया था ।

पर जब वह हलवाई की दुकान के पास पहुँचा तो हलवाई का रवैया बदला

हुआ था।

"कहो मास्टर, क्या सेवा करूँ?" और जब सुधीर आकर रुक गया तो हलवाई ने मुस्कराते हुए आँख मारी और बोला, "अच्छा चूजा पकड़ा है, मास्टर! कहाँ से उठा लाए हो?" और रान खुजलाते हुए खी खी करके हँसने लगा था।

सुधीर की समझ में नहीं आया कि हलवाई क्या कह रहा है, पर जिस तरह वह खी खी करके हँस रहा था और रान खुजला रहा था, सुधीर को उसके व्यवहार में बेशर्मी-सी लगी।

सुधीर भौंचक्का-सा उसके चेहरे की ओर देखने लगा। यही शर्मा हलवाई उनसे बडी आत्मीयता से पेश आया करता था। कभी-कभी तो पास आकर खड़ा हो जाता था और नीलू के लिए अपने हाथ से मिठाई का दोना बनाकर सामने रख दिया करता था :

'आपको भाई साहिब, सच्ची पतिव्रता स्त्री मिली है, आप दूध-जलेबी खाओगे तो यह भी दूध-जलेबी खाएगी।'

शुरू-शुरू में जब पहली बार उसकी दुकान पर गए थे तो उसने बड़े चाव से बुलाया था, 'आप भी दिल्ली से ही आए जान पड़ते हैं। दिल्ली से ही यहाँ सबसे ज़्यादा लोग आते हैं। हनीमून मनाने। बिटिया रानी कहाँ से है? वह तो दिल्ली की नहीं जान पड़ती। अच्छा, अच्छा, तो यह प्रेम-विवाह है। ऐसा कहो ना। तभी चूड़ा-वूड़ा नहीं पहना। उत्तर प्रदेश की होगी, उत्तर प्रदेश के रीति-रिवाज अलग हैं। चलो जी, बैठो अंदर, खाओ पियो।'

इसी तरह वह लगभग हर रोज़ उनका स्वागत किया करता था। पर आज उसका रुख ही बदला हुआ था।

"क्या कह रहे हैं आप?" सुधीर ने अकबकाकर पूछा।

"तुम भी जानते हो, हम भी जानते हैं, मास्टर, हमसे क्या छिपाते हो! क़िस्मत के धनी हो जो ऐसी सलोनी हाथ आ गई।"

और अब की बार फिर से रान खुजलाते हुए बोला, "लौंडिया अच्छा करती है जो माथे पर सुहाग-बिंदी लगाती है, और हाथ जोड़कर नमस्ते करती है," और हँसकर, सिर हिलाते हुए बोला, "अच्छा, सिखा-पढ़ाकर लाए हो!"

सहसा ही सुधीर बिफर उठा था :

"यह क्या बक रहे हैं आप? वह मेरी बीवी है, मेरे साथ उसकी शादी हुई है।"

हलवाई तनिक ठिठका, फिर लहजा बदलकर बोला, "बड़े तेवर दिखाने लगे हो, मास्टर! कौन जात के हो?"

"आपको इससे मतलब?"

"मतलब क्या? भंगी-चमार हो तो हम कुछ नहीं कहेंगे। तुम जानो, तुम्हारा काम। पर अगर अच्छी जात के हो तो सँभल के रहो। मुसलमानन उठा लाए हो। अपनी जात-बिरादरी से कोई लड़की नहीं मिली थी?"

फिर लहजा बदलते हुए और पास आकर बोला, "तुमने मुसलमान लड़की घर बैठा ली है। सँभल के रहना, ये मुसले हमारी लड़कियों को बरगलाकर ले जाते हैं। लड़की ने घर की दहलीज़ पार नहीं की कि कलमा पढ़वा लेते हैं, और लड़की पर्दे के पीछे ऐसी बंद हुई कि फिर कभी नज़र नहीं आवे।"

सुधीर अवाक्-सा उसकी ओर देखता रह गया। वह अंदर ही अंदर तिलमिलाने लगा था, पर उसकी समझ में नहीं आ रहा था कि उससे क्या कहे।

तभी उसे दूर से नीलू आती दिखाई दी। इस बीच बारिश थम गई थी, शायद नीलू इसीलिए बाहर निकल आई थी।

सुधीर हलवाई की दुकान पर से हट गया। जब नीलू के पास पहुँचा तो झट से बोला, "हम इसकी दुकान पर कभी नहीं आएँगे। चलो, लौट चलो।"

"क्यों, क्या बात है?"

"बड़ा बदतमीज़ आदमी है। उल्टी-सीधी बातें करने लगा है।" हलवाई दुकान के बाहर खड़ा उन्हीं की ओर देखे जा रहा था। "यहाँ हम कुछ नहीं खाएँगे।"

"क्यों भला, मुझे भूख लगी है। हलवाई तुमसे क्या कहता था?"

सुधीर का चेहरा पीला पड़ गया था, और हाथ काँप रहे थे।

"बड़ा बदतमीज़ आदमी है। समझता क्या है अपने आपको। कहता था, मुसलमान लडकी को भगाकर लाए हो।"

नीलू सुधीर के चेहरे की ओर देखने लगी। उसकी समझ में नहीं आया कि वह इतना बिगड़ क्यों रहा है।

"भागकर ही तो आए हैं, सुधीर!"

"भागकर कहाँ आए हैं! हम तो ब्याह करवाकर आए हैं।"

"हाँ, पर ब्याह के बाद भी भागकर ही तो आए हैं, तुम ही तो कहते थे कि किसी को ख़बर नहीं होनी चाहिए।"

सुधीर हैरान-सा नीलू के चेहरे की ओर देखने लगा। यह नीलू भी कैसी है, छोटी-छोटी बातों पर तो काँप-काँप जाती है, पर इतनी बड़ी बात हो जाए तो उसे कुछ समझती ही नहीं।

"तुम समझती क्यों नहीं नीलू। उसे पता चल गया है कि तुम मुसलमानन हो।"

अब की बार नीलू भी ठिठकी, "उसे कैसे पता चल गया है? मैंने तो माथे पर बिंदी भी लगा रखी है और उसे हाथ जोड़कर नमस्ते भी करती हूँ।"

"मैं क्या जानूँ उसे कैसे पता चल गया है! क्या मालूम कोई भेदिया यहाँ घूम रहा हो! क्या मालूम तुम्हारा भाई हमीद यहाँ पहुँच गया हो और तुम्हें ढूँढ़ता फिर रहा हो या उसे तुम्हारी टोह मिल गई हो!"

भाई का नाम सुनकर नीलू की उत्सुकता और ज़्यादा बढ़ गई।

"चलो सुधीर, हलवाई से चलकर पूछते हैं कि उसे किसने बताया है।"

"मैं उसकी दुकान पर लौटकर नहीं जाऊँगा।"

"चलो न सुधीर, पूछ लेते हैं। अगर हमीद भैया आए हैं तो इसका भी पता चल जाएगा।"

"पर उसे पता तो चल गया है कि तुम मुसलमान हो।"

"चलो न, यही उससे पूछते हैं।"

"मैं तो उसकी दुकान पर हरगिज़-हरगिज़ नहीं जाऊँगा।"

"तो क्या मैं पूछ आऊँ?" सहसा नीलू ने कहा, जिस पर सुधीर चौंका। "नहीं पूछेंगे तो सारा वक्त खटका लगा रहेगा। चलो, पूछते हैं। तुम कुछ मत पूछना, मैं पूछँगी।"

और नीलू उसे आस्तीन से पकड़कर हलवाई की दुकान की ओर खींचने लगी।

सुधीर चल पड़ा। दूर से ही हलवाई ने उन्हें लौटते देख लिया था। हलवाई मन ही मन मुस्कराया। लौंडिया को भूख लगी है, उसे खींचे ला रही है। अनजाने में ही हलवाई को लड़की का यों अपने घरवाले को आस्तीन से पकड़कर खींचना अच्छा लगा था। उसमें उसे लड़की के भोलेपन की झलक मिली थी। ऐसा दृश्य हलवाई अपनी दुकान के बाहर कई बार देख चुका था, जब छोटे-छोटे बच्चे, मिठाई खाने का हठ करते हुए अपने पिता को आस्तीन से ही खींचते हुए उसकी दुकान की ओर लाते हैं। लड़की सचमुच बड़ी भोली सी लगती है।

दोनों हलवाई की दुकान पर पहुँचकर चुपचाप खड़े हो गए। नीलू नीचे ज़मीन की ओर देख रही थी। कुछ देर बाद धीमे से बोली, "तुम पूछो।"

सुधीर, जो अभी तक सँभल नहीं पाया था, हलवाई से कुछ भी पूछना नहीं चाहता था।

"पूछो ना।" सुधीर की आस्तीन झटकते हुए नीलू ने धीमे से कहा।

"पूछो जी, क्या पूछते होश," हलवाई ने मुस्कराते हुए कहा और फिर पहले जैसी आत्मीयता से बोला, "आओ, पहले नाश्ता कर लो। चलो अंदर। बिटिया भूखी है। चलो अंदर। पहले खा-पी लो, हमें जो मालूम है, सब बता देंगे।"

लगता था, जैसे नीलू के भोलेपन ने उसके दिल को कहीं छू लिया था।

दोनों अंदर जा बैठे थे। हलवाई ने खुद मिठाई का दोना बनाकर उन्हें भेजा और जब वे खा रहे थे तो टहलता हुआ उनके पास आ गया था।

"बिटिया, नमाज़ पढ़ो तो खिड़की-दरवाज़ा बंद कर लिया करो। हमारी दुकान के छोकरे ने तुम्हें सुबह नमाज़ पढ़ते देखा था। तुम्हारे क्वार्टर के नीचे हमारे रसद का गोदाम है। दिन में दस बार हमारा आदमी वहाँ आता-जाता रहता है। उसी ने मुझे बताया।"

सुधीर और नीलू एक-दूसरे की ओर देखने लगे तो हलवाई बोला, "मास्टर, हमारे लायक कोई ख़िदमत हो तो बताना। बेफिक्र होकर रहो। यहाँ, इस इलाके में

सब मुझे जानते हैं। पुलिस के बड़े अफसर से लेकर बैंक के मैनेजर तक। तुम्हें किसी बात की तकलीफ हो तो हमें बताओ। हम चौबीसों घंटे हाजिर हैं।..."

दुकान में से निकलकर जब सुधीर और नीलू अपने फ्लैट की ओर जाने लगे तो अचानक ही नीलू के मुँह से निकला :

"पर कोई खिड़कियाँ बंद करके भी नमाज़ पढ़ता है?..."

पाँच

सुधीर का कोई भरोसा नहीं था, शिमला की सड़कों पर घूमता हुआ कहाँ चित्र बनाने के लिए रुक जाए। कभी तो भव्य दृश्यावलियों की ओर आँख उठाकर भी नहीं देखता, जिन्हें सैलानियों की आँखें देखते नहीं थकती थीं, और किसी सँकरी, टेढ़ी-मेढ़ी गली के मुहाने पर अपना 'ईज़ल' रखकर खड़ा हो जाता; कभी किसी तलहटी पर खड़े विशालकाय वृक्ष पर उसकी नज़र टिक जाती, कभी किसी रस्सी से लटकते लोटे के नीचे फटी-पुरानी कथरी पर बैठी किसी बुढ़िया को देखकर उसका चित्र बनाने लगता। मात्र प्राकृतिक दृश्य उसे आकृष्ट नहीं करते थे, उनमें कहीं मानव जीवन का स्पंदन हो तो वह ठिठककर खड़ा हो जाता था। नीलू भी धीरे-धीरे शिमला की दृश्यावली को सुधीर की आँखों से देखने लगी थी। दोनों पति-पत्नी देर तक सड़कों पर घूमते रहते, शिमला की चढ़ाइयाँ चढ़ते-उतरते, दोनों का संग बना रहता, दोनों हँसते-बतियाते, कभी एक-दूसरे पर झुके हुए, कभी एक-दूसरे का हाथ थामे हुए, चलते रहते, पर एक बार सुधीर ठिठककर अपने काम के लिए कोई दृश्य चुन लेता तो सहसा ही उनकी संगति टूट जाती, फिर तो घंटों सुधीर अपने चित्र में खोया रहता, मानो अपने मंदिर में प्रवेश कर गया हो, और अपने इष्टदेव के सम्मुख पहुँच गया हो। तब नीलू चुपचाप निकट ही किसी पत्थर पर जा बैठती, कभी तो भूखी-प्यासी चुपचाप बैठी रहती। कभी-कभी तो सूर्य ढलने को होता जब सुधीर अपनी पीठ सीधी करता। कभी-कभी वह उठकर सुधीर की पीठ पीछे खड़ी हो जाती, और चित्र का अंतिम रूप निखरते देखती, पर काम के निबट जाने पर ही नीलू अपना मुँह खोलती थी।

शुरू-शुरू के दिनों में तो शिमला नीलू के लिए चमत्कारों से भरा शहर था। तब तो उसका मन करता, घूमते ही रहें। तब सुधीर का चित्र बनाने के लिए रुक जाना उसे व्यवधान-सा लगा करता था। हर बार जब किसी नई चीज़ से उसका साक्षात् होता तो वह पुलक-पुलक जाती और उसके मुँह में से बरबस ही निकलता, "हाय माँ!"

ऐसा ही उस दिन भी हुआ था जब उन्हें शिमला में आए दूसरा या तीसरा ही दिन रहा होगा। ढलान चढ़ते हुए रात पड़ गई थी। पर जब टीला चढ़कर ये लोग

मोड़ मुड़े थे तो दाएँ हाथ पूरी की पूरी घाटी को मंत्रमुग्ध से देखते रह गए थे। लगता था पूरी की पूरी घाटी में हीरे-जवाहरात बिखरे पड़े हों। रंगारंग के असंख्य कुमकुमे घाटी पर छितरे हुए थे

"हाय माँ!" नीलू के मुँह से निकला था, "हीरे-जवाहरात की लड़ियों की लड़ियाँ! मैं तो शिमला छोड़कर कभी नहीं जाऊँगी।"

अब तो उन्हें शिमला में आए चार-पाँच महीने हो चले थे। शुरू बैसाख के दिनों में ये लोग शिमला में आए थे। पर अभी भी आए दिन कोई-न-कोई साक्षात् नीलू को मंत्रमुग्ध कर देता था। घने जंगलों में से रेंगकर आती हुई रेलगाड़ी, जिसकी आवाज़ सुनते ही नीलू जहाँ भी होती, लपककर नीचे जंगल में देखने लगती, कि कहीं गाड़ी की झलक मिल जाए। कभी रेंगती गाड़ी की झलक मिलती, घने पेड़ों के झुरमुटों में से बल खाती नीली-सफेद धारियोंवाली रेलगाड़ी नज़र आ जाती तो नीलू बच्चों की तरह चहकने लगती, कभी उसकी केवल आवाज़ ही सुनाई पड़ती।

इसी तरह वह जंगल में लंगूरों को भी कल्लोलें करते देखती तो देखती रह जाती। छोटे-छोटे लंगूर एक-दूसरे के साथ झगड़ते, उनके बीच उठा-पटक होती, वे गुत्थमगुत्था होते, कोई मादा लंगूर, अपने नन्हे से बच्चे को छाती से चिपकाए, एक पेड़ की टहनी पर से छलाँग लगाकर दूसरे पेड़ की टहनी पर जा पहुँचती तो नीलू दम साधे उसे देखती रह जाती।

"देखा सुधीर? अगर उसका बच्चा नीचे गिर पड़ता तो?"

एक बार सड़क की रेलिंग पर बैठे एक लंगूर को देखकर नीलू कहने लगी :

"ये इतने काले क्यों हैं?" फिर हँसकर बोली, "तुम्हें तो मालूम होगा।" और कहते ही ठहाका मारकर हँस दी।

"तुम उसके पास जाओ तो वह तुम्हें कुछ नहीं कहेगा। वह तुम्हें अपना, घर का आदमी समझेगा। तुम उस लंगूर से दोस्ती कर लो सुधीर, उसे हम अपने घर ले चलेंगे।" नीलू हँसती जाती और टिप्पणी करती जाती।

"लंगूर बड़े शरीफ़ होते हैं, मेरी तरह। कभी किसी आदमी को तंग नहीं करते।" सुधीर ने कहा।

"तुम भी तो तंग नहीं करते।" नीलू ठहाका मारकर हँस दी, "केवल रात को तंग करते हो।"

"अच्छा? अब हम तुम्हें रात को तंग नहीं करेंगे।"

नीलू आँखें फैलाए सुधीर के चेहरे की ओर देखती रही, फिर हँसकर बोली, "रात को तंग नहीं करोगे तो दिन को तंग करोगे।" फिर सहसा ही उसके कंधे पर सिर रखकर बोली थी, "करते रहो तंग, जब मन आए!"

फिर बरसात आई थी। पहली बार जब बादलों की गरज सुनी थी तो नीलू का दिल दहल गया था। बादलों की ऐसी कड़कती आवाज उसने पहले कभी नहीं सुनी

थी। उसे लगा था जैसे आकाश में घोड़े सरपट दौड़ रहे हैं, असंख्य घोड़े जो दौड़ते हुए आकाश के आर-पार चले गए हैं—दहाड़ते हुए। एक बार ये दोनों बरसात में फँस गए थे। ऐसी बारिश में न छाता काम आता है, न ओढ़नी। केवल घर की छत ही बचाव कर सकती है। मूसलाधार बारिश होने लगी थी। बारिश की एक-एक बूँद तरकश में से छोड़े गए तीर की तरह प्रहार कर रही थी। एक ही छोटे-से छाते के नीचे, एक-दूसरे से सटकर चलते जा रहे थे। सहसा ही सड़क पर पानी बहने लगा था, और इन्हें लगने लगा था जैसे नदी पार करने लगे हों। जूतों में पानी भर गया था, और पानी की धार गर्दन के रास्ते से सीधी पीठ के नीचे तक पहुँचने लगी थी। रास्ता भी नहीं सूझ रहा था।

"चलती चलो, नीलू, अब चलती चलो, अब रुको नहीं। जो होगा, देखा जाएगा। अब हम रुक नहीं सकते।"

"अगर नीचे कहीं खड्ड में जा गिरे तो? कुछ भी तो नज़र नहीं आता।"

"कुछ नहीं होगा। पहाड़ के साथ-साथ चलती चलो। धीरे-धीरे चलती जाओ।' तभी ओले पड़ने लगे थे और देखते ही देखते सड़क पर सफेद चादर बिछ गई थी। मूसलाधार बारिश, ओले, ऊपर गरजते बादल और कौंधती बिजली की कड़क—वह शाम कभी भुलाए नहीं भूल सकती थी। गनीमत थी कि गिरते-पड़ते घर पहुँच गए थे, पर उसी शाम से एक ऐसा घटनाचक्र चलने लगा था जिसके बाद अभी तक के शिमला में बिताए दिन सपना सा नज़र आने लगे थे।

दूसरे दिन धूप खिल आई थी। आकाश की स्वच्छ नीलिमा में चीलें तैरने लगी थीं। हवा में मीठी-मीठी ठिठुरन थी। न चाहते हुए भी दोनों बाहर निकल आए थे। शर्मा हलवाई की दुकान पर नाश्ता किया था और सुधीर का मन फिर से चित्र बनाने के लिए मचल उठा था। यह भी एक तरह से विधि का विधान ही समझो, क्योंकि अगर वे बाहर निकलने का निर्णय नहीं लेते और सचमुच बाहर निकल नहीं पड़ते तो कौन जाने ज़िंदगी कैसा रुख पकड़ती।

अबकी बार सुधीर ने स्कैंडल प्वाइंट के नज़दीक ही, कुछ मोड़ पहले, अपना ईज़ल लगा लिया था और हिमाचली बनावट के एक मकान का चित्र बनाने लगा था। सुधीर को कूची चलाते अभी घंटा भर भी नहीं हुआ था जब नीलू, जो ऐसे समय में मुँह तक नहीं खोलती थी और निकट ही किसी पत्थर पर या किसी पेड़ के नीचे चुपचाप बैठी रहती थी, सहसा चिल्ला उठी थी :

"सुधीर! सुधीर! देखो तो कौन आ रहा है!"

सुधीर की कूची कैनवास पर काँप गई थी और उसने हड़बड़ाकर नीलू की ओर देखा था। नीलू अभी भी चिल्लाए जा रही थी, "देखो तो कौन आ रहा है!"

सुधीर को सबसे पहले तो इस बात का अंदेशा हुआ कि नीलू के घरवालों में से कोई पहुँच गया है, कि उन्हें पता चल गया है कि दोनों शिमला में हैं। कुछ भी

कहो, सुधीर को इस बात का खटका लगा रहता था, हालाँकि वह इस बात को लेकर आश्वस्त भी था कि उनका विवाह विधिवत् हुआ है। अगर वह किसी को बताकर नहीं आए थे तो केवल इसलिए कि कहीं कोई झंझट न उठ खड़ा हो। इसी कारण उसके मन को धुकधुकी-सी लगी रहती कि कोई अनहोनी न हो जाए। सुधीर की स्थिति कुछ-कुछ उस व्यक्ति जैसी थी जिसकी जेब में नौलखा हार हो, और यह जानते हुए भी कि वह सुरक्षित है, बार-बार अपना हाथ अपनी जेब में डालता रहता है।

"वह देखो तो कौन आ रहा है!" नीलू फिर से चिल्लाई और पत्थर पर से कूदकर ढलान उतरती हुई सड़क की ओर जाने लगी।

तभी सुधीर को स्कैंडल प्वाइंट की ओर से दो आकृतियाँ इस ओर आती नज़र आई थीं, एक युवक और एक युवती, और लड़की को पहचानते ही सुधीर ने इत्मीनान की साँस ली थी।

"हत् तेरी नीलू! तूने मुझे डरा दिया। ऐसे भी कोई चिल्लाता है?"

नीलिमा थी। नीलू के स्कूल के दिनों की सहेली और नीलू ने एक-दो बार नीलिमा को याद करते हुए सुधीर को बताया भी था कि नीलिमा एक युवक से प्रेम करती है जिसके घरवालों की नीलिमा के पिता के साथ अच्छी जानकारी है।

नीलिमा से तो सुधीर पढ़ाई के दिनों में कई बार मिल चुका था और उसके हँसोड़ स्वभाव से भली-भाँति परिचित था; पर उस ऊँचे लंबे युवक को वह पहली बार देख रहा था जो उसके विचार में नीलिमा का मित्र ही रहा होगा।

"कहो नीलिमा, तुम कब शिमला आईं?" सुधीर ने आगे बढ़कर कहा।

"अल्ताफ़ से मिलो," नीलिमा बोली, "तुम तसवीरें बनाते हो, अल्ताफ़ इमारतें बनाता है। नहीं-नहीं, बनाएगा।" फिर अल्ताफ़ की ओर मुँह करके बोली, "यह कूची चलाता है। इसका नाम सुधीर है। और यह नीलू है। नीलू उर्फ नीलोफ़र उर्फ नीलू...।"

अल्ताफ़ और सुधीर ने हाथ मिलाए। दोनों को तनिक झेंप हुई। सुधीर को कुछ ज़्यादा। अल्ताफ़ के लिबास से लगता था कि धनी बाप का बेटा है। लाल रंग की रेशमी कमीज़ पर उसने नीले रंग का पुलओवर कन्धों पर डाल रखा था। नीचे तंग पाइंचोंवाली जींस पहन रखी थी। पर कपड़ों से कहीं ज़्यादा उसकी चालढाल से अमीरी झलकती थी। वह एकटक सुधीर को देखे जा रहा था, जबकि सुधीर की नज़रें बार-बार उसकी ओर उठतीं और बार-बार झुक जाती थीं। अल्ताफ़ के हावभाव से भी आत्मविश्वास झलकता था। चेहरे पर एक हल्की सी मुस्कान खेल रही थी, और छाती तनी हुई। उसने सुधीर के साथ हाथ भी मिलाया तो तनिक टेढ़ा होकर।

"यह हॉकी का खिलाड़ी है, नाम अल्ताफ़।" नीलिमा अपने अल्हड़ अंदाज़ में अपने साथी का परिचय करा रही थी, "यह समझता है इसे सब जानते हैं, क्योंकि यह अपने कॉलेज की 'ए' टीम का खिलाड़ी है, पर यह इसकी खुशफहमी है, सिवाए मेरे, इसे कोई नहीं जानता।"

नीलिमा का बात करने का अपना अंदाज था, हँसोड और अल्हड़, मानो मजाक उड़ा रही हो।

फिर नीलू की कमर में हाथ डालती हुई बोली, "यह नीलू जी हैं। असल नाम नीलोफर है, पर ओढ़ा हुआ नाम नीलू है, पर सुधीर इसे नीलू बुलाता है। मैं भी और

तुम भी इसे नीलू बुलाएँगे।"

अल्ताफ़ की हँसती-सी आँखें नीलिमा के चेहरे पर लगी थीं। नीलिमा निःसंकोच, धाराप्रवाह बोले जा रही थी, "और अब नीलू हमें चाय पिलाने ले चलेगी।"

नीलू ने हँसती आँखों से नीलिमा के चेहरे की ओर देखा। वह कुछ कहने जा ही रही थी कि अल्ताफ बोल पड़ा, "वह नहीं, हम इन्हें चाय पिलाने ले चलेंगे।"
"शादी नीलोफर की हुई है, इसके माथे पर बिंदी नहीं देखते? नीलोफ़र से नीलू बन गई है तो क्या चाय नहीं पिलाएगी?"

"शादी के मौके पर इन्होंने हमें बुलाया होता तो और बात थी। पर अब तो ये हमारे ही मेहमान होंगे।"

इस बीच सुधीर के चेहरे पर खिसियाई-सी मुस्कान आ गई थी। कुछ लोग हर तरह खुलकर बतिया सकते हैं, जो मुँह में आए, हाँक सकते हैं, जबकि उसे कुछ कहने को सूझता ही नहीं, सूझता भी है तो देर से।

तभी नीलू को याद आया। झट से सुधीर से बोली, "नीलिमा को तो तुम जानते हो ना? हम स्कूल में एक साथ पढ़ी हैं।"

इस पर नीलिमा ने अपने ढीले-ढाले अंदाज में कहा, "मेरा नाम नीलिमा है, सोनल नहीं, जब से शिमला आई हूँ, जो भी मिलता है मुझे सोनल कहकर बुलाता है। यहाँ तक कि अल्ताफ़ भी।"

इस बीच अल्ताफ़ ने आगे बढ़कर पत्थर पर से सुधीर का थैला उठा लिया था।

"अब तो ये ज़रूर चाय पिलाएँगे। जाएँगे कहाँ?"

कहते हुए नीलिमा ने झुककर वह चित्र उठा लिया, जिस पर सुधीर काम करता रहा था।

"इस चित्र के लिए बहुत-बहुत शुक्रिया।" नीलिमा बोली, "मैं अपने कमरे के लिए एक तसवीर ढूँढ़ ही रही थी। क्यों अल्ताफ़, मेरे कमरे में सजेगी ना!"

इस पर अल्ताफ़ बड़ी बेतकल्लुफ़ी से सुधीर से बोला, "इसे फ़ौरन नीलिमा के हाथ से ले लो, वरना तसवीर से हाथ धो बैठोगे।"

"धो बैठोगे नहीं, धो चुका है।" नीलिमा पलटकर बोली।

अब नीलू और नीलिमा आगे-आगे और सुधीर और अल्ताफ पीछे-पीछे स्कैंडल प्वाइंट की ओर चले जा रहे थे। सुधीर की जेब में पैसे तो थे पर इसका मिज़ाज अमीराना नहीं था। रेस्तराँ में बैठनेवालों में वह नहीं था। दिन-भर कूची चलाने के बाद दोनों शर्मा हलवाई की दुकान पर जा बैठते थे और दूध-जलेबी का रस लेते थे,

जबकि नीलिमा और अल्ताफ़ की दिनचर्या रेस्तराँ से शुरू होती थी, रिंक में स्केटिंग, दोपहर को एक सिनेमा-फिल्म, शाम को मटरगश्ती और फिर रेस्तराँ।

"कैसा है तेरा, यह?" नीलिमा ने सीधा ही सवाल किया।

नीलू मुस्कराई और आँखें उठाकर नीलिमा की ओर देखा जो उससे लगभग बालिश्त भर ऊँची थी।

"मतलब, तुम्हें पीटना शुरू किया है या नहीं?" नीलू हँस दी। नीलिमा ने ही जोड़ा, "वह क्यों पीटेगा? ऐसी फूल-सी लड़की मिली है। तुम्हें तो प्यार कर-करके ही मसल डालेगा।"

नीलू शरमा गई, उसके चेहरे पर लाली दौड़ गई।

"और तेरा?" नीलू ने हँसकर पूछा, "कब हुआ तुम्हारा ब्याह?"

"अरे नहीं, अभी कहाँ हुआ है।"

"तो क्या ब्याह से पहले ही हनीमून मनाने आए हो?"

"हत् तेरे की।" नीलिमा बोली, "यह अलग आया है, मैं अलग आई हूँ। मैं अपने डैडी के साथ आई हूँ।"

है।"

"तो तुम लोग लुक-छिपकर मिलते हो?"

"लुक-छिपकर क्यों? मैंने डैडी को सब बता दिया है।"

"क्या बता दिया है?"

"कि मुझे अल्ताफ अच्छा लगता है। यह भी कि अल्ताफ़ भी शिमला जा रहा

नीलू बड़ी उत्सुकता से नीलिमा के चेहरे की ओर देखने लगी।

"क्या देख रही है?" नीलिमा बोली, "इस खूबसूरत लड़की को पहले कभी नहीं देखा?"

"तू अपने को खूबसूरत समझती है?"

"और क्या? अल्ताफ़ कहता है, तू कोहकाफ़ की परी है। तुझे यह तेरा क्या कहता है, कि तू स्वर्ग से उतरी अप्सरा है?" फिर लंबी साँस खींचकर बोली, "जिसे जितनी उर्दू आती है और जिसे जितनी हिन्दी आती है, सब हमारे कानों में उड़ेलते हैं।"

जिस तरह नीलिमा प्रेमियों की खिल्ली उड़ा रही थी, नीलू को शक होने लगा था कि वास्तव में उसे अल्ताफ़ से प्रेम है भी या नहीं।

"तुम्हारे डैडी तुम्हें इसके साथ घूमने देते हैं?"

"और नहीं तो क्या? वह खुद भी इसके साथ घूमते हैं।"

नीलू ठहाका मारकर हँस दी।

"सच कहती हूँ। शाम का खाना यह हमारे साथ होटल में खाता है। फिर डैडी और यह टहलने जाते हैं और मैं कमरे में टेलीविज़न देखती हूँ। मुझे अँधेरे में टहलना बहुत बुरा लगता है।"

"वाह जी, प्रेमियों के जोड़े तो रात को ही घूमते हैं।"

"जिन्हें चोरी-छिपे घूमना होता है वे घूमते हैं।"

"डैडी तुम्हें इसके साथ जाने देते हैं, यह तो बहुत अच्छा है।"

इस पर नीलिमा खड़ी हो गई, "डैडी ने मुझसे कहा है, एक बेवक़ूफ़ी मत करना, बस, बाकी जो मन आए करो।"

नीलू ठहाका मारकर हँस दी, "तो तुमने वह बेवकूफी नहीं की?"

"नहीं।" नीलिमा अभी भी सड़क के बीचोबीच खड़ी थी, "शादी से पहले करो तो बेवकूफी है, शादी के बाद करो तो अक्लमंदी है। है न कमाल!" कहते हुए नीलिमा स्वयं हँस दी, "और शादी के बाद न करो तो बेवकूफी है।" फिर नीलू का हाथ दबाकर बोली, "तुमने बेवक़ूफ़ी कब की?"

नीलू ने हँसते हुए जवाब दिया, "हमने अक्लमंदी की। बेवकूफी नहीं की। "तुम लोग शादी कब करोगे?"

"जब डैडी कहेंगे।'

इस पर नीलू फिर से ठहाका मारकर हँस दी।

"तेरे डैडी सायत निकलवाएँगे?"

"नहीं, वह हरी झंडी देंगे।"

"तू अभी भी पहले की तरह ऊल-जलूल बातें करती है। कब देंगे हरी झंडी?" नीलू ने हँसते हुए पूछा।

"जब उनकी माँ मान जाएगी।"

"क्या मतलब?" नीलू ठिठककर खड़ी हो गई।

"हर परिवार में एक माँ होती है। हमारे परिवार में दो माँएँ हैं। दो माँएँ थीं। एक मेरी माँ, एक मेरे डैडी की माँ। अब एक है। मेरे डैडी की माँ।"

नीलू पहले तो हत्प्रभ-सी नीलिमा के चेहरे की ओर देखती रही, फिर उसे याद आया कि नीलिमा की माँ बहुत दिन पहले स्वर्गवासी हो गई थी। वह ख़ामोश हो गई।

थोड़ी देर तक दोनों चुपचाप चलती रहीं, फिर नीलिमा बोली, "डैडी कहते हैं, वह अपनी माँ को मना लेंगे।"

तभी नीलू के मुँह से निकल गया, "और जो वह नहीं मानी तो?"

"ऐसा मत कह नीलू! प्रेमियों से ऐसा नहीं कहते, पगली!"

नीलू चुप हो गई, पर उसके दिल में नीलिमा के प्रति सहानुभूति का ज्वार-सा उठा। यह जो अल्हड़ ढंग से बातें करती फिरती है, लगता है, अंदर ही अंदर इसका मन ठिकाने पर नहीं है।

उनसे कुछ ही कदम पीछे अल्ताफ़ और सुधीर चले आ रहे थे। अल्ताफ़ को सुधीर अच्छा लगा था, अपने काम में मस्त, किसी गंतव्य के पीछे भटकता हुआ, जिसका भविष्य भी अनिश्चित और वर्तमान भी अनिश्चित, जिस तरह कटी पतंग को

देखकर मन ठिठक-सा जाता है, वैसा ही सुधीर से मिलकर अल्ताफ़ की प्रतिक्रिया हुई थी। इस जैसे लोगों की जिंदगी के कोई दो दिन एक जैसे नहीं होते, दुनिया से बेखबर, ये नहीं जानते दुनिया किस ओर को जा रही है। जेब में पैसा है तो खा लिया, नहीं है तो चने चबा लिये।

"मुझे तो तुम जैसे लोगों से रश्क होता है।" अल्ताफ़ बोला।

सुधीर खिसियाई-सी हँसी हँसा। एक खाते-पीते परिवार के लड़के के सामने वह अपने को छोटा तो महसूस नहीं करता था, पर खिसियाता ज़रूर था। उसकी आसूदगी, सुख-चैन से लबालब जिंदगी की अवहेलना भी नहीं कर सकता था। कुछ तसवीरें महीने में बिक जातीं तो परिवार की दाल-रोटी चलती रहती। जब नहीं बिकतीं तो आटा-दाल तक के लिए पैसे नहीं होते।

"आप क्या करोगे अब पढ़ाई पूरी करने के बाद?"

"मुझे आप न कहो, यार मुझे कोफ़्त होती है।" फिर बड़े स्नेह से सुधीर की ओर देखते हुए बोला, "मैंने कालिज में दाखिला तो इसलिए लिया था कि मैं हॉकी खेलना चाहता था। और खूब खेला भी। बड़े मैडल और कप जीते। अब छुट्टी मना रहा हूँ। जब बी.ए. का नतीजा निकलेगा तब सोचूँगा, क्या करूँ। लगता है, व्यापार करूँगा। घर का धंधा है, चलता काम है। कोई झंझट नहीं। अपने भाइयों के साथ मिलकर व्यापार करूँगा। या कुछ भी पक्का नहीं। कभी-कभी मन आर्किटेक्चर की ओर भी जाता है।"

सुधीर ने अमीर लोगों को नज़दीक से तो नहीं देखा था, लेकिन वह एक बार अपने एक सहपाठी के कमरे में गया था जो अमीर का बेटा था। उसके बिस्तर पर बिछी नीले और नारंगी रंग की रेशमी रज़ाई देखकर ही दंग रह गया था। हॉस्टल में भी उसका अपना नौकर था, एक टहलुवा जो उसके लिए खाना बनाता था।

उसे याद करने पर, सुधीर को अल्ताफ के साथ-साथ चलते हुए झेंप-सी महसूस होने लगी थी। दोनों की दुनिया अलग-अलग थी।

"जो मजा...," अल्ताफ़ कह रहा था, "फ़र्श पर सफ़ेद चादर बिछाकर, हमजोलियों के साथ ताश खेलने में है, वाह, कुछ पूछो नहीं, बेतकल्लुफ़ी ही बेतकल्लुफ़ी है। मन आए तो वहीं पसर जाओ।"

सुधीर सुने जा रहा था, पर उसमें उसे कोई ख़ास बात तो नज़र नहीं आ रही थी। हम तो सोते ही सदा फ़र्श पर हैं।

"मुझे तंग कपड़े पसंद नहीं, जैसे कलबूत चढ़ा हो। मुझे ढीले-ढाले कपड़े पसंद हैं, आपके जैसे कपड़े—कुर्ता-पाजामा। कुर्ता-पाजामा दिन के वक्त, कुर्ता-पाजामा ही रात के वक्त। बिस्तर पर लेट गए तो रात की पोशाक, बिस्तर पर से उठ खड़े हुए तो दिन का लिबास बन गया।"

सुधीर ठहाका मारकर हँस पड़ा।

अल्ताफ़ कह रहा था, "मुझे तुम जैसे लोग पसंद हैं। एक लीक पर चलने वाले लोग पसंद नहीं हैं। मेरे वालिद चाहते हैं मैं वकील बन जाऊँ। मैं वकील तो हरगिज़ नहीं बनूँगा। काला कोट और नीचे सफ़ेद पतलून। मिलॉर्ड-मिलॉर्ड कहते रहो और दुनिया-जहान के झूठ बोलो। पर मैं खुद नहीं जानता मैं क्या करना चाहता हूँ। नीलिमा भी यही पूछती है, पर मैं उससे तो कहता हूँ तुम जो कहोगी मैं वही करूँगा, तुम कहोगी सरकस में भरती हो जाओ और जीभ निकाल-निकालकर बच्चों को हँसाओ, तो वही करने लगूँगा।"

फिर वह रुक गया और सुधीर के कंधे पर हाथ रखकर बोला, "मैं एक ही काम अच्छी तरह से कर सकता हूँ। हॉकी अच्छी खेल सकता हूँ, और कुछ नहीं।...पर तुम जैसे लोगों से मुझे रश्क होता है। तुम्हारी जिंदगी में कोई दो दिन एक जैसे नहीं होते। हर दिन का अपना रंग होता है। सच कहता हूँ, मुझे ऐसी ही जिंदगी पसंद है।"

सुधीर का स्वभाव बहुत बोलनेवाला नहीं था। वह दूसरे की बात बड़ी दिलचस्पी से सुनता रहता था, सुन सकता था। किसी की बातें सुनते हुए उस आदमी की ज़ेहनी तसवीर उसके सामने उभरने लगती थी। हर इनसान एक चित्र के समान होता है, वह बोलता है तो उसके चरित्र की छवि आँखों के सामने उभरने लगती है।

वे लोग रेस्तराँ की सीढ़ियाँ चढ़ रहे थे, जब नीलिमा ने मुड़कर सुधीर से कहा :

"तुम्हें यह आदमी बोर करता रहा है न, सुधीर भाई? यह बोलता रहे तो भी बोर करता है और जो चुप बैठा रहे तो और भी ज़्यादा बोर करता है।"

लगभग दो घंटे के बाद जब वे एक-दूसरे से अलग हुए और अल्ताफ़ और नीलिमा एक ओर को चल दिए तो सुधीर और नीलू देर तक सड़क पर खड़े उन्हें जाते देखते रहे। वे हँसते-बतियाते चले जा रहे थे। पर उनकी ओर देखते हुए नीलू को लगा जैसे अल्ताफ़ और नीलिमा के साथ-साथ कोई और भी चला जा रहा है, जिसका आकार न रहते हुए भी उनके साथ-साथ, एक साए की तरह, या एक अदृश्य व्यक्ति की तरह चल रहा है। शायद शाम के गहराते साए ही थे, जिनके कारण उसे ऐसा लग रहा था, पर उन्हें जाते देखकर वह देर तक विचलित-सा महसूस करती रही थी।

घर लौटते हुए सुधीर और नीलू सारा रास्ता उन्हीं की चर्चा करते रहे थे : जिस स्कूल में नीलू ने अपनी दसवीं की परीक्षा पास की थी, उसी में नीलिमा भी पढ़ा करती थी। उन दिनों भी वह बड़ी खुशदिल और शरारती मिज़ाज की हुआ करती थी। यह लड़का, अल्ताफ़ भी उसी स्कूल में पढ़ता था। ड्राइंग मास्टर की क्लास में दोनों ड्राइंग सीखते थे। खुद ही नीलिमा अपने किस्से सुनाती रहती थी।

"उन दिनों एक बार क्लास में बैठे ये दोनों छोटे-छोटे पुर्जे लिख-लिखकर एक-दूसरे की ओर फेंक रहे थे। ड्राइंग मास्टर बड़ी उम्र का आदमी था, वह सारा

वक्त कुर्सी पर बैठा लड़के-लड़कियों की ड्राइंग ठीक करता रहता था। पर एक पुर्ज़ा ऐन उसके सामने जाकर गिरा तो उसने देख लिया। पुर्जा नीलिमा ने लिखा था और अल्ताफ़ की ओर फेंका था, पर वह मास्टर की तरफ जा गिरा। मास्टर ने उठा लिया। जानते हो, मास्टर ने खोलकर पढ़ा तो खुद हँसने लगा। लिखा था :

'रात बंदर को ख्वाब में देखा
सारी सूरत जनाब की-सी थी!'

पर फिर मास्टर ने यह समझकर कि किसी ने उसका मज़ाक उड़ाया है, वह बहुत लाल-पीला हुआ और क्लास छोड़कर चला गया। यह किस्सा मुझे नीलिमा ने ही सुनाया था। ऐसी थी यह लड़की। अल्हड़ तबीयत की। तुमने देखा था, कैसे बातें करती थी!"

पर इन लोगों के घर तक पहुँचते-पहुँचते आकाश में फिर से बादल घिरने लगे थे। फिर वही गर्जन-तर्जन शुरू हो गया था। हवा भी तेज़ हो गई थी और उसमें खुनकी आ गई थी। शिमला में बादल घिरते ही समा बदल जाता है। शिमला निवासी तो बारिश से नहीं डरते, पर सैलानी लोगों का उत्साह ठंडा पड़ जाता है, विशेषकर बरसात के मौसम में ऊपर बादलों का गर्जन-तर्जन, नीचे मूसलाधार बारिश, सड़कों-ढलानों पर बहता पानी, फिसलन, अँधेरा। गनीमत थी कि बारिश की बौछार पड़ने से पहले ही दोनों अपने क्वार्टर में पहुँच गए थे। हलवाई की दुकान अभी खुली थी, पर दोनों में से किसी का भी मन कुछ खाने को नहीं कर रहा था। ये लोग, क्वार्टर को जानेवाली सीढ़ियाँ उतर ही रहे थे कि बारिश शुरू हो गई थी।

"आज तो बाल-बाल बच गए।" अंदर क़दम रखते ही सुधीर बोला, "तुम्हारी सहेली मेरी पेंटिंग ले ही गई। मैंने सोचा था, मज़ाक कर रही है।"

"अगर मजाक-मजाक में उठा ले गई है तो वापिस दे जाएगी।"

"उन्हें तो मालूम भी नहीं कि हम कहाँ रहते हैं।"

"मैंने बता दिया है।...पर कौन जाने आएगी या नहीं," नीलू स्वयं ही कहने लगी, "मैं सोचती हूँ, उनका ब्याह नहीं होगा।"

"वह क्या कहती थी?"

"कहती थी, डैडी हरी झंडी देंगे तो हमारी शादी होगी।" कहते हुए नीलू हँस दी।

"क्या उसके डैडी ने अभी लाल झंडी दे रखी है?"

"अभी तो गाड़ी स्टेशन पर ही खड़ी है। लाल झंडी मिले या न मिले।" इस पर दोनों हँस दिए।

"तुमने भी नीलिमा की तरह बोलना सीख लिया है।" सुधीर ने हँसकर कहा। ठिठुरन से बचने के लिए दोनों जल्दी से जल्दी बिस्तर में घुस गए। हर बार जब बादल गरजते तो नीलू सिहरकर सुधीर के साथ सट जाती। पर दोनों का बतियाना

बराबर चलता रहा।

नीलू कह रही थी, "आज सुबह जब मैं जागकर बरामदे में गई तो पेड़ पर सामने काला काग बैठा था। अपने छितरे—छितरे पंख फैलाए उकहूँ-सा। पहले तो मुझे बहुत बुरा लगा। शिमला में यों भी पक्षी देखने को नहीं मिलते हैं, उस पर यह काला काग। ऐसे पक्षी को तो नज़र के सामने आना ही नहीं चाहिए। पर कहते हैं, काग आकर बैठे तो ज़रूर कोई मेहमान आनेवाला है। पर उस वक्त तो मैं झट से अंदर आ गई।"

"तुमने मुझे बताया तो नहीं!"

"तुम्हें क्या बताती! पर अब सोचती हूँ, वह हमें संदेशा देने आया था कि आज तुम्हें नीलिमा मिलेगी। यही ना! क्यों? अब अगर कल सुबह भी बैठा देखा तो मैं समझूँगी, नीलिमा मिलने आएगी।"

"अगर कल बैठा मिला तो इसका मतलब है, कोई और मेहमान आनेवाला है।"

"न बाबा, न! तब तो न ही बैठा हो।"

"इस मौसम में कौन आएगा? अब तो सैलानी भी शिमला से जाने लगे हैं।" अकस्मात् ही सुधीर का हाथ नीलू को सहलाता हुआ उसके पेट पर जा पहुँचा था। नीलू ने अपने हाथ से सुधीर का हाथ थाम लिया और स्वयं उसे अपने पेट पर फेरने लगी।

"यहीं कहीं पर होगा," वह बुदबुदाई, "अब तो कभी-कभी हिलने लगता है।"

"इसी के आने का संदेशा लाया होगा बाहर बैठा काग!" सुधीर बोला।

नीलू का हाथ थम गया। क्या मालूम सुधीर ठीक ही कहता हो! कहते हुए छितरे पंखोंवाला काग उसे अच्छा लगने लगा।

"तुम क्या चाहती हो, लड़का या लड़की?"

"लड़का।" नीलू ने झट से हँसकर कहा।

"काला या गोरा?"

"काला।" नीलू फिर झट से बोली और सुधीर के साथ सट गई, "पर तुम्हारे जितना काला नहीं।"

"क्यों?"

"तुम तो सिर्फ मेरे लिए हो। मैं नहीं चाहती, कोई और तुम्हारे जैसा हो।"

"तुम्हारा बेटा भी नहीं?"

"नहीं, बेटा भी नहीं।"

"अभी बोल रही हो। जब बेटा होगा तो मुझे भूल जाओगी, बस, बेटा ही बेटा होगा तुम्हारे सामने।"

"ऐसा नहीं कहते।"

थोड़ी देर बाद नीलू सहसा बोल उठी, "फिर से हिला है। तुम्हें पता चला?"

"बड़ा उतावला हो रहा है आने को।"

और देर तक सुधीर नीलू के पेट पर हाथ रखे रहा कि शायद बच्चा फिर से हिले।

"क्या नाम रखोगी अपने बेटे का?"

"तुम बताओ, क्या रखूँ?"

"कालटू और क्या?" सुधीर ने हँसकर कहा।

"चलो, हटो।"

"इसका नाम इक्बाल रखेंगे। इकबाल नाम हिंदुओं का भी होता है, मुसलमानों का भी। हमारी क्लास में इस नाम के दो लड़के पढ़ते थे, एक का नाम इक़बाल सिंह था, दूसरे का इक़बाल अहमद।"

नीलू चुप रही। सुधीर का हाथ अपने पेट पर रखे हुए उसे नींद का झोंका आया, वह कुनमुनाई, और सुधीर के बाजू पर ही सिर रखे गहरी नींद सो गई। उसके यों सो जाने पर सुधीर को गहरे संतोष का भास हुआ। जीवन के प्रति कृतज्ञता का, भाग्य के प्रति कृतज्ञता का देर तक नीलू की धीमी-धीमी साँस को अपने शरीर पर महसूस करते हुए वह चुपचाप पड़ा रहा। जब नीलू गहरी नींद सो जाएगी, तभी वह अपना बाजू नीलू के सिर के नीचे से खींचेगा। पर इसी इंतज़ार में वह स्वयं भी गहरी नींद में कब लुढ़क गया, उसे कुछ पता नहीं चला।

दूसरे दिन सुबह जब सुधीर ने आँख खोली तो दिन का उजाला कमरे में फैला हुआ था। न जाने कब बारिश थम गई, कब बादल छँट गए। लगा जैसे बारिश-ओले कभी पड़े ही नहीं थे। लेटे-लेटे ही उसकी नज़र बाहरवाले कमरे की ओर गई तो देखा, नीलू खुली खिड़की के सामने फर्श पर दोजानू बैठी नमाज़ पढ़ रही है।

नीलू का नमाज़ पढ़ना इस घर में एक घटना के समान होता। नीलू आज क्योंकर नमाज़ पढ़ने लगी है? हर बार वह नमाज़ पढ़ने लगती तो उसके पीछे कोई-न-कोई प्रेरक कारण होता। कभी उसे उसकी माँ बहुत याद आने लगती, कभी जब वह उखड़ा उखड़ा महसूस करती। अब की बार क्या कारण रहा होगा? क्या आनेवाले बच्चे के लिए दुआ माँग रही है? क्या उसे फिर से अपने घर के लोग याद आने लगे हैं? क्या नीलिमा से मिलने पर वह विचलित-सा महसूस करने लगी है?

सुधीर चुपचाप लेटा रहा। ऐसे मौकों पर वह चुपचाप एक ओर को बना रहता, ताकि उसकी नमाज़ में किसी तरह का विघ्न पैदा न हो। उसने सिर टेढ़ा करके बाहरवाले कमरे में झाँककर देखा। नीलू सचमुच मुँह-सिर लपेटे और दोनों हाथ इबादत में उठाए, मूरत सी लग रही थी। यह किस वक्त जाग गई थी? जाग कर बाहर क्यों चली गई? सुधीर अभी अनुमान लगा ही रहा था कि नीलू ने मुँह पर हाथ फेरा, चटाई को लपेटा और कोने में रखकर अंदर की ओर आने लगी।

आते ही बोली, "जाग गए?...काग अब भी बैठा है।"

"अरे, पर वह बोला तो नहीं!"

"बोला था, तभी तो मैं जाग गई।"

"इधर और लोग भी तो रहते हैं। कौन जाने किस घर के लिए पैग़ाम लाया है" कहते हुए सुधीर हँस दिया, "क्या मालूम इसी पेड़ पर रहता हो! यही उसका घर हो! नीलू, तुम्हें भी अजीब-अजीब बातें सूझती हैं। क्या मालूम इसी पेड़ में उसका कोटर हो! फिर सुबह-शाम यहीं बैठेगा, और कहाँ बैठेगा।"

तभी बाहर सीढ़ियों पर क़दमों की आहट सुनाई दी, और साथ में किसी की आवाज़ आई, "यही घर है। हाँ, हाँ, यही है।"

और फिर दरवाज़े पर दस्तक हुई।

"किसी ने दरवाज़ा खटखटाया है। कौन हो सकता है?"

"स्कूल का चपरासी होगा।" सुधीर ने अनुमान लगाया, "पर वह इस वक्त क्यों आएगा?"

सुधीर लपककर दरवाज़े के पास लगी खिड़की की ओर गया और ताक को ज़रा-सा हटाकर बाहर की ओर झाँककर देखा, फिर दबे पाँवों चलता हुआ लौट आया, "नीलू, हमीद है, तेरा भाई।"

नीलू खड़ी की खड़ी रह गई, "अरे, वह यहाँ कैसे पहुँच गया?"

सुधीर फुसफुसाकर बोला, "उसे कैसे ख़बर मिल गई कि हम शिमला में हैं?"

"तुम्हारे दिल्लीवाले दोस्त ने बताया होगा।"

"वह क्यों बताएगा? उसी ने तो हमें शिमला भेजा है।"

तभी दरवाज़ा फिर से खटखटाया जाने लगा। सुधीर ने आगे बढ़कर दरवाज़ा खोल दिया।,

हमीद ही था। छोटी-सी तुर्की दाढ़ीवाला हमीद। हाथ में छोटा-सा बैग और कंधे पर तह किया हुआ कंबल।

"चलो, ठिकाने पर पहुँच ही गया।" हमीद ने अंदर क़दम रखते हुए कहा, "नहीं तो आज का दिन भी शिमला की सड़कें नापता।"

तभी नीलू आगे बढ़ आई थी और लपककर अपने भाई के बग़लगीर हो गई थी।

"मिलेगी तो लिपटकर पर इतना नहीं हुआ हमारी छोटी बहिन से कि दो पैसे का एक कार्ड ही डाल देती अपनी खैर-आफ़ीयत का।"

हमीद ने बहिन के सिर पर हाथ फेरा और आँखों ही आँखों में बहुत कुछ देख भी गया। यहाँ तक कि कमरे का जायजा भी ले गया और सुधीर की माली हालत का भी।

"माँ रो-रोकर आधी होती रहे, पर बेटी को क्या परवाह! क्यों जी?" उसने नीलू का कंधा थपथपाते हुए कहा।

सुधीर की नज़र सीढ़ियों की ओर गई। हलवाई की दुकान का लड़का दरवाज़े के बाहर खड़ा था जो हमीद भाई को इनके घर तक छोड़ने आया था।

"ठीक पता मिल गया है भाई, अब तुम जाओ।" हमीद ने लड़के से कहा। सुधीर ने आगे बढ़कर दरवाज़ा भेड़ दिया।

"मैं दो दिन से भटक रहा हूँ। शिमला का कोई कोना नहीं जो न छान मारा हो। कोई होटल नहीं जहाँ पूछा न हो। कल तुम्हारे स्कूल का पता चला तो इधर आ गया। मैं इधर-उधर घूम ही रहा था कि एक हलवाई ने जिसकी इधर ही दुकान है, अपने पास बुला लिया। उसी से तुम्हारा अता-पता मिला।"

हमीद ने कहा और बड़ी बेतकल्लुफ़ी से कमरे की एकमात्र कुर्सी पर बैठते हुए सुधीर से बोला, "तुम हमारी जासूसी की दाद दो, सुधीर मियाँ, कि हमने तुम्हें खोज निकाला। क्यों? मानते हो या नहीं? अरे, यह तो शिमला है, तुम बंबई में भी जा पहुँचते तो हम तुम्हें ढूँढ़ निकालते।"

"सुराग तो हमीद भाई, तुम तब लगाओ जो हम छिपकर रह रहे हों। हमने पहले ही नौकरी के लिए अर्जी दे रखी थी। महकमेवालों ने हमें शिमला के लिए चुना, तो हम यहाँ चले आए।"

"पर हमें तो खबर नहीं दी ना। हम तो ठोकरें खाते हुए यहाँ पहुँचे हैं।"

"तुम ठोकरें खानेवालों में नहीं हो, हमीद भाई! तुम महकमे के दफ़्तर में गए होगे और वहाँ से मेरा अता-पता मिल गया होगा।"

"न हमें महकमे से पता मिला है, न हम महकमे में गए हैं; बल्कि हमें तो यह भी मालूम नहीं था कि तुमने किसी स्कूल की नौकरी के लिए अर्जी दे रखी है।"

सुधीर अटपटा-सा महसूस करने लगा था। नीलू का बड़ा भाई आया होता तो बात दूसरी थी, वह ज़्यादा संजीदा तबीयत आदमी है, ठहराव से बात करता है, जबकि यह हमीद मियाँ बड़ी जल्दी तुनक उठते हैं। पुलिस स्टेशन में भी इसने ज़िद पकड़ ली थी कि लड़की का बयान लेने से पहले उसे दो दिन के लिए अपने माँ-बाप के पास रहने की इजाज़त दी जाए। यह तो पुलिस इन्स्पेक्टर ने कह दिया कि लड़की बालिग है, और हलफिया बयान दे रही है, इसलिए अलग से माँ-बाप की रजामंदी की ज़रूरत नहीं है। तभी चुप हुआ था।

पर अब की बार तो हमीद मियाँ का रवैया बहुत कुछ बदला हुआ था। नीलू चाय बनाने चली गई तो हमीद बड़ी आत्मीयता से सुधीर के साथ पेश आया। अपना थैला खोलकर उसमें से मिठाई का डिब्बा निकाला और तिपाई पर रख दिया, फिर हँसकर बोला, "अगर आज भी तुम लोग नहीं मिलते तो शाम तक मिठाई में से बास आने लगती। मिठाई का डिब्बा भी मेरे संग तुम्हें ढूँढ़ रहा था।"

दोनों हँस दिए।

"बैग में कुछ और भी लाया हूँ पर वह तुम्हारे लिए नहीं है। तुम फिलहाल मुँह ही मीठा करो।"

नीलू के कान में यह बात पड़ी तो वह रसोईघर में से बाहर दौड़ी आई। हमीद भाई ने फिर से बैग में हाथ डाला और एक चटकीले रंगोंवाली चुन्नरी निकाल लाया।

"आओ नीलू, इसे ओढ़ लो।" और स्वयं चुन्नरी को खोलकर नीलू के कंधों

पर ओढ़ा दी, "अब तुम सही दुल्हन दिखती हो। यह अम्मीजान ने भेजी है।"

नीलू गद्गद हो उठी थी। रेशमी कपड़े की ओढ़नी थी, कंधों पर से फिसल-फिसल जा रही थी।

"यह अम्मी के अपने दहेज़ की है। कहने लगी, ले जाओ बिटिया के लिए। वह तो हमें भूल गई पर हम तो उसके लिए तरस तरस गए हैं।"

नीलू ने अपने भाई की ओर पलकें उठाकर देखा और आँखों से झरझर आँसू बहने लगे। चुन्नरी से ही मुँह ढाँपे वह भागती हुई अंदर चली गई और औंधे मुँह बिस्तर पर पड़ गई और फफककर रोने लगी।

"तुम नहीं जानते सुधीर भाई, घर में अम्मीजान की क्या हालत हो रही है। वह इतना छटपटाती है, इतना छटपटाती है कि तुमसे क्या कहूँ। तुम समझो कि उसी ने मुझे धकेलकर घर से बाहर निकाला है कि जाओ और अपनी बहिन की खोज-ख़बर लो।" फिर तनिक आवेग में सुधीर से बोला, "मुरव्वत भी कोई चीज़ है, सुधीर मियाँ, तुम्हें इसका ख़्याल नहीं आया। तुम्हारा अपना फ़र्ज़ बनता था कि तुम नीलू को अपने घरवालों से मिलाने ले आते।"

सुधीर को स्वयं पछतावा होने लगा था कि क्यों नहीं शिमला के लिए रवाना होने से पहले उन्होंने नीलू के कस्बे का चक्कर लगाया। नीलू सबसे मिल-मिला लेती। ज़्यादा होता कुछ लोग सख्त सुस्त बोलते, हम लोग सुन लेते। माँ तो आख़िर माँ है। बेटी के लिए कैसे नहीं छटपटाती? यहाँ बैठी नीलू माँ को याद करती है तो रोने लगती है और नमाज़ पढ़ने बैठ जाती है। वहाँ माँ की क्या हालत होती होगी। हमीद की शिकायत जायज ही तो है।

पर सुधीर कुछ बोला नहीं। मुस्कराकर सिर हिला दिया।

कुछ देर बाद जब नीलू की तबीयत ठिकाने आई तो वह उठकर नाश्ता तैयार करने चली गई। उधर हमीद मियाँ हाथ-मुँह धोने के लिए गुसलखाने में पहुँच गए। घर का वातावरण जो कुछ समय पहले तनाव से भर गया था, अब सहज होने लगा था।

नीलू नाश्ता मेज़ पर रख रही थी, जब खिड़की के पार उसकी नज़र पेड़ पर पड़ी। काग वहाँ पर नहीं था। न जाने किस वक्त पेड़ पर से उड़ गया था।

छह

शिमला के बस अड्डे पर जब ये तीनों पहुँचे तो बस रवाना होने ही वाली थी। आगे-आगे हमीद भैया, एक बैग कंधे पर, दूसरा नीलू का बैग हाथ में उठाए चला जा रहा था। पीछे नीलू, तेज-तेज़ क़दम बढ़ाती हुई। कंधे पर से अपना छोटा-सा काला बैग लटकाए हुए। बस छूट नहीं जाए, यह सोचकर क़दम तेज़ कर देती, फिर यह देखकर कि सुधीर पीछे छूटता जा रहा है, फिर से आहिस्ता चलने लगती I हमीद भैया की बातों ने उसे माँ से मिलने के लिए बेचैन कर दिया था। पर उसे इस बात का भी भास हो रहा था कि अपनी माँ से मिल पाने के लिए जितनी वह उत्सुक थी, उतना ही ज्यादा सुधीर उदास-सा महसूस करने लगा था। इसी कारण शायद पीछे-पीछे चला आ रहा था।

जब से हमीद भैया उनसे मिले थे, सुधीर किंकर्तव्यविमूढ़-सा महसूस करने लगा था। तरह-तरह के सवाल उसके मन में उठते, पर एक का भी उत्तर उसे आश्वस्त नहीं कर पाता था। सारा वक्त अजीब उधेड़बुन-सी उसके मन में बनी रही थी। हमीद शिमला में कैसे पहुँच गया? यह नहीं हो सकता कि इसे शिमला का पता चल गया हो और स्कूल का पता न मालूम हो। अगर नीलू की माँ इतनी ही ज़्यादा बेचैन थी—यह तो कहता था कि बीमार पड़ गई है—तो यह चिट्ठी लिख सकता था, तार दे सकता था, खुद क्यों दौड़ा आया? उधर उसके कहने की देर थी कि माँ रो-रोकर नीलू को याद करती है, कि नीलू माँ से मिल पाने के लिए छटपटाने लगी। या कोई और बात है? और बात क्या हो सकती है? नीलू के साथ मेरा विवाह टूट तो नहीं सकता। सनद मेरे पास है। विवाह बाकायदा रजिस्टर हो चुका है। अगर माँ की बीमारी ही असल कारण है तो इसने तार क्यों नहीं दिया। नीलू अपने आप यात्रा कर सकती थी। मैं उसे छोड़ आ सकता था। उसने एकाध बार हमीद से पूछा भी था—भाई साहिब, अगर पता चल गया था तो तार डाल देते, नीलू पहुँच जाती, मैं उसे छोड़ आता, आपने इतना लंबा सफ़र तय करने की ज़हमत क्यों उठाई?

"अरे यार, हमने सोचा, शिमला की ठंडी हवा एकाध दिन हम भी खा लेंगे।

क्यों? तुम्हें कोई एतराज़ है?" और हमीद भाई ने बड़े दोस्ताना अंदाज़ से उसके कंधे पर हाथ रख दिया था।

"हम अपनी आँखों से देखना चाहते थे कि नीलू कैसे रच-बस गई है? माँ की हिदायत भी थी कि जाओ, खुद तसल्ली कर के आओ कि नीलू आराम से रह रही है। और तुम तो जानते हो, कोई माँ ज़िद्द पकड़ ले तो अपना काम करवा के छोड़ती है।"

सुधीर कुछ-कुछ आश्वस्त हुआ था। पर अगर माँ इतनी ज़्यादा बीमार थी कि खाट पर से उठ नहीं सकती थी और हमीद भाई ने यहाँ तक कहा था कि समझो नीलू, माँ चंद दिनों की मेहमान है, तुम्हें आँख भरकर देख लेने के लिए बेताब है।

हमीद भाई का एक बयान दूसरे बयान से मेल नहीं ख़ाता था। अगर किसी बात में तसल्ली होती थी तो वह उसकी मिलनसारी थी। मानो उसने नीलू के ब्याह को स्वीकार कर लिया हो और अब उसके सुखमय भविष्य की कामना करने लगा हो। यह भी अपने में बहुत बड़ी बात थी। पुलिस स्टेशन में हमीद उछल-उछलकर एतराज़ करता रहा था, तरह-तरह के नुक्ते निकालता रहा था। यहाँ तक कि धमकियाँ भी देता रहा था।

उसी दिन सुबह हमीद भैया ने ही बात छेड़ी थी और नीलू और सुधीर चौंक गए थे।

"अगर माँ को मालूम होता कि तुम्हारे बच्चा होनेवाला है तो वह नन्हे-मुन्ने के लिए कपड़े सिलवाकर भेजती।" फिर सुधीर की ओर देखकर बोला, "हमारे यहाँ रिवाज है। बल्कि माँ को पता चलेगा तो वह चाहेगी कि बच्चा उसी की देख-रेख

हो। और सुधीर भाई, अगर माँ की तबीयत सुधर गई और उसने यही ख़्वाहिश ज़ाहिर की कि उसका पहला बच्चा नीलू के मायके में ही हो तो हम नीलू को वापिस नहीं आने देंगे।"

इस पर नीलू झट से बोल पड़ी थी, "हाय नहीं, भाई जान, सुधीर की प्रदर्शनी पर तो हम ज़रूर आएँगे।"

इस पर हमीद भैया हँस दिए थे, "तुम्हें माँ से ज़्यादा सुधीर की प्रदर्शनी प्यारी हो गई?" फिर खुद ही कहने लगे, "अच्छी बात है तुम प्रदर्शनी के लिए चली आना। माँ सचमुच चाहेंगी कि बच्चा घर पर हो।"

इस आग्रह से सुधीर प्रोत्साहित-सा महसूस करने लगा था। उसके अपने घर वाले नीलू के साथ रुखाई से पेश आए थे और उसने सोच रखा था कि 'व्यम' शिमला में ही होगा, वह मदद के लिए अपनी दो बहनों में से एक बहिन को बुला लेगा; और उसने इसका जिक्र हमीद भाई से भी कर दिया था।

'देखो जी, सीधी-सी बात है, हमीद ने कहा था, 'अगर मेरी माँ की तबीयत सँभल गई और खुदा करे, वह तंदुरुस्त हो जाए, तो वह नीलू को नहीं आने देंगी, बच्चा पैदा होने तक तो उसे अपने पास रखेंगी। लेकिन रही बात तुम्हारी प्रदर्शनी की, तो उसके लिए नीलू कुछ दिन के लिए आ सकती है।'

इस पर फिर से नीलू बोल उठी थी, 'हम सुधीर की प्रदर्शनी पर ज़रूर आएँगे।" 'कब है तुम्हारी प्रदर्शनी, सुधीर भाई?'

'अक्तूबर में। अक्तूबर के दूसरे सप्ताह में।'

'और अब कौन-सा महीना चल रहा है।'

'अगस्त।'

इस पर हमीद ठहाका मारकर हँस दिया था, 'नहीं, मेरा मतलब है, नीलू का कौन-सा महीना चल रहा है।'

इस पर नीलू बुरी तरह झेंप गई थी, और उसका चेहरा लाल पड़ गया था। उत्तर सुधीर ने दिया था

'अभी बहुत वक्त है, हमीद भैया!'

'बहुत वक्त है तो सुधीर भाई, तुम दो-दो प्रदर्शनियाँ करो, फिर भी नीलू पहुँच जाएगी।'

और अब बस में, खिड़कीवाली सीट पर बैठी नीलू बार-बार बाहर खड़े सुधीर को आश्वासन देती हुई कह रही थी, "मैं हफ्ता-दस दिन में ही लौट आऊँगी। अगर न हो पाया तो तुम्हारी प्रदर्शनी तक तो ज़रूर ही, हर हालत में पहुँच जाऊँगी।"

और बाहर गुमसुम खड़ा सुधीर, बार-बार सिर हिला रहा था और मुस्कराने की चेष्टा कर रहा था।

जब शिमला से बस निकली थी तो दोनों की आँखों में आँसू छलक आए थे। नीलू ने तो अपनी ओढ़नी से अपना मुँह ढाँप लिया था और खिड़की में से हाथ बाहर निकालकर हिलाती रही थी। सुधीर अपने आँसू छिपाने की कोशिश करता रहा था। बस चल पड़ी और थोड़ी दूर जाने के बाद, ढलान उतरने लगी तो मोड़ आ गया। नीलू ने खिड़की में से मुँह निकालकर पीछे की ओर देखा तो सुधीर अभी भी सड़क के किनारे खड़ा अपनी आस्तीन से आँखें पोंछ रहा था। नीलू उसे देखते ही फफक उठी थी और बड़ी देर तक मुँह ढाँपे अपनी सीट पर बैठी रोती रही थी।

"वाह जी," हमीद ने नीलू की पीठ थपथपाते हुए कहा था, "ऐसी भी क्या बात है! कुछ ही दिनों में हम पराये पड़ गए और वह इतना अपना हो गया कि बच्चों की तरह रोने लगी है?"

इस पर नीलू, जो अपनी सुबकियाँ नहीं रोक पा रही थी, लुढ़ककर हमीद भैया की गोद में गिर गई थी और देर तक निःसहाय सी वहीं पड़ी रही थी।

कुछ देर तक तो हमीद, बहिन का कंधा सहलाता रहा था, फिर बड़ी मज़बूती से उसके दोनों कंधे पकड़कर उसे सीधा बैठा दिया था।

"लोगों को तमाशा नहीं दिखाते, मेरी बहिन! अब बैठ जाओ।" और नीलू आँखें पोंछती हुई सँभलकर बैठ गई थी।

"मैं हफ़्ता भर बाद लौट आऊँगी न, हमीद भैया?" उसने सुबककर कहा।

"तुम इतनी ही परेशान हो गई हो तो यहीं उतरकर उसके पास लौट जाओ, नीलू! तुम समझती हो, घर जा रही हो तो हम लोगों पर एहसान कर रही हो? वाह जी! हमारी बला से। बेशक, अगले पड़ाव पर उतर जाओ।" हमीद ने दृढ़ता से कहा, और अपना हाथ नीलू के कंधे पर से हटा लिया, "जैसा मन आए करो, इसमें कोई ज़ोर-ज़बरदस्ती की बात नहीं है। मैं तुम्हें बाँधकर अपने साथ नहीं ले जा रहा हूँ।"

इसके बाद नीलू के आँसू सूखते देर नहीं लगी, और वह सीधी-सतर होकर अपनी सीट पर बैठ गई। खिसियानी-सी मुस्कराहट के साथ हमीद की ओर देखकर बोली, "क्या करूँ, रोना आ गया।"

ज्यों-ज्यों बस तीखे मोड काटती नीचे उतरती जा रही थी, और शिमला पीछे छूटता जा रहा था, नीलू का ध्यान बरबस अपने कस्बे की ओर जाने लगा था। माँ कैसी होगी, माँ से मिले कितने दिन बीत गए। माँ से मिलूँगी तो सीधा उनकी गोद में अपना सिर रख दूँगी। माँ के कपड़ों से अभी भी भीनी-भीनी गंध आती होगी। जितने दिन मैं कस्बे में रहूँगी, सारा वक्त माँ के साथ बनी रहूँगी। जाने अब्बा कैसे होंगे! मन की आँखों के सामने कस्बे से जुड़ी अपनी यादें, कस्बे के जीवन के दृश्य उभर-उभरकर सामने आने लगे। यादों का काग कभी कस्बे की एक मुँडेर पर जा बैठता, कभी दूसरी पर। माँ की गुदगुदी गोद, माँ का चौड़ा वक्ष। उसे लगा जैसे वह फिर से छोटी बच्ची बन रही है, और माँ की गोद में लेटे ही लेटे अपना हाथ बढ़ाकर माँ की ठुड्डी को नीचे से सहलाने लगी है, तभी माँ ने कहा है, 'चल हट, अब मुझे काम करने दें। ढेरों काम पड़ा है।' नीलू को लगा जैसे उसने सचमुच अम्माँ की आवाज़ सुनी है। अम्माँ दही बिलोने बैठ जाती तो नीलू उसकी पीठ से जा चिपकती थी। दही बिलोती हुई माँ की पीठ आगे को झुकती तो नीलू को लगता जैसे वह अम्माँ की पीठ से जुड़ी झूला झूल रही है। गर्मियों की शाम, अलसायी-सी, सहेलियों के साथ देर तक खेलते रहने के बाद घर लौटती हुई नीलू। गली-मुहल्ले के घरों में तरह-तरह के सालन बनने की गंध हवा में व्याप रही होती। फूल गोभी की गंध उसे सबसे ज़्यादा अच्छी लगती। तरह-तरह के सालन बनने की गंध, माँ के शरीर की भीनी-भीनी गंध, घर के अंदर कदम रखने पर गीली घास के ढेर की गंध। ड्योढ़ी में हमेशा ही चारे की घास का ढेर लगा रहता था। इल्मदीन उस पर पानी छिड़कता तो उसकी गंध और भी ज्यादा तीखी हो जाती। उस बाड़े में से उठनेवाली गंध जिसमें मवेशी बँधे रहते थे, गायों के गोबर की गंध।

नीलू घर लौटने के लिए ललक उठी थी।

यादों का काग फिर से अपने गली-मुहल्ले के ऊपर उड़ता हुआ जगह-जगह बैठने लगा था। नीलू अपनी सहेलियों के साथ करीमो भटियारन की भट्ठी के पास खड़ी थी। भटियारन मक्का भूनने में लगी थी। गर्म-गर्म रेत पर मक्का के दाने फरफर कर सफेद पड़ने लगे थे। मक्का का एक-एक दाना, एक-एक फूल जैसा। थोड़े से

दाने फटकर ढेर सारे फूल बन जाते। देखते बनता था। दो पैसे के ही लो तो झोली भर जाती। पर नीलू को फूला हुआ मक्का पसंद नहीं था। उसे गीला मक्का अधिक भाता था। उसकी अपनी गंध, अपना जायका होता है।

नीलू मतवाली-सी अपने कस्बे की गलियों में घूमने लगी थी। आँखों के सामने जो भी चित्र उभरता वह शाम के उतरते सायों का होता, और वह भी गर्मी के मौसम का। बड़ी मस्जिद पर से अज़ान की आवाज़ सुनाई पड़ रही है। अब रोज़ा खोलने का वक्त आ गया है। तभी भटियारन की भट्ठी के इर्द-गिर्द भीड़ लग जाती। भटियारन ने तब तक तंदूर जला लिया होता था। कितनी ही बार अम्माँ ने नीलू को भटियारन के तंदूर पर से रोटियाँ सिंकवाकर लाने के लिए भेजा था। सिंकी हुई गर्म-गर्म रोटियों की गंध! कभी-कभी तो नीलू को इतनी तेज़ भूख लग आती कि रास्ते में ही रोटियों में से लुकमें तोड़-तोड़कर मुँह में डालती जाती थी।

नीलू को गर्मियाँ पसंद थीं। शामें भी लंबी, दिन भी लंबे। जाड़ों में तो झट से रात पड़ जाती थी। हवा में नीला नीला धुआँ तैरने लगता जिससे आँखें जलने लगतीं। फिर गर्म कपड़े लादे रहो और फिर भी ठिठुरते रहो। पर जाड़ों में गालों पर लाली आ जाती थी। बैठकवाले कमरे की अँगीठी पर रखे आईने में वह बार-बार अपना चेहरा देखा करती, कि गाल कितने लाल हुए हैं। कभी-कभी तो गालों को कचौटी मारकर ज्यादा लाल कर लिया करती। लाल-लाल गाल, नीलोफर के लाल-लाल होंठों के साथ मेल खाने लगते। नीलू का गोरा रंग, गुलाबी गाल और लाल-लाल होंठ देखकर अम्माँ कहा करती : 'मेरी नीलू को तो कोई शहज़ादा ब्याहेगा!' नीलू को अपनी माँ के शब्द याद आए तो वह मुस्करा दी। इस वक्त मेरा शहज़ादा कहाँ पर होगा, क्या कर रहा होगा? उसने कुछ खाया होगा या नहीं? क्या मालूम हलवाई की दुकान पर से ही दूध-जलेबी खा आया हो।

हमीद एकटक नीलू के चेहरे की ओर बड़ी ठंडी, बेहिस नज़र से देख रहा था। नज़दीक से देखने पर नीलू को भी हमीद का चेहरा मानो कुछ-कुछ बदला हुआ-सा लगा था। हमीद ने, लगता था, अपनी मूँछ, ऊपरी होंठ के ऐन बीचोबीच से साफ करवा दी थी और शेष दोनों ओर की मूँछ पहले से ज़्यादा पतली करवा दी थी। इससे उसके चेहरे के भाव में अधिक दृढ़ता, अधिक कठोरता आ गई थी। इससे उसका चेहरा कुछ-कुछ इतिहास के उन हमलावरों सा लगने लगा था जो अपने लश्करों के साथ घोड़े दौड़ाते हिंदुस्तान में दाखिल हुआ करते थे। हमीद भैया का भी चेहरा कुछ-कुछ मंगोलों के चेहरे जैसा लगने लगा था, आँखों के कोने भी कुछ-कुछ ऊपर को उठे हुए और भवें भी। पर हमीद की आँखें छोटी और टेढ़ी नहीं थीं, जैसे मंगोलों की आँखें, पर अपने किरमची रंग के कारण लगता जैसे काँच की बनी हैं।

तीखे मोड़ोंवाला पहाड़ी इलाका पीछे छूट चुका था जब हमीद भैया ने सहसा ही कहा, "सुना है सुधीर ने किसी से दस हज़ार रुपया कर्ज़ लिया था। अपनी शादी

का खर्च उसी में से निबटाया।"

"नहीं तो," नीलू झट से बोली, "कर्ज़ तो कहीं से नहीं उठाया। उठाया होता तो मुझे बताते।"

"हमने तो सुना है कर्ज लिया था और अब उसे लौटाने का नाम नहीं ले रहा है।"

नीलू को धक्का-सा लगा। जहाँ तक वह जानती थी, सुधीर का उससे कुछ भी छिपा नहीं था। सुधीर ने कर्ज लिया होता तो उसे ज़रूर मालूम हो जाता।

"कर्ज़ नहीं लिया, भाई जान, मेघदूत होटलवाला है ना, उसने पाँच तसवीरें सुधीर से खरीदने को कहा था। पर सुधीर सिर्फ दो तसवीरें ही दे पाया था। सुधीर ने उनसे दस हज़ार पेशगी माँग लिये थे जो होटलवालों ने दे दिए थे। बस, उसी दस हज़ार की रकम लेकर हम लोग शिमला आए थे।"

"हमने तो यही सुना है कि कर्ज लिया है और लौटाया नहीं। और यह एक ही बार हुआ हो, ऐसा भी नहीं है। हज़रत अक्सर कर्ज़ उठाते रहते हैं और अदा नहीं करते। ऐसी ही शोहरत उनकी बन रही है। पर तुम बेहतर जानती हो।"

नीलू को गहरा सदमा पहुँचा, "भैया, आपको किसी ने ग़लत खबर दी है। हमारे पैसे गैलरीवालों के पास रुके रहते हैं। वे लोग एकमुश्त कभी नहीं देते, उनके पास बार-बार जाना पड़ता है। किसी ने समझा होगा सुधीर उधार लेने जाता है।"

"हमें क्या, तुम हमारी बहिन हो इसलिए कह दिया, वरना हमारी बला से। कर्ज उठाता है और अदा नहीं करता तो एक दिन जेलखाने की हवा खाएगा। तुम्हीं को ज़िल्लत उठानी पड़ेगी।"

नीलू सिहर उठी, "क्या कह रहे हो, भैया? आप सुधीर के बारे में कुछ भी नहीं जानते।"

"हमने तो जो सुन रखा है, तुम्हें बता दिया। तुम जानो तुम्हारा काम। "नीलू ने भाई की ओर पीठ फेर ली थी और उसकी आँखों से आँसू लुढ़क-लुढ़क कर उसके गालों पर गिरने लगे थे।

पर दूसरे ही क्षण हमीद भाई का रवैया बदला हुआ था, "बिगड़ गईं? मैंने तो ऐसा कुछ भी नहीं कहा। अगर कहा भी है तो तुम्हारी भलाई के लिए।" कहते हुए सहसा ही हमीद का पारा तेज़ हो गया, "कुछ ही दिनों में वह काफ़िर तुम्हें घर वालों से ज़्यादा अज़ीज़ होने लगा। 'हम, हम' कहने लगी हो।"

घर लौटने का, अपनी माँ से लिपटकर मिलने का, अपने कस्बे को फिर से देख पाने का सारा चाव ठंडा पड़ने लगा था। मैं क्यों चली आई? भाई इतना कडुवा बोलने लगा है। घर के और लोग न जाने कैसा बोलेंगे।

"सुनो नीलोफर, मेरी बहन, हम तुम्हें सुखी देखना चाहते हैं। तुम 'हम' 'हम' कहने लगीं, उसे अपना और हमें पराया समझने लगीं तो मुझे गुस्सा आ गया। वरना हमें क्या फ़र्क पड़ता है। अपने घरवालों को तो तुम खैरबाद कह ही चुकी हो। तुमसे

इतना भी नहीं हुआ कि ब्याह से पहले दो दिन माँ से जाकर मिल ही आतीं। माँ के दिल पर क्या बीती होगी तुम समझ सकती हो।"

कहते हुए फिर से हमीद का पारा तेज़ होने लगा, "तुम समझती हो जो कुछ तुमने किया है, वह छोटी-सी बात है, तुम हमारे खानदान के मुँह पर कालिख पोत कर गई हो। हमारे खानदान की भी कोई इज़्ज़त-आबरू है। इस कस्बे में हमारा पीढ़ियों से रख-रखाव है। घर की इज़्ज़त-आबरू को तुमने मिट्टी में मिला दिया है। हमारे वालिद, नदामत के मारे किसी को मुँह दिखाने के काबिल नहीं रहे। कितना ही छिपाते फिरो, फिर भी कुछ लोगों को तुम्हारी काली करतूत का पता चल गया है। मुँह से भले ही कोई कुछ न कहे पर लोग इशारे करते हैं, इस नज़र से हमारी तरफ़ देखते हैं जैसे उन्हें हमारा कोई भेद मालूम हो गया हो।"

नीलू चुपचाप सुनती जा रही थी। हमीद की बातें सुनते हुए वह सहम सी गई थी। उसे महसूस होने लगा था कि उसके परिवारवालों के लिए स्थिति बेशक कठिन रही होगी, माँ दुखी हुई होगी और अब्बा परेशान रहे होंगे।

"तुम तो गुलछर्रे उड़ाती रही हो। तड़पते तो हम रहे हैं। महीनों से मैं भटक रहा हूँ तुम्हारी टोह पाने के लिए। अब बड़े आँसू बहाने लगी हो।" हमीद का पारा फिर से तेज़ होने लगा था। किसी-किसी वक्त तो हमीद भैया दिलासा देने लगते, हमदर्दी जताने लगते, पर उसके फ़ौरन ही बाद जली-कटी कहने लगते। उसने कौन-सी काली करतूत की है? सुधीर ने किससे कर्ज़ लिया और वापिस नहीं लौटाया कि एक दिन वह जेल की हवा खाएगा? उसे बार-बार काफिर कहने लगे। तो क्या शिमला में हमीद भैया का व्यवहार महज़ एक दिखावा था? वह फिर से अपने असली रूप में नज़र आने लगे थे।

"सुनो नीलू, अभी भी कुछ नहीं बिगड़ा है। अब भी तुम उसे ख़त डाल सकती हो।" कहते-कहते हमीद रुक गया। नीलू ने पलकें उठाकर अपने भाई की ओर देखा।

हमीद अपने को संयत करने की कोशिश कर रहा था। लगता था उसके लबों पर कोई बात आई है पर वह उसे कहे या नहीं कहे, यह निश्चय नहीं कर पा रहा था। पर नीलू को अपनी ओर निश्चेष्ट-सी नज़रों से देखते हुए उससे नहीं रहा गया, "तुम उसे ख़त डाल सकती हो कि वह दीन कबूल कर ले। कलमा पढ़ ले। हम लोग उसे छाती से लगा लेंगे। वह हमारा अपना हो जाएगा। पर वह अगर दीन कबूल नहीं करे तो उसके साथ हमारा रिश्ता अपनों जैसा नहीं हो सकता।"

इस पर नीलू झट से बोल उठी, "तो भैया, यह बात तुमने शिमला में क्यों नहीं कही? वहाँ चुप क्यों बैठे रहे? मुझे यहाँ लाकर क्यों तड़पाने लगे हो?"

"वहाँ नहीं कहा, क्योंकि मैं तुम्हें अपने साथ लाना चाहता था। तड़पते हम रहे हैं या तुम तड़पती रही हो? महीनों से मैं शहरों की खाक छान रहा हूँ। सच पूछो तो मेरे लिए तो तुम उस दिन ही मर गई थीं जिस दिन तुमने पुलिस थाने में उस काफ़िर

के साथ जाने का फैसला कर लिया था। फिर भी मैं तुम्हें क्यों खोजता फिर रहा हूँ ताकि तुम्हें सीधे रास्ते पर ला सकूँ। सच्ची बात है। माँ रो-रोकर बेहाल हो रही है, वह अलग। कान खोलकर सुन लो। मेरे लिए दीन अव्वलीन है। जो मेरे दीन का नहीं है, वह मेरा भी नहीं है।..."

नीलू आँखें फाड़े अपने भाई के चेहरे की ओर देखती जा रही थी। उसके बदन में काटो तो खून नहीं। उसका चेहरा पीला पड़ गया था और पसीने की परत उस पर छलक आई थी।

'या खुदा, यह मैं क्या कर बैठी हूँ? मैं क्यों इसके साथ चली आई?' नीलू मन ही मन बुदबुदाई।

इतना कुछ कह चुकने के बाद हमीद सहसा चुप हो गया था। उसने मन में फ़ैसला कर रखा था कि अपने गाँव में उतरने पर ही वह अपना इरादा नीलू पर रौशन करेगा। पर वह भड़क उठा था और उत्तेजना में अपने मन की बात कह डाली, जो उसे अंदर ही अंदर सालती रही थी।

इसके बाद वह सारा रास्ता चुप रहा; बल्कि धीरे-धीरे फिर से अपने लहजे में नर्मी लाने की कोशिश करने लगा।

"तुम नहीं जानती हो कि तुम हम सबको कितनी अज़ीज़ हो। तुम्हारी छोटी बहिन तुम्हारा मुँह जोहती नहीं थकती थी। जब से तुम गई हो, कोने में बैठी सुबकती रहती है। घर में तुम्हारे बगैर मुर्दनी छाई रहती है। माँ तुम्हारी शादी की तैयारियाँ कब से कर रही थी। तुम्हारे लिए कसीदे काढ़ती रही है। तुम नहीं समझ सकती, तुमने कितनी ठेस पहुँचाई है घरवालों के दिल को। अब्बा ने बाहर निकलना ही छोड़ दिया है। दिन-भर घर पर पड़े रहते हैं, न किसी से बोलते हैं, न बात करते हैं।"

रास्ता लंबा था। पहले हिचकोले खाते एक बस में पहाड़ उतरकर मैदानों में पहुँचे, फिर बस बदलकर धूल उड़ाती, लंबी सपाट सड़क पर सफर जारी रहा। नीलू कभी थककर सीट की ही पीठ पर सिर रखे सो जाती, कभी मन ही मन गहरे क्लेश में डूब जाती। जब कभी इस बीच सुधीर की याद आती, तो आँखें छलक आतीं। उसकी समझ में नहीं आता क्या करे, कहाँ जाए।

लंबे सफर के बाद जब नीलू और हमीद अपने कस्बे में पहुँचे तो नीलू को अच्छा लगा। हवा में अपने वतन की गंध थी।

"हाय, यह तो वैसे का वैसा ही है!"

स्टेशन के बाहर वही पहलेवाला मंज़र था। जगह-जगह साइकिल-रिक्शा खड़े थे, फटीचर रिक्शा, उनसे भी ज़्यादा फटीचर रिक्शाचालक, सूखे, सिर के उड़ते बाल, जगह-जगह से फटे मैले कपड़े, कोई बीड़ी फूँकता हुआ, कोई रिक्शा पर ही उकडू-सा पड़ा, सोया हुआ। स्टेशन के मैदान के पार, एक बत्ती के पास दो-तीन इक्के खड़े थे। वे भी फटीचर। फिर भी उसे देखते रहना अच्छा लगा रहा था।

हर चीज़ खस्ता, लाल कुर्ता पहने एक बड़ी उम्र का कुली हथेली पर खैनी मसलता हुआ। कस्बे का रंग-ढंग पहले जैसा ही था, बासी, मटमैला-इसी से भागकर नीलू दिल्ली में पढ़ने गई थी, आज उसी कस्बे के बासीपन में उसे स्निग्धता का भास हो रहा था।

स्टेशन के बाहर निकले तो कोई कुम्हार अपने गधे की पीठ पर बहुत-से मिट्टी के घड़े लादे चला आ रहा था। गाँव का कोई आदमी घड़ा देखने के लिए पीछे से आया तो गधे ने उस पर दुलत्ती झाड़ दी। देखते ही नीलू हँसी से लोट-पोट होने लगी।

"अब यहाँ पर बस भी चलने लगी है।" हमीद ने कहा, और उसी वक्त एक चमचमाती, लाल और सफेद धारियोंवाली बस, स्टेशन के सामने आकर खड़ी हो गई।

"इसमें चलें?" नीलू ने चहककर कहा, "यह हमारे घर तक जाएगी?"

"जाएगी तो, पर हम लोग बस में नहीं, इक्के में चलेंगे। मुझे रास्ते में थोड़ा काम है।"

इक्के में चलना भी नीलू को मंजूर था। और नीलू बड़ी फुर्ती से इक्के पर चढ़ गई थी। इक्के पर चढ़ने का ढंग नीलू भूली नहीं थी।

घर में पहुँचते ही माँ से लिपट जाऊँगी—नीलू मन ही मन कह रही थी। और कल्पना ही कल्पना में उसे माँ के शरीर की भीनी-भीनी गंध का भी भास होने लगा था।

जिस समय हमीद सख़्त सुस्त बोले जा रहा था, और नीलू की आँखों के सामने अँधेरा छाने लगा था, और उसे लगने लगा था कि वह जैसे चारों ओर से घिर गई है, उस समय भी माँ को याद करके उसे त्राण-सा मिलता था। माँ मुझे छाती से लगाएगी तो मुझे सब ख़तरों से बचा लेगी, मेरी कठिनाइयों का अंत हो जाएगा। उसे अपने चारों ओर फैला उसका गाँव अगर अच्छा लग रहा था तो इसलिए कि उसमें माँ रहती थी।

हिचकोले खाता इक्का चलता जा रहा था और नीलू की बड़ी-बड़ी आँखें अपने कस्बे के अंग-प्रत्यंग पर लगी थीं। मैला-कुचैला, धूल भरा कस्बा, जर्जर, पर फिर भी उसमें उसके अतीत की यादें गुँथी थीं। जितना अधिक अपने गाँव को देखती, उतनी ही ज्यादा माँ से मिल पाने की ललक उसके दिल में बढ़ रही थी।

इक्का कहीं पर रुक गया था। सहसा ही नीलू जैसे तंद्रा से जागी। इक्का किसी सड़क के बीचोबीच खड़ा था। उसने बाहर झाँककर देखा। यह उनका पुश्तैनी घर तो नहीं था। इक्का तो किसी सँकरी गली के मुहाने पर खड़ा था।

"हम कहाँ हैं हमीद भैया? यहाँ रुक क्यों गए?"

"तुम यहीं बैठो, मैं अभी आ रहा हूँ" कहते हुए हमीद भैया इक्के में से कूदकर उस सँकरी गली में घुस गए थे।

नीलू इक्के में बैठी अपने भाई के लौटने की राह देखने लगी। इक्केवाला अपनी सीट से उतरकर पानी पीने चला गया और नीलू बैठी-बैठी अपनी स्थिति के बारे में सोचने लगी। उसकी समझ में नहीं आ रहा था कि हमीद को अपना समझे या पराया।

पर माँ सब सँभाल लेगी। हमीद भैया के मन में जो आए कहते रहें, माँ इनकी एक नहीं सुनेगी। वह मेरी सुनेगी, अब्बा जान भी माँ की बात नहीं मोड़ते। पर उसे इस बात की आशा नहीं थी कि जब वह लौटेगी तो उसे हमीद भाई के मुँह से ऐसी बातें सुनने को मिलेंगी।

तभी हमीद भाई लौटते हुए नज़र आए।

"चलो, उतरो, नीलोफ़र!"

"यहाँ पर हमीद भैया? यहाँ क्यों?"

"तुम बाहर सड़क पर कहाँ बैठी रहोगी? तुम मेरे साथ आ जाओ।" नीलू ठिठकी।

"यह इक्केवाला मुझे घर तक छोड़ आए, आप बाद में आराम से आते रहिए। मैं बहुत थक गई हूँ।"

"नहीं, नहीं, ज्यादा वक्त नहीं लगेगा। आ जाओ। उतर आओ।"

नीलू उतरने लगी तो बोली, "यह सीट बहुत ऊँची है। मेरा हाथ थाम लो, भैया।"

नीलू, हमीद भाई के पीछे-पीछे सँकरी गली में जाने लगी। गली सचमुच गंदी-सी थी। शिमला के बाद ऐसी गली में घुसते हुए नीलू को घिन-सी हुई। किसी-किसी घर के बाहर फटा-पुराना टाट का पर्दा लटक रहा था।

आगे बढ़ते हुए नीलू को दहशत-सी हुई। इस गली में हमीद भैया को क्या काम हो सकता है? घबराहट के बावजूद वह आगे बढ़ती जा रही थी। नीलू के व्यक्तित्व में कुछ ऐसा था जो केवल अनुसरण करना जानता था। विश्वास और अनुसरण एक ही सिक्के के दो पहलू हैं।

एक घर के सामने हमीद रुक गया। उसका बदरंग-सा दरवाज़ा अधखुला था। अंदर से दवाइयों की तीखी गंध आ रही थी।

"तुम यहाँ ठहरो, मैं अभी आता हूँ," कहते हुए हमीद भैया लपककर अंदर चले गए।

सँकरी गली में हतबुद्धि-सी खड़ी नीलू को रुलाई आ गई। वह तो कस्बे में अपनी माँ से मिलने आई थी, इन अँधेरी तंग गलियों में भटकने तो नहीं आई।

सुधीर कहता भी रहा था, अभी मत जाओ। बच्चा हो जाने पर दोनों चलेंगे, बच्चे को माँ की गोद में रखोगी तो वह भी निहाल हो जाएगी और तुम्हारे दिल की साध भी पूरी हो जाएगी। मैं क्यों दौड़ी आई हमीद भाई के साथ, जो सीधे मुँह मेरे साथ बात तक नहीं करता?

गली में, नीलू से कुछ ही दूरी पर दो स्त्रियाँ, गली के आर-पार, अपने-अपने घर की दहलीज़ पर बैठी बतिया रही थीं। दोनों स्थूलकाय, दोनों साँवले रंग की, दोनों के हाथ में पंखी, दोनों पान गिलौरी चबाती हुईं और दोनों ने ही आँखों में ढेरों सुरमा डाल रखा था। कोई और वक्त होता और वह सुधीर के साथ इस गली में आई होती, तो इन औरतों को देखकर दोनों खिलखिलाकर हँस देते। पर इस समय उन्हें देखकर

नीलू का मन और भी ज़्यादा शंकित हो उठा था। एक औरत नाक चढ़ाकर, दूसरी से कह रही थी, "अब तो खुले मुँह, दिन-दहाड़े आने लगी हैं।"

तभी हमीद बाहर आया था, "चलो नीलू, अंदर चलो।"

"क्यों भैया? आपका काम हो गया तो घर चलो ना।"

"तुम अंदर चलो, मैं तुम्हें समझा दूँगा।" हमीद ने नीलू को दरवाज़े के अंदर धकेलते हुए कहा।

"क्या बात है हमीद भैया? आप मुझे यहाँ किसलिए लाए हैं? मैंने समझा आप अपने काम से आए हैं!"

"यह मेरा भी काम है, और तुम्हारा भी।"

ड्योढ़ी के एक कोने में मैले कपड़ों का ढेर-सा लगा था, जिनमें खून से सनी पट्टियाँ, रुई के बड़े-बड़े फाहे भी शामिल थे। ड्योढ़ी में दवाइयों की कसैली बू फैली थी।

सहसा ही नीलू चीख उठी। सिर से पाँव तक काँपते हुए गिड़गिड़ाकर बोली, "मुझे यहाँ से ले चलो, हमीद भाई! मैं बच्चा नहीं निकलवाऊँगी। मैं तुम्हारे पाँव पड़ती हूँ।"

"बच्चा तो तुम्हें निकलवाना होगा। एक काफिर का तुखम तुम्हारे अंदर पल रहा है। उसे अपने पेट में लिये हुए तुम हमारे घर के अंदर दाखिल नहीं हो सकती।"

"नहीं नहीं, हमीद भैया! मैं तुम्हारे पाँव पड़ती हूँ।"

तभी पीछे का दरवाज़ा खुला और एक गदराए शरीर का अधगंजा डॉक्टर अंदर दाखिल हुआ।

नीलू के मुँह में से कुरलाने की सी आवाज़ आई और वह खटाक से नीचे फर्श पर जा गिरी।

सात

"देखो बेटा, मैं तुम्हारे घर-परिवार के मामलों में दखल देना नहीं चाहती, पर मैं कहे बिना रह भी नहीं सकती। बच्चों को इतनी ज्यादा आजादी देना ठीक नहीं।"

सीखचों वाली खिड़की के पीछे बैठी दादी माँ अपने बेटे को समझा रही थी। बेटा समझ गया था, माँ किस ओर इशारा कर रही है। माँ की आँखों से कुछ भी छिपा नहीं रहता। सीखचोंवाली खिड़की के पीछे बैठी, घरवालों की एक-एक हरकत पर उसकी नज़र रहती है। बेटे को माँ का उसके घरेलू मामलों में दखल देना खल गया। पर साथ ही अपने पर गुस्सा भी आया कि उसे सावधानी बरतनी चाहिए थी।

"ज़माना बदल गया है माँ, अब पहलेवाली बात नहीं रह गई है। लड़कियों को घर की चारदीवारी में बाँधकर नहीं रखा जा सकता।" कहते-कहते बेटे की आवाज़ में तल्खी आ गई, "जो बर्ताव मेरी दो बहिनों के साथ हुआ, क्या वह ठीक था? एक को पिताजी ने तीसरी कक्षा में से उठा लिया, दूसरी को पाँचवीं कक्षा में से। दोनों थुलथुल, घरों में बैठी हैं।"

"घरों में बैठना क्या बुरा है बेटा, सभी औरतों को घर-गृहस्थी चलाना होता है।"

फिर तनिक रुद्ध-सी आवाज़ में बोली, "तुम्हारा जैसे मन आए करो, बेटा, मैं कौन हूँ बीच में बोलनेवाली।"

कहते हुए माँ की आवाज़ लड़खड़ा गई, "पर क्या करूँ? जीता आदमी बोले बिना रह भी नहीं सकता। मैं आँखें मूँद लूँ, उसके बाद तुम्हारा जो मन आए, करना। मैं बिट-बिट देखती रहूँ, अपनी आँखों के सामने अनर्थ होता देखती रहूँ और बोलूँ नहीं, यह कैसे हो सकता है?"

"क्या कह रही हो माँ! किस अनर्थ की बात कर रही हो? कौन-सा अनर्थ. होने जा रहा है?"

"मैं अपनी आँखों को तो नहीं झुठला सकती, बेटा।"

बेटे का मन खिन्न हो उठा। माँ को इस कमरे में रखना ही बहुत बड़ी भूल थी। इस कमरे की खिड़की बाहर के खुले आँगन में खुलती थी, जहाँ नीलिमा अपनी

कालिज की सहेलियों तथा सहपाठियों के साथ खेलती बतियाती थी। आँगन में ही बैडमिंटन का कोर्ट बना है, आँगन में ही माँ के कमरे की खिड़की के ऐन सामने, पोर्च में, टेबल-टेनिस का टेबल लगा है। मुझसे भूल हुई जो माँ को इस कमरे में रखा। मैंने तो यह सोचकर उन्हें यह कमरा दिया था कि वह खिडकी में बैठी, बाहर आँगन में लगे फूल-पौधों को देखेंगी, अकेला महसूस नहीं करेंगी, घर में आते-जाते लोग उनके सामने से गुज़रेंगे, उनका मन लगा रहेगा, मुझे क्या मालूम था कि माँ की पैनी आँखें, नीलिमा की एक-एक सहेली, एक-एक मित्र पर नज़र रखेंगी, उनकी एक-एक हरकत को घूरती रहेंगी। उसके मन में आया कि एक ही बार माँ को साफ-साफ बता दे कि वह अपनी राय अपने तक ही रखा करें, कि उसे अपने परिवार को अपने ही ढंग से ग़लत-सही चलाने दे, कि वह किसी तरह की दखलंदाजी बर्दाश्त नहीं करेगा।

"माँ, ज़माना बदल गया है, आज लड़कियों को पर्दे में नहीं रखा जा सकता। नीलिमा अब छोटी बच्ची नहीं है, समझदार हो गई है, कालिज में पढ़ती है, अपना हानि-लाभ जानती-समझती है।"

"अच्छा बेटा, आज कहा है, फिर नहीं कहूँगी।"

और माँ, दुपट्टे के छोर से अपनी आँखें पोंछने लगी।

माँ की आँखों में आँसू देखकर बेटे का सारा साहस चुक गया। माँ से कुछ भी कहना गलत है, यह हर बात को इतना ज़्यादा महसूस करती हैं। एक तो माँ दिन भर अकेली बैठी रहती हैं। अब बोली तो मैंने दो-टूक जवाब देकर उसे चुप करा दिया। मैं माँ को यहाँ अपने पास दुःखी करने के लिए तो नहीं लाया। मैं तो दिन भर अपने काम में लगा रहता हूँ। अब यह रात-भर रोती-बिलखती करवटें बदलती रहेगी। बहनों का ज़िक्र करके भी मैंने उसे क्लेश पहुँचाया।

माँ और बेटे के बीच अजीब-सा रिश्ता पनप रहा था। बेटा बैरिस्टर था, मालदार था। जब कचहरी से लौटता तो सबसे पहले सीधा माँ के कमरे में जाता, उसके साथ बैठकर चाय पीता, उसे दिन-भर की ख़बरें सुनाता। सुबह-सवेरे उठता तो माँ को अख़बार पढ़कर सुनाता। माँ की अवहेलना करने का तो सवाल ही पैदा नहीं होता था। पर जिस ढंग से वह अपना परिवार चला रहा था, उसमें माँ की दखलंदाज़ी भी तो नहीं चल सकती थी ना।

उधर माँ भी बदल नहीं सकती थी। उसका नज़रिया नहीं बदल सकता था। दूसरी ओर, नीलिमा के रहन-सहन पर मैं पाबंदियाँ नहीं लगा सकता। जिंदगी-भर के अपने विश्वासों अकीदों को छोड़ नहीं सकता। नीलिमा को पूरी आज़ादी है, वह अपने मित्र खुद चुने, उसे केवल सावधान करते रहना मेरा कर्तव्य है, पर मैं उस पर हुक्म नहीं चलाऊँगा, उससे जवाब-तलबी नहीं कर सकता, कि वह कौन था जिसके साथ तुम बातें कर रही थीं, शाम को वक्त पर घर आ जाया करो, अँधेरा पडने से पहले अपनी सहेलियों-दोस्तों को चलता किया करो, जमाना बहुत ख़राब जा रहा

है, लडकों को बढावा मत दिया करो और फिर नीलिमा समझदार है. हँसमुख है, उसकी खुशी में मेरी खुशी है।

उसका मन हुआ, माँ का कमरा बदल दे। उसे पिछले कमरे में भेज दे। पर वह कमरा न होकर अँधेरी कोठरी थी, न उसके साथ बाथरूम है न बाहर खुलने वाली खिड़की। एक दरवाज़ा ही दरवाज़ा है जो बरामदे में खुलता है। माँ केवल आते-जाते लोगों की आहट पा सकेगी, या बरामदे में जानेवाले लोगों को दूर से देख सकेगी।

सोचते ही उसका मन उसे कचोटने लगा। माँ को अँधेरी कोठरी में डाल दूँ ताकि मेरी बेटी बाहर आँगन में, जिसके साथ मन आए, हँस-खेल सके? बुढ़िया माँ एक तरह से खाट से जुड़ी है, बड़ी कठिनाई से ढलती दोपहर को खिड़की के पास कुर्सी पर आ बैठती है। कभी-कभी बच्चे खेलते हैं तो वह खिलखिलाकर हँसने लगती है, 'पिंगपांग' का खेल तो उसे रुचिकर भी लगने लगा है, कभी-कभी लड़के-लड़कियाँ गाने लगते हैं गानों के शब्द भले ही उसे अटपटे लगें, पर उन्हें सुनते हुए उसका मन खिल उठता है। पहली बार यहाँ आने पर, जब माँ ने बच्चों को हँसते-गाते सुना था तो बेटे से बोली थी, "बेटा, तुमने मुझे जीवन-दान दिया है। मेरे लिए तो तेरा घर स्वर्ग समान है।"

और माँ, बड़े उतावले मन से, दोपहर-शाम का इंतज़ार करने लगती, जब वह खिड़की में सीखचों के पीछे जा बैठेगी और बच्चों को हँसते-बोलते सुनेगी, देखेगी!

पर जब से अल्ताफ़ आने लगा था, माँ के कान खड़े हो गए थे। वह परेशान रहने लगी थी और नीलिमा को उसके साथ हँसते-बोलते देखकर अंदर ही अंदर घबराने लगी थी। फिर उसकी झाँकती आँखों ने यह भी देख लिया कि कई बार और लड़के-लड़कियाँ तो चले जाते हैं, पर अल्ताफ पीछे बना रहता है, कई बार तो अँधेरा उतर आने तक दोनों 'पिंग-पांग' के टेबल पर बैठे बतियाते रहते हैं। ऐसे मौकों पर दादी माँ अपनी कुर्सी खिड़की से थोड़ा पीछे धकेल देती, ताकि दोनों को इस बात का पता नहीं चले कि खिड़की के पीछे कोई बैठा उनकी ओर देख रहा है। एक बार तो दादी माँ ने उन्हें एक झाड़ी के पीछे भी खड़े देखा था। उस रात दादी माँ रात भर सो नहीं पाई थी, मन छटपटाता रहा था। लड़की किस ओर जाने लगी है? आगे क्या होगा? हे भगवान, मेरे बेटे को सुमति दे।

जब पहली बार माँ ने इसका ज़िक्र बेटे से किया था तो बेटे ने टका-सा जवाब देकर माँ को चुप करा दिया था, और बाद में बेटा, स्वभाववश, मन ही मन क्षुब्ध होता रहा था और अपने को कोसता रहा था। छोटी-सी बात है, मुझे चाहिए था, नीलिमा से कह देता। घर में अल्ताफ़ जब आए तो उसे शेखर कहकर बुलाया करे, ताकि माँ को पता ही न चले कि वह मुसलमान है। पर वह चूक गया था।

उधर माँ की बेचैनी दिन-प्रतिदिन बढ़ती जा रही थी। नीलिमा और अल्ताफ की मैत्री अब मात्र मैत्री नहीं रह गई थी, वे बड़ी तेज़ी से एक-दूसरे के निकट आने लगे

थे और उनका लगाव उत्तरोत्तर गहरा होता जा रहा था।

इस सबके रहते, एक बार बेटे ने खीजकर माँ से कह दिया था, "माँ, अगर नीलिमा उस लड़के के साथ शादी करना चाहे तो मैं उसे रोकूँगा नहीं।"

दादी माँ का चेहरा पीला पड़ गया था, मानो उसमें खून की बूँद भी न रही हो और उसकी छोटी-छोटी आँखें अपने बेटे के चेहरे पर लग गईं थीं, "हे भगवान्! दया कर मेरे मालिक!" उसके मुँह से निकला था, "यह तुम क्या कह रहे हो, बेटा? इस मासूम लड़की ने तुम्हारा क्या बिगाड़ा है? किस जनम का वैर तुम उससे ले रहे हो?"

"दोनों एक-दूसरे को चाहते हैं। मैं उस लड़के को जानता हूँ। उसका बाप मेरा दोस्त है। बड़े शरीफ़ लोग हैं। मुझे तो इसमें कोई बुराई नज़र नहीं आती, बहुत अच्छा ख़ानदान है। खाते-पीते लोग हैं।"

"अक्ल से काम लो, बेटा! लड़का भलामानुस है, सब ठीक है। पर तुम्हारी बेटी को सारी उम्र काटनी है। ब्याह होने की देर है कि हमारी बेटी पर्दे में चली जाएगी। उन लोगों का रहन-सहन, खाना-पीना, उठना-बैठना और तरह का आँखें खोलकर चलते हुए भी तुम गड्ढे में कूद रहे हो।"

बेटा सुने जा रहा था। माँ बोले जा रही थी। यह तर्क वह बहुत बार सुन चुका था कि विवाह के बाद लड़की पर्दे में चली जाएगी, न जाने क्या उसके मुँह में डालेंगे, न जाने उससे क्या-क्या करवाएँगे। क्या तुम उसके पास बैठे होवोगे? और अंत में वही ब्रह्मास्त्र, "क्या अपनी जात-बिरादरी में तुम्हें अपनी बेटी के लिए कोई लड़का नहीं मिल रहा?"

"माँ, तुम सब ठीक कहती हो, पर मैं अपनी बेटी के दिल को ठेस नहीं पहुँचा सकता।"

"कुछ होश करो, बेटा! वह बच्ची है, निर्दोष है, वह अपना नफा-नुकसान नहीं समझ सकती। वह तो प्रेम के मद में अपने होश-हवास खो बैठी है, पर तुम तो होश में हो।"

"वह अब बच्ची नहीं है, माँ, बालिग है। बी.ए. में पढ़ती है।"

पर माँ कहे जा रही थी, "भगवान न करे अगर कल यह सुखी न हो पाई तो क्या करोगे? अपनी जात-बिरादरी में ब्याह के बाद अनबन हो जाए, तो दस सम्बन्धी मदद करने आ जाते हैं। शादी भी ठोक-बजाकर की जाती है, लड़की अकेली तो नहीं पड़ जाती। वहाँ तो नीलिमा निपट अकेली पड़ जाएगी। उनके रीति-रिवाज अलग, तीज-त्योहार अलग, खाना-पीना अलग। मैं मानती हूँ, खाते-पीते लोग हैं, पर इससे क्या होता है!" कहते हुए दादी माँ फिर से उत्तेजित हो उठी, "फूल जैसी बेटी है तुम्हारी। आँखें उसे देख-देखकर निहाल होती हैं। कोई ऐसी बात न करो बेटा, जिससे वह बाद में दु:खी हो और तुम्हें पछताना पड़े। सोच-समझकर काम करो। उसकी जिंदगी में काँटे नहीं बोवो!" दादी माँ बोलती जा रही थी, "औरत को जिंदगी में

सहारा चाहिए। इस वक्त उसे तुम्हारा सहारा है। जहाँ ब्याह कर जाएगी, वहाँ उनके सहारे रहेगी। भगवान न करे, बेटा, अगर उसके घरवाले ने कुछ मुद्दत बाद दूसरा ब्याह रचा दिया तो नीलिमा का क्या होगा? मुसलमानों में दो-दो ब्याह होते नहीं हैं क्या? आजकल ज़माना कैसा जा रहा है, इसे देख नहीं रहे हो? उसका आदमी दूसरा ब्याह कर ले तो लड़की कहाँ जाएगी? क्या अपने माँ-बाप के घर लौट आएगी?"

दादी माँ की आवाज़ में कठोरता आ गई थी, "कोई उसे बसाएगा? क्या दर-दर की ठोकरें खाएगी? क्यों अपनी बेटी की जिंदगी के साथ खिलवाड़ करना चाहते हो, बेटा? वह फूल-सी कोमल बच्ची है। मैं उसे जानती नहीं हूँ क्या? मैं उसका चाँद सा मुखड़ा देख-देखकर ही जी रही हूँ। मैं नहीं चाहती उसका बाल भी बींका हो। मेरे दिल में हौल पड़ता है जब मैं उन दोनों को एक साथ देखती हूँ। और सब लड़के-लड़कियाँ अपने-अपने घर चले जाते हैं, वह यहीं पर डोलता रहता है। यहाँ देर तक डोलने का उसका मतलब क्या है? लड़की एक बार जाल में फँस गई तो कभी उस जाल में से निकल नहीं पाएगी। जो काम करो, सोच-समझकर, आँखें खोलकर करो। मैं पुराने ख्यालों की हूँ, बेटा, पर मुझे तो लडके लडकी का बाँहों में बाँहें डालकर डोलना बेशर्मी लगता है। ये बातें ब्याह के बाद भी हो सकती हैं। बेटी को संयम से रहना सिखाओ। इसी में उसकी इज़्ज़त है, शोभा है...।"

बेटा पहली बार यह सब नहीं सुन रहा था। जब से अल्ताफ़ इस घर में आने लगा था और दादी माँ को पता चल गया था कि वह मुसलमान है, आए दिन बेटे को यही सब सुनना पड़ता था। अब तो बेटे के कान भी पकने लगे थे। पर माँ के साथ बहस और जिरह करने के बावजूद कभी-कभी उसके दिल में माँ की बात चुभ भी जाती थी और दिल दहल-सा भी जाता था। विशेषकर जब माँ तलाक का या दूसरी पत्नी के आ जाने का ज़िक्र करती। बेशक उसने नीलिमा को बी.ए. तक पढ़ा दिया था और उसमें अपने पाँवों पर खड़ा होने की योग्यता थी, पर फिर भी वह पूरी तरह आश्वस्त महसूस नहीं कर पाता था।

बेटे की अजीब स्थिति हो रही थी। उसके लिए बेटी की खुशी सर्वोपरि थी, वह बेटी को निराश नहीं कर सकता था, न ही बेटी पर किसी प्रकार का अंकुश लगाना चाहता था, पर वह साथ ही साथ यह भी नहीं चाहता था कि घर में कोई कांड उठ खड़ा हो, माँ बावेला मचाए, खाना-पीना छोड़ दे, भूख-हड़ताल कर दे। बावेला न भी मचाए, तो भी अगर कल नीलिमा ससुराल में बस नहीं पाई, उसके साथ कोई नेकी-बदी हो गई, तो? उदार वृत्ति का होते हुए भी बैरिस्टर बेटा मुसलमानों के घरेलू जीवन के बारे में बहुत कम जानता था। अक्सर जिस भी मुसलमान दोस्त के घर जाता, बाहर बैठक में ही बैठाया जाता था। घर-परिवार के जीवन की उसे कभी झलक तक नहीं मिली थी। बचपन में वह मुसलमानों के ही मुहल्ले में रहकर बड़ा हुआ था। पर वहाँ भी गली में खुलनेवाले हर मुसलमान के घर के दरवाज़े पर टाट

का पर्दा टँगा रहता था। वह अपनी कल्पना के बल पर ही अंदाज़ लगाया करता कि बैठक के पीछे घरवालों का रहन-सहन कैसा रहा होगा। एक बार, दूर बचपन में, गली में खेलते हुए वह उस जादुई टाट के पर्दे के पीछे चला गया था। ड्योढ़ी पार करके वह खुले आँगन में पहुँच गया था। आँगन में एक ओर को एक गदराए शरीर की औरत 'चटूरी' के पीछे बैठी दही बिलो रही थी, आँगन में एक ओर को एक बकरी बँधी थी। पास में मिट्टी की हांडी रखी थी। अपने साथी के पीछे भागता हुआ जब वह पिछले कमरे में पहुँचा था तो अँगीठी पर, दीवार के साथ-साथ चीनी के बर्तनों की लंबी पाँत नज़र आई थी। चमचम करती प्लेटें, तश्तरियाँ, कहवा पीनेवाले प्याले। उसने अपने घर में इस तरह की सजावट कभी नहीं देखी थी। जब कभी मुसलमानों के रहन-सहन का ज़िक्र आता तो उसकी आँखों के सामने अँगीठी पर सजी रंग-बिरंगी तश्तरियों की पाँत घूम जाती रही थी। उसने केवल निम्न-मध्यवर्ग के मुसलमान के घर की झलक देखी थी। नीलिमा ऐसे घर में नहीं जा रही थी। वहाँ कहीं पर भी टाट का पर्दा नहीं लटक रहा था, न ही मिट्टी के बर्तन थे, न ही कहीं आँगन में बकरी बँधी होगी। अल्ताफ़ का बाप भी बैरिस्टर था, विलायत का पढ़ा हुआ था, सिर पर सोला-टोपी लगाता था, सिगार पीता था। उसके घर की बैठक में जब कभी चाय पीने का मौका मिला तो चाँदी के सेट में चाय सर्व की गई। औरतें पर्दा भी नहीं करती थीं, दरवाज़े खुले रहते थे, किसी प्रकार की बंदिश का भास नहीं होता था। पर शब्द 'तलाक' तो कहीं भी बोला जा सकता है, टाट के पर्दे के पीछे भी, घर के खुले आँगन में भी, सोफा-कुर्सियों से सजी बैठक में भी!

कभी-कभी बेटा मन ही मन कहता—माँ से बहस करना फिजूल है, बड़ी उम्र का हर व्यक्ति परंपरावादी होता है। माँ की नज़र में प्रेम, वासना का ही दूसरा नाम है, और वह उस पर नाक-भौंह सिकोड़ेगी ही। यही मेरी माँ, एक बार नहीं, बीसियों बार उन यातनाओं की चर्चा कर चुकी है जो उसे अपने ब्याह के बाद, ससुराल में सहनी पड़ी थीं, "कोई सीधे मुँह बात नहीं करता था, बात-बात पर उलाहने देते थे। ऐसी-ऐसी कड़वी बातें कहते थे। मुझे लगता था जैसे मेरे माँ-बाप ने मुझे जलते कुंड में झोंक दिया है। स्त्री की तो जून ही खोटी है, बेटा, मैं तुमसे क्या कहूँ।" वही माँ अब पुराने रीति-रिवाज की लीक पर ही अपने बेटे को चलाना चाहती है।

ज्यों ही हम बड़े होते हैं, परंपरा के खोल में लौट जाना चाहते हैं। वहाँ हम सुरक्षित महसूस करते हैं। खोल के बाहर, जीवन की चुनौतियों से हमें डर लगने लगता है। परंपरा के खोल में पहुँचकर हम आँखें मूँदकर निश्चित हो जाते हैं।

"माँ, तुम तो खुद कहती थीं, ब्याह-शादी के मामलों में लड़कियों की रजामंदी होनी चाहिए।"

"रज़ामंदी होनी चाहिए बेटा, पर अपनी जात-बिरादरी में से, अपने लोगों में से अपना धर्म छोड़कर नहीं।"

"नीलिमा अपना धर्म कहाँ छोड़ रही है? और आजकल धर्म को मानता कौन है?"

"शुभ-शुभ बोलो बेटा, तुम नेम-धर्मवाले न सही, पर घर में भगवान का नाम तो है, पुराने संस्कार तो हैं।"

"किसके संस्कार हैं, माँ? जो मंदिरों में जाकर माथा टेकते हैं वे कौन-से दूध के धुले होते हैं! कोई ऐब नहीं जो वे न करते हों।"

अक्सर माँ-बेटे के बीच बहस लंबी खिंच जाती, कहाँ से कहाँ जा पहुँचती। कभी-कभी बेटा रूठकर उठ जाता, कभी बात बढ़ जाती तो माँ कलपने लगती, "मेरे आँख मूँदने में ज़्यादा देर नहीं है, बेटा, मैं चली जाऊँ तो जो मन आए करना, पर मैं जीते-जी मुँह खोले बिना नहीं रह सकती।"

कभी-कभी माँ 'सत्याग्रह पर उतर आती खिड़की पर से हट जाती। बेटा काम से वापिस आता तो खिड़की बंद पाता, उसका दिल धक् से रह जाता। माँ अंदर बैठी कलप रही होगी। उसकी समझ में नहीं आ रहा था कि यह गुत्थी कैसे सुलझाए।

उस दिन माँ-बेटे के बीच बहस चल रही थी, जब नीलिमा की चहकती आवाज़ घर में गूँजती हुई सुनाई दी। टेनिस की पोशाक पहने, चेहरा दमकता हुआ, हाथ में रैकेट। उसने दूर से ही माँ-बेटे को बातें करते पाया तो दबे पाँव चलती हुई आई और दादी माँ के पीछे खड़ी हो गई। फिर दोनों बाँहें दादी माँ के गले में डालकर उनका सिर चूम लिया, "हाय, दादी माँ! आज फिर बालों में तेल डाला है। वह भी कड़ुवा तेल पर मुझे अच्छा लगता है।"

दादी माँ ने घूमकर बिटिया को छाती से लगा लिया, "मेरी फूल जैसी बच्ची!" फिर मन ही मन प्रार्थना करती हुई बोली, "इसे तो कभी 'तत्ती हवा' भी न लगे!"

"चलो डैडी, आज दादी माँ को भी फिल्म दिखाने ले चलते हैं। चलोगी ना, दादी माँ?"

दादी माँ चुप रही।

"बड़ी अच्छी फिल्म है। उसमें प्यार ही प्यार है, और सेक्स ही सेक्स। चार कत्ल होते हैं। धाँय! धाँय! बंदूकें सारा वक्त चलती हैं।"

"हाय हाय, ऐसी फ़िल्म तुम्हीं देखो!"

"चलो न दादी माँ! जब प्यार मुहब्बत का सीन आए, तो, दादी माँ, आप घूँघट काढ़ लेना, जब सीन ख़त्म होगा तो मैं कहूँगी, अब घूँघट उठा लो तो उठा लेना।"

बच्ची की बातें सुनते हुए दादी माँ निहाल हो रही थी।

"डैडी, मुझे 'ए' टीम में ले लिया है। मुझे इस साल टूर्नामेंट में भी भेजेंगे और कालिज-कलर भी मिलेगा।"

फिर दादी माँ की ओर मुड़कर बोली, "दादी माँ, जब मेरा मैच होगा तो देखने चलोगी ना?"

"ज़रूर चलूँगी।"

"मेरे लिए भगवान से प्रार्थना भी करना। भगवान तुम्हारी सुनता है दादी माँ!

डैडी की नहीं सुनता।"

फिर डैडी की ओर घूमकर बोली, "डैडी, अल्ताफ भी फिल्म देखने चलेगा।" फिर सहसा कुछ याद करके, नीलिमा ने झट से अपने मुँह पर हाथ रखा, और अपने डैडी की ओर देखकर मुस्कराकर बोली, "आई एम सॉरी! शेखर भी फ़िल्म देखने चलेगा। हमें वहीं पर मिलेगा।" और उन्हीं क़दमों घूम गई, "टा टा डैडी! टाटा दादी माँ!" और हाथ में पकड़ा रैकेट अपने घुटने पर मारती, क़दम बढ़ाती, अपने कमरे की ओर चली गई!

आठ

ऐसा क्योंकर होता है कि माँ की गोद में सिर रखते ही सभी आँधियाँ थम जाती हैं, सभी क्लेश अपना डंक खो बैठते हैं, सभी जंतु जो उसे नोच खाने के लिए अपने पंजे बढ़ाए, उसका पीछा करते रहे थे, कहीं लोप हो जाते हैं। माँ की गोद में सिर रखते ही उसे लगा था, जैसे वह किसी गहरी नीली झील की शांत गहराइयों में उतर गई है, और सभी भय, सभी संशय, पीछे छूट गए हैं; यहाँ अपार सुख ही सुख है।

नीलू को लगता रहा था, जैसे वह भाग रही है और कोई उसका पीछा कर रहा है, जिसका चेहरा वह देख नहीं पाई। पर उसने काले रंग की बास्कट पहन रखी है और उसके लंबे-लंबे नाखून हैं। वह अपने ही कस्बे में, जिसकी हर गली उसकी जानी-पहचानी थी और कस्बे की भीनी-भीनी महक वह अपनी हर साँस में महसूस कर रही थी, वहीं, उन्हीं गलियों में वह खो गई है, और हर मोड़ पर पीछे मुड़कर देखते ही उसे लगता, जैसे उसने भी गली का मोड़ काट लिया हो। वह चाहती है कि नबी पीर की सँकरी गली में छिप जाए। सामने ही तो नबी पीर की गली पड़ रही है। पर मोड़ मुड़ते ही घुप्प अँधेरा। यह क्या? वह तो किसी ऊँची दीवार के सामने खड़ी है, यहाँ से तो निकलने का कोई रास्ता ही नहीं। वह भागती हुई आगे जाएगी तो दीवार से टकराकर माथा फोड़ लेगी। हाय, मैं कहाँ हूँ? वह फिर से भागने लगी है। पीर की कब्र के पीछे खुला मैदान है, जिसमें जगह-जगह अनगिनत कब्रें हैं, कब्रें ही कब्रें। नीलू भागती हुई मैदान पार कर रही है। मैदान में छोटे-छोटे कीकर के पेड़ हैं जिनमें पीले रंग के छोटे-छोटे फूल निकल आए हैं। किसी एक भी पेड़ के नीचे घनी छाँह नहीं है। उनके नीचे छितरी-छितरी पीली-पीली धूप में धूल उड़ रही है। नीलू भागती हुई किसी-किसी को कूदकर पार कर जाती है। माँ ने कभी कहा था, कब्र पर से नहीं कूदते, यह गुनाह है। पर माँ, वे मेरा पीछा जो कर रहे हैं। कुछ कब्रें टूट-फूट गई हैं, छोटी-छोटी कब्रें। माँ कहती थी, ये नन्हें बच्चों की कब्रें हैं। पर मैदान के बीचोबीच एक ऊँची-सी कब्र भी है। वह दादा जान की कब्र है। नीलू के भागते क़दम उसकी ओर बढ़ रहे हैं। वह उस कब्र की ओट में दुबक जाएगी, वहाँ उसे

कोई देख भी नहीं पाएगा। वह उसके अपने दादा जान की कब्र जो है, पर उसके पहुँचते ही कब्र ऊँची उठ गई है। कहीं-कहीं पर अभी भी उस पर सफेदी पुती हुई है। कुछेक ईंटें उसका हाथ लग जाने से भुरभुराकर नीचे लुढ़क गई हैं। नीलू बुरी तरह से हाँफ रही है। पर यहाँ उसका पीछा करनेवालों की कोई आवाज़ कानों में नहीं पड़ रही है। चारों ओर बीहड़ सन्नाटा है। नीलू का दिल धक् धक् कर रहा है। नीलू अपनी हाँफती साँस दबाने की कोशिश कर रही है। उसे डर है कि कहीं कब्र के दूसरी ओर, उसकी हाँफती साँसों को कोई सुन न ले। मैं साँस रोकूँगी और बीस तक गिनूँगी, एक, दो, तीन, चार, बीस तक गिनते हुए मैं साँस को रोके रख सकती हूँ। वह आँखें बंद किए, साँस रोके, एक, दो, तीन अपनी साँसें गिन रही है, जब किसी के हाथ ने उसकी बाँह को पकड़ लिया है। वह काँप-काँप जाती है, और पलटकर देखती है, हमीद भैया हैं और उनका फ़ौलादी पंजा उसकी बाँह को जकड़े हुए है। उनकी पतली-पतली मूँछें, उनकी कभी न झपकनेवाली आँखें, जैसे काँच की बनी हों, उनका पीला-पीला चेहरा। उनकी रेखाओं से अँटी पेशानी। 'हमीद भैया!' वह चिल्लाकर कहती है, 'आप चलो, हम अभी घर पहुँच जाएँगी। हम खेल खेल रही हैं।' पर हमीद भैया के हाथ की जकड़न और भी ज़्यादा कड़ी हो जाती है।

'मैं भी तो खेल रहा हूँ। मैंने तुम्हें पकड़ लिया है। चलो मेरे साथ।' और हमीद भैया उसे बाँह से पकड़े-पकड़े ही ऊँचा उठा लेते हैं, 'चलो, तुम्हें अम्मा बुला रही है।'

'हमें छोड़ दो हमीद भैया, हम अपने आप माँ के पास पहुँच जाएँगी।'

'लो, मैंने छोड़ दिया। अब चुपचाप मेरे पीछे-पीछे चलती आओ।'

'भैया, तुम मुझे कहाँ ले जा रहे हो। इन घुमावदार गलियों में तो हमारा घर नहीं है। हमारा घर तो दूसरी तरफ है। इस तरफ तो अंधी डायन रहती है। टाट के पर्दे के पीछे।'

'नहीं, यही रास्ता है, चलती आओ।'

'भैया, मैं बहुत थक गई हूँ। तुम मुझे कहाँ ले आए हो? यह तो हमारा घर नहीं है।'

'चलो अंदर!'

और सोए-सोए ही नीलू चीख उठी थी।

माँ नीलू के सिर पर हाथ फेरने लगी, उसका माथा सहलाया। नीलू की बड़ी-बड़ी आँखें इधर-उधर देखे जा रही थीं। वह समझ नहीं पा रही थी कि कहाँ पर है।

"तूने कोई बुरा सपना देखा है।"

नीलू अभी भी एकटक माँ के चेहरे की ओर देखे जा रही थी। फिर उसके मुँह में से हूक-सी निकली और उसने माँ की गोद में सिर छिपा लिया। उसे अभी भी डर लग रहा था। वह हाँफ रही थी, पर अंततः यह समझकर कि माँ की गोद में पहुँच गई है, उसने गहरी साँस ली और अपना हाथ माँ की कमर में डालकर आँखें बंद कर लीं।

"पगली, तुम्हें किसने कहा था घर छोड़कर जा!"

नीलू को अभी भी लगा जैसे वह सपना देख रही है और सपने में ही माँ ने उसका माथा सहलाते हुए ये शब्द कहे हैं।

बेटी घर पर आई थी, पर माँ को क्या मालूम था कि इस रूप में आएगी। उसकी आँखें तो बेटी को फिर से देख पाने के लिए तरस तरस गई थीं। सोते-जागते उसका चेहरा आँखों के सामने आ जाता। वह कभी उस पर झल्लाती तो कभी उसके लिए दुआएँ माँगने लगती। 'घर से गई और फिर मुँह तक नहीं दिखाया, ऐसा भी कोई बेमुरव्वत होता है? चल हट, मेरी आँखों के सामने से, बेग़ैरत!' दिन में कई-कई बार नीलू का चेहरा आँखों के सामने से घूम जाता। घर के लोगों की टिप्पणियाँ सुनती तो मन ही मन क्षुब्ध हो उठती। 'मेरा पेट ही गंदा निकला है, इसमें किसी का क्या दोष। उसे हमारी इज्ज़त-आबरू का ख्याल होता तो ऐसा काम क्यों करती?' मन में क्रोध की ज्वाला भड़क उठती तो कहती, 'उस नामुराद की याद भी न आए जो हमें रुसवा करने पर तुली हुई थी।' पर फिर कभी-कभी, विशेषकर असबाबवाली कोठरी में जाते समय, जहाँ नीलू के लिए दहेज़ के कपड़े बनवा-बनवाकर रखती रही थी, नीलू का चेहरा आँखों के सामने घूम जाता तो लगता किसी ने उसके कलेजे पर घूँसा दे मारा है, मन बेचैन हो उठता। कभी-कभी उसी असबाबवाली अँधेरी कोठरी में खड़े-खड़े उसके मन में आता, नीलू का अता-पता मालूम हो जाए तो ये दहेज़ के कपड़े उसे भिजवा दूँ, यहाँ रखने से क्या लाभ? मन फिर से झुंझला उठता और बड़बड़ाती हुई कहती, 'उस कुलच्छनी की सूरत ही मन में से बुहारकर बाहर फेंक दूँ।' दिन के समय तो ऐसी ही कैफियत रहती पर रात के वक्त जब वह थकी-माँदी खाट पर लेटती तो नीलू बरबस आँखों के सामने आकर खड़ी हो जाती। मासूम सी प्यारी बिटिया और बरबस ही माँ के मुँह से दुआ के शब्द निकलने लगते, 'जहाँ रहे सुखी रहे! परवरदिगार की मेहर उस पर बनी रहे!'

उस रोज़ जब इक्का घर के सामने आकर खड़ा हुआ था और घर का मुलाज़िम, रौशनदीन, भागता हुआ अंदर आया था, 'देखो तो अम्मी जान, कौन आया है?' तो माँ का दिल धक् से रह गया था और वह भागती हुई बाहर को खुलने वाली खिड़की के पीछे जा खड़ी हुई थी।

दुबली-पतली, पीला ज़र्द चेहरा लिये नीलू लड़खड़ाती हुई इक्के पर से उतरी थी तो माँ का दिल जाने कैसा हो आया था। कितनी पीली लग रही है! और फिर घर की ड्योढ़ी में पाँव रखते न रखते, माँ की नज़र उसकी लड़खड़ाती चाल और पथरायी-सी आँखों पर पडी थी और उसका दिल दहल गया था। यह क्या हाल हो गया बिटिया का? और फिर उसके कपड़ों पर खून के धब्बे देखे तो वह काँप-काँप गई थी और उसका मन हुआ था कि माथा पीट ले।

यह मौका बेटी से पूछताछ करने का नहीं था। यह मौका उसका सिर अपनी गोद में रखकर थपथपाने का था। उसके रिसते घाव पर मरहम लगाने का था। नीलू

के कपड़ों पर खून के छींटे देखकर माँ के मन में कुछ कौंध गया था, उसका सारा शरीर सिहर उठा था। कुछ देर तक तो वह भौंचक सी देखती रह गई थी, फिर मातृसुलभ अंतप्रेरणा ने बिजली की कौंध की तरह स्थिति स्पष्ट कर दी थी, और उसका दिल रो-रो उठा था।

बेटी का सिर गोद में रखे उसे थपथपाकर सुलाते हुए भी उसके कलेजे में बार-बार जैसे कोई घूँसा मार रहा था। जब शाम के साए उतरने लगे और कमरे में अँधेरा गहराने लगा तो उसके साथ ही गहरे अवसाद की परतें घर पर उतरने लगीं।

"इससे तो नीलू न आती तो अच्छा था। इस घर पर कहर टूटेगा।" वह बुदबुदाती हुई बाहर निकली थी। बाहर आँगन में हमीद को खड़े पाया तो तड़पकर बोली, "तू अपनी बहिन को ज़बह करके ले आया है। खुदावन्द ताला ने मेरी बच्ची को उसका पहला बच्चा दिया था। उसकी कोख हरी हुई थी। तूने उसका हमल नुचवा डाला!"

हमीद के तेवर पहले से ही चढ़े हुए थे। घर में यही एक फर्द था जो घर में हर किसी को आँखें दिखाने लगा था।

"तू अपनी बहिन का हमल गिरवाएगा। इससे बड़ा गुनाह क्या होगा? तू दोजख की आग में जलेगा।"

इस पर हमीद तुनककर बोला, "मेरी बहिन को हमल एक काफ़िर से हुआ है। अपने पेट में काफिर का तुख्म लेकर वह इस घर में क़दम नहीं रख सकती। इस घर को मैं नापाक नहीं होने दूँगा।"

माँ अवाक्-सी हमीद के चेहरे की ओर देखती रह गई। हमीद अभी भी बोले जा रहा था, "मैंने गुनाह नहीं किया, मैंने सबाब का काम किया है। इसकी कोख में काफ़िर का तुख्म था।" उसने दोहराकर कहा, मानो उसके सबाब का यही अकाट्य प्रमाण था :

"काफ़िर की औलाद इस घर में नहीं आएगी। माँ, तुम भी कान खोलकर सुन लो। अगर इसके खावन्द ने कलमा पढ़कर दीन कबूल कर लिया होता तो बात दूसरी थी, तब बच्चा हमारा होता, दीन का होता, मगर उस काफिर ने दीन कबूल नहीं किया। इसलिए उस काफ़िर का बच्चा इस घर में पैदा नहीं हो सकता।"

माँ ने अपनी बेटी की स्थिति को इस रूप में नहीं देखा था। नीलू ने बाहर ही बाहर, एक हिंदू लड़के से ब्याह कर लिया था, यह भी उसे अच्छा नहीं लगा था। विधर्मी से ब्याह किया, बुरा काम किया, पर इससे भी बुरा यह था कि घरवालों की पीठ पीछे किया, घरवालों की अवहेलना की, किसी से पूछा तक नहीं, और बाहर ही बाहर से निकल गई।

फिर भी, थी तो उसकी जी-जान बेटी ही, उसे दिल में से निकाल कैसे सकती थी? उसने अपने घुटनों पर नीलू को पालकर बड़ा किया था, हर नया दिन चढ़ने पर उसकी बलइयाँ लेती रही थी। घर में रहती तो माँ बड़े चाव से उसका ब्याह रचाती।

परिवार में सबसे लाडली बच्ची थी। बड़े चाव से माँ उसका दहेज़ बनाती रही थी। पूरा संदूक कपड़े-लत्ते से भर दिया था। उसने बड़ा गलत काम किया फिर भी थी तो अपनी बच्ची। उसका मुखड़ा दिन-रात आँखों के सामने रहता था। न तो उसका ब्याह ढंग से हुआ-भला पुलिस के थाने में भी कभी विवाह हुए हैं—और उसके बाद ऐसी पीठ मोड़ी कि पता ही नहीं चला कि वह कहाँ पर है और किस हालत में है। फूल-सी बच्ची न जाने कहाँ ठोकरें खाती फिरती होगी, माँ अपनी बेटी को एक बार आँख भरकर देखना चाहती थी। और जब बेटी आई तो पीला ज़र्द चेहरा, आँखें पथराई हुईं और थरथर काँपती हुईं। कौन-सी माँ अपनी बेटी को इस हालत में देखना चाहेगी। उसके कलेजे में जैसे किसी ने छुरा भोंक दिया हो।

पर वह हमीद के चेहरे की ओर उद्भ्रांत-सी देखती रह गई। इस तर्क की उसे अपेक्षा नहीं थी। उसकी निगाह में तो हर जन्म लेनेवाला बच्चा खुदा की बख़्शीश है, और यह तो उसकी बेटी का पहला बच्चा था। खुदावंद ताला ने अपनी मेहर की थी, उसकी कोख भरी थी। उसकी नज़र में हमीद ने बड़ा हैबतनाक काम किया था।

पर हमीद के तर्क के सामने वह अवाक्-सी उसे देखती रह गई।

"माँ, अच्छी तरह से समझ लो। घर का हर बशर समझ ले। अब यहाँ पहले वाली बात नहीं चलेगी।"

और वह पैर पटकता हुआ बाहर निकल गया था।

माँ स्वयं धर्म-ईमानवाली औरत थी, पंचनमाज़ी न सही पर रोज़े रखती थी, खैरात बाँटती थी, पीर की दरगाह पर दुआ पढ़ने जाती थी, दीया जलाती थी। खुदातर्स थी। उसका धर्म इसी में था।

धर्म में आस्था रखनेवाले लोग भी सभी एक जैसे नहीं होते। कुछ हैं जो धर्म के आलोक में हर इन्सान को अपना सगा सम्बन्धी समझते हैं, प्रेम भाव की लौ उनके ज़ेहन को रौशन किए रहती है। पर कुछ हैं जिनका धर्म अपने धर्म भाइयों की एकजुटता, विधर्मियों से लोहा लेने की उनकी क्षमता पर केंद्रित होता है, यहाँ तक कि किसी भी विधर्मी का खून बहाना उनके लिए सबाब का काम होता है।

जब से नीलू घर छोड़कर गई थी, उसकी माँ के मुँह से तरह-तरह के वाक्य निकलते रहे थे :

"घर छोड़ रही थी तो एक बार मिल तो जाती। कहाँ तो गोद में से उतरती नहीं थी। छुट्टियों में भी आती तो गोद में ही सिर रखकर लेट जाती और अब माँ की गोद-वोद सब भूल गई।" कभी नीलू के अब्बा सामने आ जाते तो उनके सामने कुछ

और ही कहने लगती, "और पढ़ाओ बेटी को शहर में देख लिया क्या हशर हुआ है। बेटी ही हाथ से निकल गई है। मैंने लाख बार कहा, इसे कोई नौकरी नहीं करना है, लड़की है, बच्चे पालेगी, घर चलाएगी-सँभालेगी, पर नहीं, ऐसा ख़बत तुम लोगों के सिर पर सवार था।"

"हमें क्या मालूम था कि शहर में जाकर आवारा हो जाएगी। पढ़ने गई थी। पढ़ाई पूरी करके घर लौट आती। वहाँ इश्क करने लगी।"

"पहले आज़ादी देते हो, फिर लगाम खींचने लगते हो। अगर इश्क करने लगी है तो हिंदू क्या और मुसलमान क्या।"

"कैसी उल्टी बातें करने लगी हो, बेगम? मुसलमान से निकाह करती तो हमारे घर के दरवाज़े तो खुले रहते। भले ही वह कैसा भी होता। यह झमेला तो न उठता।"

"कैसे न उठता? कौन जाने वह कौन होता। मुसलमान लड़के कौन-से दूध के धुले होते हैं। देख रही हूँ अपने ही कस्बे में उनकी करतूतें।"

"बेटी से तो हाथ नहीं धो बैठते," अब्बा चिल्लाकर कहते, और पान की गिलौरी मुँह में रखे हुए बाहर निकल जाते।

कभी पिछली कोठरी में तो कभी माँ के कमरे में नीलू पड़ी रहती। अभी बदन में इतनी ताकत नहीं आ पाई थी कि उठकर, भले ही घर के अंदर ही घूम-फिर सके। मन अवसाद से भर उठा था। कितनी उतावली थी वह घर आने के लिए, माँ से लिपटने के लिए, पर क्या से क्या हो गया! नीलू सहसा ही चुप हो गई थी। उसके लिए इस विवाह के बाद सब कुछ ही बदल गया था। न तो यह घर अपना घर रह गया था, न यह कस्बा अब अपना रह गया था। माँ भी खुलकर बात नहीं करती थी। कभी पास आ बैठती, माथा सहलाती तो दिल उमड़ उमड़ उठता। वही माँ कभी उलाहने देने लगती, अपने दिल का गुबार नीलू पर निकालती, शिकायतें करती। घर के सब लोग पराए हो गए थे, कोई सीधे मुँह बात नहीं करता था। क्या वह इसी घर-परिवार के लिए ललक ललक गई थी?

पड़े-पड़े सुधीर याद आता तो दिल में से हूक-सी निकलती। मैं उसे कहकर आई थी, हफ़्ता दस दिन में लौट आऊँगी। पर मुझे नहीं लगता कि मैं कभी लौट भी पाऊँगी या नहीं। किसी से कुछ कहते नहीं बनता, कुछ पूछ नहीं सकती। माँ तो फिर भी मेरे साथ बोलती है, मेरा माथा सहलाती है, पर अब्बा ने तो बोलना ही छोड़ दिया है। "क्यों बोलेंगे वह तेरे साथ? तूने उनकी कस्बे भर में रुसवाई जो करवाई है।" माँ कहती थी। "उनकी जगहँसाई करवाई है। कस्बे में, उन्हें मुँह दिखाने लायक नहीं रखा। हर कोई पूछता है, आपकी बेटी किसी हिंदू लौंडे के साथ भाग गई है क्या?" अपनी जान-पहचान की औरतों में भी खुसफुस होती रहती है। एक औरत दूसरी से फुसफुसाकर कह रही थी, "इनकी बेटी ने एक काफिर के साथ मुँह काला किया, फिर उसके साथ भाग गई।"

इस पर तड़पकर नीलू ने कहा था, "क्या कह रही हो, माँ? हमने पहले शादी की। भैया के सामने बयान हुआ, दस्तखत हुए।"

"यह तो तू कह रही है ना, मैं लोगों का मुँह बंद तो नहीं कर सकती। कस्बे के लोग तरह-तरह की बातें करते हैं। तेरे अब्बा के मुँह पर उनकी लानत-मलामत कर

गए। बेग़ैरत, क्या इसीलिए हमारे घर में पैदा हुई थी? अपने ही कस्बे में, जहाँ हमारा इतना रख-रखाव था, हम नक्कू बन गए हैं। जब से कस्बे में खबर फैली है कि खान साहिब की बेटी घर लौट आई है, कस्बे की औरतें, बुर्का ओढ़े किसी-न-किसी बहाने घर आ पहुँचती हैं। तेरी ओर आँखें तरेरकर देखती हैं और कहती हैं—"कैसी पीली ज़र्द होकर लौटी है बिटिया, इसे कोई रोग है क्या?"

कोई-कोई सीधा पूछती है, "सुना है मास्टर हैं, अस्कूल में पढ़ाता है। उसके साथ तेरी बेटी की आशनाई हो गई थी क्या?" फिर हँसकर कहती हैं, "आशनाई भी करना थी तो किसी असर-रसूख वाले से करती, एक अदना से स्कूल मास्टर को पकड़ लिया।"

माँ, एक बार नहीं, कई बार आह भरकर कह चुकी थी, "पर तुम्हें क्यों दोष? मेरा पेट ही ख़राब निकला, इसमें तेरा क्या दोष।" यह सब सुनते हुए नीलू का दिल टूक-टूक हो जाता था।

अपने ही घर में इतना पराया नीलू ने कभी महसूस नहीं किया था। बाहर के लोगों का रवैया अलग, घर के अंदर सारा वक्त खुस फुस चलती रहती। कभी अम्माँ और अब्बाजान के बीच, कभी अम्माँ और हमीद भैया के बीच, कभी अब्बाजान और हमीद भैया के बीच हमीद भैया तो ऊँचा-ऊँचा बोलने लगते थे, बड़ी कड़ुवी बातें करते थे, अब्बाजान तक को आँखें दिखाने लगे थे।

शिमला में जब भी माँ को याद किया करती तो नीलू अपने को माँ की गोद में सिर रखे हुए देखती या माँ के गले में अपना हाथ डाले हुए।

पर माँ के रुख का भी कुछ पता नहीं चल पाता था। जहाँ नीलू के साथ कभी मीठे बोल बोलतीं और कभी उलाहने देतीं, वहाँ हमीद भैया के साथ उनका वार्तालाप अक्सर दो-टूक होता। उस रोज़ आँगन में खड़ी माँ, हमीद भैया से कह रही थी, "इसकी जान ही लेकर रहोगे क्या? इतने दिन बाद यह घर लौटी है तो इसे सारा वक्त कोसती रहूँ? आखिर तुम चाहते क्या हो?"

"या तो इसका घरवाला दीन कबूल करे या हम इसका ब्याह किसी दूसरी जगह करेंगे। इसे लौटकर उसके पास नहीं जाने देंगे।"

"वह जो पुलिस में बयान दर्ज करवा आई है, उसका क्या करोगे?"

"इससे क्या होता है? उसमें इसने महज़ अपनी रजामंदी दर्ज की है, और कुछ नहीं।"

"कानूनी बातों को मैं क्या जानूँ, पर इसे अपनी जान तो सँभाल लेने दो, देखते नहीं हो कैसी मुर्दा की मुर्दा पड़ी रहती है।"

यह वार्तालाप सुनते ही नीलू की आँखों के सामने अँधेरा सा छा गया था। और जब माँ अंदर आई थी तो बड़बड़ाती हुई, "नामुराद, तुम्हें सारे दिल्ली शहर में और कोई लड़का नहीं मिला, उस ग़रीबड़े काफिर के अलावा?"

नीलू के अब्बा ने तो जैसे चुप्पी साध ली थी। इसमें संदेह नहीं कि कस्बे में उनका अच्छा रख-रखाव था। असर-रसूख था। रेलवे की नौकरी से रिटायर होने के बाद वह अपने कस्बे में लौट आए थे और अपने पुश्तैनी घर में आराम से रह रहे थे। अपनी ज़मीनें भी थीं, मुज़ारे थे, घर में माल-मवेशी थे, अमन-चैन की जिंदगी बसर कर रहे थे। शाम को हर रोज़ भिश्ती उनके घर के सामने छिड़काव कर जाता, कुछ कुर्सियाँ बिछ जातीं, सड़क पर राह जाते जान-पहचान के लोग 'अस्सलाम अलैकुम' कहने के लिए रुक जाते, हुक्के के दौर चलते, इधर-उधर की बातें होतीं। किसी के साथ अदावत नहीं थी, मुरव्वत ही मुरव्वत थी, अपनी नींद सोते, अपनी नींद जागते थे। पर नीलू की इस 'करतूत' से सब ठप्प हो गया था। शाम को कुर्सियाँ बिछना बंद हो गया था। किसी का मुँह कोई थोड़े ही बंद कर सकता है अब अपनी बैठक के अंदर ही बैठे हुक्के के कश लगाते रहते। पर बोलते कुछ नहीं। कस्बे के कुछ हिंदू लोगों के साथ भी उनका उठना-बैठना था, बल्कि उनका जिगरी दोस्त, फकीरचंद नाम का एक हिंदू ही था, जो वर्षों तक उन्हीं के साथ रेलवे की नौकरी करता रहा था और वह भी रिटायर होकर कस्बे में ही आकर रहने लगा था। धार्मिक वृत्ति का होने के बावजूद, कस्बे के लोग नीलू के अब्बा को उदार विचारोंवाला व्यक्ति मानते थे। दोनों एक-दूसरे के सुख-दुःख में शरीक होते। बल्कि नीलू का सारा किस्सा नीलू के अब्बा ने खुद फ़कीरचंद को सुनाया था। और फ़कीरचंद को नीलू और सुधीर का इस ढंग से ब्याह करना बुरा लगा था। दोनों उम्र रसीदा व्यक्ति थे, इस तरह किए गए ब्याह का समर्थन कैसे करते? पर इसके बाद दोनों के बीच एक तरह की दूरी पाई जाने लगी थी और दोनों का मिलना-जुलना बहुत कम हो गया था। नीलू के अब्बा तो यहाँ तक झेंपने और शर्मसार महसूस करने लगे थे कि घर से निकलना ही करीब-करीब बंद कर दिया था।

नीलू के अब्बा को पहला धक्का तब लगा जब स्थानीय जामा मस्जिद के मौलवी ने जो झुक-झुककर सलाम किया करता था और एक खानदानी आदमी और साहिब-ए-जायदाद होने के नाते बड़े अदब-कायदे से पेश आता था, उस रोज़, उनको घर के सामने खड़ा देखकर रुक गया था और 'अस्सलाम अलैकुम' कहते हुए छूटते ही बोला था, "यह हम क्या सुन रहे हैं खान साहिब? क्या सचमुच आपकी बिटिया किसी हिंदू लौंडे के चक्कर में पड़ गई है? पहले तो हमें यकीन ही नहीं हुआ। हम कहें, खान साहिब तो बड़े खानदानी आदमी हैं, ज़रूर किसी ने ग़लत अफवाह फैला दी होगी, पर नहीं, यह तो बड़ी नावाजिब बात हुई।"

कोई और वक्त होता तो खान साहिब मौलवी को डाँट देते कि जाइए, अपना काम देखिए। मगर कुछ समय से मुल्लाओं-मौलवियों के अंदाज़ में अकड़ सी आ गई थी। मौलवी, जो पहले कभी नहीं भूलता था कि खान साहिब, साहिब-ए-जायदाद हैं, और सरकारी अफसर रह चुके हैं, बड़ा बेधड़क बोले जा रहा था, "माफ कीजिए

खान साहिब, लड़की को किसी हद तक इस बात से भी शह मिली होगी कि आपका उठना-बैठना हिंदुओं के साथ ज़्यादा रहा है।"

खान साहिब सुनकर सकपका गए। पहले तो वह सुन्न से हो गए, फिर अपनी आवाज़ को संयत करते हुए बोले, "मौलवी साहिब, आप जैसे मुदव्वर आदमी को सोच-समझकर बात करनी चाहिए। बहू-बेटियों के बारे में इतने हल्के ढंग से बात नहीं की जाती।"

मौलवी तनिक नर्म पड़ गया, "बेशक, बेशक। यही हम भी कहें। हम तो मानते ही नहीं थे। हमने तो अफ़वाह समझकर इसे ज़ेहन में से निकाल भी दिया था, पर जब सभी की ज़बान पर एक ही बात सुनने को मिले तो कोफ़्त तो होती है, और फिर आप जैसे मुदव्वर और बाइज़्ज़त फर्द को लेकर। बेशक, बेशक और मौलवी कहता हुआ खान साहिब के और नज़दीक आ गया और एक सरपरस्त के से लहजे में बोला, "मैं सोचता हूँ, अभी भी कुछ नहीं बिगड़ा है। लड़की समझदार है। अल्लाह के फ़ज़ल से अच्छा पढ़ी-लिखी है। उसके भाई ने उसे हमल गिरवाने को कहा तो वह मान गई। उसने वक्त की नजाकत को समझ लिया है। और आपका फ़र्जन्द कहता था कि वह उसे इस बात पर भी रजामंद कर लेगा कि वह अपने शौहर को दीन कबूल करने पर भी राज़ी कर ले। या फिर किसी दूसरी जगह उसके निकाह का बंदोबस्त हम करेंगे।"

खान साहिब चुपचाप सुनते रहे। ऐसा दिन भी देखना बदा था कि मस्जिद का मौलवी सरपरस्ती के अंदाज़ से उनके साथ गुफ़्तगू करे।

"बच्ची को रोके रहिए। हम कोई तरकीब निकालेंगे, इन्शाल्लाह! यह हमारा फर्ज़ है, खान साहिब आप तो देख रहे हैं, ज़माना कैसा जा रहा है। अगर हम अपनी क़ौम की बहबूदी का ख़्याल नहीं करेंगे, तो इस मुल्क में हमारा कौन ख़्याल करेगा?" कहते हुए मौलवी चलने को हुआ था। पर दो क़दम सड़क की ओर बढ़ाते हुए फिर से रुक गया और बोला, "आपकी लड़की ने बहुत बड़ी हिमाकत की है, वरना इस कस्बे में किसी की क्या मजाल कि खान साहिब पर उँगली उठाए..." फिर से नज़दीक आते हुए आवाज़ धीमी करते हुए बोला, "हमीद को मेरे पास भेजिए। बड़ी हिम्मतवाला, ईमान का पक्का, अपना फ़र्ज़ पहचाननेवाला लड़का है। हम कोई-न-कोई रास्ता निकालेंगे। बेशक, बेशक "कहता हुआ मौलवी पीठ मोड़कर चल दिया था।

खान साहिब को काटो तो खून नहीं। एक अदना सा मौलवी उनकी पगड़ी उछाल गया था। खान साहिब पानी-पानी हो गए और उन्हीं क़दमों घर के अंदर चले गए।

खान साहब हमेशा यह कहा करते थे कि मुसलमानों के घरों में पर्दानशीन लडकियाँ और औरतें अपनी शख़्सियत खो बैठती हैं। उन्हें अपने पाँवों पर खड़ा होना सीखना चाहिए। वह लड़कियों की तालीम के हक में थे, इसीलिए बेटी को ऊँची तालीम हासिल करने के लिए बाहर भेज दिया था। वह यह भी समझते थे कि जहाँ

जवान लड़के-लड़कियाँ आज़ादाना माहौल में रहेंगी, वहाँ इस तरह की घटनाएँ तो घटेंगी ही। यह अनहोनी बात नहीं थी। पर जो कुछ हुआ, उससे उन्हें गहरा धक्का ही लगा कि उनकी अपनी बेटी ने ऐसी 'नाजायज़' हरकत की। पर धीरे-धीरे उन्होंने इस कड़वे घूँट को पी जाना ही मुनासिब समझा था। और समय बीतने पर उन्हें इस बात से कुछ तसकीन भी होने लगी थी कि लड़का शरीफ़ है, उसने छिपाव-दुराव की कोई बात नहीं की, बल्कि सब बात खुलकर की, ताकि कोई पेचीदगी पैदा न हो। और हमीद के गम और गुस्से के बावजूद वह चाहने लगे थे कि बेटी के साथ थोड़ा-बहुत राब्ता कायम हो जाए, पर इधर यह नया शगूफा

खिल उठा था। यहाँ तक कि कस्बे का अदना सा मौलवी सरपरस्ती के अंदाज़ में उनसे बात कर रहा था, मानो उनकी जवाबतलबी कर रहा हो। उन्होंने कब सोचा था कि सारा कस्बा इस बात को सिर पर उठा लेगा। उन्हें रह-रहकर हमीद पर गुस्सा आता था। वही नीलू की टोह लेता फिरता था। और बिना पूछे, बिना किसी से मश्विरा किए नीलू का हमल गिरवा आया, और कस्बे भर में इसका ढिंढोरा भी पीट आया। अब मैं किसी को मुँह दिखाने लायक नहीं रहा। बाबू फ़कीर चंद ने घर पर आना ही छोड़ दिया है। छोड़ दिया है, तो मेरी बला से। आज की फ़िज़ा को देखते हुए मुझे भी फ़कीरचंद के साथ पहले की तरह घुल मिलकर नहीं रहना चाहिए।

पर खान साहिब का मन विचलित हो उठा था। इससे बड़ी रुसवाई क्या हो सकती है कि एक मामूली सा मौलवी एक भूतपूर्व सरकारी अफ़सर को धमकी दे जाए।

तभी हमीद को घर के अंदर जाते हुए देखा तो उनसे नहीं रहा गया :

"घर की बात तुम्हें मौलवी से कहने की क्या ज़रूरत थी? ये मौलवी भी अब धमकियाँ देने लगे हैं।"

हमीद क्षण-भर के लिए ठिठका। पुराने संस्कारों के रहते, बाप के सामने मुँह खोलना इतना आसान नहीं था, परंतु हमीद ने एक झटके से आँखों के लिहाज़ के इस अवरोध को तोड़ते हुए तमककर कहा, "आपने अपनी ग़ैरत बेच खाई है। पर अभी ईमानवालों ने नहीं बेच खाई है।" और कहता हुआ अंदर चला गया।

खान साहिब का चेहरा ज़र्द पड़ गया। अपना बेटा ही यों मुँह पर चांटा मारकर चला जाएगा, उन्हें इसका गुमान तक न था। वह काँपते हुए कुर्सी पर जा बैठे।

हवा का रुख वह जानते थे, देख रहे थे। आए दिन की वारदातों के बारे में भी वह पढ़-सुन रहे थे। बेचैनी बढ़ती जा रही थी। माहौल में बराबर एक तनाव बना हुआ था, जो उत्तरोत्तर बढ़ता जा रहा था। पर उनके अपने घर में भी जैसे आग सी सुलगने लगेगी, इसका उन्हें गुमान नहीं था।

नौ

सुबोध की ओर आँखें उठाकर देखने पर नीलिमा की आँखों में हल्का-सा कंपन हुआ। अल्ताफ़ की ओर वह जब भी कभी आँखें उठाकर देखा करती थी तो नीलिमा की आँखें बरबस हँसने लगती थीं, उनमें चमक आ जाया करती थी। पर सुबोध के चेहरे की ओर देखते हुए नीलिमा की नज़र उसके चेहरे पर स्थिर-सी हो जाती, मानो उसके चेहरे को पढ़ने लगी हो।

"क्या देख रही हो?" रेस्तराँ की खुली छत पर आमने-सामने बैठे सुबोध ने कहा।

नीलिमा ने कोई उत्तर नहीं दिया। वास्तव में उसने सुबोध का प्रश्न सुना ही नहीं था, केवल सुबोध के चेहरे पर उसकी नज़र टिकी रह गई थी।

ऐसा नीलिमा के साथ पहले कभी नहीं हुआ था कि तुम देख तो एक व्यक्ति के चेहरे की ओर रहे हो, पर तुम्हारे ध्यान में कोई दूसरा ही व्यक्ति समाया हुआ है।

पर वास्तव में ऐसा नहीं था। नीलिमा की आँखें सुबोध के चेहरे पर लगी हों और वह किसी दूसरे व्यक्ति के बारे में सोच रही हो ऐसा नहीं था, कदापि नहीं था, बल्कि जब कभी अल्ताफ़ का चेहरा आता भी था, तो उसके अंदर बैठी उसकी चेतना, फौरन ही बुहारकर उस चेहरे को वहाँ से हटा देती थी। अल्ताफ़ का चेहरा मानो बार-बार उसके दिल पर दस्तक दे रहा था, पर नीलिमा ने प्रण कर रखा था कि अब जीते-जी दिल का दरवाज़ा अल्ताफ़ के लिए कभी नहीं खोलेगी, मन बार-बार आग्रह भी करे, छटपटाए भी, तो भी नहीं, उसका रोम-रोम दुहाई देता रहे, तो भी नहीं। और यही कारण था कि सुबोध के चेहरे की ओर उठते ही उसकी नज़र स्थिर-सी हो जाती, ठण्डी-सी पड़ जाती थी और नीलिमा अन्यमनस्क -सी उसे देखती रह जाती। उसका मन, उसकी आँखों को सुबोध के चेहरे पर छोड़ किन्हीं वीरानियों में भटकने लगता था।

"तुम क्या सोच रहे हो, जी?" नीलिमा ने चहकने के से अंदाज़ में कहा। फिर स्वयं ही अपनी झेंप मिटाने के लिए बोली, "तुम सोच रहे होगे कि यह कैसी लड़की है, बुत का बुत, न हँसती है न बोलती है। आँखें फाड़े मेरा मुँह ताक रही है।"

सुबोध, नीलिमा के मिजाज़ का और उसकी हँसोड़ तबीयत का अभ्यस्त नहीं था। उसके घर-परिवार की लड़कियों में नीलिमा का-सा अल्हड़पन नहीं था। चहक कर मज़ाक करने के से अंदाज़ में बात करने का मिजाज़ किसी का नहीं था। इसलिए नीलिमा के अल्हड़पन में कहे गए वाक्य सुनकर वह झेंप सा जाता था। नीलिमा बड़ी बेरोक-टोक बात करती थी। उसका मिजाज़ पानी के बहते झरने का सा था जबकि सुबोध के घर में सोच-विचारकर, सलीके से बात करने का चलन था, यहाँ तक कि हँसते भी खुलकर नहीं थे। हर बात में सलीका था, संयम था, नफ़ासत थी। जिस भाँति मेज़ पर बिछे मेज़पोश में कहीं सिलवट नज़र नहीं आएगी या बैठक में कोई चीज़ ग़लत जगह पर रखी नहीं मिलेगी, इसी भाँति वार्तालाप में भी घर के लोग नपी-तुली बातें करते थे, यहाँ तक कि ठहाका लगाकर हँसने को भी उनके घर में अभद्र माना जाता था। सुबोध, नीलिमा के अल्हड़पन पर झेंप भी रहा था और उसके प्रति उत्तरोत्तर आकृष्ट भी हो रहा था। इतना ही नहीं, नीलिमा के सुंदर-सलोने चेहरे की ओर भी उसकी चमकती आँखों, उसके छरहरे शरीर, उसके हाव-भाव को देखता हुआ मुग्ध भी हो रहा था। दो ही दिन पहले जब वे एक-दूसरे से पहली बार मिले थे, तो नीलिमा टेनिस की पोशाक पहने हुए थी और बगल में रैकेट था। वह टेनिस खेलकर आई थी जिस कारण चेहरा दमक रहा था। उस समय उसका ध्यान उसके अल्हड़पन, उसके लापरवाह अंदाज़ की ओर नहीं गया था। सिर झटककर बात को मज़ाक में बदल देना, हँसी-हँसी में सुबोध की छेड़-छाड़ कर देना, उससे ऐसा सवाल पूछ लेना जिससे वह झेंपने लगे और किंकर्तव्यविमूढ़-सा महसूस करने लगे, इसका उसे अनुभव नहीं हुआ था। तब तो वह मंत्रमुग्ध-सा उसकी ओर देखता रह गया था।

दो ही दिन पहले सुबोध अपने किसी इंटरव्यू के सिलसिले में उनके शहर में आया था। डैडी के किसी पुराने सहपाठी का पुत्र था। अपने पिता का पत्र लेकर आया था और डैडी के आग्रह पर उनके घर पर ही टिक गया था। किसी ऊँची नौकरी के लिए उसने दरख्वास्त दे रखी थी। डैडी ने ही नीलिमा का परिचय भी उससे कराया था। सुबोध का पहला दिन तो इंटरव्यू के सिलसिले में दौड़-धूप में बीता, दूसरा दिन इंटरव्यू में आज तीसरा दिन था जब इंटरव्यू के नतीजे का उसे इंतज़ार था। पहले दो दिन तो सुबोध से घर पर मिलने का मौका मिला था। और आज जब इंटरव्यूवाले दफ़्तर से इस बात की भनक मिली कि सुबोध के चुने जाने की बड़ी संभावना है, तो दोनों डैडी के सुझाव पर घर से निकल आए थे, और दिन-भर घूमते फिरे थे।

"क्या सोच रहे हो जी?" नीलिमा ने फिर से कहा।

"कुछ भी तो नहीं।" सुबोध ने तनिक झेंपकर उत्तर दिया।

"तुम कहोगे कैसी बातूनी लड़की पल्ले पड़ गई है, जो बोलना बंद ही नहीं करती। पर मैं चाहूँ तो चुप भी रह सकती हूँ। कहोगे चुप हो जाओ तो चुप हो जाऊँगी।"

"तुम बताओ, तुम क्या सोच रही थीं?"

"मैं?"

"हाँ, तुम। तुम तो मेरे चेहरे की ओर देखे जा रही थीं।"

"मैं सोच रही थी कि क्या सुबोध सोते समय भी नेकटाई पहनकर सोता है।" नीलिमा के मुँह में से यह वाक्य झट से निकल गया, पर सहसा ही उसे इस बात का बोध हुआ कि सुबोध को यह टिप्पणी बुरी लग सकती है। उसने डैडी के मुँह से सुना था कि सुबोध के घरवाले ज़रूरत से ज़्यादा ही सलीके से रहते हैं, सुबोध का बाप तो पढ़ाई के दिनों में भी सारा वक्त नेकटाई लगाए रहता था और याद आने पर नीलिमा ने झट से वही बात कह दी थी। पर नीलिमा ने उसके बाजू पर हाथ रखकर कहा, "मैं सोच रही थी कि देखने में जो इतना सुंदर है, क्या व्यवहार में भी उतना ही सुंदर होगा? नहीं, नहीं, मैं सोच रही थी, जिस सुबोध का चेहरा इतना सुंदर है, उसका दिल तो और भी ज़्यादा सुंदर होगा।"

सुबोध मुस्कराया। नीलिमा द्वारा जोड़ा गया वाक्य उसे अच्छा लगा था, हालाँकि वह जानता था कि नीलिमा मज़ाक कर रही है।

"और क्या सोच रही थीं?"

"तुम्हारे चेहरे में तुम्हारे इंटरव्यू का नतीजा देख रही थी।"

"क्या पता चला?"

"तुम उत्तीर्ण होओगे। जैसे हमारे पंडितजी कहते हैं 'तुम उत्तीर्ण होओगी, बेटी!'" कहते हुए नीलिमा हँस दी, "इम्तहान में पास होना एक बात है, 'उत्तीर्ण' होना बिलकुल दूसरी बात। तुम इंटरव्यू में उत्तीर्ण होओगे।"

इस पर दोनों हँस दिए।

सुबोध, नीलिमा के व्यवहार से बार-बार चौंक जाता था। इतनी हँसमुख, हाज़िरजवाब, साथ में सुंदर-सलोनी लड़की उसके संपर्क में पहले कभी नहीं आई थी। मेरे दफ़्तरवालों की बीवियों को तो यह मात देती है। किसी डिनर पार्टी में मेरे साथ होगी तो लोग-बाग देख-देखकर रश्क करेंगे, वह दफ़्तर-भर के लोगों की ईर्ष्या का केंद्र बन जाएगा। अंग्रेजी ऐसे बोलती है मानो और इस पहली मुलाकात के अंत तक पहुँचते सुबोध को लगने लगा था, जैसे एक सुनहरी मौका हाथ लगा है। इस लड़की से मेरा सम्बन्ध हो जाए तो मेरी स्थिति दफ़्तर में तीन दर्जे ऊँची उठ जाएगी।

उन्हीं क्षणों में जब सुबोध अपने भाग्य को सराह रहा था, नीलिमा अपने भाग्य का निर्णय करने की चेष्टा कर रही थी। यदि इससे मेरा सम्बन्ध हो जाए तो डैडी बहुत बड़ी दुविधा में से निकल आएँगे। उनके सिर पर से मनो बोझ उतर जाएगा। वह मुझे बाँहों में भर लेंगे और कहेंगे, बेटी, तूने मुझे अंधी गली में से खींचकर बाहर निकाल लिया है। दादी माँ भी संतुष्ट हो जाएँगी।

ऐसा सोचते हुए कभी अल्ताफ़ का चेहरा बरबस आँखों के सामने आ जाता, मुस्कराता, आँखें प्रेम की लौ से चमकती हुईं तो नीलिमा के दिल में कसक-सी उठती।

पर फिर नीलिमा अल्ताफ़ के चेहरे को मानो बुहारकर आँखों से दूर कर देती। नहीं जी, मुझे डैडी की खुशी ज्यादा मंजूर है। वह तो रातों जागें, बेचैन मन से बरामदे में टहलते फिरें और मैं अल्ताफ़ के साथ दोस्ती में मस्त, सब कुछ भूले रहूँ? अगर मेरी शादी अल्ताफ़ के साथ हो जाए, और मैं उसके घर में चली जाऊँ तो पीछे मेरे डैडी और दादी माँ का क्या होगा? दादी माँ को भी दुखी करूँ और अपनी खुशी के लिए डैडी को भी दुखी और बेचैन छोड़ जाऊँ?

उस रोज़ डैडी को मालूम नहीं था कि शाम को अँधेरे में, दादी माँ के कमरे के बाहर, नीलिमा खड़ी सब कुछ सुन रही थी। दादी माँ जब रो पड़ी थी तो नीलिमा डर-सी गई थी और जब डैडी ने दो-हत्थड़ अपने मुँह पर मारे थे तो नीलिमा का कलेजा मुँह को आ गया था।

अपने मुँह पर पर से हाथ हटाते हुए डैडी ने कहा था, "मैं अपनी बेटी को मना नहीं कर सकता। अगर वह अल्ताफ़ से शादी करना चाहती है तो करे, क्यों न करे?"

इस पर दादी माँ ने अपना पल्ला गले में डालकर और दोनों हाथ जोड़कर, काँपती-सी आवाज़ में कहा था, "तो बेटा, जैसा मन आए वैसा करो। पर मेरी एक इल्तजा है तुम्हारे सामने। मुझे मर जाने दो। इतना इंतज़ार तो कर सकते हो ना? मैं आँखें मूँद लूँ तो जैसा मन आए, करना। मैं न तुम्हारे रास्ते में रुकावट बनना चाहती हूँ न तुम्हारी बेटी के रास्ते में, तुम आज़ाद ख़्याल लोग हो, नई रोशनी के लोग हो, बेटी तुम्हारी है, मैं बीच में कौन हूँ?" और दादी माँ का चेहरा तमतमाने लगा था, उसने पल्ले से मुँह ढाँप लिया था और फफक-फफककर रोने लगी थी।

इस पर डैडी कुर्सी पर जा बैठे थे और दोनों हाथ माथे पर रखे फ़र्श की ओर देखने लगे थे।

"मुझे माफ़ कर दो बेटा," कुछ देर बाद, मुँह पर से पल्ला हटाते हुए दादी माँ ने कहा था, "मैं मोह की मारी बीच में बोल पड़ती हूँ। मेरी जीभ जल जाए, मैं तुम्हें दुःखी देखना नहीं चाहती। जो करोगे मुझे मंजूर है। बेटा, मुझे माफ़ कर दो, मेरे मुँह से अपशब्द निकल गए। मैंने तो इसलिए कहा था कि उन लोगों के घरों में पर्दा होता है, खुले बंदों घूमने-खेलनेवाली लड़की कहाँ पर्दे में रहेगी। फिर उनका रहन-सहन, खाना-पीना और तरह का। माना उनके पास पैसा है, धन-दौलत है, पर पैसा ही तो सब कुछ नहीं होता। पर अगर तुम्हारी बेटी का मन वहाँ अटका हुआ है, तो मैं कौन हूँ बीच में बोलनेवाली?"

डैडी अभी भी दोनों हाथों से अपना मुँह ढाँपे चुपचाप बैठे थे।

यह सब मेरे कारण हो रहा है, पर्दे के पीछे छिपकर खड़ी नीलिमा ने मन ही मन कहा। उसने अपने डैडी को कभी इतना व्याकुल, इतना परेशान नहीं देखा था। वह तो सदा हँसते रहते थे। और यहाँ डैडी का मुँह लाल हो रहा था और दोनों हाथों से वह अपने मुँह पर चाँटे मारते रहे थे। नीलिमा ने कभी सोचा तक न था कि उसके

कारण घर में कभी इतना बड़ा कांड उठ खड़ा होगा।

दादी माँ बार-बार कह रही थी, "बेटा, मुझे माफ़ कर दो। तुम जैसा मुनासिब समझो, वैसा करो। तुम जो करोगे, जैसा करोगे, मुझे सब मंजूर है।"

उस रात नीलिमा सो नहीं पाई थी। जब डैडी, दादी माँ के कमरे में से निकले थे तो वह पर्दे के पीछे छिप गई थी। वह इतने परेशान थे कि उन्होंने आँख उठाकर देखा तक नहीं। नीलिमा देर तक पर्दे के पीछे खड़ी रही थी। कमरे के अंदर दादी माँ देर तक पल्ले से अपना मुँह ढाँपे बैठी रही थी। नीलिमा समझ नहीं पाई थी कि दादी माँ रो रही थीं या यों ही व्याकुल-सी मुँह ढाँपे बैठी थीं। बार-बार मुँह पर से पल्ला हटाकर हाथ जोडतीं, मानो भगवान से क्षमायाचना कर रही हों। नीलिमा की समझ में नहीं आ रहा था कि वह क्या करे। एक मन होता, उनके पास जाकर उनको ढाढ़स बँधाए। दादी माँ की गोद में पलकर वह बड़ी हुई थी, दादी माँ की ठुड्डी के नीचे लटकते मांस को वह आज भी हँसी-हँसी में छेड़ा करती थी, दादी माँ से अभी भी बच्चों की तरह लाड़ से बात किया करती थी। उसका मन हुआ उनके पास जाए। पर उसे दादी माँ से डर लगने लगा था, कुछ-कुछ घृणा भी होने लगी थी, क्योंकि उन्होंने ही वह कुछ कहा था जिस पर डैडी अपना माथा पीटने लगे थे।

वह रात नीलिमा ने पलकों में काट दी थी। पलंग पर लेटे-लेटे और छत की ओर ताकते हुए वह तरह-तरह की कसमें खाती रही थी। मैं सदा डैडी के पास ही रहूँगी, कभी एक दिन के लिए भी उनसे दूर नहीं रहूँगी, पर डैडी क्यों इतने दुखी थे? दादी माँ के साथ डैडी बातें ही क्यों करते हैं? यही बात है। डैडी, दादी माँ को नाराज़ करना नहीं चाहते और दादी माँ डैडी को दुखी देखना नहीं चाहती।

नीलिमा घबरा गई थी। इस घबराहट ने ही बहुत हद तक अल्ताफ़ के प्रति उसकी कोमल भावनाओं को मसल दिया था। उसका साक्षात् एक भयावह स्थिति से हुआ था, जिसकी उसने कभी कल्पना तक नहीं की थी। कभी किसी बच्चे ने अपने बाप को रोता हुआ देखा है? कभी किसी माँ को अपने बेटे से माफियाँ नाँगते देखा है? वे रो ही नहीं रहे थे, नीलिमा के डैडी ने तो अपने मुँह पर ज़ोर-ज़ोर से चाँटे भी मारे थे। उसे देखकर किस बच्चे का दिल दहल नहीं जाएगा? नीलिमा ने लेटे-लेटे ही अपने हाथ जोड़ दिए थे। मैं कभी कोई ऐसा काम नहीं करूँगी, जिससे डैडी के दिल को ठेस पहुँचे, जो दादी माँ को बुरा लगे।

और दूसरे दिन दोपहर को जब अल्ताफ़ हाथों में रैकेट उठाए, नीलिमा को बुलाने आया था तो नीलिमा ने उसे ऊपर से ही देख लिया था, पर डैडी के मुंशी से कहा था कि कह दो, नीलिमा घर पर नहीं है। अल्ताफ थोडी देर तक खड़ा रहा था, फिर वहाँ से चला गया था। ऐसा ही व्यवहार नीलिमा ने दूसरे दिन भी किया था। दूसरे दिन तो अल्ताफ़ घर के अंदर ही आनेवाला था, पर फिर सिर झटक कर रैकेट झुलाता वहाँ से चला गया था।

और इसके दो ही दिन बाद सुबोध आ गया था। मानो भगवान ने ही उसे भेजा हो।

रेस्तराँ की छत पर बैठे-बैठे अल्ताफ का चेहरा फिर से नीलिमा की आँखों के सामने आ गया और अबकी बार वहाँ ठहर सा गया।

'ऐ नीलिमा! आज फिर टेनिस खेलने नहीं आई? यह कौन कनकौवा तेरे पास बैठा तेरे साथ बातें कर रहा है? तेरे साथ चिपका हुआ है। देख लेना, यह कॉफी के पैसे भी तुमसे दिलवाएगा, और टैक्सी के पैसे भी।'

अब की बार नीलिमा बैठी बैठी हँस दी। उसकी इच्छा नहीं हुई कि अल्ताफ़ के चेहरे को बुहारकर आँखों के सामने से दूर कर दे।

'ऐ नीलिमा!' अल्ताफ़ फिर से कह रहा था, फिर से आ पहुँचा था, और पहले से ऊँची आवाज़ में कह रहा था, 'इस कनकौवे की बातों में नहीं आना। तेरी बहादुरी मान जाऊँ अगर कॉफी का बिल इससे चुकता करवा दे। तब मैं नीलिमा का सिक्का मान जाऊँ। ऐ नीलिमा! मेरी तरफ देखती क्यों नहीं? ऐ नीलिमा!

और नीलिमा उसके चेहरे को बुहारकर दूर करने की हिम्मत नहीं जुटा पाई। उसके अंदर किसी भावना ने अँगड़ाई ली, ऐसी अँगड़ाई कि नीलिमा का सारा संतुलन डाँवाडोल हो गया। जहाँ अल्ताफ़ था, वहाँ कोई दूसरा नहीं हो सकता था। अल्ताफ़ तो उसके व्यक्तित्व के अंदर कब से बैठा हुआ था। उसे आँखों के सामने से ओझल करना तो इतना कठिन नहीं था, पर दिल की गहराइयों में से उसे कैसे निकाल पाती?

'आज टेनिस खेलने भी नहीं आई। सुन रही है, मैं तुमसे कह रहा हूँ। बड़ी भोली बन रही है, मानो मेरी आवाज़ ही न सुनी हो। इस कनकौवे से अपना पिंड छुड़ा और घर जा। न जाने यह कहाँ से टपक पड़ा है। यह है कौन? न घर न घाट, सूट-बूट पहने चले आते हैं।'

नीलिमा सिहर-सी गई। सामने सुबोध बैठा था। बना-ठना, बाल ऐसे काढ़े हुए कि एक भी बाल इधर से उधर न हो। धारीदार कमीज़ और हरी धारियोंवाली ही नकटाई। सहसा ही नीलिमा को सुबोध बड़ा पराया-सा लगने लगा। यह अजनबी लड़का सचमुच कौन है? मैं क्योंकर इसके साथ चली आई? और घंटों से मेरे सामने बैठा है, न हूँ, न हाँ। इसके साथ बतियाऊँ भी मैं, और इसका मन बहलाव भी मैं करूँ। मैं इसके साथ चाय पीने आई हूँ। बस, बहुत हो गया, और नीलिमा का मन हुआ, उठ खड़ी हो। पर तभी डैडी का उदास, परेशान चेहरा आँखों के सामने घूम गया, दीवार के साथ सिर लगाए, रूमाल हाथ में पकड़े, और नीलिमा फिर से बैठ गई।

"आओ जी, मौसम के बारे में बातें करें," वह सहसा चहककर बोली, "आप तो कुछ बोलेंगे नहीं। मैं ही बोलूँ तो बोलूँ। आजकल सेलसियस की क्या स्थिति है? रात को बारिश होगी या नहीं?" कहते हुए नीलिमा उठ खड़ी हुई। फिर कहा :

"चलें?"

सुनते ही सुबोध को धक्का-सा लगा। उसे जान पड़ा जैसे नीलिमा ने उससे मुँह

फेर लिया है।

"कुछ देर और नहीं बैठेंगी? यहाँ अच्छा लग रहा है।"

और उसने कलाई उठाकर घड़ी की ओर देखा, जिसके साथ चमचमाता सुनहरी चेन लगा हुआ था। मानो घर से तय करके आया हो कि पाँच बजे से छह बजे तक रेस्तराँ में नीलिमा के साथ चाय, और अभी छह बजने में दस मिनट बाकी हैं।

पर जब से अल्ताफ आँखों के सामने देर तक खड़ा रहा था, और बार-बार हँसता-बतियाता रहा था, नीलिमा का मन इस इंटरव्यू से सहसा ही उचट गया था। और सुबोध अनजाना, कहीं दूर पार से आया अजनबी, डैडी के किसी परिचित का बेटा लगने लगा था, जिसके साथ केवल औपचारिकता ही निभाई जा सकती थी।

"अच्छा, आप चाहते हैं, मैं बैठ जाऊँ? कितने मिनट के लिए?"

"कितने मिनट क्यों?"

"आप घड़ी जो देख रहे थे।"

"मैं आपसे कुछ कहना चाहता हूँ।"

"कहिए, रास्ते में ही बातें करते हुए चलेंगे।"

"जैसा आप चाहें।"

"अच्छा, मैं बैठ जाती हूँ। कहिए!"

सुबोध थोड़ी देर तक चुप रहा, फिर तनिक संकोच के साथ बोला, "आप मुझे बहुत अच्छी लगती हैं।"

नीलिमा हँस दी, "मैं सबको बड़ी अच्छी लगती हूँ। पर केवल पहली बार। दूसरी बार जब लोग मुझसे मिलते हैं, तो कहते हैं, नीलिमा, तू बहुत अच्छी है, पर बहुत बोला नहीं कर। तीसरी बार मिलते हैं तो कहते हैं, बस, बस, किसी वक्त चुप भी रहा कर। और चौथी बार मिलते ही नहीं।"

"मैं तो ऐसा सोच भी नहीं सकता।"

"यह पहली बार है ना, दूसरी बार आने तो दीजिए।...अब चलें?"

"मैं कह रहा था। मैं कहना चाहता था...।" पर जैसे नीलिमा ने अनुमान लगा लिया हो कि सुबोध बाबू क्या कहना चाहते हैं। उन्हें कुछ कहने का मौका दिए बिना ही वह उठ खड़ी हुई।

वेटर जब बिल लेकर आया और सुबोध अपना पर्स जेबों में टटोलने लगा तो नीलिमा बोली, "रहने दीजिए, आप इस शहर में हमारे मेहमान हैं।" और तत्परता से पैसे निकालकर दे दिए।

"क्या हम फिर कभी भी मिल सकते हैं? यहाँ न आना चाहें तो कहीं और मिल सकते हैं। मैं देख रहा था, यहाँ आपका ध्यान बार-बार उचट जाता रहा था।"

नीलिमा चौंकी। क्या इसने मेरे पीछे खड़े अल्ताफ़ को कहीं देख तो नहीं लिया? क्या अल्ताफ़ सचमुच यहाँ आया था? आया था तो क्या हमारे मेज़ के आस-पास

ही डोलता रहा था? फिर इस कनकौवे ने उसे कैसे देख लिया?

पर देखा हो या नहीं देखा हो, क्या फर्क पड़ता है? टैक्सी में बैठे तो साए उतरने लगे थे। टैक्सी चली तो सुबोध ने बातों-बातों में एकाध बार अपना हाथ नीलिमा के हाथ पर रखने की चेष्टा की। नीलिमा ने अपना हाथ नहीं हटाया। रख ले, हाथ पर हाथ रखता है तो रख ले। खुश होता है खुश हो ले। कनकौवा कहीं का।

पर जब सुबोध ने हाथ दबाया तो नीलिमा ने ज़ोर से 'उई!' कहा और हाथ खींच लिया, जिस पर टैक्सी का ड्राइवर भी चौंका और उसने पीछे मुड़कर देखा। "मेरे हाथ में कल पिन चुभ गया था। अभी भी दर्द होता है।" और नीलिमा हँस दी।

घर के सामने जब टैक्सी पर से उतरे और नीलिमा ने सुबोध को जेब टटोलने का खुला मौका दिया तो उसकी नज़र अपने डैडी पर पड़ी, जो ड्रेसिंग गाउन पहने, अपने कमरे की खिड़की के पीछे खड़े थे—अवसाद की मूरत, अपने में खोए हुए, जिन्हें देखकर नीलिमा का मन जाने कैसा हो आया। उसके दिल को फिर से गहरी ठेस लगी। उसका पिता तो किन भँवरों में छटपटा रहा है, और वह मौज मना रही है।

घर के अंदर क़दम रखते ही, सुबोध का हाथ अपने हाथ में पकड़े, नीलिमा सीधी अपने डैडी के कमरे में जा पहुँची और छूटते ही बोली, "डैडी, हम एक-दूसरे से शादी करेंगे। हमने फैसला कर लिया है।"

आश्चर्यचकित, डैडी, बेटी के चेहरे की ओर देखते रह गए। कभी नीलिमा के चेहरे की ओर देखते तो कभी सुबोध के चेहरे की ओर और कभी उन दोनों के आपस में गुँथे हाथों की ओर।

उधर सुबोध, भौंचक्क-सा देखता रह गया।

"ये फ़ैसले इतनी जल्दी नहीं किए जाते, नीलिमा बेटा!"

इस पर नीलिमा ने हँसकर कहा, "पहली नज़रवाला प्रेम ऐसा ही होता है, डैडी! यह पहली नजरवाला प्रेम है!"

"तुमने आपस में...?"

और डैडी ने सुबोध के चेहरे की ओर देखा। सुबोध मुस्करा रहा था, पर उसका निचला होंठ तनिक काँप रहा था। वास्तव में सुबोध जैसे किसी चकाचौंध में था। ऊँची नौकरी के लिए लिया जाना और उस पर नीलिमा जैसी सुंदर लड़की का उसे अपना वर चुन लेना, दोनों ही चकाचौंध करनेवाली घटनाएँ थीं। उसके अवचेतन में रोशनी की किरण बार-बार कौंध जाती थी। उसके लिए स्थिरता से अपनी स्थिति पर सोच पाना असंभव हो रहा था। उसके पाँव ज़मीन पर नहीं टिक पा रहे थे, फिर भी उसकी झेंप मिटाए नहीं मिट रही थी।

"क्यों बेटा सुबोध? क्या सचमुच तुम लोगों ने यही फ़ैसला किया है?" उन्हीं काँपते होंठों से सुबोध ने स्वीकृति में सिर हिला दिया।

"पर तुमने इतनी जल्दी कैसे फ़ैसला कर लिया?"

इसका उत्तर नीलिमा अपने ढंग से देने लगी, "डैडी, सुबह हम लोग बस में बैठे। इसे रास्ते में एक दफ़्तर में काम था। मैं नीचे बैठी रही। पूरे दो घंटों के बाद यह नीचे उतरा। फिर हमने एक रेस्तराँ में भेलपूरी खाई। एक-एक कोला-कोला पिया। इसने नहीं पिया, मैंने पिया। फिर हमने मटरगश्ती की। चने-मूँगफली भी खाए। फिर हमने एक फ़िल्म देखी। बंडल फ़िल्म थी, पर हम सारा वक्त हँसते रहे। इंटरवल में हमने आइसक्रीम खाई। फ़िल्म के बाद हम फिर मटरगश्ती करते रहे। इसे मैं बोर करती रही, यह मुझे बोर करता रहा। जब शाम हुई तो हम एक पार्क में थे। इसने कहा—चलो, बीयर पिएँ। मैंने कहा—मैं तो ठर्रा पियूँगी। पर वहाँ न ठर्रा मिलता था, न बीयर, वहाँ तो नारियल का पानी मिलता था। फिर हमने एक-एक नारियल पिया। तब तक हमने फ़ैसला कर लिया था कि हम एक-दूसरे के साथ शादी बनाएँगे। यह मेरे साथ शादी बनाएगा, मैं इसके साथ शादी बनाऊँगी। तभी मैंने कहा, चलो डैडी के पास, और हम भागते हुए आपके पास आ गए।"

डैडी सुन रहे थे। एक ओर जहाँ उनका मन अचंभे में था तो दूसरी ओर वह बड़ा आश्वस्त भी महसूस करने लगे थे। लड़का-लड़की का स्वतंत्र निर्णय। बेटी ने स्वयं ही फैसला कर लिया था। अपने नाजुक हाथों से, पिता के कंधों पर से मनो बोझ उतार दिया था। पिता ने रातें ऊपर-नीचे टहलकर गुज़ारी थीं। उनकी समझ में नहीं आ रहा था कि मामला कैसे सुलझे। कभी सोचते, बेटी को समझाऊँ कि दादी माँ के जीते जी ब्याह नहीं करो। बाद में जहाँ मन आए करना। कभी सोचते, बेटी को विलायत भेज दूँ और कोई ऐसा प्रबंध करूँ कि अल्ताफ़ भी विलायत चला जाए। वहाँ इनका जो मन आए, करें। कभी देर रात तक छत पर ऊपर-नीचे टहलने के बाद मन ही मन निश्चय कर लेते कि सुबह उठते ही सीधा माँ के पास जाऊँगा और दो-टूक कहूँगा, "माँ, यह मामला नीलिमा का निजी मामला है। मैं इसमें दखल नहीं दूँगा। अगर वह अल्ताफ़ से ब्याह करना चाहती है तो मैं उसे रोकूँगा नहीं।" पर सुबह होते ही उनका साहस चुक जाता।

डैडी को लगा जैसे सुबोध को यहाँ मात्र इंटरव्यू के लिए नहीं भेजा गया था। मुमकिन है उसके माँ-बाप ने उससे आग्रह किया हो कि लड़की को भी देखकर आना।

डैडी को यह रिश्ता बड़ा संतोषजनक लगा था। जान-पहचान के परिवार का बेटा, अच्छी नौकरी और उसमें ऊँचे पद पर ले लिये जाने की पूरी संभावना।

टेढ़ी-सी समस्या अपने आप ही सुलझ गई थी।

फिर नीलिमा, सुबोध को अपने साथ लिये दादी माँ के सामने जा पहुँची और दादी माँ को यह शुभ सूचना दी तो दादी माँ ने नीलिमा को छाती से लगा लिया था, बार-बार चूमती रही थीं और अपने गले में से अपनी सोने की चेन उतारकर नीलिमा के गले में डाल दी थी। उस शाम तो दादी माँ की खुशी का ठिकाना ही नहीं रहा था। बार-बार हँसती थीं, यहाँ तक कि उनके मसनूई दाँत, बार-बार मुँह में से गिर-गिर

जाते थे, और वह बार-बार उन्हें खड़ाक से मुँह में फिट करती रही थीं।

उस रात तीनों ही आश्वस्त थे। डैडी और दादी माँ तो हाथ जोड़-जोड़कर भगवान का धन्यवाद करते रहे थे, जबकि नीलिमा ने डैडी के चेहरे पर गहरे संतोष का भाव देखा था और उसे लगा था, जैसे उसने बहुत अच्छा काम किया है।

निःस्वार्थ कर्म करने पर एक विशेष प्रकार की शांति, एक विशेष प्रकार के उल्लास का अनुभव होता है। नीलिमा को तो इस बात का भास तक नहीं था कि उसने कोई निःस्वार्थ कर्म किया है। उसने तो केवल अपने डैडी की एक समस्या सुलझाई थी। वह अपने डैडी के लिए क्या नहीं करेगी? इतनी-सी बात के लिए डैडी को परेशान होना पड़ रहा था। भला क्यों? दादी माँ ने मुझसे क्यों नहीं कहा? दादी माँ मुझसे एक बार कह देतीं तो मैं उन्हें अपना वचन दे देती कि मैं अल्ताफ से ब्याह नहीं करूँगी। इतनी छोटी-सी बात के लिए डैडी परेशान रहे हैं।

बिस्तर पर लेटे-लेटे वह तरह-तरह के दिवास्वप्न देखने लगी थी—सुबोध का घर कैसा होगा? हमारे घर जैसा, जहाँ चारों तरफ चीजें बिखरी पड़ी रहती हैं या अंकल शोरी के घर जैसा, जहाँ कोई भी चीज़ इधर से उधर पड़ी नज़र नहीं आती?

"आंटी शोरी, आपका घर है या अस्पताल?" नीलिमा एक कमरे से दूसरे कमरे में जाती हुई कहा करती थी। एक दिन नीलिमा टेनिस खेलने के बाद आंटी शोरी के घर जा पहुँची थी और अपना रैकेट खाने के मेज़ पर रख दिया था और आंटी के निकट बैठकर बतियाने लगी थी। पर उसके बैठते ही आंटी शोरी ने कहा था, 'पहले अपना रैकेट उठाकर ड्योढ़ी में हैट स्टैंड के ऊपर रख आ। तेरे अंकल के आने का वक्त हो गया है।"

चारों ओर करीना ही करीना, सफाई ही सफाई। पर कोई बात नहीं। सुबोध का घर भी अगर वैसा ही हुआ तो मैं जहाँ मन हुआ रैकेट पटक दिया करूँगी। उसके घर में कदम रखने के बाद पहले तो मैं उसकी नेकटाई उतरवाऊँगी। बस जी, कटाइयाँ बहुत पहन ली, अब खुले गलेवाली कमीजें पहनो, दो-दो पाकेटोंवाली, खुले कॉलरवाली, और सूट-बूट नहीं चलेगा, अब जीन्स चलेगी, और नीचे चमचमाते बूट भी नहीं चलेंगे, अब केड्ज़ का चलन है।' मैं दो दिन में सुबोध को अपने घर का आदमी बना लूँगी। ऐसी भी क्या बात है, हम साइकिलों पर घूमा करेंगे, बारिश में भीगेंगे, दौड़ेंगे, सुबोध पर लगी मांडी सब उतर जाएगी। दिवास्वप्न में यह वाक्य मुँह से निकलते ही नीलिमा खिलखिलाकर हँस दी।

तभी उसे लगा जैसे उसके बिस्तर पर कोई आकर बैठ गया है।

वह हड़बड़ाकर उठ बैठी।

"कौन?" और झट से हाथ बढ़ाकर टेबल लैंप का बटन दबा दिया।

उसके पलंग की पाटी पर उसके डैडी आकर बैठ गए थे।

डैडी का चेहरा लाल-सा हो रहा था। पेशानी पर रेखाएँ उभर आई थीं। हाथ

बढ़ाकर नीलिमा का हाथ अपने हाथ में लेते हुए बोले, "नीलिमा, बेटा, मैं तुमसे एक ख़ास बात करने आया हूँ।"

इस पर अपने स्वभाव के अनुसार नीलिमा हँसकर बोली, "फिर सोच लो। जल्दबाज़ी में कोई काम न करो। यह तुम्हारी जिंदगी का सवाल हैं, यही न? क्यों डैडी?"

और नीलिमा ने आगे बढ़कर अपनी बाँहें डैडी के गले में डाल दीं, "मैंने खूब सोच लिया है, डैडी!"

"तुमने कुछ नहीं सोचा।" डैडी ने ऊँची, रूखी-सी आवाज़ में कहा और गले में से नीलिमा की बाँहें निकालते हुए बोले, "तुमने इस बात को खिलवाड़ समझ रखा है। यह खिलवाड़ नहीं है, जिंदगी भर का सवाल है।'

और जब नीलिमा ने फिर से कुछ कहने के लिए मुँह खोला तो डैडी ने तनिक कठोर आवाज़ में कहा, "जिंदगी में पहली बार आज शाम तुम उस लड़के से मिली हो, वह भी कुछ समय के लिए, और तुमने एक-दूसरे को इतना जान-समझ लिया है कि एक-दूसरे के साथ शादी तक कर लेने का फ़ैसला कर लिया है?"

"It was love at first sight, Daddy!यह पहली नज़र का प्यार है!"

"चुप रह! तू मुझे बच्चा समझती है!"

"डैडी, मुझे वह अच्छा लगा है, और आपके किसी जान पहचानवाले का बेटा है और मैं पच्चीस की हो चली हूँ। और सुबोध मुझ पर मरने लगा है।"

"दादी माँ ने एक बार कह दिया कि लड़की पच्चीस की हो चली है और अभी तक इसकी सगाई नहीं की, और तुमने बात गाँठ बाँध ली है।"

"नहीं डैडी, मुझे सुबोध ने बड़ा इम्प्रेस किया है, कम बोलता है, देखने में अच्छा है, मेरी तरफ प्यार भरी आँखों से देखता है, अच्छी नौकरी पर है, और उसे कब्ज़ भी रहती है, पर मैं पक्का नहीं जानती, ऐसा लगता है।"

"और अल्ताफ?"

"क्या?" नीलिमा ने चिल्लाकर कहा।

"तुम्हें वह भी तो अच्छा लगता है, वह भी तो।"

"डैडी, वह मेरा दोस्त है। वह टेनिस बड़ी अच्छी खेलता है, स्कूल के दिनों से मेरे साथ खेलता आ रहा है।" पर कहते हुए सहसा नीलिमा चुप हो गई।

"क्यों? चुप क्यों हो गई?"

"डैडी, वह कभी मेरा पति होगा, इसके बारे में तो मैंने कभी सोचा ही नहीं।"
"सच? क्या सच बोल रही है?"

दोनों की आँखें मिलीं। नीलिमा देर तक अपने पिता की आँखों में देखती रही। फिर उसने सिर हिला दिया।

"हाँ, डैडी!"

"तुम झूठ तो नहीं बोल रही हो, नीलिमा?"

नीलिमा चुप रही, उसकी आँखें अभी भी पिता के चेहरे पर लगी थीं। "मेरे साथ भले ही झूठ बोल लेना, पर अपने साथ झूठ नहीं बोलना।" नीलिमा के डैडी ने कहा और अपनी बेटी का हाथ अपने हाथ में लेते हुए बोले, "अभी भी वक्त है बेटी, तुम सोच लो। खूब अच्छी तरह से सोच लो। यदि तुम अल्ताफ़ से शादी करना चाहोगी तो मैं तुम्हारे रास्ते में रुकावट नहीं बनूँगा। मैं माँ जी को समझा लूँगा। उनके संस्कार दूसरी तरह के हैं। वह जल्दी नहीं मानेंगी, पर मैं उन्हें समझा लूँगा। मुझे तुम्हारी खुशी चाहिए।"

नीलिमा अभी भी अपने पिता के चेहरे की ओर देखे जा रही थी। उसे भास हुआ जैसे एक और निर्णायक क्षण आया है और उसके फैसले पर अटका हुआ है। अल्ताफ़ का नाम लेकर डैडी ने मेरा संतुलन बिगाड़ दिया है। सुबोध को अपना जीवनसाथी बनाने का मतलब होगा, अल्ताफ़ की ओर पीठ मोड़ लेना। सहसा ही उसे लगा जैसे कोई चीज़ उसके गले में अटक गई है, जिससे उसका गला रुँधने लगा है। पर तभी उसकी आँखों के सामने, सीखचोंवाली खिड़की के पीछे बैठी दादी माँ का चेहरा घूम गया, और दीवार के साथ सिर लगाए, रूमाल से आँखें पोंछते, व्याकुल-परेशान डैडी की आकृति घूम गई।

"मैंने सुबोध को चुन लिया है, डैडी! मैंने सोच-समझकर फैसला किया है।"

"सच?"

"हाँ, डैडी!" और कहते हुए नीलिमा की आँखें भर आईं। डैडी ने आगे बढ़कर नीलिमा को बाँहों में भर लिया।

"यह अगर तुम्हारा फैसला है, तो मुझे मंजूर है।" उसी क्षण नीलिमा के पिता हल्का-फुल्का महसूस करने लगे।

"कुछ भी कहो, नीलिमा, अल्ताफ बहुत अच्छा लड़का है, बड़ा निश्छल, बड़ा हँसमुख, मिलनसार, पर उनके रहन-सहन और हमारे रहन-सहन में फर्क तो बड़ा है ना। वे लोग तुमसे पर्दा करवाएँ, तुम पर पाबंदियाँ लगाएँ, दोस्ती की बात अलग है, पर शादी के बाद तो तरह-तरह की रस्में, रहन-सहन निभाना पड़ता है। दादी माँ तो कुछ भी कहें, पर शादी के बाद इन बातों का बोझ तो तुम्हें ही वहन करना पड़ता न।"

"हाँ, डैडी!"

नीलिमा, एकटक अपने पिता के चेहरे की ओर देखे जा रही थी।

"यह फैसला तुम्हारा अपना फ़ैसला है, यह कहकर तुमने मुझे आश्वस्त कर दिया है।"

और डैडी ने एक बार फिर अपनी बिटिया को गले से लगाया, उसका सिर चूमा, नीलिमा की दिवंगता माँ को दिए गए अपने वचन की चर्चा की, "तुम्हारी माँ ने मरते समय तुम्हारा नन्हा सा हाथ मेरे हाथ में देते हुए कहा था, मेरी बच्ची को तुम्हारे हाथ

सौंपे जा रही हूँ। इसे मेरी अमानत समझना।" कहते हुए डैडी का गला भर आया था, आँखें भर आई थीं, पर फिर मुस्कराकर बोले, "आज बच्ची का नन्हा हाथ मेरे हाथ में न होकर, एक समझदार, मुझे जी-जान से प्यारी बिटिया का हाथ मेरे हाथ में है।"

उन्होंने नीलिमा का हाथ चूम लिया और उन्हीं कदमों भावोद्रेक में डूबे कमरे से बाहर हो गए।

दस

हवा में केवड़ा और गुलाब की महक थी, और घर में मेले का-सा समाँ था, शादी की चहल-पहल थी, ऐसी चहल-पहल जो भाग्यवान लोगों के घरों में ही देखने को मिलती है। स्त्रियों के रेशमी सरसराते कपड़े। कोई स्त्री न थी जिसके कानों में और हाथों की उँगलियों पर हीरे न चमक रहे हों। शाम के साए कब के अँधेरे में डूब चुके थे, और चारों तरफ बिजली के कुमकुमों की जगमग थी। वक्त अठखेलियाँ लेता हुआ बीत रहा था। इस चहल-पहल और धन ऐश्वर्य की छटा को देखते हुए लगता, जैसे घर-परिवार तथा सगे-सम्बन्धियों ने मिलकर दुर्भाग्य को चुनौती दे रखी हो कि इस घर पर कभी भी दुर्भाग्य के साए नहीं डोल पाएँगे। ऐसी सुख-सुविधा वाले घर में, ऐसे मधुर हास्य और संगीत भरे और जगमग करते माहौल में व्यवधान पैदा करने का दैव को भी साहस नहीं होगा।

ऊपरवाले बड़े कमरे में नीलिमा, सहेलियों से घिरी, चमचम करते रेशमी कपड़ों में लिपटी, गुड़िया-सी लग रही थी। हर स्त्री जो उससे मिलने आती थू-थू!' कर कहती, 'हाय, तुझे किसी की नज़र न लगे!—और उससे लिपट जाती। परंपरा से चले आ रहे प्रसाधनों से—उबटन, मेहँदी और दही में मिली हल्दी और जाने क्या-क्या से घर की स्त्रियाँ उसकी त्वचा को निखारती रही थीं। बाहर से भी एक जाने-माने ब्यूटी पार्लर से भी एक चुस्त-दुरुस्त महिला, ब्लाउज़ और स्कर्ट पहने, कूल्हे मटकाती आई थी और नीलिमा को सजाती-सँवारती रही थी।

दादी माँ ऐन अपनी जगह, खुली खिड़की में, सीखचों के पीछे बैठी शादी की गहमागहमी देखे जा रही थी, और बार-बार गोद में रखे अपने हाथ जोड़ लेती थी, पोती के सुखमय जीवन के लिए प्रार्थना करते हुए। गुलाबी रंग की सुनहरी किनारी से सजी ओढ़नी दादी माँ को खूब फब रही थी। चौड़ा साँवला चेहरा, जिसे चाँदी जैसे सफ़ेद बालों की लटें ढके हुए थीं।

नीलिमा के डैडी, ग्रे रंग का सूट पहने और लाल रंग की नेकटाई लगाए, और सिर पर प्रथानुसार प्याज़ी रंग की पगड़ी पहने मेहमानों का स्वागत करने के लिए

नीचे उतर रहे थे और एक मंजिल नीचे उतरने पर नीलिमा के कमरे की ओर मुड़ गए थे, जहाँ सखी-सहेलियों से घिरी, कमरे के बीचोबीच कालीन पर बैठी नीलिमा अपना श्रृंगार करवा रही थी।

पिता को देखते ही नीलिमा उछलकर खड़ी हो गई और सब कुछ भूलकर आगे बढ़ आई और पिता से लिपट गई। पिता के दिल में भावना के ज्वार उठने लगे। बेटी के ब्याह में, मिलन और वियोग का ऐसा मिश्रण बना रहता है कि हँसी और रुदन दोनों ही स्वाभाविक जान पड़ते हैं। पिता की बाँहों में बेटी की काया जैसे आश्रय ढूँढ़ती हुई सिमट आई थी। इससे पिता और भी ज़्यादा भाव-विह्वल हो उठे थे। पहले से ही तरह-तरह के विचार, तरह-तरह की भावनाएँ उनके दिल को मथती रही थीं। आज, दिवंगता पत्नी द्वारा सौंपा गया दायित्व पूरा किया। आज वह जिंदा होती तो अपने हाथ से अपनी बेटी को विदा करती। ऐसे क्षणों में दिल पर उदासी छा जाती। फिर, मन-ही-मन आश्वस्त भी महसूस करने लगते, दो पैसे जेब में थे जो इज़्ज़त-आबरू के साथ बेटी का विवाह कर रहा हूँ, किसी के सामने हाथ फैलाने की ज़रूरत नहीं पड़ी। कभी हाथ खींचने, पैसे गिन-गिनकर ख़र्च करने की ज़रूरत नहीं पड़ी। अपने घर से, अपनी कमाई के पैसों से धूमधाम से सब काम हो रहा है।

पर छाती से लगी बेटी फफककर रोने लगी थी।

"यह क्या? तू तो सारा वक्त हँसती चहकती रहती है। वाह जी, यह क्या?"

और पिता ने बेटी को बाँहों में भींच लिया और बार-बार उसकी पीठ सहलाने लगे।

"मत रो बेटी, मैं इसी शहर में तो बैठा हूँ। तू भी तो इसी शहर में रहेगी। सुबोध भी तो अब इसी शहर में नौकरी करेगा ना। बस, बस, मत रो, शाम के वक्त नहीं रोते।"

धीरे-धीरे नीलिमा की सिसकियाँ बंद होने लगीं और वह सँभलने लगी। वह मुस्कराई और पिता की छाती पर अपना सिर रख दिया।

बेटी जो रो पड़ी है, वह घर छोड़ने पर व्याकुल है, इसीलिए। वर्षों का साथ छूटता है और अनिश्चित भविष्य की ओर कदम बढ़ाना कौन सा आसान काम है! वहाँ खड़े-खड़े ही पिता ने निश्चय किया कि शादी के बाद बेटी के साथ बराबर संपर्क बनाए रखेंगे, और इस जुदाई को उसे महसूस नहीं होने देंगे।

"एक बार अपने मुँह से कह दो, मैं बड़ी खुश हूँ, हैं नीलिमा बिटिया?"

बेटी ने मुँह ऊपर उठाया, फिर से मुस्कराई, फिर से उसकी आँखों में आँसू छलक आए, और उसने हाँ में बार-बार सिर हिलाते हुए कहा, "मैं बहुत खुश हूँ, डैडी!"

डैडी आश्वस्त हो गए। वे यही शब्द बिटिया के मुँह से सुनना चाहते थे।

"तुम्हें बहुत-बहुत मुबारक हो, मेरी बिटिया! सुखी रहो। मैं चलूँगा, कुछ ही देर में बारात आनेवाली है।"

नीचे सम्बन्धियों-मेहमानों की भीड़ जमा थी। परंपरानुसार ढोलक बज रही थी और जात-बिरादरी की बड़ी उम्र की औरतें ढोलक की थाप पर विवाह के गीत गा

रही थीं, "कन्हैया जी, आ बड़ियो साडे वेहड़े।" (हे कृष्ण महाराज, तुम दूल्हा के रूप में हमारे आँगन में पधार रहे हो।) दादी माँ के कमरे में भी मुबारक देनेवाले स्त्री-पुरुषों की भीड़ थी। मेहमानों में अनेक दंपती बाहर से भी आए थे। डैडी, एक दंपती को अपनी माँ से मिलाने उनका हाथ पकड़े दादी माँ के कमरे में जा पहुँचे।

"माँ जी, यह मेरे बड़े प्यारे दोस्त का बेटा इक़बाल नाथ है, ख़ास तौर से शादी में भाग ले पाने के लिए जालंधर से आया है। यों विलायत में रहता है। यह साथ में इसकी पत्नी है। अंग्रेज़ लड़की है। विलायत में ही इसने शादी कर ली थी। यह अब विलायत का ही होकर रह गया है।"

दादी माँ की आँखें उस युवती पर लगी थीं, "हाय बेटा, विलायत में इतनी सुंदर लड़कियाँ होती हैं? यह तो परी है, परी!"

उसी समय एक और विलायती जोड़ा भी दादी माँ के कमरे में पहुँच गया। दादी माँ की ही ननद का बेटा, अपनी बेटी और उसके ऊँचे-लंबे विदेशी पति को साथ लेकर अंदर आया। बेटी ने अनहोनी बात की थी। विलायत में पढ़ने के लिए गई तो वहीं एक गोरे अंग्रेज़ युवक के साथ प्रेम के बंधन में बँधकर विवाह कर लिया। सारे परिवार में यह पहली लडकी थी। और अब जब भारत आई थी तो अपने छः फुट लंबे पति को साथ लेकर। और जब से इस जोड़े ने विवाहवाले घर में क़दम रखा था, सभी घरवालों की नज़रों का केंद्र बना हुआ था। हिंदुस्तानी लड़की और अंग्रेज़ पति।

जब ननद की दोहती ने झुककर दादी माँ के पाँव छुए तो दादी माँ निहाल हो गईं। दादी माँ इससे भी ज़्यादा पुलकित हुईं, जब लड़की ने अपने लंबू पति से पाँव छूने को कहा और उसने भी अपनी पत्नी की भाँति कमर से नीचे तक झुककर दादी माँ के पाँव छुए।

दादी माँ ने अपने दुपट्टे की चूक में बँधी गाँठ खोली और उसमें से सौ रुपए का नोट निकालकर उस गोरे पति को दिया और एक सौ रुपए का नोट उसकी पत्नी को ।

"जहाँ भी रहो, सुखी रहो।" दादी माँ ने आशीष देते हुए कहा।

पास खड़ा नीलिमा का डैडी तनिक चौंका। माँ की ननद की बेटी ने भी तो अपनी जात-बिरादरी के बाहर विदेश में विवाह किया है, घरवालों से पूछा तक नहीं, पर दादी माँ जैसे पलकें बिछाकर उसका स्वागत कर रही हैं। उसके होंठों पर फैली मुस्कान सिकुड़ने का नाम नहीं लेती। क्या यह जात-बिरादरी के बाहर का विवाह नहीं है? अल्ताफ़ का जब भी जिक्र आता था तो माँ का चेहरा कठोर पड़ जाता था।

अब तो माँ ने नाक-भौंह नहीं चढ़ाया, बल्कि गद्गद हुई जा रही है।

बेटे के दिल को धक्का-सा लगा। मैंने जल्दबाजी की। क्या मालूम जिस प्रकार ननद की दोहती अपने विदेशी पति को लेकर दादी माँ के पाँव छू रही है, नीलिमा

छू भी अल्ताफ को लेकर आती और माँ उसे उसी भाँति स्वीकार कर लेती, उसी भाँति उसका स्वागत करती जिस भाँति इस दंपती का कर रही है। मुझे डरा-धमकाकर

माँ ने अपनी बात मनवा ली। दोष मेरा है जो मैं कमजोर पड़ गया। नीलिमा अल्ताफ़ को बेहद चाहती थी। अल्ताफ़ भी उसे बेहद चाहता था। क्या मालूम दादी माँ का विरोध विवाह हो जाने के बाद नहीं रहता।

दादी माँ एक ही रट लगाए रहती थी—बेटा, उनका रहन-सहन अलग तरह का है, नेम-धर्म अलग, बेटी निपट अकेली वहाँ क्या करेगी? क्या ननद की दोहती ने जिन लोगों के बीच ब्याह किया है, उनका रहन-सहन अलग नहीं है? नेम-धर्म अलग नहीं है? क्या यह लड़की—दिव्या—विलायत में निपट अकेली नहीं थी, जहाँ उसने ब्याह किया? और दादी माँ बाँहें फैला फैलाकर उसका स्वागत कर रही है और उसके गोरे पति को स्नेह से निहारे जा रही है, और आशीर्वाद पर आशीर्वाद दिए जा रही है।

दादी माँ की खिली बाँछें देखकर वह क्षुब्ध हो उठा और एक तरह से अपने को मन ही मन धिक्कारता हुआ बाहर निकल आया। माँ की बातें मानते जाओ और परंपरा की दलदल में धँसते जाओ।

सुबोध के साथ विवाह करने का निर्णय तो अंततः नीलिमा का ही था, पर कौन जाने उसे दादी माँ के विचारों का भान हो गया हो, क्या मालूम वह जान गई हो कि माँ और मेरे बीच अल्ताफ को लेकर बड़ा खिंचाव रहता है। माँ को क्यों दोष दूँ, मैं खुद ही कायर साबित हुआ हूँ।

हम अपनी उपलब्धियों पर कितने ही इतराते फिरें, जब हमारा साक्षात् अपने अंत:करण से होता है और हम अपनी नज़र से गिरते हैं तो हमारा रोम-रोम सिहर उठता है।

उसी समय नीलिमा, सजी-धजी, चाँद-सा मुखड़ा, अपनी सखी-सहेलियों के साथ सीढ़ियाँ उतर रही थी। उसी समय कुछ दूरी से बैंड-बाजा बजने की आवाज़ आने लगी थी।

"ऐ नीलिमा, इतनी बन-ठनकर किधर जा रही है?"

सहसा उसे अल्ताफ़ की आवाज़ सुनाई दी, और वह ठिठककर खड़ी हो गई। मूक और मौन, पल-भर के लिए वह खड़ी रही, और फिर मानो हल्के से सिर झटककर निचली पीढ़ी पर पैर रखा।

"ऐ नीलिमा, बोलती क्यों नहीं? मेरी तरफ देखती क्यों नहीं?"

सीढ़ियाँ उतरने में नीलिमा की गति धीमी पड़ गई, और वह फिर से सुना-अनसुना करती हुई नीचे उतरने लगी, "ऐ नीलिमा, वह कनकौवा आ रहा है तुम्हें लेने! तूने मुझे बताया क्यों नहीं?"

नीलिमा ने सुना, क्षण-भर के लिए सीढ़ी पर ठिठकी खड़ी रही, और फिर से नीचे उतरने लगी। अल्ताफ की आवाज शादी की गहमागहमी और बैंड के उत्तरोत्तर बढ़ते शोर में मानो खो गई थी।

सीढ़ियों के नीचे डैडी अपनी बेटी के लिए पलकें बिछाए खड़े थे।

"नीलिमा बिटिया, तुम्हें मेरी उम्र लगे!" बेटी को देखकर उन्होंने मन ही मन कहा, "तुम्हारे सुख के लिए मेरी जिंदगी निछावर है।" और उनका गला भर आया।

सीढ़ियों पर से उतरती हुई नीलिमा कितनी सुंदर, कितनी भव्य लग रही थी; मानो आकाश से अप्सरा उतर रही हो। उसकी सखी-सहेलियाँ उसे थामे हुए धीरे-धीरे उसे नीचे ला रही थीं। उनमें से एक चेहरा डैडी को पहचाना हुआ-सा लगा। पीले रंग का रेशमी गरारा और लंबा कुर्ता पहने अल्ताफ़ की छोटी बहिन सिराज, नीलिमा की बाँह पर हाथ रखे नीचे उतर रही थी। उस पर नज़र पड़ने पर उन्हें अच्छा लगा, मन पर का बोझ कुछ हल्का-सा हुआ।

"चलो," डैडी ने मन ही मन कहा, "चूक हो गई तो भी और चूक नहीं हुई तो भी, नीलिमा का भविष्य सुखमय हो, उसे सुख पहुँचाने में मैं तन-मन से कोशिश करूँगा! नीलिमा बच्ची के दिल को सदमा पहुँचा है तो भी, जीवन में घाव तो लगते ही हैं, देर से लगें या सवेर से लगें, यह तो इन्सान की नियति है। क्या मालूम नीलिमा ने सोच-समझकर सही फ़ैसला किया हो, लड़कियों की सोच, उनके अंत:करण ज़्यादा साफ़ होते हैं, उनके ज़ेहन भी ज़्यादा साफ होते हैं। क्या मालूम उसने स्वयं ही समझ लिया हो कि उसे अपनी भावनाओं के दबाव में नहीं आना चाहिए। कुछ भी कहें, अंतर्जातीय विवाह है तो विरल घटना ही, और उसमें तरह-तरह के अवरोधों-कठिनाइयों का सामना भी तो करना पड़ता है ना। क्या मालूम नीलिमा ने हर पहलू पर सोच-विचारकर अपना निर्णय लिया हो, और मैं इधर व्यर्थ ही अपनी कल्पना के घोड़े दौड़ा रहा हूँ।

घर की सज-धज, सम्बन्धियों-मेहमानों की रौनक, गहमागहमी, चारों ओर छितरी धन-ऐश्वर्य की छटा उन्हें फिर से भली लगने लगी। बेटी के शुभविवाह का समय था। डैडी के रोम-रोम में फिर से उत्साह भर उठा, "मनाएँगे! पूरे चाव से, पूरे उत्साह से बेटी का ब्याह करेंगे। मैं गुत्थियाँ लुटा दूँगा।"

और डैडी क़दम बढ़ाते हुए फाटक की ओर बढ़ गए, जहाँ बारात अपने बैंड-बाजे के साथ पहुँच रही थी।

ग्यारह

"तो क्या करूँ? इसे ज़हर दे दूँ?" अम्माँ की आवाज़ थी। अम्माँ बौखलाई हुई थी।

"यह लौटकर अब उस काफ़िर के पास तो नहीं जाएगी।" हमीद कह रहा था। अँधेरी कोठरी में दीवार के साथ अधलेटी-सी बैठी नीलू सुन रही थी।

"तो क्या करोगे? इसे बाँधकर घर में बैठाए रखोगे?"

"हम इसका निकाह पढ़वाएँगे। मौलवी ने एक आदमी से बात भी कर ली है।"

"कौन है वह?"

"मनियारी बाज़ार में उसकी दुकान है। अच्छा खाता-पीता आदमी है। वह मान भी गया है।"

"मान भी गया है, क्या मतलब? वह कौन है मानने न माननेवाला?"

"अरी माँ, क्यों आँखें दिखाती हो? तेरी लाडली को काफिर से हमल हुआ है। इसका ब्याह किसी दूसरी जगह करेंगे तो इतना आसान तो नहीं होगा? फिर, थाने में यह बयान भी दे आई है। कौन आदमी आसानी से मान जाएगा? वह भी कहाँ मान रहा था। बड़ी मुश्किल से माना है।"

माँ चुप हो गई थी। माँ ने कुछ नहीं कहा। माँ चुप क्यों हो गई है? हमीद कह रहा था, "अच्छा खाता-पीता आदमी है। बीवी-बच्चोंवाला है।"

"तू अंधा हो गया है क्या? जेलखाने की हवा खाना चाहता है? पुलिस वालों को पता चला जहाँ यह बयान दे आई है तो क्या वे तुम्हें छोड़ देंगे?"

"यह निकाह चुपचाप होगा। किसी को कानोकान खबर नहीं होगी।" फिर से चुप्पी छा गई थी। अब माँ कुछ भी नहीं कह रही थी। नीलू देर तक बाहर की ओर कान लगाए रही।

सहसा ही दरवाजा खुला, अँधेरी कोठरी के अंदर रोशनी की बाढ़ सी आ गई।

माँ अंदर आई और अपने पीछे दरवाज़ा भेड़ दिया।

नीलू के पास आते ही माँ बिफर उठी थी, "क्यों पढ़ने गई थी, हरामजादी! तुझे मौत खाए।" माँ का चौड़ा, साँवला चेहरा तपे ताँबे जैसा लाल हो रहा था और आँखें

चुंधिया रही थीं, "मैंने तुम्हें इसलिए जना था कि तू मेरे मुँह पर कालिख पोते?" माँ तड़पकर बोली, और नीचे झुककर नीलू के सिर पर तड़ातड़ चाँटे और घूँसे जड़ने लगी, "मेरी कोख जल क्यों नहीं गई, जब तू पैदा हुई? जनते ही मर क्यों नहीं गई, हरामजादी!"

माँ के अंदर आने पर नीलू की आस बँधी थी कि माँ उसे दम दिलासा देगी, दो शब्द ढाढ़स बँधाते हुए कहेगी, पर माँ ने अंदर आते ही चाँटे जड़ने शुरू कर दिए थे!

नीलू बेहाल हो रही थी। हमल गिरानेवाले डॉक्टर ने जैसे अंग-अंग चीर डाला था। अभी भी नीलू किसी-किसी वक्त दर्द से कराह उठती थी।

शिमला से रवाना होने के बाद वह क्या सोचती आई थी, कि माँ से कैसे मिलेगी, कि माँ से मिलते ही उससे लिपट जाएगी, कैसे-कैसे दिवास्वप्न देखती रही थी—वह माँ के सामने फर्श पर बैठी है और उसकी पीठ पीछे बैठी उसकी माँ उसके बालों में तेल डाल रही है और कह रही है, "कैसे रूखे बाल लेकर आई है? सन जैसे रूखे?" कभी वह आँगन में खड़ी बासी रोटी पर मक्खन लगाए खड़े-खड़े ही खा रही है, जिसे माँ ने उसे दही बिलोते हुए निकालकर दिया था। और माँ कह रही है, "तेरा यह पीला-पीला चेहरा नहीं देखा जाता। वहाँ तुम्हें खाने को कुछ नहीं मिलता?"

छुट्टियों का मतलब ही था, माँ के इर्द-गिर्द घूमते रहना, माँ की गोद में सिर रखकर पड़े रहना। और हर बार छुट्टियाँ ख़त्म होने पर माँ उसे इसी असबाब वाली, अँधेरी कोठरी में लेकर आती थी और अपना पुराना, लकड़ी का संदूक खोलकर कभी कोई चुन्नरी तो कभी कोई कढ़ाईवाला कुर्ता तो कभी कोई घाघरा निकालकर दिया करती थी। तभी से असबाबवाली कोठरी नीलू के लिए कारूँ का ख़ज़ाना-सी लगा करती थी और हर बार ही माँ संदूक का ढक्कन खोलने से पहले दरवाज़ा बंद कर दिया करती थी। इस तरह कोठरी में अँधेरा सा छा जाता था और इस नीम अँधेरे में लकड़ी के संदूक में से कोई चमकती हुई चीज़ निकला करती तो लगता जैसे माँ ने जादू किया है।

पर आज माँ को क्या हो गया था? वह फुंकार रही थी, बार-बार हाथ उठाकर उसे पीटे जा रही थी।

तभी पहली बार नीलू को इस बात का अहसास हुआ था कि उसका हामिला हो जाना माँ को बहुत खल गया था। वरना माँ इतनी बेकाबू होकर उसे पीटती क्यों? वह जब से कस्बे में आई थी, जैसे किसी दुःस्वप्न में जी रही थी। यहाँ तक कि बेसुध-सी आँखें फाड़े अपनी विपदा को देखे जा रही थी। हमीद भाई ने कहा कुछ और किया कुछ और ही। सब बातें कितनी हैबतनाक हुईं। स्टेशन में से बाहर निकलकर इक्के में बैठी वह आतुर, कुतूहलभरी आँखों से अपने कस्बे की गली-गली, सड़क सड़क को देखे जा रही थी, एक-एक इमारत, एक-एक दुकान को पहचानती हुई पुलक पुलक जा रही थी, जब उस सँकरी गली के मुहाने पर इक्का रुक गया था, उस

कसाई डॉक्टर के घर के पास। सोचकर ही वह सिहर उठती थी।

"माँ, मैंने कुछ नहीं किया!" वह बिलखकर बोली। और जवाब में माँ ने अपने दोनों हाथ एक-दूसरे से बाँधकर एक साथ उसके सिर पर दे मारे थे, "तू पैदा होते ही मर क्यों नहीं गई? मैं तुझे जनकर क्यों न मर गई?"

नीलू ने बहुत ही भयंकर पाप किया होगा जो डॉक्टर द्वारा चीर-फाड़ किए जाने के बाद भी माँ इतना बिफर उठी है।

माँ की साँस फूल रही थी। उसकी छोटी-छोटी आँखों में ऐंचापन आ गया था। (वर्षों बाद जब उसकी आँखों के सामने माँ का बौखलाया तमतमाया चेहरा आएगा तो वह उसे क्रोध की तसवीर न होकर अपार क्लेश और असह्य वेदना की तसवीर नज़र आने लगेगा। पर अभी वह स्थिति भविष्य के पर्दों के पीछे छिपी थी, और कौन जाने, कभी उसका अस्तित्व बन भी पाएगा या नहीं)।

फिर सहसा माँ ने अपने दोनों हाथ खोलकर अपने ही मुँह पर दे मारे, "मुझे क्या मालूम था मेरा पेट गन्दा निकलेगा, ऐसी कुलच्छनी को जनम देगा। मैं तुझे जनते ही मर क्यों न गई?" और वह दो-हत्थड़ से अपने को बार-बार पीटने लगी। माँ हाँफ रही थी, उसके बालों की लटें माथे पर झूलने लगी थीं, चेहरे पर अपनी ही उँगलियों के निशान पड़ने लगे थे।

"माँ! माँ जी, मत रो! माँ, माँ, मुझे मार ले। जितना मन चाहे मार ले। माँ जी! अम्मी जान!" और नीलू आगे बढ़कर माँ की दोनों टाँगों से लिपट गई।

तभी माँ दहाड़ मारकर ज़मीन पर बैठ गई और अपने पल्ले से अपना मुँह ढाँपकर ज़ार-ज़ार रोने लगी।

"मत रो, माँ! माँ जी, मत रो। तू जैसा कहेगी, वैसा ही करूँगी। माँ जी, मेरी अच्छी माँ!"

माँ देर तक बिलखती, रोती रही। देर तक ही नीलू, माँ की टाँगों से चिपकी उसे तरह-तरह के आश्वासन देती रही, "माँ जी, तू कहेगी मत लौटकर जा तो मैं नहीं जाऊँगी, यहाँ तेरे पास रहूँगी। तेरी खिदमत करूँगी। तू कहेगी घर से निकल जा तो निकल जाऊँगी। मत रो माँ, मुझसे तेरा रोना नहीं देखा जाता।"

नीलू की माँ फफक-फफककर रोने लगी थी। उसे रोता देखकर डरी-सहमी नीलू का दिल जाने कैसा हो आया। वह कुछ भी समझ नहीं पा रही थी कि क्या हो रहा है। यह भी उसकी समझ में नहीं आ रहा था कि उसने कौन-सा ऐसा गुनाह किया है कि माँ उस पर यों बरस पड़ी है।

"मैं कसम खाकर कहती हूँ, माँ जी, मेरी अच्छी माँ! चुप हो जा ना। माँ, तुम्हें क्या हो गया है? मैंने ऐसा क्या कर दिया है?" और माँ ही के घुटनों पर सिर रखकर नीलू स्वयं फफक-फफककर रोने लगी।

ज़ार-ज़ार रोते हुए नीलू को कभी-कभी ऐसा महसूस होने लगता, जैसे उसकी

माँ का सारा शरीर काँप गया है। पर माँ कुछ बोली नहीं, न ही नीलू के सिर पर हाथ रखा, न ही उसकी पीठ सहलाई।

जब नीलू ने अपनी माँ के घुटनों पर से सिर उठाया तो माँ फटी-फटी आँखों से जैसे शून्य में ताके जा रही थी। नीलू को लगा, जैसे वह कुछ भी सुन नहीं रही है, न ही कुछ देख रही है, जैसे उसकी माँ को नीलू के अस्तित्व तक का बोध न रहा हो।

क्या नीलू की माँ का मस्तिष्क भी वैसा ही जड़ हो रहा था, जैसा स्वयं नीलू का? क्या वह भी कुछ समझ नहीं पा रही थी कि इस सारे घटनाचक्र ने एक भयावह कांड का रूप कैसे और क्योंकर ले लिया है? और उसने किस बुरी तरह से माँ और बेटी के आपसी रिश्ते को अपने आघात से ज़ख़्मी कर डाला है, लहू-लुहान कर डाला है।

नीलू बार-बार अपनी माँ को आश्वासन देती रही, तरह-तरह के आश्वासन देती रही। ऐसी बातों के बारे में भी जिनके बारे में पहले उसने कभी सोचा तक नहीं था। पर माँ कुछ नहीं बोली, मुँह तक नहीं खोला, केवल ठंडी साँस भरती हुई पथराई-सी आँखों से शून्य में ताकती रही।

फिर माँ चुपचाप उठी और बाहर चली गई।

घर में लौटने के बाद पहली बार नीलू को अपने ही घर से डर लगने लगा था। जैसे घर सहसा ही भाँय भाँय करने लगा हो। उसकी समझ में नहीं आ रहा था कि कहाँ जाए, क्या करे, किस कोठरी में जाकर बैठे। आँगन में खाट पर बैठे या नहीं, आँगन में खुलनेवाले पिछले कमरे की दहलीज़ पर जा बैठे, जहाँ वह वर्षों तक बैठती आई थी। जब स्कूल की पढ़ाई के दिनों में वह किताब लेकर बैठ जाया करती थी, तब घर कितना अपना-अपना लगा करता था। अब उस दहलीज़ पर बैठने में भी उसे असहय संकोच होने लगा था। उसके अंदर से ही जैसे आवाज़ उठने लगी थी, किसी ऐसी जगह जा बैठूँ जहाँ कोई मुझे देख न सके। उसे लगा जैसे माँ द्वारा ठुकराई जाने पर वह इस घर में पराई हो गई है, समूचे परिवार के लिए पराई हो गई है। माँ ने अपनी शफकत का हाथ उसके सिर पर से उठा लिया तो वह निपट अकेली पड़ गई, अकेली और निःसहाय और घर का जाना-पहचाना आँगन, घर का एक-एक कमरा, भाँय-भाँय करने लगा था।

नीलू अपनी स्थिति को सचेत रूप से समझ नहीं पाई थी, पर अपने अवचेतन में वह बेघर और निःसहाय महसूस करने लगी थी।

कुछ ही देर बाद वह उठ खड़ी हुई और डरी-सहमी सी माँ के पीछे बाहर आँगन की ओर जाने लगी।

तभी, ड्योढ़ी की ओर से हमीद भैया की आवाज़ सुनाई दी। ड्योढ़ी में ही, वह घर के मुलाज़िम, शेरखान को ऊँची-ऊँची आवाज़ में कुछ कह रहे थे। उनकी आवाज़ कान में पड़ते ही नीलू भागकर फिर से असबाबवाली कोठरी में घुस गई। हमीद भैया की आवाज़ सुनते ही वह अब काँप-काँप जाती थी और अनायास ही

उसकी टाँगें उसे पिछली कोठरी की ओर खींच ले गई थीं। अँधेरी कोठरी के एक कोने में दुबक जाने में उसे राहत-सी मिली, वह सुरक्षित-सा महसूस करने लगी।

उसके कान आँगन की ओर लगे थे। हमीद भैया ड्योढ़ी से आँगन में आ गए थे, पर वहाँ कोई बोल नहीं रहा था। फिर हमीद भैया ने माँ से कुछ पूछा था, पर माँ ने क्या उत्तर दिया, नीलू सुन नहीं पाई। कोठरी के अँधेरे में नीलू का दिल धक् धक् करने लगा था, और उसे कुछ सुनाई नहीं पड़ रहा था। उसकी माँ ने कुछ कहा या कुछ नहीं कहा, उसे पता नहीं चला। पर थोड़ी देर बाद माँ की आवाज़ सुनाई दी। वह धीमी आवाज़ में हमीद भैया से कह रही थी, "अभी कुछ दिन रुक जा। मैं इसे मना लूँगी। मौलवी से अभी कुछ मत कहना। इसे घूरे पर तो नहीं फेंक सकते ना। हमें इसे घर के बाहर धकेल तो नहीं देना है ना। तू जा, अपना काम देख। मैं सब कर लूँगी।"

और उसके शीघ्र ही बाद, हमीद भैया के पटपटाते क़दम दूर होते जान पड़े। बाहर फिर से चुप्पी छा गई।

क्षण भर के लिए नीलू को ऐसा भास हुआ जैसे वह अपने घर में नहीं, किसी वीराने में पड़ी हो।

बारह

अजीब खेल है जिंदगी का। दो सामान्य व्यक्तियों के बीच दोस्ती कैसे जन्म लेती है, कैसे पनपते लगती है, यह इतना ही रहस्यपूर्ण है जितना दो प्रेमियों के बीच प्रेम का उद्गम। यह किसी चमत्कार से कम नहीं होता। दोस्ती के आधार की व्याख्या कर पाना उतना ही असंभव है, जितना प्रेम के आधार की व्याख्या कर पाना। और कभी-कभी तो अचंभा होता है कि दो व्यक्तियों के स्वभाव और चरित्र और संस्कार बेमेल होने पर भी, दोनों के बीच इतनी गहरी मैत्री कैसे पनपने लगी।

ऐसी ही दोस्ती नीलोफर के अब्बाजान खान वज़ीर इलाही और लाला फकीर चंद के बीच पाई जाती थी। किस आधार पर खान साहिब और फकीरचंद एक-दूसरे की ओर आकृष्ट हुए थे, कैसे उनकी परस्पर-मैत्री जड़ जमाती गई, कैसे मिल-बैठना जीवन का स्वाभाविक अंग बन गया, उसे समझा तो जा सकता है, पर उसका विश्लेषण नहीं किया जा सकता। और दोनों के स्वभाव और चरित्र में बहुत कुछ बेमेल भी था। रहन-सहन, धार्मिक आस्थाएँ, आशाएँ-आकांक्षाएँ, स्वभाव, आदतें और न जाने क्या-क्या। अब तो यह दोस्ती लगभग पच्चीस साल पुरानी हो चली थी, और पिछले पच्चीस सालों में इस पर आँच नहीं आई थी। दोनों ने भरी जवानी में एक ही साथ रेलवे की नौकरी करना शुरू किया था, और करीब-करीब एक ही साथ उस नौकरी से अवकाश भी ग्रहण किया था। और दोनों एक ही कस्बे के रहनेवाले थे। यहाँ तक तो दोस्ती की पृष्ठभूमि साँझी थी। यों खान साहिब दुबले-पतले थे, जबकि फकीरचंद की छोटी-सी तोंद थी। खान साहिब को पान-तंबाकू से नफरत थी. जबकि फ़कीरचंद के सामने सारा वक्त पानदान खुला रहता था और मूँछों के नीचे होंठ लाल रहते थे, हल्की-सी ज़र्दे की पुट हर बनारसी पत्ते में दी जाती थी। फकीरचंद खान का मज़ाक उड़ाते हुए कहते, "अमाँ खाकर तो देखो। इसका जायका तो लो। इसकी अपनी महक होती है, पान का पत्ता मुज़िर चीज़ नहीं है। कहो तो बनाऊँ?"

"हमें तो बख़्श दो। खुद मन आता है तो बनाओ और चबाओ, पर हमारे सामने

पीक फेंकने के लिए बार-बार मत उठना। तीतर की तरह चोंच ऊँची किए गर्र-गर्र करते हो।"

दोनों के बीच बेतकल्लुफ़ी थी। शाम की चाय दोनों अक्सर एक साथ पीते। पुरानी दोस्ती का अपना रंग होता है। दोनों एक-दूसरे के साथ भले ही देर देर तक चुपचाप बैठे रहें, फिर भी दोनों के बीच मैत्री की स्निग्धता और अपनापन बने रहते हैं, मानो मिल-बैठना ही सबसे बड़ा अमल हो। दो दिन एक-दूसरे से न मिल पाएँ तो मन उचट उचट जाता था।

नीलू घर में लौटकर क्या आई थी कि घर में कोहराम मच गया था। जहाँ पहले परिवार का जीवन समतल गति से चल रहा था, मानो किसी लय पर चल रहा हो, वह एक नीलोफर के आने से अस्त-व्यस्त हो गया था। हमीद तीन बार माँ पर चिल्ला चुका था। नौबत यहाँ तक आ गई थी कि दो बार घर में चूल्हा ही नहीं जलाया गया, खाना ही नहीं बना। बत्ती तक नहीं जली। नीलू के पिता तो घंटों अपनी बैठक में कुर्सी पर बैठे, दीवार को ताकते रहे थे। घर-परिवार के जीवन पर जैसे कोहरा छा गया हो। माँ से ही नहीं, हमीद अपने पिता खान साहिब से भी उलझ चुका था, उन्हें आँखें दिखा चुका था।

"मुसलमानों को हर जगह जलील किया जा रहा है।" हमीद ने एक बार बिफर कर कहा था। पर जब खान साहिब उसे समझाने लगे तो वह चिल्लाकर बोला, "आप मुझे क्या समझाओगे? आपने तो अपना ज़मीर बेच खाया है। रोज़ उस काफिर फकीरचंद की अरदल में जो बैठते हो। आपसे तो बात तक करना हिमाकत है।" सुनते ही खान का चेहरा पीला पड़ गया था।

"नालायक, एक दिन तेरे मुँह से यह सुनना पड़ेगा। दूर हो जा मेरे सामने से।"

"ये गीदड़ भभकियाँ किसी और को सुनाइए। आपको हिंदुओं के टुकड़ों पर जीना मंजूर है, हमें मंजूर नहीं है।"

"दूर हो जा मेरे सामने से, वरना मुझसे बुरा कोई न होगा।" खान साहिब गुस्से से काँपने लगे थे, और कोने में रखी छड़ी की ओर लपके थे।

"वालिद हो इसीलिए चुप हूँ, वरना कोई और होता जो इस तरह कौम के नाम पर कालिख पोत रहा होता तो उसे सीधा सबक सिखाता।" कहते हुए हमीद कमरे में से बाहर निकल गया था। और ऐसा एक बार नहीं, कितनी ही बार हो चुका था।

हमीद के व्यवहार को देखकर खान साहिब बौखलाए थे। पर इसका एक नतीजा यह हुआ था कि जिंदगी में पहली बार फ़कीरचंद के प्रति उनके मन में दूरी-सी आने लगी थी। भले ही हमीद की बदज़बानी पर वह क्रुद्ध हो उठते थे, एक बार तो लपककर छड़ी उठा ली थी, पर उन्हें इस बात का भी अहसास होने लगा था कि हमीद के गम और गुस्से के पीछे जो जज्बा काम कर रहा था, वह अपनी कौम से जुड़ने का था। और खान ने स्वयं भी कई बार महसूस किया था कि देश में अनेक

घटनाएँ ऐसी घटी हैं, जिनसे मुसलमान कौम की तौहीन हुई है या उसके हितों को नजरअंदाज किया गया है।

फिर यह कैसी विडंबना थी कि उस शाम क्लेश और क्षोभ से परेशान खान साहिब के क़दम उठे तो फ़कीरचंद के घर की ओर। एक हिंदू के कारण ही घर में विपदा आई थी, और अब एक हिंदू के सामने ही मन का गुबार निकाल पाने के लिए निकल पड़े थे।

फकीरचंद के घर पर पहुँचे तो वह पहले ही बैठक में बैठे मानो खान साहिब का इंतज़ार कर रहे थे। खान साहिब गुम सुम कुर्सी पर जा बैठे।

"आज बुझे-बुझे लग रहे हो। खैर तो है?"

खान साहिब ने पलकें ऊपर उठाईं। जिंदगी में यह पहली बार था, जब फ़कीर चंद के सामने मुँह खोलने में झिझक महसूस हो रही थी, वरना अपने-अपने घर-परिवार का कोई मसला नहीं था जिसकी उन्होंने मिलकर चर्चा न की हो।

लाला फकीरचंद उठे और अँगीठी पर से एक छोटा-सा डिब्बा उठा लाए।

"आज हम सराफ़ा गए थे, वहाँ से हम तुम्हारे लिए भुजिया ले आए। बीकानेरी भुजिया।" और खान साहिब के सामने डिब्बा रख दिया।

"खाकर देखो। हमें तो इसकी पहचान नहीं है। हम तो यों भी देखकर हैरान होते हैं कि तुम ऐसी तीखी, बदज़ायका चीज़ खा कैसे लेते हो! फिर भी हम ले आए।"

पर खान फिर भी चुप। न हूँ, न हाँ।

"अमाँ बोलोगे भी या यों ही गुमसुम बैठे रहोगे! क्या हमीद से कोई कहा-सुनी हुई है?"

खान फ़र्श की ओर ताक रहे थे। मैं कैसे यहाँ चला आया? मैं क्योंकर यहाँ चला आया? मन में आया रो दें और दिल का सारा गुबार निकाल दें, पर जिंदगी में पहली बार साहस नहीं जुटा पाए। कहीं कोई लकीर खिंच गई थी, जिसे पार कर पाना आसान नहीं था।

फकीरचंद मुस्कराता हुआ खान के चेहरे की ओर देखे जा रहा था। यह बोले तो मैं भी कुछ कहूँ। मैं अपने आप तो इसे कुछ बताऊँगा नहीं।

पर कुछ देर तक खान के बुझे-बुझे चेहरे को देखते हुए खुद ही बोल पड़े, "हमें तुमसे शिकायत है, खान!"

खान ने पलकें ऊपर उठाईं।

"बिटिया आई और तुमने ख़बर तक नहीं दी।"

खान हैरान-सा फ़कीरचंद के चेहरे की ओर देखने लगा। क्या फ़कीरचंद को नीलू के हमल गिराने की बात पता चल गई है, किसने बताया होगा?

"तुम्हें कैसे मालूम है कि बिटिया आई है?"

इस पर फकीरचंद हँस पड़ा, "तो हमारा कयास ठीक निकला।"

"क्या मतलब?"

"हफ्ता-भर पहले हम कचहरी से लौट रहे थे, जब हमारे पास से एक इक्का गुज़रा। उसमें मुझे लगा जैसे नीलोफ़र बैठी है। पर मैं ठीक तरह से पहचान नहीं पाया।"

खान के चेहरे की मांसपेशियाँ अभी भी तनी हुई थीं, "और तुमने क्या देखा?"

"और क्या देखूँगा। मुझे लगा जैसे अगली सीट पर हमीद बैठा है। क्या सचमुच बिटिया आई है? तुमने हमें बताया तक नहीं।"

खान की आँखें फ़कीरचंद के चेहरे को टटोल-टटोलकर देख रही थीं। इसे और क्या मालूम है? इसने नीलू को किस हालत में देखा होगा?

"अमाँ, तुम हमसे कुछ छिपा रहे हो।" फ़कीरचंद ने खान को गुमसुम बैठे देखकर फिर से कहा।

वर्षों की दोस्ती चरमराने लगी थी। खान को शुबह होने लगा था कि फ़कीर चंद को सब मालूम हो गया है और वह जान-बूझकर इधर-उधर की हाँक रहा है।

सहसा खान फट पड़ा, "फ़कीरचंद, मैं कहीं का नहीं रहा। एक तो बेटी ने मेरे मुँह पर कालिख पोत दी। सारा कस्बा थू-थू कर रहा है। जो रही-सही इज़्ज़त बची थी, वह मेरे फरजंद हमीद ने मिट्टी में मिला दी।"

खान बोल रहा था और नीचे फ़र्श की ओर देखे जा रहा था। फ़कीरचंद उसका दोस्त था, पर इस वक्त नज़र उठाकर उसकी ओर देखना भी उसके लिए दूभर हो रहा था।

"मैं कहीं का नहीं रहा, फकीरचंद! तुम लोगों की बातों में आकर रुसवा हो रहा हूँ।"

फ़कीरचंद हैरान-सा खान के चेहरे की ओर देखने लगा। अभी तो चुपचाप बैठा फ़र्श की ओर देखे जा रहा था, और सहसा फट पड़ा। कोई बात है जो इसे परेशान कर रही है।

"यार, मैं तो तुमसे पूछनेवाला था कि बिटिया नीलोफ़र आई है और तुमने बताया तक नहीं, और इधर तुम फट पड़े। आराम से बात करो। तुम्हारा ठंडा मिज़ाज तो तुम्हें खुदादाद देन है।" फ़कीरचंद ने बड़े स्नेह से उसके घुटने पर हाथ रखकर कहा।

खान ने नज़र ऊपर उठाई। फकीरचंद के चेहरे की ओर देखते हुए वह जिंदगी में पहली बार समझ नहीं पा रहा था कि दोस्त के चेहरे की ओर देख रहा है या दुश्मन के चेहरे की ओर, "फ़कीरचंद, तुम मेरे सभी भेद जानते हो। न जाने तुमने कौन-से मुखबिर छोड़ रखे हैं?"

फकीरचंद ठठाकर हँस पड़ा, "तुम छिपाओगे तो हमें तो ख़बर रखना है। बिटिया आए और हमें पता तक न चले; बल्कि हम तो सोच रहे थे कि अपने घर पर अपना सामान पटककर बिटिया हमसे मिलने भागती हुई आएगी।"

खान ने फिर फ़कीरचंद के चेहरे की ओर देखा। क्या इसे हमल गिराने की

ख़बर भी मिल चुकी है? इसीलिए यह जान-बूझकर उसका जिक्र किए जा रहा है।

"नीलू आई है। कुछ ही दिन पहले आई है। तुम्हें फ़कीरचंद, कैसे मालूम हुआ?"

"उड़ते कौवे ने ख़बर दी है, भाई जान! तुम नहीं बताओगे तो तुम समझते हो हमें कोई भी नहीं बताएगा?"

खान इसका क्या मतलब निकाले?

"भाई जान, कहा न, मैंने उसे इक्के में बैठे देखा। निढाल-सी बैठी थी। उसकी तबीयत तो ठीक है ना?"

खान ने फिर फटी-फटी आँखों से फकीरचंद की ओर देखा और सुबककर बोला, "फ़कीरचंद, तुम नहीं जानते मेरे घर में कैसा कोहराम मचा है।"

फकीरचंद घबरा गया। वह तो हँसी-खेल में बात कर रहा था, खान के साथ छेड़खानी कर रहा था, लेकिन ज़रूर ऐसा कुछ हुआ है जिसने ख़ान को परेशान कर दिया है।

अपनी आदत के मुताबिक खान के घुटने पर हाथ रखकर बोला, "मामले बिगड़ते हैं तो सुधर भी जाते हैं। अल्लाह ताला की मेहर चाहिए।"

"मेरे घर में जैसे आग जल रही है, फ़कीरचंद! मैं परेशान हो उठा हूँ।" और खान ने सारा किस्सा कह सुनाया।

इसके बाद दोनों देर तक मौन बैठे रहे।

"नीलू को बाहिर, पढ़ने के लिए क्या भेजा, आफ़त मोल ले ली।" खान बुदबुदाया।

फकीरचंद को याद आया, जब नीलोफ़र को आगे पढ़ने के लिए बाहर भेजने की बात चल रही थी, तब फकीरचंद ने भी यही मशविरा दिया था कि भेज देना चाहिए।

"बहुत सोचो नहीं खान, तुम्हारी बेटी ज़हीन है, पढ़ने में अच्छी है, उसके हाथ की बनी ड्राइंग बड़ी साफ़ होती है।"

वास्तव में नीलू के हाथ की बनी कुत्ते की तसवीर फ़कीरचंद ने फ्रेम करवा-कर अपनी बैठक की अँगीठी पर सजा रखी थी।

"दो साल का ही तो कोर्स है। दो साल बीतते देर नहीं लगेगी।"

फ़र्श पर फिर से आँखें गाड़े खान सोच रहा था कि उस वक्त मैं खुद फ़कीर-चंद की बातों में आ गया। कस्बे की लड़की शहर की चकाचौंध में बिगड़ती नहीं तो और क्या होता! भाई, मैंने तुम्हें पढ़ाई करने के लिए भेजा था, इश्क करने के लिए तो नहीं। और वह भी एक हिंदू लड़के के साथ, जिसका न आगा, न पीछा।

"और अब हमीद ने जिद पकड़ ली है कि नीलू को वापिस नहीं जाने देगा। यहीं पर किसी से उसका निकाह करवा देगा।"

फकीरचंद चौंक गया। यह तो बखेड़ेवाली बात होगी। इससे तो मामला और बिगड़ेगा।

पर पहली बार फकीरचंद को लगा कि अपनी ओर से कोई मश्विरा देना गलत होगा। इसका गलत मतलब निकाला जा सकता है। पर मन ही मन वह बेचैन हो उठा।

"सोच लो खान, ऐसा काम करो जिससे मामला सुधरे, बिगड़े नहीं।"

"मैं क्या सोचूँ? मैं तो मँझधार में पड़ा हूँ, गोते खा रहा हूँ।"

फिर देर तक दोनों चुप बैठे रहे। दोनों अपने-अपने विचारों में डूबे हुए थे। दोनों ही परेशान थे।

"मैं भी नहीं चाहता कि उसका निकाह हो, यह झंझट का काम है। और पुलिस थाने में इसका ब्याह दर्ज हो चुका है। वह बयान दे चुकी है, हलफनामे पर दस्तखत कर चुकी है।" कहते हुए खान फिर से अपने विचारों में खो गया। कुछ देर बाद धीरे से बोला, "हमीद ने जिद पकड़ ली है कि या तो लड़का दीन कबूल करे, या फिर नीलू का दूसरी जगह निकाह करवाएगा।"

फ़कीरचंद को सुनकर धक्का-सा लगा। वह बुरी तरह से चौंक गया। पर इसका क्या उत्तर दे? इस सुझाव ने उसे विचलित कर दिया था। परंपरागत संस्कारों की 'लक्ष्मण-रेखा' को लाँघना लगभग असंभव होता है। कोई बाहर का आदमी ऐसी स्थिति में हो तो उसे मशविरा देना आसान होता है, पर अपने दोस्त को क्या मशविरा दे? अगर हमीद ने जिद पकड़ ली और कस्बे के ही किसी आदमी के साथ नीलू का निकाह पढ़वा दिया—हमीद को तो कानून की कोई परवाह नहीं है। उसकी आँखों में तो घृणा के ज्वार उमड़े हुए हैं, वह ऐसी कोई हरकत करके ही दम लेगा। अगर वह हिंदू लड़का दीन कबूल कर ले तो बेशक नीलू बच जाएगी, उसका घर बना रहेगा, स्थिति सामान्य होने में देर नहीं लगेगी। पर यह ज़बर्दस्ती है, एक हिंदू को ज़बर्दस्ती मुसलमान बनाने पर मजबूर करना है। और वह हिंदू लड़का अपनी शादी को बचा पाने के लिए दीन कबूल करेगा, इससे वह क्या अपनी ही नज़रों में नहीं गिरेगा?

देर तक सिर झुकाए बैठे रहने के बाद फ़कीरचंद बोला, "मैं क्या कहूँ, खान! तुम्हें याद होगा जब यह शादी हुई थी तो मैं इसके हक में नहीं था, क्योंकि ऐसी शादियों में लड़के-लड़की को बड़ी दुश्वारियों का सामना करना पड़ता है। बड़ी अड़चनें पैदा होती हैं। पर जब पता चला कि नीलोफ़र ने हाँ कर दी है और उनका ब्याह हो चुका है तो मैं चुप हो गया था। नीलोफर मुझे बड़ी अज़ीज़ है। मैंने उसी की खुशी के बारे में सोचकर कहा था कि इस ब्याह में अड़चनें उठेंगी। पर ख़ैर, अब तो जो होना था हो चुका। अब आगे की सोचो।"

सुनते हुए खान थोड़ा आश्वस्त हुआ। हिंदू है बेशक, पर मेरी समस्या को तो समझता है।

फकीरचंद फिर से सोच में पड़ गया था :

"नीलू क्या कहती है? क्या चाहती है?"

"हमीद नीलू से क्यों पूछेगा? वह तो उससे पूछना गवारा ही नहीं करेगा।" "मैं तो कहूँगा, लड़की लड़के पर छोड़ दो। लड़की लड़के को खत लिखकर बुला ले। अगर लड़का मान जाए और कलमा पढ़ ले तो फिर ठीक है। अगर वह इनकार करता है तो फिर देखा जाएगा। शायद कोई और सूरत निकल आए।"

यह कहते हुए भी फ़कीरचंद के मन का बोझ हल्का नहीं हुआ। हिंदू लड़का क्यों

मुसलमान बने? अपनी शादी बचा पाने के लिए? पर जब नीलू की ओर ध्यान जाता, जिसे उसका भाई एक शादीशुदा, तीन बच्चों के बाप, मनियारीवाले दुकानदार के साथ बाँध देना चाहता है, तो यह सोचकर भी इसमें उन्हें घोर अन्याय जान पड़ता था।

"लड़की-लड़के पर ही छोड़ दो, खान! और कोई तरीका नहीं है।"

"ठीक है।" संजीदगी से सिर हिलाते हुए खान ने कहा।

जितना ज्यादा फकीरचंद इस विषय पर सोचता, उतना ही ज्यादा ख़ान उससे दूर होता जान पड़ता था। अपने सामने बैठे खान की ओर देखकर फ़कीरचंद के मन में विचार उठा, खान खुद क्या चाहता है? क्या यह चाहता है कि लड़का कलमा पढ़कर मुसलमान बन जाए? अगर यह नहीं चाहता कि लड़के के साथ ज़ोर ज़बर्दस्ती की जाए, तो यह खुद अपने बेटे हमीद को क्यों नहीं दो-टूक कह सकता कि जो हो गया सो हो गया, लड़की के साथ तुमने जुल्म किया है जो उसका हमल गिरवा दिया। अब इसे अपने घर, अपने शौहर के पास भेजो। आखिर तो यह घर का बड़ा है, हमीद इसे आँखें दिखाएगा, बुरा-भला कहेगा, पर फिर चुप हो जाएगा। यह मेरे पास क्यों दौड़ा आया है?

पर खान के ग़मज़दा चेहरे की ओर देखकर फ़कीरचंद विचलित-सा महसूस करने लगा। हमीद इसकी कहाँ सुनेगा? खान एक कहेगा तो हमीद दस सुनाएगा। इसकी क्या रह जाएगी? वास्तव में तो यह भी नहीं चाहता होगा कि नीलू को किसी दूसरे घर में बैठाया जाए। इस पर बेटी नीलोफ़र आँखों के सामने आ गई तो फ़कीरचंद का दिल जाने कैसा हो आया। उस मासूम ने क्या गुनाह किया है? उसे तीन बच्चोंवाले बाप के घर अपनी सौत के साथ बैठा देंगे तो उसकी जिंदगी का क्या रह जाएगा? पहले ही क्या वह कम भुगत चुकी है। हमीद के सिर पर तो जुनून सवार है, वह तो किसी की नहीं सुनेगा। जब नीलू छोटी-सी थी तो भागकर 'चाचा जी, चाचा जी!' कहती हुई दौड़ी हुई उनके पास आ जाया करती थी, कितनी बार तो उसे गोद में बैठाया है। अब उसे जलते कुंड में धकेल रहे हैं तो क्या मैं बैठा देखता रहूँ?

"तो फिर क्या कहते हो, खान? मुझसे जो कहोगे, मैं करने के लिए तैयार। मेरी राय तो यही है कि लड़का और लड़की एक-दूसरे से मिल लें।" फ़कीरचंद ने कहा। पर मन ही मन वह भी जानता था कि यह महज कहने की बात है। यह समस्या का समाधान नहीं है। लड़का अगर कलमा पढ़ना नहीं चाहता तो वह क्योंकर यहाँ आएगा? और अगर उसे यहाँ बरगलाकर लाया जाता है तो उसके सामने कोई चारा

ही नहीं रह जाएगा, सिवाय इसके कि वह कलमा पढ़कर मुसलमान बन जाए और फिर अपनी बीवी को अपने साथ जहाँ चाहे, ले जाए।

देर तक माथा-पच्ची करने के बाद जब खान अपने घर की ओर लौट रहा था तो उसे गहरी नदामत का अहसास हो रहा था। उसका मन खिन्न हो उठा था। इस पचड़े में से निकलने का एक ही रास्ता उसे सूझ पाया था कि लड़का दीन कबूल कर ले।

तेरह

प्यारी नीलू-नीलम-नीलू-नीलोफर,

तुम्हें किस नाम से बुलाऊँ? जिस नाम से तुम्हारा मजनू तुम्हें बुलाता है, या जिस नाम से तेरे घर-परिवारवाले बुलाते हैं, या जिस नाम से स्कूल में तुम्हें छेड़ते थे? एक ही लड़की के तीन-तीन नाम, बूझो भाई यह लड़की कौन है?

यह खत मिलते ही फाड़ देना। मतलब है, पढ़ने के बाद आज की ताज़ा ख़बर यह है कि अल्ताफ मियाँ मेरी जिंदगी में से प्रस्थान कर गए हैं। छू-मंतर हो गए हैं। दरअसल मैंने ही मंतर पढ़ा और वह गायब हो गए। मेरी शादी पर भी नहीं आए। उन्हें आना चाहिए था ना!

मैं जब छोटी थी ना, तो जब कभी हम लोग रेलगाड़ी में सफ़र करते तो मैं खिड़कीवाली सीट पर जा बैठती और नज़र नीची किए रेल की लाइनों को देखती रहती। तुमने कभी ऐसे देखा है, जब लाइन बदलती है? हाय, ज़रूर देखना। पता ही नहीं चलता कि जिस लाइन पर गाड़ी चली जा रही थी, वह लाइन कब उससे अलग हो गई और गाड़ी किसी दूसरी लाइन पर चलने लगी। मेरी लाइन भी ऐसे ही बदली। कल तो अल्ताफ़ के साथ टेनिस खेल रही थी और दूसरे दिन सुबोध के साथ—मेरे 'उस' का नाम सुबोध है—एक रेस्तराँ में अपने होनेवाले पति के रूप में उसका इंटरव्यू ले रही थी। कैसा काँटा बदला है! तुम्हारा भी तो बदला है। पर नहीं, तुम्हारी गाड़ी तो एक ही पटरी पर चलती आ रही है।

यह बड़ा अफ़सर है। बड़ा नहीं, अफसर है। बड़ा अफसर बननेवाला। बड़ा अफ़सर बनने के ख़्वाब देखता है। इस वक्त तो केवल मुझ पर ही अफ़सरी चलाता है। नेकटाई पहनकर खाने के मेज़ पर आता है, मुँह पर शेविंग लोशन लगाता है, महकता हुआ दफ़्तर जाता है। सिर के बाल भी चमकते हुए, और नीचे जूते भी चमकते हुए। इन दिनों तो मुझे करीना सिखा रहा है। सुबह उठकर पहली बात यह करो कि अपना बिस्तर बनाओ। उस पर बेड कवर बिछाओ। एक बार बेड कवर बिछ जाए तो बिस्तर पर मत बैठो, उसके बिस्तर पर तो बिलकुल भी नहीं समझीं? इसे कल्चर

कहते हैं, करीना कहते हैं। मैं जब तुम्हें मिलूँगी तो तुम्हें भी कल्चर सिखाऊँगी।

एक बात जो मैंने सीख ली है, मैं रात को उसके बिस्तर में जाती हूँ, वह मेरे बिस्तर में नहीं आता। पहली रात ही हमारा झगड़ा हो गया था। मैं अपने बिस्तर में लेटी रही। मैंने कहा, प्रेमी प्रेमिका के पास जाता है। वह बोला, नहीं, पत्नी पति के पास जाती है। मैंने कहा, आज तो प्रेमी ही प्रेमिका के पास आएगा। वह नहीं आया। मैंने उससे कहा, तुम प्रेमिका चाहते हो या पत्नी? वह मेरी तरफ बिट-बिट देखता रहा। फिर बोला, 'पत्नी।' मैंने कहा, धत् तेरे की। कह तो देते, प्रेमिका। इतना भर कह देने में क्या हर्ज है। पर मैं उसके बिस्तर में चली गई। बिस्तर में जाकर मैंने उससे कहा, जानते हो, मोर तो मोरनी को रिझा पाने के लिए पंख फैलाकर नाचता है। और नाचता ही जाता है जब तक मोरनी रीझ नहीं जाती। वह बोला, मैं मोर नहीं हूँ। मैंने मन ही मन कहा, मैं मोरनी होती तो तुमसे भरत नाट्यम करवाती। पर मैं चुप रही। तब से मैं प्रेमिका से पत्नी बनती जा रही हूँ। पर वह पति से प्रेमी नहीं बन रहा। मेरे साथ खुलता ही नहीं। जैसे उसे मांडी लगी हो। अकड़ा-अकड़ा रहता है। गर्दन तो ख़ास तौर पर अकड़ी रहती है। ऐसा आदमी मैंने पहले कभी देखा ही नहीं था। सच! लाड-प्यार के जुमले तो मैं ही ज़्यादा बोलती हूँ : चाल-ढाल में तुम सचमुच अफ़सर नज़र आते हो, तुम बड़े स्मार्ट हो, चुस्त-दुरुस्त, रौबीले। यह केवल हूँ-हाँ ही करता है। मैंने एक बार कहा, 'तुम पर तो बड़ी लड़कियाँ मरती रही होंगी।' तब उसके होंठों की अकड़न कुछ ढीली हुई और वह मुस्कराया, 'हाँ, मरती थीं।' पर जब मैं इससे पूछती हूँ, 'क्या तुम मुझे प्यार करते हो' तो कहता है, 'हाँ, मैं तुमसे प्यार करता हूँ, और मैं मान जाती हूँ और इसके बाल सहलाने लगती हूँ।

शुरू-शुरू में ऐसा नहीं था। तब तो एक पार्टी से दूसरी पार्टी। जगमग जगमग! मेरी नुमाइश हो रही थी। यह फूला नहीं समा रहा था, जैसे कहीं से मैडल जीत कर लाया हो और सभी को दिखा रहा हो। जब हम बहुत छोटे-छोटे थे तो डैडी हमें बनमानस दिखाने ले गए थे। कोई आदमी कहीं से 'बनमानस' पकड़ लाया था और उसको दिखाने के लिए उसने टिकट लगा रखा था। यों तो बनमानस, मुझे याद है, बंदर जैसा ही था पर आकार में कुछ बड़ा था और उसके पूँछ नहीं थी। पूँछ की जगह एक ठूंठ-सा था। सारा शहर उसे देखने गया होगा, और शायद उसे देखकर लौटनेवाले सभी नगरवासी उसकी पूँछ की ही चर्चा करते रहे होंगे। मैं भी बनमानस की ही तरह हर पार्टी में दिखाई जा रही थी और नुमायश की हर पार्टी पर सुबोध मुझे खुद तैयार करके ले जाता था—आज यह साड़ी पहनो, आज हरे रंग के मोतियोंवाला जड़ाऊ हार पहनना। मेरी फ़ैशन परेड हो रही थी। मैं बड़ी बन-ठनकर निकलने लगी, वही जगमग जगमग हर ड्रेस पर से सितारे चमक-चमक जाते थे, और मैं मुस्कराती हँसती, अपने रूप की अपनी वाक्पटुता की, अपने हँसमुख स्वभाव की तारीफ सुनते नहीं थकती थी।

हम लोग थककर लौटते, यह रास्ता भर बडे-बडे अफसरों के नाम गिनाता. जिनसे हम लोग मिलकर आ रहे थे। और पार्टियों में यह जरूरत से ज़्यादा मेरे आस-पास बना रहता, यहाँ तक कि मुझे झेंप होने लगती।

पर वे दिन फ़र्र से उड़ गए और मैं धरती पर आ गिरी।

बाकी सब ठीक चल रहा है। पर मैं उसके साथ सड़क पर चलती हुई आइसक्रीम नहीं खा सकती। मुझे लगता है, ऐसे ही चलता रहा तो मैं उससे कभी-कभी पूछ लिया करूँगी, जी, मैं थोड़ा हँस लूँ? जी, मैं थोड़ा बोल लूँ? उसकी दिनचर्या पर भी मांडी लगी है। साढ़े आठ बजे वह नाश्ते की मेज़ पर आ बैठता है। हनीमून के दिनों में भी। साढ़े नौ बजे दफ़्तर के लिए रवाना, पाँच बजे दफ़्तर से घर के लिए रवाना, ठीक साढ़े सात बजे बीयर का गिलास, कभी-कभी साढ़े आठ बजे रात का भोजन...

"तुम्हें कहीं चाभी लगी है, जी?" मैंने एक बार पूछ लिया। इस पर वह नाराज हो गया। कहने लगा, "शायिस्ता लोग नियम से रहते हैं।"

सो, प्यारी, मैं नियम से रहने लगी हूँ। शायिस्ता बन रही हूँ। रात को प्यार करते हुए भी यदि ग्यारह बजे से दो मिनट ऊपर हो जाएँ तो यह 'गुड नाइट' करके पीठ मोड़ लेता है। मैंने इसे कभी डकार मारते, या हवा छोड़ते-जिसे हमारे पंजाबी घरों में 'तोप बंदूक' का दर्जा प्राप्त है—नहीं सुना। शायद शरीर को मांडी लग जाए तो ऐसी हरकतें अपने आप ही बंद हो जाती हैं।

(मैं नरक में जाऊँगी। नरक की आग में जलूँगी। जो पत्नी अपने पति की खिल्ली उड़ाए, वह नरक में जाती है। पर मैं खिल्ली नहीं उड़ा रही हूँ।)

तुम पूछोगी यह सब कैसे हो गया। शिमला में तो मैंने तुम्हें कुछ और ही बताया था ना—कि डैडी, दादी माँ को मना लेंगे और हम—अल्ताफ और मैं—शादी बना लेंगे। पर आज मैं तुम्हें ऐसा भेद बताने जा रही हूँ जिसे मेरे डैडी भी नहीं जानते, कोई भी नहीं जानता। इसीलिए इस ख़त में पहले ही ऊपर लिख दिया था कि चिट्ठी पढ़कर फाड़ देना।

(यहाँ नीलू ने विस्तार से उस वार्तालाप की चर्चा की जो उसके डैडी और दादी माँ के बीच अल्ताफ़ को लेकर चलता रहा था और जिसे नीलू ने सुन लिया था।)

अब भेद जान गई हो ना।...अब इसे भूल जाओ। पर मुझे नहीं भूल जाना। हाय, मुझे नहीं भूलना, नहीं तो मेरा क्या होगा?

उस रोज़ दिन के वक्त मेरी चुन्नी कहीं इसके पलंग पर पड़ी रह गई। इसके आने से पहले घर को तरतीब दे रही थी, जब मेरा ध्यान नहीं रहा और मैंने चुन्नी उतारकर इसके पलंग पर रख दी। नीलू, नीलोफर, सच मानो, जब यह घर आया तो पलंग पर नज़र पड़ते ही चुन्नी उठाकर खिड़की के बाहर फेंक दी।

"हाय, यह क्या कर रहे हो!"

कहने लगा, "तुम्हें करीना सिखा रहा हूँ।"

मैं भागकर नीचे गई और ग़नीमत थी कि चुन्नी मिल गई।

मैंने उससे कहा, एक प्रेमी कवि ने तो कहा है कि सिरहाने पर प्रेमिका के सिर का बाल पड़ा रह जाए तो प्रेमी पति मतवाला होकर उसे चूमने लगता है और उस पर कविता कहने लगता है, तुमने तो मेरी चुन्नी तक को खिड़की के नीचे फेंक दिया है। तो कहने लगा, सभी कवि पागल होते हैं।

मैंने अपने मन को समझाया, सुन नीलू, अपने दिल की बात सुन। ये बंदिशें जो यह तुम पर लगा रहा है, खुद भी तो इन बंदिशों में जकड़ा हुआ है, ना। यह इनमें से निकल ही नहीं सकता।

एक बार हँसी-हँसी में मैंने हाथ उठाकर इसके बाल बिखेर दिए। यह भागकर आइने के सामने जाकर खड़ा हो गया और बाल कंघी करने लगा। मेरा मन हुआ, जब बाल बैठाकर आए तो मैं फिर से उसके बाल बिखेर दूँ। हाय, इससे तो वह और भी बिगड़ेगा। लौटकर आया तो मैंने कहा, तुम्हें बैठे हुए बाल ही ज़्यादा अच्छे लगते हैं। अब रात को भी मैं तुम्हारे सिर पर हाथ नहीं फेरा करूँगी। इस पर वह चुप्पी साध गया।

यह चुप्पी साध जाए तो मुझे इससे डर लगने लगता हैं। सच नीलू-नीलोफर, मैं अब इससे थोड़ा-थोड़ा डरने लगी हूँ। पर ज़्यादा नहीं। मुझे अभी भी विश्वास है कि मैं अपने लाड़-प्यार से इसकी मांडी उतार दूँगी। यह बोलता रहे तो मेरी आशा बनी रहती है, चुप्पी साध ले तो मेरा दिल बैठ जाता है।

उस दिन बाज़ार से लौटते हुए इसने चुप्पी साध ली। मैं तुम्हें बताऊँ यह कब चहकता है, कब बतियाता है और कब चुप्पी साध लेता है। किसी पार्टी में जाए-जहाँ मैं अक्सर बोर होने लगती हूँ-वहाँ यह चहकने लगता है, विशेष कर जब यह मेरा परिचय अपने किसी अफ़सर से कराता है और अफ़सर खुश होता है और हमें अपने घर पर बुलाता है, तब यह घर लौटते हुए भी चहकता है, खाना खाते हुए भी चहकता है, चहकना बंद ही नहीं करता। यह बतियाता तब है जब इसे हुक्म चलाना हो—आज आलमारी साफ़ कर देना, मेरी माँ को ख़त लिख देना, बिजली का बिल दे आना। या फिर जब दफ़्तर से लौटकर डींग हाँकता है, मनसूबे बनाता है, बड़े फ्लैट में जाने की बात करता है।

और चुप्पी तब साध लेता है जब मैं इससे बिना पूछे बाज़ार से 'केस्सेट' खरीद लाऊँ। पार्टी में किसी के साथ हँस-हँसकर बातें करूँ तो इसका मुँह लटक जाता है। या फिर अगर सनीचर के दिन शाम को घर में बीयर की बोतल न हो। एक दिन उसे नहीं मिली तो इसने फ्रिज के सामने खड़े-खड़े चुप्पी साध ली। तभी मेरे मुँह से निकल गया, "फ्रिज भी इतना ठंडा नहीं है जितना किसी-किसी दिन तुम ठंडे पड़ जाते हो। लगता है मैंने रेफ्रिजरेटर से शादी की है।"

पर यह हूँ न हाँ। बुत का बुत, चुप्पी साधे खड़ा रहा। मैं उठकर इसके पास

गई, "है बाबा, बीयर है। एक नहीं दो-दो बोतलें हैं। मैं खुद जाकर ले आई थी। यहाँ बिजली बंद थी, मैंने बर्फ मँगवाकर उसे बक्से में रखा हुआ है।"

तभी उसके चेहरे की अकड़ी हुई मांसपेशियाँ ढीली पड़ने लगीं, पहले आँखों के नीचे, फिर जबड़ों पर, फिर ठुड्डी के आस-पास, फिर यह मुस्कराया। मैंने सोचा यह मुझे आलिंगन में भर लेगा। पर नहीं, यह अफ़सरी अंदाज़ में बोला, "मुझे पहले क्यों नहीं बताया? मुझे परेशान क्यों किया?"

मैंने जान-बूझकर नहीं बताया था। मैंने सोचा, देखें क्या करता है। मैंने सोचा था कि बीयर मिलने पर यह चहकने लगेगा। पर मैं खुद ही अपनी दुश्मन हूँ। यह चुपचाप बीयर के घूँट भरता रहा। जब थोड़ी-सी सिर पर चढ़ने लगी तो मुस्कराया। कहने लगा, "अब तुम मुझे कुछ-कुछ समझने लगी हो।"

और मैं? पागल मैं? जितनी देर यह पीता रहा, मेरा दिल जैसे पिघलता रहा। मैंने अच्छा किया जो वक्त पर दो बोतलें ले आई। इसे खुश देखकर मैं खुश हो रही थी, और अपनी पीठ थपथपा रही थी, और यह मुझे जल्दी रूठ जानेवाला बच्चा लग रहा था।

पर इसका वाक्य मुझे चुभ गया था।

इस तरह नीलू-नीलोफ़र, मैं प्रेमिका से पत्नी बनती जा रही हूँ। यह भी डींग ही है, मैं शायद प्रेमिका कभी भी नहीं थी। जिसकी कभी थी वह तो पीछे कहीं खो गया है और लगता है कभी नज़र नहीं आएगा। हाँ, कभी-कभी अचानक ही उसकी आवाज़ सुनाई पड़ती है। 'ए नीलिमा!' और झट से उसका चेहरा आँखों के सामने आ जाता है, और फिर झट से ही ओझल भी हो जाता है। सच पूछो तो मैं कभी-कभी उसे बुलाती भी हूँ, पर जब वह आता है तो मैं फिर उसे बुहारकर आँखों के सामने से दूर कर देती हूँ।

एक दिन नौकर बीमार पड़ गया। मैंने कहा, मैं आमलेट बनाऊँगी। आमलेट भी जल गया, मेरा हाथ भी जल गया, और इसका कलेजा भी जल गया।

उस दिन अकेले बैठे-बैठे मैंने अपने डैडी को संबोधन किया—मुझे प्यार और पैसा देने के बजाए, अगर कोई रसोई बनाना सिखा देता तो मेरी ऐसी गत तो नहीं बनती।

अब मैंने निम्न बातों की गाँठ बाँध ली है, बाज़ार से अपने लिए कभी कुछ नहीं खरीदूँगी। नीलू-नीलोफर से रसोई बनाना सीखूँगी। अच्छा पत्नी रूप धारण करूँगी—इसके दफ़्तर से आने से पहले घर को साफ़ करूँगी, मेज-तिपाई पोंछूँगी, अपने बाल सँवारूँगी, मुचड़े हुए कपड़े उतारकर इस्तरी किए हुए साफ-सुथरे पहनूँगी। सज-सँवरकर इसकी राह देखूँगी।

यों मैं मज़े में हूँ। दिनचर्या बड़ी अच्छी है। यह दफ़्तर चला जाता है तो मैं अख़बार पढ़ती हूँ। (पर उसमें खेल-कूद का पन्ना पढ़ना छोड़ दिया है, क्योंकि वहाँ टेनिस की ख़बरें होती हैं)। एक कमरे से दूसरे कमरे में डोलती हूँ। दूसरे कमरे से

बालकोनी पर चली जाती हूँ, बालकोनी से फिर पहले कमरे में, पहले से फिर दूसरे कमरे में। मन आया तो कुर्सी पर बैठ जाती हूँ और फिर से अख़बार देखने लगती हूँ। मन आया तो पलंग पर—अपने पलंग पर—लेट जाती हूँ। मन आया तो फिर से कुर्सी पर बैठ जाती हूँ और फिर से अख़बार खोल लेती हूँ, या मन आया तो फिर से कमरों में डोलने लगती हूँ। अख़बार को यहाँ तक पढ़ती रहती हूँ कि शाम होते-होते मुझे उससे नफ़रत होने लगती है और वह किसी छितरे पंखोंवाले, मरे हुए पंछी जैसी लगने लगती है।

रात को सोते-सोते दिल में मीठा-मीठा दर्द-सा होने लगता है, हल्का-हल्का, मीठा-मीठा, प्यारा-प्यारा। है दर्द ही। जैसे संगीत की धुन सुनने पर होता है, जैसे कोई विरह-गीत सुनने पर होता है, दिल पर तैरता-सा दर्द, हल्का-हल्का कसकता-सा दर्द, जब वह कलेजा चाट रहा होता है तो आँखों में आँसू भी आते हैं और किसी अनोखे सुख का भास भी मिलता है। मैं मज़े में हूँ!

तुम्हारी
नीलिमा

यह पत्र नीलू-नीलोफर तक नहीं पहुँचा। नीलू उस समय अपने कस्बे की अँधेरी कोठरी में पड़ी थी। यह पत्र उसके पति चित्रकार सुधीर को भी नहीं मिला, वह उस समय अपनी प्रदर्शनी की तैयारी में दिल्ली में बैठा हुआ था।

यह पत्र बाद में किसी के हाथ लग भी पाएगा या नहीं, कौन जाने!

चौदह

"तुम दिल छोटा नहीं करो, बेटा! काम बिगड़ते हैं तो काम सँवर भी जाते हैं। ब्याह के बाद हर लड़की को सख्त सुस्त झेलना पड़ता है। यह कुदरत का कानून है, भगवान ने ऐसी ही सृष्टि बनाई है। कोई क्या करे।"

डैडी चुपचाप सुन रहे थे और सोच रहे थे कि मैं कितनी बड़ी भूल कर बैठा जो उतावली में नीलू का ब्याह कर दिया। माँ की बातों में आकर मैं अपना साहस खो बैठा था, अपनी सोच खो बैठा था।

जब पहली बार नीलू पर सुबोध ने हाथ उठाया था तो डैडी तिलमिला उठे थे। नींद हराम हो गई थी। बिस्तर पर लेटते तो नीलू का चेहरा आँखों के सामने आ जाता। वह कहती, 'डैडी, मैं कहाँ पहुँच गई हूँ?' और उसके बाद झट से कहने लगती, 'डैडी, आप सो जाओ। आप मेरी चिंता नहीं करो। मैं मज़े में हूँ!' पर बेचैनी में डैडी तिलमिलाते रहते। कभी मन आता, सुबोध के माँ-बाप को शिकायत का ख़त लिखूँ। 'मैंने अपनी बेटी को नौकरानी बनाकर तुम्हारे घर में नहीं भेजा है। यह उसका काम नहीं कि नौकर छुट्टी पर हो तो नीलू टिफ़िन बनाकर सुबोध के दफ़्तर में ले जाए। मैंने खुद उसे टिफ़िन का डिब्बा उठाए, कभी फटफटियों में तो कभी सड़क की पटरियों पर पाँव घसीटते देखा है।' कभी सोचते, सुबोध को अपने पास बुला भेजूँ और उसे डाँट-डपट दूँ। वह इस आशय की चिट्ठी लिख भी देते और सुबोध को डाँट भी देते, पर माँ ने रोक दिया था।

"धीरज रखो बेटा," माँ ने अपनी तर्जनी हिलाते हुए कहा था, "इस तरह काम बिगड़ते हैं, सँवरते नहीं हैं।"

सुनकर डैडी बौखला उठे थे, "तो क्या मैं नीलू को रोज़ पिटता हुआ देखूँ?"

पर माँ ने दाँतों तले जीभ दबा ली थी, "कुछ समझा करो, बेटा! सुबोध को पता चलेगा तो वह और ज़्यादा बिगड़ेगा और अपना गुस्सा नीलिमा पर ही निकालेगा। उस वक्त क्या तुम उसका हाथ रोकने पहुँच जाओगे?"

और माँ ने दोहराकर अपनी तर्जनी हिलाते हुए कहा था, "इसे मानो या न मानो,

तुम्हारी बेटी अब पराए घर की हो गई है। उसे अब अपने को उसी घर के मुताबिक ढालना होगा। सुबोध अच्छा है या बुरा, अब वह उसका घरवाला है।"

डैडी के मस्तिष्क पर माँ के वाक्य हथौड़े की तरह पड़ रहे थे। उन्हें सहन कर पाना उनके लिए असंभव हो रहा था।

फिर माँ ने बेटे की कलाई पर हाथ रखते हुए कहा था, "जब घर में औलाद आएगी, हमारी नीलिमा की गोद भरेगी तो उसकी स्थिति घर में अपने आप सुधरने लगेगी।"

माँ का व्याख्यान सुनते हुए फिर से उसे किसी दलदल में धँसते जाने का अहसास हुआ था, पर उसने सुबोध के पिता के नाम ख़त लिखने का इरादा छोड़ दिया था। और इस घटना के दस दिन बाद डैडी ने सुबोध को, नीलू के जन्मदिन पर एक मोटरकार ख़रीद दी थी। मोटरगाड़ी का चेक लिखते समय डैडी की अंतरात्मा उसे धिक्कार रही थी। यह मैं उस उल्लू के पट्ठे की चापलूसी कर रहा हूँ, उसे रिश्वत दे रहा हूँ कि मेरी बेटी को सताना छोड़ दो। मोटरगाड़ी नीलू के नाम ही दी गई थी, जन्मदिन भी नीलू बच्ची का ही था, पर उपहार के पीछे मानसिकता एक व्याकुल पिता की मानसिकता थी।

माँ के तर्क सुनता हुआ पिता झुंझलाता भी था और उनके सामने घुटने भी टेक देता था।

"कुछ सोचो बेटा, उस मुसलमान लड़के के घर में ब्याहकर जाती तो क्या तुम उस लड़के के माँ-बाप से शिकायत करने पहुँच जाते? क्या वे तुम्हारी शिकायत सुनते? तुम्हें पता भी नहीं चलता कि वहाँ उसके साथ कैसा व्यवहार हो रहा है।" माँ उसे डराती हुई-सी कहती, "आज तो सुबोध ने उस पर हाथ उठाया है, पर दूसरी जोरू तो घर में नहीं लाया? अपनी पहली घरवाली को घूरे पर तो नहीं फेंक दिया?"

माँ के वाक्य फिर से हथौड़े की तरह डैडी के जेहन पर पड़ रहे थे और वह सिहर उठे थे, "अगर सुबोध को इस बात का पता चल गया है कि वह मुसलमान लड़का हमारे घर में आता-जाता था—मैं तो बार-बार कहती रही, सोच-समझकर काम करो—तो उसके मन में से संदेह का कीड़ा निकलते ही निकलेगा ना?"

माँ कुछ देर तक चुप रही, मानो अपनी बात का असर होता देख रही हो, फिर कहने लगी, "सुबोध का व्यवहार अच्छा नहीं, पर बेटी अपने माँ-बाप के घर आती-जाती तो है। जब उसका मन आए, चली आती है। पति-पत्नी के मन-मुटाव को तुम बहुत तूल दे रहे हो। ऐसी घटनाएँ किस घर में नहीं घटतीं? तेरे बाप ने ही मुझे मेरे मायके भेज दिया था और पूरे तीन साल तक मेरी खोज-ख़बर नहीं ली थी। पर मेरी गृहस्थी तो नहीं टूटी थी? मेरे बाल-बच्चे तो पल गए थे? मैं घर से बेघर तो नहीं हुई थी? उतार-चढ़ाव गृहस्थ जीवन में लगे रहते हैं। आज तो तुम घबराए हुए हो, पर किसी दिन मेरी बात को समझोगे। अपना दिल छोटा नहीं करो। कोई बात उतावली

में न करो। बच्ची का आना-जाना घर में बना रहे। उसके घरवाले के साथ उसी तरह प्यार मुहब्बत बनाए रखना, मानो तुम्हें कुछ मालूम ही न हो। दामाद, दामाद ही होता है। वह लड़का है, जवान है, जवानी मस्तानी होती है, अपने आप धीरे-धीरे सँभलने लगेगा। धैर्य रखो। हर लड़की के माँ-बाप उसका बचाव करने के लिए दौड़ नहीं पड़ते। गृहस्थी में, ब्याह के शुरू-शुरू के साल सबके लिए कठिन होते हैं। नीलिमा आएगी तो मैं उसे समझाऊँगी। उसकी गोद हरी हो जाए, उसके बच्चा हो जाए, तो देखना कितनी जल्दी उस लड़के का मन बदलेगा। लड़का अपनी बहू से प्यार न करे, अपने बेटे से तो प्यार करेगा?"

'बेटा' शब्द माँ के मुँह से निकलने की देर थी कि डैडी को याद आया कि उसने अपने माँ-बाप के घर में उसकी मौसी की क्या गत बनी थी, जब एक के बाद एक उसने पाँच बेटियों को जन्म दिया था और हर बार उसके पति का बड़ा भाई ज़मीन पर थूकता, गालियाँ बकता हुआ उठे जाया करता था। उसकी मौसी के दिल की क्या कैफियत रही होगी, और यह सब जानते हुए भी माँ इस वक्त इतना बढ़-चढ़कर बोले जा रही है।

"पुराने रिवाज बुरे सही, बेटा, पर इस वक्त हमें फिर भी उन्हीं का सहारा है। शादी से पहले मैंने कहा भी था कि लड़के-लड़की का टेवा मिला लेना चाहिए। पर तुम लोग नई रोशनी के लोग हो, टेवों में तुम्हारा विश्वास नहीं है, तुमने मेरी नहीं सुनी।"

डैडी सुन रहे थे और उनकी आँखों के सामने रिश्ते की अनेक स्त्रियाँ एक-एक करके आ रही थीं—विधवा बुआ भिरावाँ, मैला दुपट्टा ओढ़े हुए, मैला दुपट्टा और शरीर पर अधमुचड़े हाथ के धुले हुए कपड़े। विधवा स्त्रियाँ ऐसे ही कपड़े पहनती थीं। उनके लिए साफ-सुथरे कपड़े पहनना उच्छृंखलता मानी जाती थी। डैडी को मंगली विद्या याद हो आई, जिसका घरवाला ब्याह के दो साल बाद जिगर की बीमारी से मर गया था। उसकी लाश अभी ठिकाने नहीं लगाई गई थी, जब युवक का पिता चिल्लाने लगा था, "हमारे साथ धोखा हुआ है। धोखे से मंगली लड़की को हमारे बेटे के साथ ब्याह दिया है। मैंने कहा भी था हमें लड़की का टेवा दिखाओ, पर हरामी टाल गए, किसी ने नहीं दिखाया...।"

कहते हुए वह अपना माथा पीटने लगा था, यहाँ तक कि उसके सिर पर बँधी पगड़ी खुलकर उसके गले में आ गई थी। और कुछ देर बाद सब सोग करने घर—बिरादरी की स्त्रियाँ इकट्ठा होने लगी थीं तो छातियाँ पीटते हुए उन्होंने मंगली विधवा के सिर के बाल भी नोच डाले थे।

माँ ने फिर से बेटे की कलाई पर हाथ रखते हुए कहा था, "लड़की की जून ही अभागी जून होती है, उसे बहुत कुछ भोगना-सहना पड़ता है।"

माँ के मुँह से हर तीसरे चौथे वाक्य के बाद ऐसा ही दिल को सालनेवाला वाक्य निकल आता था।

दादी माँ यही मानती थी कि स्त्री दु:ख भोगने के लिए संसार में आती है। उसे अपना सर्वस्व देना ही देना है, जीवन से कुछ माँगना नहीं है, किसी चीज़ की अपेक्षा करना नहीं है।

"स्त्री पराधीन होती है, बेटा! तुम नई रोशनी के लोग हो, तुम्हें कोई क्या समझाए। तुम बराबरी की बातें करते हो। पर बेटा, बराबरी नाम की कोई चीज़ नहीं होती। एक-दूसरे को आँखें दिखाने से कुछ नहीं होता। घर में रहेगी तो भी उसका दर्जा माँ का तो होगा, घरवाली का भी होगा, पर बराबरी का नहीं होगा। तलाक़ लेगी तो भी उसी की मिट्टी पलीद होगी।"

माँ के वाक्य दिल को सालते थे, उनके साथ सहमत हो पाना असंभव था, पर उनको सुनते हुए डैडी के लिए कोई साहसिक कदम उठा पाना असंभव हो जाता था। सुबोध के माँ-बाप से शिकायत करें तो भी गलत, बेटी को कुछ समय के लिए घर में लिवा लाएँ तो भी ग़लत। केवल एक ही नुस्खा माँ के हाथ में था, जैसा है चलने दो, दामाद के साथ हँसकर बोलो, बेटी को यथाशक्ति पैसे की मदद देते रहो, बेटी की गोद भर जाए, इसकी प्रार्थना करते रहो, जब नीलू के बाल-बच्चा हो जाएगा तो तुम देखोगे यही सुबोध उसके आगे-पीछे घूमने लगेगा।

"और अगर लड़का न हुआ, लड़की हुई तो?" माँ चुप रही। फिर अपनी तर्जनी हिलाती हुई कहती, "शुभ-शुभ बोल, बेटा, लड़का क्यों नहीं होगा? हर बच्चा अपना भाग्य लेकर आता है। हमारी बेटी भी अपना भाग्य लेकर आई है। ईश्वर के आगे हाथ जोड़कर प्रार्थना करते रहा करो कि घर में सुख हो, शांति हो।"

दादी माँ पुरातनपंथी ही नहीं थी, उनमें वैराग्य भाव भी कूट-कूटकर भरा हुआ था। सच तो यह है कि उन्हें इस बात की अपेक्षा भी नहीं थी कि स्त्री का जीवन कभी सुखी भी हो सकता है। हर स्त्री को अपना भाग्य वहन करना है, यही कुछ वह जानती थी, यही कुछ जीवन के दसियों साल के अनुभव से उन्होंने सीखा था।

"लड़का बुरा नहीं है। शरीफ़ खानदान का है, खाते-पीते घर का है। क्या मालूम उसे इस बात का भास मिल गया हो कि हमारी बेटी का उठना-बैठना उस मुसलमान लड़के के साथ था? हमारी बच्ची बड़ी भोली है, क्या मालूम उसी ने उसे बता दिया हो, और यह बात उसके दिल में काट मार गई हो।" इस पर लंबी साँस खींचकर माँ बोली, "धीरज रखो। धीरज रखो बेटा, धीरज ही इसका इलाज है।..."

डैडी सुन रहे थे और मन ही मन अपने को कोस रहे थे : मैं खुद अंधा बना रहा। मैंने बेटी को इस ब्याह से क्यों नहीं रोका? मैं क्यों उसकी बातों में आ गया? उतावली उसने नहीं की, उतावली मैंने की। उसके इस सुझाव से मेरा अपना बोझ हल्का होता था। गुनहगार तो मैं हूँ, उसको क्यों दोष दूँ?...और मन से बेचैन, डैडी बिफरकर माँ के पास से उठकर अपने कमरे में चले गए।

पंद्रह

ब्याह के हफ़्ता भर बाद ही नीलिमा और सुबोध अपने फ्लैट में आ गए थे। कुछ दिन तक तो सुबोध की बहिन, जो उनके साथ आ गई थी, फ्लैट को ठीक-ठाक करती रही थी। तब तो नीलिमा भी हँस-हँसकर उसका हाथ बँटाती रही थी। यही नहीं, तरह-तरह के बढ़िया सुझाव भी देती रही थी कि सेटी को कहाँ रखें, किस रंग के पर्दे किस कमरे में टाँगे जाएँ, दोनों घर की सजावट में सुबह से शाम तक लगी रही थीं और फ्लैट चम चम कर उठा था।

पर उसके चले जाने के बाद दोनों, निपट अकेले, एक-दूसरे से और अपनी परिस्थितियों से साक्षात् करने लगे थे। कभी-कभी एक-दूसरे की ओर देखते हुए उन्हें लगता जैसे किसी अजनबी को देख रहे हैं। तब मन कहता, यह कौन है, कैसे मेरी ज़िंदगी में आ गया? कभी कामोत्तेजनावश एक-दूसरे की ओर खिंच जाते और हाँफते हुए-से एक-दूसरे के साथ लिपट जाते। कभी कोई छोटी-सी घटना घट जाती जिस पर न केवल वे चौंक उठते, बल्कि वह उनके मस्तिष्क पर प्रहार भी कर जाती। लगता जैसे कहीं कुछ टूटकर गिर गया है। जीवन का यथार्थ धीरे-धीरे उन्हें घेर रहा था। प्रत्येक नए साक्षात् पर जहाँ वे चौंक-चौंक जाते, वहाँ कोई पूर्वाग्रह अथवा अवधारणा काँच की दीवार की तरह टूट-फूट भी जाती। यथार्थ के एक ही आघात से मन में बैठा हुआ कोई विश्वास निरर्थक होकर जैसे मर जाता। अनुमान और अपेक्षाएँ मनगढ़ंत सी साबित होने लगी थीं। प्रत्येक नया अनुभव उन्हें जैसे किसी नई दुनिया में खींचकर ला रहा था।

ननद के चले जाने के दूसरे ही दिन पुराना नौकर बीमार पड़ गया था। लगा जैसे चलती गाड़ी एक झटके से खड़ी हो गई है। चाय, नाश्ता आदि तो सुबोध तैयार कर लेता था, लेकिन खाना बनाना दोनों में से किसी के बस का नहीं था। तीन-चार दिन तक तो दोनों बाहर रेस्तराँ में खाते रहे थे। पहले दिन तो रेस्तराँ में मनचाहा भोजन करना उन्हें अच्छा भी लगा था। सुबोध ने बीयर की बोतल भी मँगवाई थी, और पीते समय यह टिप्पणी भी की थी, "घर में बीयर रखो तो बीस रुपए में बोतल आती है।

यहाँ पर पियो तो पूरे चालीस रुपए निकल जाते हैं।"

शादी के बाद नीलिमा अपने हैंडबैग में ढेरों पैसे लाई थी, मुँह दिखाई के नोटों से उसकी झोली भर गई थी और जो डैडी ने दिए थे, वे अलग। झट से बोली थी, "पियो जी, तुम घर में भी पियो और यहाँ भी पियो। यह भी कोई सोचनेवाली बात है? हमारी शादी कौन-सी रोज़-रोज़ होनेवाली है।"

और दोनों पति-पत्नी पूरे पाँच दिन तक रेस्तराँ में खाना खाते रहे थे।

उसी पाँचवें दिन ही नीलिमा के साथ हादसा हो गया। उसका हैंड-बैग टैक्सी में रह गया। वे लोग रेस्तराँ में खाना खाने के बाद दो-एक दुकानों पर घर के लिए कुछ सामान खरीदते रहे थे। तभी घर पहुँचकर टैक्सी में से सामान के डिब्बे निकालते समय हैंड-बैग सीट पर रह गया था। नीलिमा को इसका इल्म तब हुआ जब वे लोग डिब्बे उठाकर फ्लैट में पहुँचे।

"हाय, मेरा बैग?" उसके मुँह से निकला और वह लपककर छज्जे पर गई, पर तब तक नीचे टैक्सी का नाम-निशान नहीं था।

सुबोध का चेहरा पीला पड़ गया था।

"तुम्हें कुछ तो ध्यान करना चाहिए था," उसने धीमे-से कहा था, "उसमें कितने पैसे थे?"

"बहुत थे। मैंने गिनके थोड़े ही रखे थे।" नीलिमा ने कहा, पर वह बहुत परेशान नज़र नहीं आ रही थी, "फिक्र नहीं करो जी, अब गया सो गया। ऐसी भी क्या बात है।"

सुबोध को नीलिमा की लापरवाही से धक्का-सा लगा था। ऐसी भी लापरवाही क्या। इसे इतनी भी खबर नहीं है कि हैंड बैग में कितनी रकम रही होगी, और बैग खो जाने पर उसने मात्र सिर झटक दिया।

"बहुत चिंता नहीं करो जी, मेरे बैग में वे पैसे थे जो शादी के दौरान रिश्ते की औरतों ने मुझे मुँह दिखाई के दिए थे। ढेरों पैसे थे। आप चिंता नहीं करो जी, बाहर के लोगों के ही पैसे थे ना। हमारा अपना नुकसान तो नहीं हुआ ना।"

और इसके दूसरे-तीसरे दिन ही नीलिमा अपने डैडी से मिलने गई थी और जब लौटकर आई थी तो हैंड-बैग फिर से भरा हुआ था।

इस पर सुबोध बड़ा विचलित-सा हुआ था, और बहुत देर तक गुमसुम बना रहा था।

सुबोध पैसे-पैसे का हिसाब रखता था। शादी से पहले उसने घर का बजट बना रखा था। फ्लैट का किराया, नौकर की पगार, उसने छोटी से छोटी और बड़ी से बड़ी चीज़ का हिसाब रख छोड़ा था।

इसी घटना के कुछेक दिन बाद एक और घटना घटी, बड़ी अल्प-सी, पर दूर तक मार करनेवाली।

सनीचर का दिन था और दोनों नई-नई शादी की हिलोर में थे। दूसरे दिन सुबोध

को दफ़्तर नहीं जाना था। छुट्टी का दिन था और टैक्सी एक पार्क की ओर चली जा रही थी जब नीलिमा को सड़क पर जाता अल्ताफ नज़र आ गया था।

"ऐ तॉफ़ी!" वह उसे देखते ही चिल्लाई थी। अल्ताफ़ ने सुना था और ठिठक कर खड़ा भी हो गया था, पर उसे उसका नाम पुकारनेवाला नज़र नहीं आया था। टैक्सी आगे बढ़ गई थी। नीलिमा ने मुड़कर पीछे की ओर देखा था और देखती रह गई थी। अल्ताफ़ की झलक कुछ देर के लिए मिली थी, फिर सड़क की आमद-रफ़्त में खो गई थी, और नीलिमा सीधी होकर बैठ गई थी।

"कौन था?" सुबोध ने उत्सुकता से पूछा।

इस पर नीलिमा ने कोई उत्तर नहीं दिया।

नीलिमा के चिल्लाने पर सुबोध चौंका था और उसने भी घूमकर पीछे, सड़क की ओर देखा था, मगर उसे केवल आते-जाते लोग ही नज़र आए थे।

"तॉफ़ी कौन होता है? तॉफी या टॉफी?" सुबोध ने मजाक-सा उड़ाते हुए पूछा।

पर नीलिमा निरुत्तर-सी बैठी रही। पर कुछ ही देर बाद सहसा ही सिर झटककर बोल पड़ी, "वह अल्ताफ़ था। मेरा दोस्त। टेनिस खेलने जा रहा है। मेरे साथ टेनिस खेलता था। बहुत बढ़िया खेलता है।"

सुबोध को सुनने पर भी कुछ पता न चलता पर नीलिमा की आवाज़ में हल्का-सा कंपन आ गया था, जिसने सुबोध को सतर्क-सा कर दिया। फिर नीलिमा ने स्वयं ही न जाने, विरक्ति की किस हिलोर में हँसकर कहा, "अगर तुम नहीं टपक पड़ते तो क्या मालूम इस वक्त मेरे साथ यहाँ तॉफी बैठा होता।"

नीलिमा कह तो गई, पर उसी वक्त उसे अंदर से किसी ने झिंझोड़ा, 'यह क्या बक रही हो। तुमने तो उसे बुहारकर बाहर फेंका हुआ है।'

"नहीं, नहीं," उसने सुबोध की कोहनी को बड़े स्नेह से दबाते हुए कहा, "हम टेनिस खेला करते थे। बस। कोई ग़लत सलत मत सोचना। मेरे दिल के बालम तो तुम्हीं हो ना। तुम्हारे साथ ही जिंदगी गुजारुँगी। उसे बहुत दिन बाद देखा तो बोल पड़ी।"

बात तो ठिठोली में आई-गई हो गई, पर सुबोध के अहम् को चोट ज़रूर लगी!

उस दिन अकेले में नीलिमा फिर से मन ही मन अपने को कोसती रही, "तुझे क्या पड़ी थी चिल्लाने की? तुझे क्या पड़ी थी उसका नाम पुकारने की? तॉफी कहा था तो फिर अल्ताफ़ क्यों बता दिया?"

फिर पहले की-सी विरक्ति की रौ में ही उसने सिर झटक दिया, "मुझे क्या मालूम क्या बताना होता है और क्या छिपाना होता है। अल्ताफ सामने आ जाए तो मैं पुकारूँ भी नहीं? उसने तो मुझे देखा भी नहीं।"

कुछ ही दिन बाद आंटी बबली की पार्टी थी। आंटी बबली सुबोध के रिश्ते की महिला थीं और उनका पति और वह अपने विवाह की पच्चीसवीं सालगिरह मना रहे थे। उनका आग्रह था कि सुबोध अपनी नवविवाहिता को लेकर ज़रूर पहुँचे।

"तुम उनसे मिल चुकी हो," सुबोध ने पत्र मिलने पर नीलिमा से कहा था, "वे हमारी शादी पर आए थे। उनकी शादी की पच्चीसवीं सालगिरह है।"

"पच्चीस साल तक वे एक-दूसरे के साथ रह चुके हैं," नीलिमा ने हैरान होकर कहा था, "हमारी शादी को तो अभी पच्चीस दिन भी नहीं हुए। क्यों सुबोध, क्या पच्चीस साल तक हम एक साथ रहेंगे?" और नीलिमा एकटक सुबोध के चेहरे की ओर देखे जा रही थी। फिर अपने सिर को झटककर बोली थी, "कमाल है, इतनी लंबी ज़िंदगी हम एक साथ बिताएँगे? कनपटियों के बाल सफेद होने तक, दाँत टूटने तक, तोंद निकलने तक, थुलथुल पिल-पिल हो जाने तक, हाय सुबोध, मुझे रोना आ जाएगा।"

पर फिर सुबोध की कमर में हाथ डालकर बोली थी, "मैं तुम्हारी तोंद तो बढ़ने नहीं दूँगी। जो लोग ज्यादा भकोसते हैं, उन्हीं की तोंद बढ़ती है। मैं तुम्हें ज़्यादा भकोसने ही नहीं दूँगी।" कहते हुए ठठाकर हँस दी। "मैं और डैडी भी एक बार एक ऐसी ही पार्टी पर गए थे। वहाँ पचासवीं सालगिरह मनाई जा रही थी। वह सज्जन जिनकी शादी की सालगिरह थी, खुद ही भकोसे जा रहा था, खुद ही सबसे ज़्यादा अपनी सालगिरह मना रहा था। उसे खाता देखकर तो मुझे मतली आने लगी थी।"

पार्टी रंग-बिरंगे कुमकुमों से सजी घर के बाहर की फुलवाड़ी में हुई थी। पार्टी की सारी सजधज में हर जगह 'पच्चीसवीं सालगिरह के अनुरूप झिलमिलाती चाँदी का सा भास होता था। आंटी बबली ने सफेद रेशमी साड़ी पहन रखी थी, जिस पर सफेद झुमके की टिक्किया झिलमिला रही थी। आंटी बबली ने उँगलियों पर हीरे की सफेद अंगूठियाँ पहन रखी थीं। आँगन में जगह-जगह छोटी-छोटी तिपाइयाँ रखी गई थीं, जिन पर सफ़ेद मेजपोश बिछे थे और प्रत्येक तिपाई पर सफेद नरगिस के गुच्छे गुलदानों में खिले हुए थे।

आँगन में मेहमान हाथों में व्हिस्की अथवा बीयर के गिलास थामे टोलियों में खड़े थे। टोलियाँ बन-बिखर रही थीं। ऐसी पार्टियों का मिज़ाज ही ऐसा होता है। तुम अपना गिलास लिये एक टोली में जा खड़े होते हो। हैलो, हैलो होता है, दो-एक वाक्यों का तबादला होता है, किसी घटना पर टिप्पणी होती है, और फिर अपना गिलास थामे ही थामे किसी दूसरी टोली की ओर चल देते हो।

सहसा ही सुबोध ने देखा कि वर्माजी आँगन में दाखिल हो रहे हैं। वर्मा जी दफ़्तर में उसके बॉस थे और हाल ही में असिस्टेंट डायरेक्टर से डायरेक्टर के पद पर नियुक्त हुए थे। वर्माजी पर नज़र पड़ते ही सुबोध को लगा, जैसे वर्माजी का उस पार्टी में आना सुबोध के लिए नई-नई संभावनाओं के द्वार खोल देगा।

उसने आगे बढ़कर वर्माजी का स्वागत किया। फिर बड़ी आतुरता से नीलिमा की ओर बढ़ गया जो उस समय आंटी बबली के पास बैठी, शैंडी का गिलास हाथ में उठाए अपने विवाहित जीवन के किस्से सुना रही थी।

"चलो, तुम्हें वर्माजी से मिलाएँ, नीलू!"

"वर्माजी कौन?"

"मेरे बॉस और कौन?"

"वह यहाँ तुम्हारे बॉस थोड़े ही हैं।" और अपना गिलास हाथ में ही उठाए, सुबोध के साथ चली आई।

सुबोध-नीलिमा की शादी पर वर्मा और उनकी पत्नी भी आए थे, पर उस समय मात्र औपचारिक परिचय ही हो पाया था। इस बार सुबोध, इस अवसर से पूरा-पूरा लाभ उठाना चाहता था।

सुबोध ने परिचय कराया ही था कि नीलिमा बोली, "यह मेरे पतिदेव, दफ़्तर में अच्छा काम करते हैं ना? इनसे खूब काम करवाइए। यह मुझ पर बड़ी बॉसिंग करते हैं। यह अच्छा हुआ कि कोई इन पर भी हुक्म चलानेवाला है।"

सुबोध को तनिक झेंप हुई। नीलिमा की बेतकल्लुफ़ी उसे खल गई। "आपकी श्रीमती नहीं आईं?"

"नहीं, उसकी तबीयत ठीक नहीं थी, वह नहीं आई।"

"अच्छा है, अब आप ज़्यादा बेतकल्लुफ़ी से और लोगों की बीवियों के साथ हँस-बोल सकेंगे।"

इस पर पहले तो वर्मा चौंका, फिर ठहाका मारकर हँस दिया, "हाँ, यह तो फायदा है।"

"कभी आपकी श्रीमती मिलेंगी तो मैं उनसे कहूँगी कि आपको अकेला पार्टियों पर नहीं जाने दिया करें।"

वर्मा को नीलिमा का खुलापन अच्छा लग रहा था। वह आया तो इस पार्टी पर औपचारिकता निभाने ही था, यहाँ से लौटकर उसे किसी डिनर पार्टी पर जाना था, पर सुबोध की नवविवाहिता से बात करते हुए उसका मनबहलाव-सा होने लगा था।

"आपके लिए एक और ड्रिंक मँगवाऊँ?" नीलिमा ने पूछा, "अगर आपकी बीवी यहाँ पर होतीं तो आपको ज़्यादा नहीं पीने देती।"

"पर मैं तो एक और ड्रिंक लूँगा।" वर्मा ने हँसकर कहा।

नीलिमा का खिला-खिला चेहरा और विनोदी स्वभाव, उन्मुक्त बहते झरने जैसा, वर्मा को बड़ा आकर्षक लगा था। हँसती तो लगता उसकी हँसी उसके अंदर से किसी गहरे सोते में से फूटकर निकली है। पर बेझिझक बात करने के उसके ढंग से सुबोध झेंप रहा था कि कहीं कोई उल्टी-सीधी बात न कर बैठे, जिसका वर्माजी बुरा मान जाएँ।

बातों-बातों में पता चला कि वर्माजी घर बदल रहे हैं और उसी बिल्डिंग में रहने के लिए आ रहे हैं जिसमें सुबोध और नीलिमा रह रहे थे। वर्माजी का फ्लैट उनके ऐन ऊपरवाली मंजिल पर होगा।

यह जानकारी मिलते ही नीलिमा चहककर बोली, "चलिए, हमारे खाने-पीने का इंतज़ाम तो हो गया। पीछे कुछ दिन पहले हमारा नौकर बीमार पड़ गया, तो हम होटलों में खाना खाते रहे। मेरे पति को तो आज भी उनके बिल सपनों में नज़र आते हैं तो वह हड़बड़ाकर उठ बैठते हैं।"

वर्मा के हाव-भाव से लगने लगा था जैसे वह और ज़्यादा वहाँ रुकना चाहता है। जिस डिनर पर उसे जाना था वह उसे बड़ा औपचारिक लगने लगा था। इधर व्हिस्की के छोटे-छोटे घूँट भरते हुए उसे सरूर-सा भी आने लगा था और नीलिमा सुबोध के साथ बतियाना भी उसे अच्छा लग रहा था।

"कहें तो आपके लिए खाना ले आऊँ?" नीलिमा ने झट से कहा, "मैं खाना बना तो नहीं सकती, पर सर्व बहुत अच्छा करती हूँ। लाऊँ?"

"नहीं, नीलिमा, मुझे जाना ही है। एक डिनर पर पहुँचना है।"

"तो हमें भी साथ ले चलिए। हम यहाँ बोर हो रहे हैं। आंटी बबली दस बार अपने ज़ेवर दिखा चुकी है।"

वर्मा मुस्कराया, "चलिए। इससे अच्छा क्या होगा? पर वहाँ मैं खुद मेहमान हूँ।"

"इसीलिए आप हमें इतने चाव से बुला रहे हैं। मैं समझ गई।"

वर्मा को वे दोनों गेट तक छोड़ने गए। सुबोध को लगा, जैसे मोर्चा मार लिया। यही वह चाहता था कि वर्मा के साथ बेतकल्लुफ़ी-सी हो जाए। पर मन ही मन सारा वक्त डरता भी रहा था कि नीलिमा के मुँह से कोई ऐसी-वैसी बात निकल गई जो उसे नागवार लगी तो वह तिरस्कृत-सा महसूस करने लगेगा।

आँगन में लौटते हुए सुबोध ने लंबी साँस खींचकर कहा, "मैं डरता था तुम्हारे मुँह से कोई अंट-संट न निकल जाए।"

"अंट-संट निकल जाता तो क्या होता, तुम्हें नौकरी से ही निकाल देते ना। कुछ नहीं होगा। वह मेरी तरफ इस तरह देख रहा था जैसे वह मुझे भी नौकरी देना चाहता हो।" और सुबोध की कोहनी पर हाथ रखती हुई बोली, "जब कभी मैं कोई बेवकूफी की बात करने लगूँ तो तुम मुझे आँख मार दिया करो। मैं चुप हो जाया करूँगी। तुम्हें आँख मारना आता है ना? मारो तो ज़रा देखें। नहीं तो मैं तुम्हें सिखा दूँगी। औरतों को आँख मारना खूब आता है। ऐसे! औरत आँख मार दे तो आदमी के हाथ-पाँव फूल जाते हैं।..."

सुबोध अभी तक नीलिमा के साथ घुलमिल नहीं पाया था। उसके अल्हड़पन और हँसोड़ तबीयत पर वह झेंप झेंप जाता था। नीलिमा के प्रति कोई स्वत:स्फूर्त भावना सुबोध के मन में नहीं जागी थी। नीलू सुंदर थी, वाक्पटु थी, मिलनसार थी, हँसोड़ तबीयत की थी, जबकि वह स्वयं संकोची स्वभाव का था, सरकारी अफसर होने के नाते सतर्क और सचेत रहना चाहता था, नख-शिख से चुस्त-दुरुस्त, जिसे नीलिमा मांडी लगा व्यक्तित्व कहती थी।

और इस बीच टैक्सी में जाते हुए जब अल्ताफ को देखकर नीलिमा चिल्लाई थी तो प्रतिक्रियास्वरूप दोनों की मन:स्थिति में थोड़ा बदलाव आ गया था। सुबोध के मन में तो ईर्ष्या जागी थी, ईर्ष्या भी और अविश्वास भी, जबकि नीलिमा के मन में पहले से कहीं ज़्यादा विरक्ति आ गई थी। उसके मस्तिष्क में बार-बार एक ही वाक्य चक्कर काटता था, क्या फर्क पड़ता है। अब तो मेरी नाव तट से बहुत दूर निकल आई है। अब मैं आगे देखूँ या पीछे तट की ओर देखूँ? पतवार तो मुझसे सँभाले सँभल नहीं पा रही है, और नाव मेरी थपेड़े पर थपेड़ा खा रही है। इस पर मैं मुड़-मुड़कर पीछे देखूँ? अल्ताफ़ को याद करूँ,...कभी-कभी सिर झटककर अपने ही अंदाज़ में मन ही मन कहती, 'क्या है यार, अच्छी भली टेनिस खेलती थी, आइसक्रीम खाती थी, सिनेमा देखती थी। डैडी ने भी। पर नहीं, डैडी का क्या कसूर? डैडी ने तो बार-बार कहा था—नीलिमा, मेरी बच्ची, जल्दबाज़ी न कर। सोच-समझकर अच्छी तरह विचार करके फैसला कर।'

कभी-कभी नीलिमा को लगता, उनकी गाड़ी चल निकलेगी। किसी-किसी वक्त तो सुबोध उसे निरीह बालक-सा भी लगने लगता था। आंटी बबली की पार्टी के बाद जब वे लोग घर लौटे तो वह बड़ा खुश था। पार्टी से इतना नहीं जितना इस बात से कि वर्मा के साथ करीबी सा सम्बन्ध पनपने की संभावना बन गई थी और उसके लिए नीलिमा की भूमिका बड़ी कारगर साबित हुई थी। यहाँ तक कि चहकने लगा था। रात को सोने से पहले उनके बीच हल्का-सा तनाव पैदा हो जाया करता था। एक तरह की झिझक-सी, और नीलिमा के मन में तो एक प्रकार की अन्यमनस्कता भी। पर उस रात सुबोध ने जोश में आकर नीलिमा को बाँहों में उठा लिया था और उठाए उठाए उसे सोनेवाले कमरे की ओर ले गया था। नीलू पहले तो हँस दी थी, फिर उसके बाल सहलाते हुए बोली थी, मुझे उतार दो, मैं अपने आप चलूँगी। पर सुबोध ने नहीं उतारा और हाँफता हुआ अपने बिस्तर पर ले गया। "मेरे लिए तो तू फूल जैसी हल्की है!" उसने हाँफते हुए ही कहा था, जिस पर नीलिमा ठठाकर हँस दी थी, पर तभी उसे सुबोध बड़ा प्यारा-सा लगा था। वह देर तक उसे सहलाती रही थी और सोच रही थी कि आदमी कभी-कभी कितने निरीह से लगते हैं! इसे मैं जितना सुख दे सकूँगी, दूँगी।..."

गृहस्थ जीवन के पट खुल रहे थे, और प्रत्येक नया साक्षात्, प्रत्येक नया अनुभव उसके पूर्वाग्रहों-संस्कारों पर प्रहार कर रहा था, पहले की उसकी अवधारणाएँ उन प्रहारों के नीचे काँच की भीत की भाँति टूट-फूट सी जातीं। संस्कारों, सहज विश्वासों की जिस छोटी-सी पूँजी को लेकर वह गृहस्थ जीवन में उतरी थी, वह दिन-प्रतिदिन अर्थहीन साबित हो रही थी। जिस तिरती-सी जिंदगी का अनुमान करके आई थी, वह कितनी झूठी साबित हो रही थी। छोटी-छोटी बातें जो इतनी नगण्य लगा करती थीं, इतना घातक महत्त्व ग्रहण करने लगी थीं, इसकी उसने कभी कल्पना भी नहीं की

थी। दादी माँ कहा करती थी, 'अमीरों के घर टूटते हैं छोटी-छोटी बातों को लेकर, पर ग़रीबों के घरों में बड़े-बड़े संकट भी घर टूटने नहीं देते, बल्कि उन्हें और ज़्यादा मजबूती से जोड़ देते हैं। रास्ते के कंकड़-पत्थर अमीर लोगों के पैरों में ज्यादा चुभते हैं। उनकी चुभन वे बरदाश्त नहीं कर सकते पर ग़रीबों को चलना ही कंकड़-पत्थरों पर होता है।'

ऐसा ही हुआ जब नीलिमा एक बार अकेली मार्किट में घूमती हुई ग्रामोफोन रिकार्ड खरीद लाई थी और वह भी एक नहीं, पाँच-पाँच। उसका ख़्याल था कि सुबोध खुश होगा, पर इसके विपरीत उसके तेवर चढ़ गए थे :

"मुझसे पूछ तो लिया होता, नीलिमा! यह निपट फिजूलखर्ची है।"

और जब नीलिमा ने कहा कि मैं अपने पैसों से ख़रीद लाई हूँ, तो उसका गुस्सा और भी ज़्यादा भड़क उठा था, और उसने एक रिकार्ड, जिसे नीलिमा बजाने जा रही थी, उठाकर दीवार पर दे मारा था, "तुम सारा वक्त अपने बाप की अमीरी मुझे सुनाती रहती हो।" नीलिमा एकटक सुबोध के चेहरे की ओर देखती रह गई थी।

धीरे-धीरे नीलिमा घर में आतंकित सा महसूस करने लगी थी। उसके लिए घर चला पाना पहाड़ लाँघने जैसा कठिन होने लगा था। आए दिन उसके हाथ-पाँव फूलने लगे थे। रसोईघर से उसे डर लगने लगा था। घर का नौकर जिसके साथ शादी के बाद वह बड़े दुलार से बोला करती थी, वह उसके पास आता तो नीलिमा घबरा जाती थी, अभी वह कुछ पूछेगा, 'मेम साहिब, रात को क्या बनेगा? या मेम साहिब, कीमा कितना लाना होगा तो वह घबरा जाती। उससे क्या कहे, क्या बताए?

सुबोध के घर का चलन उस घर से कितना भिन्न था जिसे वह छोड़कर आई थी। वहाँ उसे किसी ने क्यों नहीं बताया कि घर को कैसे चलाया जाता है। 'क्या घर को भी चलाया जाता है, दादी माँ? वह तो अपने आप चलता है।' एक बार दादी माँ ने कहा था, 'बेटा, सौदा-सूद की ख़बर रखा करो, घर चलाने की समझ होनी चाहिए। जिस घर में ब्याहकर जाओगी, वहाँ तो नीलिमा ने बात काटते हुए कहा था, 'दादी माँ, जिस घर में ब्याहकर जाऊँगी, वहाँ क्या नौकर नहीं होगा?' और दादी माँ हँसकर चुप हो गई थी। काश, दादी माँ ने मुझे धकेलकर रसोईघर में भेज दिया होता 'भगवान करे ऐसे ही घर में जाओ जिसमें नौकर-चाकर हों, पर घर तो औरतें ही चलाती हैं ना, मर्द तो नहीं चलाते।' दादी माँ ने कहा था। 'खाना बनाओगी नहीं, पर किसी से बनवाओगी तो? जानोगी नहीं तो बनवाओगी कैसे?'

"बनवा लूँगी दादी माँ, मुझे हुक्म देना आता है।"

और दादी माँ फिर हँसकर चुप हो गई थी।

उसे याद आता, जब एक बार शिमला में होनेवाली टेनिस प्रतियोगिता में भाग लेने गई थी और वहाँ अपनी दूर पार की मौसी के घर पर ठहरी थी। इतवार के दिन वे लोग चाय पीने बैठे थे तो घर में बिस्किट नहीं थे और नौकर छुट्टी पर था।

नीलिमा झट से बिस्किट लाने के लिए तैयार हो गई थी। नीचे कुछ ही दूरी पर दुकान थी। भागती हुई गई पर जब लौटकर आई तो बड़ा-सा पैकेट दोनों हाथों में उठाए हुए थी। दो सौ ग्राम की जगह दो किलोग्राम बिस्किट उठा लाई थी। मौसी हँसी से लोट-पोट होती रही थी :

"बिटिया, इतना बड़ा थैला उठाते हुए भी तुम्हें ख़्याल नहीं आया कि तुम क्या ले जा रही हो? दुकानदार ने भी तुमसे नहीं पूछा?"

"उसने दो-तीन बार पूछा था, दो सौ ग्राम कि दो किलोग्राम? मैंने कहा, दो किलोग्राम।"

अब तो हर दिन कोई-न-कोई समस्या उठ खड़ी होने लगी थी। जिन दिनों नौकर बीमार था, दही जमाने की समस्या उठ खड़ी हुई थी। बहुत सोचने के बाद भी जब उसे कुछ नहीं सूझा तो नीलिमा ने शिमला में अपनी उसी मौसी को टेलीफोन किया था और उससे दही जमाने का ढंग सीखती रही थी। और मौसी सारा वक्त हँसी से लोट-पोट होती रही थी।

महीने भर के अंदर नीलिमा घर चलाने के मामले में अपना आत्मविश्वास खो बैठी थी। शाम को सुबोध के दफ़्तर से लौटने का वक्त होता तो उसके हाथ-पैर फूलने लगते। घर की सफाई उसे पहाड़ जैसी लगने लगी थी। कहीं कुर्सी की पीठ पर उसका अपना कोई कपड़ा लटक रहा होता तो सुबोध के डर से उसे उठाकर पलंग के नीचे फेंक देती थी।

"हमारा हनीमून तो ऐसे ही बीता। पहले हँसते-हँसते, फिर काँपते-काँपते।" वह कहा करती थी।

कभी-कभी वह स्वयं अपने से पूछती, "मैं क्यों उससे सकुचाने-घबराने लगी। पहले उसके दफ़्तर से आने का वक्त होता तो मैं बार-बार छज्जे पर जा पहुँचती थी। अब उसके घर लौटने का वक्त होता है तो मैं घंटा-भर पहले से ही घर की सफ़ाई करने लगती हूँ। धागे का एक टुकड़ा, एक फालतू काग़ज़ कहीं पड़ा रह जाए तो उसके तेवर चढ़ जाते हैं। मुझे क्या हो गया है? बात-बात पर मैं उसका मुँह ताकने लगी हूँ, उसकी हाँ में हाँ मिलाने लगी हूँ। मैं जो इतनी बेपरवाह हुआ करती थी कि मुझे घर में मस्त मौला' कहा करते थे।"

दोनों के बीच बड़ा अटपटा-सा सम्बन्ध पनपने लगा था। सुबोध को करीना पसंद था, बेशक, लेकिन वास्तव में करीने की आड़ में वह अपनी हीन भावना छिपाता फिरता था। और जब से टैक्सी में बैठे-बैठे नीलिमा ने अल्ताफ का जिक्र किया था, तब से हीन भावना के साथ-साथ उसकी ईर्ष्या भी बढ़ने लगी थी। यदि नीलिमा का बैग नकदी नोटों से भरा हो तो सुबोध की हेठी, यदि वह उसी के मित्रों के साथ हँस-हँसकर बोले तो सुबोध की हेठी, यदि नीलिमा बाहर से ग्रामोफोन के रिकार्ड खरीदकर लाए तो उसकी हेठी। और एक तरह से अपने कैरियर के बारे में

सोचते हुए जब वह नीलिमा को वर्माजी से उस पार्टी में मिलाने ले गया था, तो भी मन ही मन उसने अपने को छोटा ही महसूस किया था। इसलिए नीलिमा की नज़र में अपनी हैसियत बनाए रखने के लिए एक ही तरीका उसके पास था, बात-बात पर बिगड़ना, अपना रोआब दिखाना, और अल्ताफ़ के बारे में भनक मिलने के बाद तो वह अपना हक़ समझने लगा था कि घर में अपना अधिकार दिखाए।

आंटी बबली की पार्टी के कुछ ही दिन बाद एक अनहोनी-सी घटना घटी। नीलिमा वर्माजी के फ्लैट में जा पहुँची। यह भी उसके चरित्र की विशिष्टता थी, कि कुछ बातें तो वह बेधड़क कर जाती, और कुछ में सोचने झेंपने लगती।

सब्जी का लिफाफा हाथ में उठाए वह वर्माजी के फ्लैट के बाहर खड़ी थी। जब वर्माजी की पत्नी ने दरवाज़ा खोला तो कुछ देर तक नीलिमा के चेहरे की ओर देखती रही। फिर आगे बढ़ आई और नीलिमा को बाँहों में भर लिया।

"तुम नीलिमा हो ना? मैंने तुम्हें झट से पहचान लिया," और उसकी कमर में हाथ डाले अंदर लिवा ले गई, "मेरे घरवाले पर तुमने ऐसा जादू कर रखा है कि वह सारा वक्त तुम्हारी ही बातें करता रहता है।"

नीलिमा फ़ौरन ही घर का सा महसूस करने लगी थी। वर्माजी बड़े अफसर थे पर उनकी पत्नी इतनी मिलनसार होगी, इतनी सहज स्वाभाविक ढंग से मिलेगी, नीलिमा को इसकी आशा नहीं थी।

"मेरे पति तो तेरी खुशमिजाजी पर मुग्ध हैं। तुम्हारे पिता बैरिस्टर हैं ना। वर्माजी उन्हें जानते हैं। तुम नहीं जानतीं मेरा कितना मन था तुमसे मिलने के लिए।"

और जब आमने-सामने बैठे कुछ समय बीत गया तो नीलिमा धीरे से बोली, "आंटी वर्मा, मैं एक काम से आपके पास आई हूँ।"

"कहो तो।"

"आंटी वर्मा, भिंडी-तोरी कैसे बनाते हैं?"

वर्माजी की पत्नी पहले तो अवाक्-सी नीलिमा के चेहरे की ओर देखती रही। उसने सोचा, शायद यह भी नीलिमा की हँसोड़ तबीयत के अनुरूप ही है, और ठहाका मारकर हँस दी।

"क्या इस काम के लिए मेरे पास आई हो?"

"मैं सीखना चाहती हूँ। आप मुझे सिखा देंगी ना।" नीलू ने ऐसे लहजे में कहा कि श्रीमती वर्मा ठिठक सी गईं, और दूसरे ही क्षण नीलिमा की आँखें भर आई थीं, "मैं कुछ भी तो नहीं जानती।"

श्रीमती वर्मा नीलिमा के चेहरे को देखती रह गई। फिर उसकी स्त्री सुलभ सूझ ने अनुमान लगा लिया कि नीलिमा के घर में कहीं कोई तनाव पाया जाता है और यह लड़की मजबूर-सी होकर मेरे पास आई है।

"इसमें क्या मुश्किल है, बिटिया! भिंडी बनाना कौन-सा मुश्किल काम है।

तुम्हारा नौकर चला गया है क्या?"

"वह अचानक गाँव चला गया है और मैं रसोई का कोई भी काम नहीं जानती।" श्रीमती वर्मा का मन हुआ, नीलिमा को आलिंगन में भर लें।

"भिंडी-तोरी ही क्यों, मैं तुम्हें सब सिखा दूँगी। पर जब तक तुम्हारा नौकर नहीं आ जाता तुम लोग हमारे घर खाना खाओगे।"

"नहीं, नहीं आंटी! आप मुझे भिंडी-तोरी बनाना सिखा दें।"

"भिंडी-तोरी ही क्यों?" श्रीमती वर्मा ने हँसकर पूछा।

"सुबोध को भिंडी-तोरी ज़्यादा पसंद हैं।"

नीलिमा का मन रखने के लिए श्रीमती वर्मा उसे रसोईघर में ले गईं।

"भिंडी-तोरी बनाने में कुछ भी मुश्किल नहीं है, बिटिया! मैं तुम्हें सिखा दूँगी। भिंडी में पानी नहीं डालते। और कुछ लोग तो हल्दी भी नहीं डालते। बस, प्याज़ को थोड़ी देर तक भून लो।"

"किसमें भून लें?"

"घी में, और किसमें?"

"घी कितना? आधी कटोरी?"

"हाय, नहीं, एक बड़ा चम्मच बहुत है। प्याज़ को जलाना नहीं, थोड़ा-थोड़ा लाल हो जाए। लाल हो जाए तो भिंडी डाल दो।"

"पूरी की पूरी भिंडी? मतलब कि साबुत भिंडी या काटकर?"

और श्रीमती वर्मा उसे समझाने लगीं कि पहले भिंडी को धो लेते हैं, फिर कपड़े से पोंछ लेते हैं, फिर छोटा-छोटा काट लेते हैं। सूखी भिंडी को कड़ाही में डालते हैं, गीली को हरगिज़ नहीं।"

"कड़ाही क्या होती है?"

"वह बर्तन जिसमें भिंडी बनाओगी। अगर मोटे तले का बर्तन हो तो भिंडी अच्छी बनेगी। और धीमी आँच पर।"

"हाय, मैं कभी नहीं सीख पाऊँगी। आपने इतनी ढेर सारी बातें बताईं हैं, मैं इन्हें कैसे याद रख पाऊँगी? मेरा क्या होगा, आंटी?" कहते हुए नीलिमा की आँखें फिर से भर आईं। स्त्रियों के बीच, जब एक की आँखें भरती हैं तो दूसरी की अपने आप ही भर आती हैं। श्रीमती वर्मा की आँखें भी बरबस भर आई थीं।

"नौकर के बिना तेरा घर नहीं चल सकता, नीलिमा। एक दिन में तो तू रसोई का काम नहीं सीख पाएगी ना।" और उसे कोहनी से थामे, बाहर ले आई। पर श्रीमती वर्मा को लगा जैसे नीलिमा काँप रही हैं, उसके शरीर में कँपकँपी-सी उठ रही है।

"नौकर चला गया है ना, न जाने कब लौटेगा।"

"जब तक नौकर का प्रबंध नहीं हो जाता, तुम लोग खाना बाहर खा लो।"

"बहुत बार खा चुके हैं। पहले वह बीमार पड़ गया था। हर बार रेस्तराँ में से

निकलते हैं तो सुबोध का मूड ख़राब होता है। कहता है बहुत पैसे निकल गए।"

"तू चिंता नहीं कर। जितनी देर नौकर नहीं आता मैं खाना बनवाकर तेरे फ्लैट में पहुँचा दिया करूँगी। तब तो उसका मूड ख़राब नहीं होगा ना?"

नीलिमा की आँखों में चमक-सी आ गई। पर चमक जितनी जल्दी आई थी, उतनी ही जल्दी बुझ भी गई।

"वह पूछेगा कहाँ से खाना आया है तो मैं क्या कहूँगी?"

"कोई झूठ-मूठ बोल देना। तेरे लिए झूठ गढ़ना कौन-सा मुश्किल काम है।" श्रीमती वर्मा ने हँसकर कहा।

"यह भी नहीं निभेगा, आंटी!"

"निभेगा, निभेगा। जहाँ पैसे बचते हों, वहाँ सब निभ जाता है।"

"नहीं आंटी, वह और भी बिगड़ेगा। हाय आंटी, मैं क्या करूँ? मैं सारा वक्त घबराई रहती हूँ। कभी मन करता है, भाग जाऊँ। पर भागकर कहाँ जाऊँ?"

"अरे बिटिया, इसमें है क्या? तू उसे साफ कह दे, मैं खाना बनाना नहीं जानती। रेस्तराँ में चलकर खाएँगे। जब मैं सीख जाऊँगी तो तुम्हें हर तरह के व्यंजन बनाकर खिला दिया करूँगी। पर इस वक्त खाना बाहर खाएँगे। और पैसे मैं दूँगी, सीधा उससे कह दे। इसमें मुश्किल क्या है?"

सुनते हुए नीलिमा का दिल ठिकाने आ गया। अपने फ्लैट में उसे बड़ा सूना-सूना लगता था और वह बड़ी निःसहाय महसूस करती थी। आंटी सच ही तो कहती है। इसमें डरने की बात ही क्या है? पैसे कम पड़ गए तो मैं डैडी से मँगवा सकती हूँ। वह अपने आप ही ढेरों पैसे भेजते रहते हैं।

नीलिमा ने आगे बढ़कर आंटी वर्मा के कंधे पर अपना सिर रख दिया।

सोलह

इतवार का दिन था। जाड़ों के दिन गुनगुनी मीठी-मीठी धूप बरामदे में पसरी हुई थी। इतवार का दिन चढ़ते ही दिनचर्या की सभी गाँठें ढीली पड़ जाती हैं। हर काम अलसाया-अलसाया सा चलने लगता है। सुबोध देर तक अख़बार देखता रहा था, नीलिमा फर्श पर धूप में बैठी अपने पैरों के नाखून तराशती रही थी। छुट्टी का दिन कैसे बिताएँगे, इस पर अभी विचार नहीं किया गया था। इतवार के दिन किसी के घर भी जाया जा सकता है, कॉफी पीने किसी रेस्तराँ में भी जाया जा सकता है, धूप में बैठकर किसी मित्र के साथ बीयर की चुस्कियाँ भी ली जा सकती हैं। सुबोध के पिता इतवार के दिन ज़रूर ब्रिज खेलते थे, कभी एक तो कभी दूसरे मित्र के घर चौकड़ी जमती थी। पर सुबोध को ब्रिज खेलने का शौक नहीं था। जिस काम में रस न मिले, वह काम वक्त जाया करनेवाला होता है।

सहसा सुबोध के मन में एक विचार कौंध गया। क्यों न वर्माजी के यहाँ चला जाए। वर्माजी अब तक फ्लैट में रच-बस गए होंगे। उनकी पत्नी, आती जाती, कभी लिफ्ट में कभी सीढ़ियों पर नीलिमा से कहती भी रही थी, "क्या हुआ जो अभी सामान बिखरा पड़ा है। तुम लोग तो घर के आदमी हो। जब मन आए, चली आना।"

श्रीमती वर्मा यों भी मिलनसार महिला थीं और नीलिमा के परिवारवालों से दूर पार का परिचय भी था।

सुबोध उनके घर पर जाने से झिझकता था। सुबोध चाहता भी था कि वर्माजी के निकट पहुँचे, उनसे राबता बढ़ाए, व्यक्तिगत स्तर पर उनसे सम्बन्ध कायम करे, पर साथ ही झिझकता भी था कि क्या मालूम, बड़े अफसर से घर पर मिलना सही न हो, वह झिड़क दे या रुखाई से पेश आए या बुरा मान जाए, बॉस तो सर्वेसर्वा होता है। पर साथ ही वर्माजी का ऊपरवाले फ्लैट में चले आना उसके लिए सुनहरी मौका भी था। उसे मालूम नहीं था कि नीलिमा श्रीमती वर्मा की रसोई तक में हो आई है।

"वर्माजी के चलें?" सुबोध ने कहा, मानो बोलकर ही वह निर्णय करने का साहस जुटा पाएगा।

नीलिमा ने पलकें ऊपर उठाईं। उसे सुबोध का पूछना अच्छा लगा। आमतौर पर तो वह इतना भर कह दिया करता था, 'हम बाहर जा रहे हैं, जल्दी से तैयार हो जाओ।' आज मुझसे पूछ रहा था। इसका मतलब है, अच्छे मूड में है।

"हाँ, चलो। मिसिज़ वर्मा तो कई बार कह चुकी हैं। पर सुबोध, अब तो ग्यारह बजनेवाले हैं। इतवार को ग्यारह बजे तो तुम बीयर पीते हो।"

सुबोध ने कोई उत्तर नहीं दिया और अख़बार तिपाई पर रखकर अंदर चला गया।

कोई उत्तर नहीं दिया तो इसका मतलब है, उसने कोई पक्का फैसला नहीं किया है कि वर्माजी से मिलने जाएँगे या नहीं जाएँगे। नीलिमा पहले की ही तरह धूप में बैठी नाखून तराशती रही।

थोड़ी देर बाद जब वह यह कहते हुए उठी कि उठूँ, इसकी बीयर का प्रबंध करूँ, और अंदर गई तो सुबोध ड्रेसिंग टेबुल के सामने खड़ा बालों को ब्रश कर रहा था। वह शेव बना चुका था, मुँह पर क्रीम भी लगा चुका था,

जिसकी महक चारों ओर फैली थी।

"अरे, तो क्या हम चले रहे हैं वर्माजी के फ्लैट में? तुम तो इतने सज-फब रहे हो..." नीलिमा ने अपने कपड़ों की ओर देखा और झट से अपने कपड़ों के ऊपर ड्रेसिंग गाउन निकालकर पहन लिया।

"तुम तो जैसे किसी पार्टी में जाने के लिए तैयार हो रहे हो।" नीलिमा ने उसकी ओर देखते हुए कहा, "मैं तो साड़ी-वाड़ी नहीं पहनूँगी। कौन झंझट करे। मैंने तो ऊपर सिल्क का ड्रेसिंग गाउन पहन लिया है।"

सुबोध ने हल्के नीले रंग की बढ़िया कमीज़ पहन ली थी और नीचे ग्रे फ़्लैनल की पतलून-बड़ा लकदक और तरोताज़ा दिख रहा था।

आईने में से ही खड़े-खड़े सुबोध ने अपने पीछे खड़ी नीलिमा को ड्रेसिंग गाउन पहने देख लिया। दूर कहीं उसके मस्तिष्क में यह बात कौंध गई कि नीलिमा को हर चीज़ फब जाती है। कोई भी कपड़ा पहने, उस पर निखर आता है। पहले जब ऐसे विचार उसके मन में उठते तो वह अपने को बड़ा खुशकिस्मत माना करता था, पर अब जब नीलू के निखरे-निखरे रूप पर नज़र जाती तो उसे नीलिमा का निखार अपनी मिल्कियत जान पड़ता। मानो उस पर भी उसका पूरा-पूरा अधिकार हो। निखरी-निखरी नीलिमा जब सुबोध के किसी मित्र से मिलती तो सुबोध के दिल में ईर्ष्या का काँटा भी चुभ-सा जाता। पर जब वह वर्माजी जैसे सीनियर अधिकारी से मिलेगी तो वह एक सनद की तरह होगी। सुबोध की सिफारिश करनेवाली एक और सनद, सुबोध की एक और उपलब्धि। अब की बार नीलिमा को शीशे में से देखा तो जैसे हल्की-सी सुनहरी धूल नीलिमा के आस-पास उड़ रही हो।

न जाने वर्मा को उनका यों पहुँच जाना कैसा लगे। पर फिर उनकी पत्नी बार-बार बुलाती जो रही थी कि कभी आओ, कभी आओ। अब तक तो उनका सामान

ठिकाने लग गया होगा, वरना नीलिमा उनके सामान की व्यवस्था करने में मदद कर सकती थी। सुबोध ने मन ही मन कहा। पर्दे टाँगने में मदद कर सकती है, गद्दों पर कवर चढ़ाने में, सजावट के कितने ही काम हैं, जिनमें मदद कर सकती है। सोचते हुए सुबोध को लगा, जैसे नीलिमा को खुद चाहिए था मिसिज़ वर्मा से पूछती कि आपकी क्या मदद करूँ। यही मौके होते हैं बॉस के निकट आने के, उसका विश्वास प्राप्त करने के।

"तुम्हें चाहिए था, अपने आप ही मिसिज़ वर्मा के घर हो आतीं, उनकी मदद कर देतीं।"

"मैंने कहा था, एक बार नहीं बहुत बार कहा था, पर वह मेरी ठुड्डी पकड़कर पुच्च पुच्च करती रहीं, आओ मिल बैठेंगी।"

"तुमने बताया तो नहीं कि तुम उनसे मिलती रही हो।"

"मैं एक बार नहीं, दो-तीन बार मिल चुकी हूँ। तुम्हें नहीं बताया, सोचा, क्या मालूम तुम्हें अच्छा लगे या नहीं। तुम्हारा कुछ पता भी तो नहीं चलता कि मेरी कौन-सी बात तुम्हें पसंद है, कौन-सी नहीं।"

सुबोध चुपचाप खड़ा नीलिमा के चेहरे की ओर देखता रहा। उसने मन ही मन कहा, अगर इसने मेलजोल बढ़ा लिया है तो अच्छा ही है, पर क्या मालूम वर्माजी को कैसा लगे।

"तुम क्या सोचते हो, टेलीफ़ोन करके चलें या अपने आप ही पहुँच जाएँ?" सुबोध दुविधा में पड़ गया। उसने मन ही मन कहा, क्या मालूम टेलीफोन पर पूछें तो वह इनकार कर दें, कोई बहाना बना दें कि बाहर जा रहे हैं, या कुछ और।

"बीयर की दो बोतलें ले चलो।" नीलिमा ने हँसते हुए कहा।

"नहीं, उन्हें बुरा लग सकता है।"

"पहले मालूम होता तो नीचे से फूल ले आती।"

वर्माजी का फ्लैट एक ही मंज़िल ऊपर था। नए-नए फ़्लैट बने थे और बड़े साफ़-सुथरे थे। फ़र्श तो जैसे चमकते थे। सुबोध बार-बार अपने बालों पर हाथ फेरता हुआ, अंदर ही अंदर कुछ घबराया हुआ, फ्लैट में से बाहर निकला और लिफ्ट के सामने जाकर खड़ा हो गया।

"खाली हाथ तो मैं नहीं जाऊँगी।" नीलिमा ने कहा, "तुम चलो, मुझे कुछ याद आया है, लेकर आऊँगी। एक तिपाई-कवर है, बड़ा प्यारा है।" और नीलिमा भागकर अंदर चली गई।

लिफ़्ट इस बीच आ गई, सुबोध क्षण-भर के लिए उसके सामने ठिठका खड़ा रहा, फिर लिफ्ट के अंदर चला गया। 'आती रहेगी' उसने मन ही मन कहा।

मोतिया रंग का रेशमी तिपाई कवर, जिस पर हल्के नीले रंग के छोटे-छोटे बेल-बूटे काढ़े गए थे, बड़ा सुंदर तिपाई कवर था। किसी भी काम आ सकता था।

नीलिमा को ढूँढ़ने में देर नहीं लगी और वह भागती हुई बाहर निकल आई। सुबोध ऊपर जा चुका था।

"कोई फ़िक्र नहीं। मैं भी पहुँची कि पहुँची।" नीलिमा ने लिफ्ट का बटन दबाया।

पर जब वह ऊपर पहुँचकर लिफ्ट में से निकली और भागकर वर्माजी के फ्लैट की ओर गई तो सुबोध, फ्लैट के बंद दरवाज़े के बाहर खड़ा था।

"क्यों? यहाँ क्यों खड़े हो? तुमने घंटी नहीं बजाई?"

"मैं अकेला कैसे अंदर चला जाता? तुमने इतनी देर कर दी।" कहते हुए सुबोध ने घंटी का बटन दबा दिया।

पर उसी क्षण उसकी नज़र नीचे फ़र्श पर पड़ी। पास में खड़ी नीलिमा नंगे पाँव खड़ी थी। यह चप्पल पहनकर क्यों नहीं आई। नंगे पाँव चली आई! सुबोध का पारा तेज हो गया। वह बौखला उठा।

"नंगे पाँव चली आई हो? वर्माजी के घर?"

और छूटते ही ज़ोर का थप्पड़ नीलिमा के गाल पर दे मारा।

नीलिमा सिर से पाँव तक सिहर उठी। थप्पड़ इतने ज़ोर का पड़ा था कि उसका सारा शरीर झनझना उठा था। दर्द के मारे उसके मुँह से चीख-सी निकली और आतंकित-सी आँखों ने सुबोध की ओर देखा। सुबोध का चेहरा पीला पड़ गया था और होंठ काँप रहे थे।

तभी दरवाज़े के पीछे से आवाज़ आई, "कौन?"

और नीलिमा अपनी रुलाई दबा भी नहीं पाई थी कि फ्लैट का दरवाज़ा खुल गया। सामने मिसिज वर्मा खडी थीं।

उधर रुलाई, उधर अपने को संयत कर पाने की भरसक कोशिश, नीलिमा सँभल ही नहीं पाई। उसके अंदर क्रंदन-सा उठा, उसका गला बुरी तरह से रुँध रहा था। सहसा ही मिसिज़ वर्मा के सामने आ जाने से एक ओर रुलाई दबाने और दूसरी ओर मुस्कराने के असंभव प्रयास में नीलिमा व्याकुल हो उठी और घूमकर वहाँ से भाग गई।

"क्यों? क्या बात है? नीलिमा की तबीयत तो ठीक है?" मिसिज़ वर्मा ने चिंतित-सी आवाज़ में कहा।

इससे पहले कि मिसिज़ वर्मा समझ सकें कि दरवाज़े के बाहर खड़े पति-पत्नी के बीच कोई कहा-सुनी हो गई है, नीलिमा, अपना छोटा-सा रूमाल मुँह में हँसती, अपनी सिसकियाँ दबाने की चेष्टा करती हुई वहाँ से भाग गई थी।

इतने में वर्मा साहिब धीरे-धीरे चलते हुए दरवाज़े के पास आ गए थे।

"कहो, सुबोध, बड़ा अच्छा किया जो चले आए। मैं विमला से कह ही रहा था कि किसी दिन बाज़ाब्ता तरीके पर तुम लोगों को बुंलाए। नीलिमा नहीं आई?"

सुबोध हल्के से सिर झटककर बोला, "वह मेरे साथ आई थी। पर लगता है उसकी तबीयत कुछ बिगड़ गई। अभी-अभी लौट गई है।"

मिसिज़ वर्मा ने आँख उठाकर सुबोध की ओर देखा।

"पहले भी कभी ऐसा हुआ है?" मिसिज़ वर्मा ने चिंतित सी आवाज़ में पूछा।

"नहीं तो।" सुबोध ने कहा। वह बड़ी स्थिरता से बोल रहा था, जिससे उसने स्वयं ही प्रोत्साहित-सा महसूस किया।

"लगता है उसके पेट में ही कुछ गड़बड़ है।"

श्रीमती वर्मा को यह भी अटपटा लगा कि उसकी पत्नी परेशानी में लौट गई, जबकि सुबोध निश्चित-सा बना हुआ है।

वर्माजी बैठ गए। सुबोध भी बैठ गया था। श्रीमती वर्मा ने सोचा था कि नीलिमा को यों परेशानी में जाते देखकर सुबोध कुछ ही देर बाद उठ खड़ा होगा और उसकी खोज-ख़बर लेने के लिए माफ़ी माँगकर चला जाएगा, पर सुबोध डटकर बैठा रहा। और जब वर्माजी ने पूछा कि कॉफ़ी चलेगी या बीयर, तो सुबोध ने इसे अच्छा शगुन समझकर बीयर के लिए हामी भर दी थी, क्योंकि कॉफी का दौर तो कुछ मिनटों में ही ख़त्म हो जाता है, जबकि बीयर का दौर घंटा भर तो चलता ही है और इससे आत्मीयता बढ़ती है। यों भी बीयर के हल्के-हल्के नशे में ज़बान खुलने लगती है।

"आप जो कहें। यों इतवार के दिन तो मैं बीयर ही पीता हूँ।"

बीयर आ गई। बोतल खुल गई। गिलास भर गए।

श्रीमती वर्मा खिन्न-सा महसूस करती हुई वहाँ से उठ गईं।

घंटे भर बाद जब सुबोध बार-बार वर्माजी को धन्यवाद कहता हुआ वहाँ से उठा और अपने फ्लैट की ओर जाने लगा तो वह मन ही मन बड़ा खुश था। बहुत अच्छा मौका मिला, बहुत खुलकर बातें हुईं। अगर मैं नीलिमा के साथ ही लौट जाता तो बड़ा अटपटा लगता। इन्हें भी बुरा लगता। मैंने बड़ी समझदारी की बात की जो वहाँ पर बना रहा। वह इस बात से भी आश्वस्त था कि इतने आड़े वक्त में भी उसका मानसिक संतुलन बना रहा। वापस लौटते हुए वह मन ही मन कह रहा था, 'ग़लती तो मुझसे हुई जो मुझे गुस्सा आ गया और मैंने थप्पड़ दे मारा। पर नंगे पाँव आने का मतलब ही क्या था? यह मेरी हेठी करवाना नहीं तो और क्या है? और उसे इतना सीन क्रिएट करने की क्या ज़रूरत थी? तमाशा दिखाने की क्या ज़रूरत थी? कुछ देर चुपचाप बैठी रहती, जब तबीयत सँभल जाती तो बोलने-बतियाने लगती। यों तो बड़ा हँसती बक-बक करती रहती है। मुँह फुलाकर भाग गई।...'

जब सुबोध तनिक झूमता हुआ अपने फ्लैट में आया तो नीलिमा फटी-फटी आँखों से सामने की ओर देखती हुई कुर्सी पर बैठी थी। यदि उस समय सुबोध सहज भाव से उसके पास जाता और उसके कंधे पर हाथ भर रखता तो नीलिमा फट पड़ती, भले ही रो-रोकर बेहाल होती पर अंत में सँभल जाती। पर सुबोध तो अपमानित महसूस कर रहा था और इस उम्मीद को लेकर आया था कि नीलिमा अपनी बेसब्री के लिए उससे क्षमा माँगेगी। पर वह तो कुर्सी पर बैठी रही, जैसे उसे काठ मार गया हो। इस

पर सुबोध का पारा फिर तेज़ होने लगा और वह खड़े-खड़े ही उस पर बरसने लगा।

नीलिमा ज्यों की त्यों बैठी रही; और सुबोध इस अपमान के लिए एक तरह से नीलिमा को सज़ा देने के लिए यह कहता हुआ कि वह खाना नहीं खाएगा, कदम बढ़ाता हुआ सोनेवाले कमरे में चला गया और जाते ही अपने पलंग पर पसर गया। फिर कुछ देर तक बोलने बड़बड़ाने के बाद गहरी नींद सो गया।

शाम के साये उतरने लगे थे, और वातावरण में अवसाद गहराने लगा था। अब न जाने किस भावावेश में या अपने आंतरिक क्रंदन से विवश होकर नीलिमा घर में से निकल आई। बाद में याद करने पर भी उसे चेत नहीं हो पाता था कि उसने ऐसा किया था। उस शाम की बड़ी अस्फुट-सी याद, टूटे-बिखरे टुकड़ों में उसके स्मृति-पटल पर बच रही थी।

घर में से निकलकर वह बेसुध-सी सड़क पर चलती जा रही थी। लगता था जैसे नींद में चली जा रही हो। कुछ दिशाएँ हैं जिनकी ओर हमारा अवचेतन हमें ले जाता है, वही हमारा मार्ग निर्देशन भी करता है। उस वक्त कोई व्यक्ति नीलिमा के चेहरे की ओर देखता तो उसकी अधमुँदी आँखों, चेहरे पर लक्षित होनेवाले अबूझ से भाव को तो देख पाता, पर उसके मस्तिष्क के अंदर जलती शिखा को नहीं देख पाता जो न जाने कब से वहाँ जलने लगी थी।

सुबोध को उसके घर से निकल जाने का पता नहीं चला। घर में नीलिमा की अनुपस्थिति का भास तब हुआ जब वह अँधेरा पड़ चुकने पर गहरी नींद से जागा और उसे चाय पीने की तलब हुई। नौकर चाय तो बनाकर ले आया, मगर मेम साहिब कहाँ गई हैं, इसका उसे भी कुछ पता नहीं था।

सुबह की घटना को सुबोध भूला तो नहीं था, अपनी जल्दबाज़ी पर थोड़ा क्षुब्ध भी था, वह भी मुख्यत: इसलिए कि वह घटना, वर्माजी के साथ मेलजोल बढ़ाने में किसी हद तक बाधक हुई थी और श्रीमती वर्मा को झटका सा लगा था कि नीलिमा वहाँ से भाग क्यों गई। यह तो सुबोध ने स्थिति सँभाल ली, बड़े संयम से काम लिया, वरना अगर वह उस समय नीलिमा को रोकने की चेष्टा करता या उसके पीछे-पीछे चल पड़ता तो मिस्टर वर्मा और उनकी पत्नी तरह-तरह के अनुमान लगाने लगते। नीलिमा अमीर बाप की बेटी है। वह उसकी महत्त्वाकांक्षाओं को कोई महत्त्व नहीं देती, वरना अगर उसे सुबोध के कैरीयर की तनिक भी परवाह होती तो क्या वह नंगे पाँव वर्माजी के फ्लैट की ओर चल पड़ती? वह ड्रेसिंग गाउन पहन सकती थी तो क्या पाँवों में जूते नहीं पहन सकती थी?

सुबोध का मन फिर से खीजने लगा था। यही कारण था कि उसे नीलिमा की खोज-ख़बर लेने का ख़्याल तक नहीं आया। वह कमरे में ही देर तक बैठा कुढ़ता रहा।

सड़क पर गहराते सायों के बीच बत्तियाँ जगह-जगह जलने लगी थीं। हवा में हल्का-हल्का-सा धुआँ फैलने लगा था। आस-पास का दृश्य धुँधलाने-सा लगा था, पर नीलिमा यंत्रवत् चलती जा रही थी।

एक सँकरे बाज़ार में से निकलकर वह एक चौड़ी सड़क पर आ गई थी। चौड़ी सड़क का मोड़ भी उसने काट लिया था। उसे कुछ मालूम नहीं था कि वह किस ओर चली जा रही है। उसका अवचेतन ही उसका दिशाबोध करा रहा था, जब उसने एक सुनसान सी सड़क पकड़ ली।

कुछ देर बाद पथराई-सी आँखों से सामने की ओर देखते हुए नीलिमा किसी बड़े से घर के सामने जा खड़ी हुई थी। तीन सीढ़ियाँ आगे चबूतरा और चबूतरे के पीछे घर के अंदर जानेवाला दरवाज़ा जो इस वक्त बंद था।

नीलिमा अभी भी अपनी तंद्रा से नहीं जागी थी। उसकी आँखें अभी भी अंतर्मुखी हो रही थीं। पर वह घर के सामने खड़ी थी।

अंदर से हल्की-हल्की आवाजें उसके कानों में पड़ने लगीं। उसे फिर भी चेत नहीं हुआ। बंद दरवाज़े पर आँखें लगाए वह कुछ भी देख नहीं रही थी।

उसके पाँव उसे कहाँ ले आए थे? वह यहाँ क्यों चली आई? उसे कुछ भी तो मालूम नहीं था। हल्की-हल्की आवाजें अभी भी घर के अंदर से आ रही थीं, कभी किसी के हँसने की आवाज आ जाती, कभी किसी के ऊँचा बोलने की। कोई सुखी परिवार अंदर रहता था, जहाँ लोग बोल बतिया रहे थे। एक क्षीण-सी भावना उसके अंदर जागी, जिससे उसके अंदर सूनेपन की जकड़न कुछ कम हुई। पर वह किस परिवेश में खड़ी है, इसकी चेतना उसे अभी भी नहीं थी।

उसकी चेतना तब लौटी जब अंदर से स्त्रियों के हँसने-चहकने और उसके बाद शीघ्र ही ढोलक की थाप सुनाई दी। अंदर कुछ औरतें ढोलक बजा-बजाकर गाने लगी थीं।

तभी सहसा ही नीलिमा चौंककर तंद्रा से जागी, तभी जैसे उसकी आँखें खुलीं, तभी उसकी आँखें घर के बाहर चबूतरे की ओर उठीं। अंदर को खुलनेवाले दरवाज़े के ऊपर बंदनवार लगा था, हरी हरी पत्तियों का बंदनवार।

नीलिमा के मस्तिष्क में झट से कौंध गया, शादी हो रही है। अल्ताफ़ की शादी हो रही है!

तब तक नीलिमा कुछ-कुछ सचेत हो गई थी। उसने घूमकर अपने आस-पास देखा। हाँ, यही तो अल्ताफ़ का घर है। क्या सचमुच अल्ताफ़ की शादी हो रही है? उसके अंदर से फिर से एक चीख-सी उठी। उसके शरीर में, अंग-अंग में, कंपन-सा हुआ और वह पलटकर उसी बीहड़ रास्ते पर वापिस जाने लगी।

सत्रह

प्रदर्शनी में रखी जानेवाली एक-एक तसवीर नीलू को समर्पित थी। अपने हाथ से बनाए चित्रों की ओर देखते हुए भी उसे लगता जैसे नीलू की सहलाती नज़र एक-एक चित्र पर थी। चित्र पर ही क्यों, सुधीर पर भी, सुधीर के नसीब पर भी, उसके हर प्रयास पर भी।

नीलू के बिना सब फीका-फीका लग रहा था। मन रो-रो उठता था। नीलू दो पैसे का कार्ड तो डाल ही सकती थी। उसने तो चुप्पी ही साध ली। ऐसे भी कभी हुआ है। सुधीर का मन जब शांत होता तो वह सोचता, माँ-बाप ने रोक लिया होगा। विशेष रूप से माँ ने कि अब बच्चा हो जाने के बाद ही उसे भेजेंगे। पर नीलू ख़त तो लिख ही सकती थी। उससे इतना भी नहीं हुआ।

नुमायश रुक नहीं सकती थी। महीनों पहले हॉल बुक करवाया था, ढेरों पैसे दिए थे; और कितने चाव से चित्र बनाता रहा था। नीलू के साथ विवाह के बाद यह उसकी पहली प्रदर्शनी होनेवाली थी।

सुधीर सबसे ज़्यादा उस समय व्याकुल होता जब नीलू आँखों के सामने आ जाती। तब भयावह-सी आशंका उसके दिल को मथने लगती। कहीं कोई गड़बड़ न हो गई हो। नीलू पर कोई मुसीबत न आई हो। सोचते ही सुधीर का दिल दहल-सा जाता।

बस का मोड़ मुड़ते समय नीलू देर तक अपना गोरा गोरा हाथ, जिस पर श्रीमती गणेश की दी हुई लाल चूड़ियाँ चमक रही थीं, हिलाती रही थी। उसके शब्द बार-बार सुधीर के कानों में गूँज-गूँज जाते, मैं हफ़्ता दस दिन में लौट आऊँगी। प्रदर्शनी का सारा काम हम मिलकर करेंगे। रवाना होने से एक दिन पहले, अकेले में नीलू ने सुधीर से कहा था, "मैं नहीं जाना चाहती। हमीद भैया सच भी कहते हैं तो भी नहीं जाना चाहती।" बस पर चढ़ते समय भी नीलू का चेहरा पीला पड़ गया था, "तुम मुझे क्यों भेज रहे हो, जी? मेरा मन नहीं मानता। मैं तुम्हारे साथ रहना चाहती हूँ।" पर सुधीर ने नहीं माना, "कोई बात नहीं। अगर माँ बीमार हैं तो तुम जाओ। अगर उन्हें कुछ हो हवा गया तो जिंदगी भर पछतावा बना रहेगा।"

"प्रदर्शनी के बाद जहाँ कहोगे, चली जाऊँगी। प्रदर्शनी तो हो जाने दो।"

"अब जुबान दे दी तो दे दी। प्रदर्शनियाँ तो होती रहती हैं।" सुधीर ने स्वयं नीलू को बस की सीढ़ी पर चढ़ाते हुए कहा था।

"हमारे ब्याह के बाद तो यह तुम्हारी पहली प्रदर्शनी है ना! इसे तो मैं अपनी पहली प्रदर्शनी समझती हूँ।"

"जो होगा देखा जाएगा, नीलू। अल्लाह मालिक है!" सुधीर ने नीलू के ही चहेते शब्द दोहराये थे और हँस पड़ा था।

बस में बैठ जाने के बाद नीलू सहसा ही उसे हिदायतें देने लगी थी, "शर्मा की दुकान पर रात के वक्त दूध-जलेबियाँ ज़रूर खाते रहना। तुम्हें मेरे सिर की कसम।" और कहते-कहते नीलू की आँखें डबडबा आई थीं।

बस के चलने तक वह कहती रही थी, "तुम तो भूखे पेट चित्र बनाते रहोगे। मुझे वचन दो कि ठीक से खाना खाओगे।"

और उसके बाद बंस की खिड़की में से निकला हुआ नीलू का हाथ और बस के मोड़ काटने के बाद नीलू आँखों से ऐसी ओझल हुई थी, मानो अंतर्ध्यान हो गई हो।

प्रदर्शनी से पहले, दिल्ली में पहुँचते ही सुधीर सीधा नीलू के बड़े भाई से मिलने चला गया था। उन्हें तो मालूम होगा कि नीलू कहाँ पर है और वह क्योंकर लौटकर नहीं आई। पर नीलू के बड़े भाई ने केवल इतना ही कहा, "मैं भी, सुधीर साहिब, उतना ही जानता हूँ जितना आप जानते हैं। मैं तो यहाँ से निकल ही नहीं पाया हूँ। इस घर से दफ़्तर और फिर दफ़्तर से घर पर इत्मीनान रखो, अगर खत नहीं मिला, तो सब ठीक-ठाक ही चल रहा होगा।"

पर बड़ा भाई झूठ बोल रहा था। कुछ ही दिन पहले वह कस्बे का चक्कर लगाकर लौटा था। उन दिनों दूसरी जगह नीलू के निकाह की बात चल रही थी। लेकिन वह कुछ नहीं बोला, शायद यह सोचकर कि इन लोगों ने पुलिस थाने में हलफनामा दे रखा है, इस वक्त चुप ही रहना बेहतर होगा।

"भाई जान, मैं तो छुट्टी के लिए तीन बार दरख्वास्त दे चुका हूँ, छुट्टी ही नहीं मिलती।" और सुधीर मुँह बाये लौट आया था।

सुधीर नीलू की ख़बर ले पाने के लिए बेताब हो गया था। उसे और तो कुछ नहीं सूझा, उसने अपने मित्र जगदीश को नीलू के गाँव भेज दिया, कि जैसे भी हो, नीलू की खोज-ख़बर लेकर आए। जगदीश गया था। पूरे दो दिन तक कस्बे में चक्कर लगाता रहा था, पर नीलू से उसका कोई संपर्क नहीं हो पाया था। इससे सुधीर और भी हताश हो गया था।

और अब प्रदर्शनी का दिन आ गया था और दोनों मित्र हॉल में चित्र टाँगने और अन्य सभी तरह का प्रबंध करने में जुटे हुए थे। पर प्रदर्शनी का सारा चाव जाता रहा था। मानो सुधीर केवल अपना फ़र्ज़ निभा रहा था।

सुधीर ने प्रदर्शनी के प्रवेशद्वार के सामने सूर्यास्त का चित्र टाँगा था। चित्र छोटे आकार का था, जबकि आमतौर पर प्रवेशद्वार के सामने बड़े आकार का चित्र टाँगने की प्रथा है, वहाँ बड़े आकार का चित्र अधिक प्रभावशाली लगता है, और प्रदर्शनी में कलाकार का प्रतिनिधि चित्र भी माना जाता है। पर सुधीर को छोटे आकार का चित्र ही अधिक पसंद था, क्योंकि शादी के बाद शिमला पहुँचने पर यही सबसे पहला चित्र उसने बनाया था, और बनाते समय नीलू सारा वक्त उसके साथ खड़ी रही थी। नीलू की आँखें इस चित्र को सहलाती रही थीं, इसलिए यह चित्र उसे बड़ा प्रिय था।

जब जगदीश ने इसरार किया कि छोटे आकार का चित्र वहाँ नहीं लगाना चाहिए तो सहसा ही सुधीर उस पर बरस पड़ा, "तुमसे इतना भी नहीं हुआ कि नीलू की खोज-ख़बर ले आते। उसके गाँव में गए और मुँह उठाए लौट आए।"

जगदीश भौंचक्का-सा सुधीर के चेहरे की ओर देखने लगा।

"क्या बात है, बिगड़ क्यों रहे हो?"

"तुमसे इतना नहीं हुआ कि उससे मिलकर आते। मिल नहीं सकते थे तो उसकी खेज ख़बर तो कर सकते थे।" कहते हुए सुधीर का गला रुँध गया था।

जगदीश अवाक्-सा सुधीर के चेहरे की ओर देखता रह गया। इसे मैं बताऊँ तो क्या बताऊँ? मैंने क्या देखा और क्या जाना!

जगदीश निश्चय ही दो दिन तक कस्बे में घूमता रहा था। नीलू के घर के कितने ही चक्कर लगाता रहा था। उसने केवल एक बार हमीद को घर के अंदर जाते देखा था और उस पर नज़र पड़ते ही ओट में हो गया था कि कहीं हमीद उसे देख नहीं ले। बाद में भी, जगदीश की इतनी हिम्मत नहीं हुई कि दरवाज़ा खटखटा दे। वह जानता था कि उसके कहने से कि वह सुधीर का मित्र है और नीलू से मिलना चाहता है, पर्दादार घर के लोग उस पर बिगड़ भी सकते हैं। हमीद ने तो उसे देख रखा था, हमीद के अब्बा भी उसे पहचानते होंगे, पुलिस थाने में उन्होंने उसे देखा था। पर दोनों ही ऐसे व्यक्ति थे जिनसे मिलने का वह साहस नहीं जुटा पाया था। आखिरी दिन उसने मन में ठान ली थी कि जैसे भी होगा, नीलू के वालिद से जा मिलूँगा। अच्छी, बुरी, कोई तो ख़बर मिलेगी। तभी उसे बाबू फकीरचंद का ख़्याल आया था, जिसका जिक्र नीलू किया करती थी और जिसे 'चच्चा जान' बुलाती थी। उनसे मिलने का विचार उसके मन में कौंध-सा गया था, और उसी दिन उनका अता-पता पूछता हुआ उनके घर जा पहुँचा था।

और जो कुछ बाबू फ़कीरचंद ने कहा था, उसे सुनकर तो वह सुन्न-सा रह गया था। अब वह सुधीर को बताए तो क्या बताए कि नीलू का निकाह, उसका भाई, कस्बे के किसी मौलवी के साथ मिलकर किसी दूसरी जगह करने जा रहा है, किसी दुकानदार के साथ जो मनियारी की दुकान करता है और तीन बच्चों का बाप है। बाबू फ़कीरचंद को सुधीर और नीलू का ब्याह सही क़दम नहीं लगा था, "अपने

दोस्त से जाकर कहो कि या तो नीलू को भूल जाए और अगर नहीं भूल सकता तो कलमा पढ़कर मुसलमान बन जाए, तभी नीलू उसके साथ रह सकेगी, वरना नहीं।"

रास्ते-भर जगदीश बेचैन रहा था। और जब लौटा था तो गुमसुम, सुधीर की प्रदर्शनी को केवल दो दिन रह गए थे और सुधीर, तसवीरें ढो ढोकर प्रदर्शनी हॉल में पहुँचाने में लगा हुआ था। तभी जगदीश ने मन ही मन निश्चय किया था कि प्रदर्शनी का पहला दिन निकल जाए, तो सारी बात सुधीर को कह सुनाएगा। वह चुप्पी साधे हुए था, जबकि उसका अपना मन बड़ा बेचैन था, कि जाने आगे क्या होगा, जाने नीलू पर क्या बीतेगी, क्या बीत रही होगी।

सुधीर की परेशानी देखते हुए जगदीश ने सहज भाव से कहा, "तुम चिंता नहीं करो। इस वक्त तो जैसे भी हो प्रदर्शनी को निभाना है, इससे कोई छुटकारा नहीं। यह शाम निकल जाए, फिर सोच-समझकर कोई क़दम उठाएँगे। तुम चाहते हो, यही चित्र प्रवेशद्वार के सामने लगा रहे, तो लगा रहने दो। मुझे तो लगा था कि यहाँ बड़े साइज़ का चित्र होना चाहिए।"

केवल दो घंटे प्रदर्शनी के उद्घाटन में बचे थे। अभी ढेरों काम पड़ा था। सुधीर खोया-खोया महसूस कर रहा था, पर जैसे-तैसे प्रदर्शनी को तो निभाना ही था। दोनों मित्र फिर से उसके प्रबंध में जुट गए।

सुधीर एक और चित्र टाँगने जा रहा था, जब कैशियर के दफ़्तर से एक चपरासी ने आकर कहा कि "सुधीर साहिब, आपका टेलीफोन है, कैशियर साहिब के कमरे में।"

"किसका फोन है?" सुधीर ने कहा और भागता हुआ कैशियर के कमरे की ओर गया। चोंगा उठाया तो आवाज़ आई, "सुधीर साहिब, आप अपना वायदा भूल गए।"

"कौन बोल रहा है?"

"सुधीर साहिब, आपने वायदा किया था कि पहली तारीख को पंद्रह हज़ार रुपए आप हमें पहुँचा देंगे, पर आप भूल गए।"

सुधीर का माथा ठनका। यह ज़रूर नीलू के भाई की शरारत है।

"क्यों, सुधीर साहिब, आप चुप हो गए?"

"नीलू कहाँ हैं?" सुधीर ने बदहवासी में कहा। उसे लगा जैसे नीलू को किसी गिरोह ने घेर लिया हो।

"आप कौन हैं? आप साफ़-साफ़ क्यों नहीं कहते? मैं पंद्रह हज़ार रुपए पहुँचा दूँगा। आप बताइए तो नीलू कहाँ है? कैसी है?"

उधर से चोंगा रख दिया गया था।

सुधीर के माथे पर पसीना छलक आया था। चेहरा पीला पड़ गया था और हाथ काँपने लगे थे।

दरवाज़े में जगदीश खड़ा था।

"नीलू ज़रूर किसी मुसीबत में फँसी है।" सुधीर के मुँह से निकला, और उसने

टेलीफोन पर हुआ वार्तालाप कह सुनाया।

जगदीश जो स्वयं बेचैन हो उठा था, सुधीर को ढाढ़स बँधाते हुए बोला, "मुसीबत में क्यों फँसी होगी। अपने घर में बैठी है, अपने माँ-बाप के पास। इस वक्त तुम किसी बात की चिंता नहीं करो।"

"यह मैं क्या कर बैठा था जो मैंने नीलू को उसके घर भेज दिया।" सुधीर ने कहा, और दोनों प्रदर्शनी हॉल की ओर मुड़ गए। सुधीर की टाँगों में जैसे पानी भर गया था।

हॉल में पहुँचकर सुधीर एक और चित्र टाँग ही पाया था कि कैशियर का चपरासी फिर से आकर बोला कि साहिब आपका टेलीफोन है, पर कैशियर साहिब बहुत बिगड़ रहे हैं कि आपके नाम बार-बार टेलीफ़ोन क्यों आ रहा है।

अबकी बार सुधीर ने चोंगा उठाया तो आवाज़ आई, "हरामजादे! उल्लू के पट्ठे!" और चोंगा रख दिया गया।

सुधीर टेलीफोन का चोंगा हाथ में उठाए, कुछ देर तक ठिठका खड़ा रहा। उसका गला रुँधने लगा था। पर इस गाली-गलौच को सुनकर वह तनिक आश्वस्त भी हो गया कि कोई व्यक्ति जान-बूझकर शरारत कर रहा है, कि यह महज़ शरारत है, इससे अधिक कुछ नहीं, और वह पहले से तनिक आश्वस्त, प्रदर्शनी हॉल में लौट आया।

तीसरी बार फिर टेलीफोन का संदेश आया तो साथ में कैशियर साहिब का उलाहना भी था कि यह आखिरी बार बुला रहा हूँ। यह पब्लिक बूथ नहीं है कि हर किसी को टेलीफोन करने की इजाज़त हो। बात ख़त्म कीजिए। अब फिर टेलीफोन आया तो चोंगा बिना बुलाए रख दिया जाएगा।

सुधीर ने चोंगा उठाया तो दूसरी ओर से कोई आवाज़ नहीं थी। सुधीर ने दो-एक बार 'हैलो-हैलो' कहा, फिर चोंगा रखकर लौट आया।

सुधीर ऐसे अनुभव से अछूता अथवा अनभिज्ञ रहा हो, ऐसा भी नहीं था। शिमला निवास के दिनों में भी हमीद के आने से कुछ रोज पहले एक गुमनाम ख़त उसे मिला था, जिस पर बाकायदा पता भी नहीं लिखा था, जिसे कोई व्यक्ति उसके घर के किवाड़ के नीचे से सरका गया था, जिसमें तरह-तरह की धमकियाँ दी गई थीं। नाम किसी का नहीं लिखा था, न ही ख़त ठीक तरह से पढ़ा जा सकता था। उस दिन भी सुधीर बड़ा विचलित हुआ था। पर उसने इसका ज़िक्र नीलू से नहीं किया था। नीलू शिमला में बड़ी खुश थी और वह चाहता था कि उसकी खुशी बराबर बनी रहे।

प्रदर्शनी के उद्घाटन से लगभग आधा घंटा पहले, जब सभी चित्र टाँगे जा चुके थे, मेहमानों के लिए खान-पान का और उद्घाटनकर्ता के लिए फूलों तथा अन्य सामग्री का प्रबंध किया जा चुका था, तो जगदीश, सुधीर को प्रदर्शनी हॉल के पीछे रेस्तराँ में चाय का कप पिलाने ले गया। दोनों मित्र बैठे ही थे कि सुधीर बिफरकर बोला, "प्रदर्शनी ख़त्म हो ले, मैं खुद जाऊँगा। मैं सीधा नीलू के घर जाऊँगा। देखा जाएगा जो होगा। मुझे मार ही डालेंगे ना, और क्या होगा?"

जगदीश सुन रहा था और मन ही मन कह रहा था कि कौन जाने क्या होगा। बैनर्जी साहिब जिन्हें उद्घाटन करना था, पहुँच चुके थे और हॉल में लगे चित्रों की नज़रसानी कर रहे थे। सुधीर के, कला निकेतन के अनेक साथी कलाकार भी पहुँच चुके थे और सुधीर के चित्रों पर अपनी-अपनी प्रतिक्रिया व्यक्त कर रहे थे। हॉल में मेले का सा समा बना हुआ था। बत्तियों की जग-मग, कैंटीन के दो आदमी, चाय-कॉफी की ट्रे और खान-पान की चीज़ों की ट्रे उठाए मेहमानों को पेश कर रहे थे। कितने ही लोग चित्रों के सामने खड़े शिमला कीं दृश्यावली को बड़ी उत्सुकता से देखे जा रहे थे।

तभी बड़ी खिड़की के पास खड़े सुधीर की नज़र सड़क की ओर गई तो उसे जैसे बिजली छू गई। सड़क के पार से छम-छम करती नीलू चली आ रही थी! हाँ, हाँ, नीलू ही थी। सड़क पर चलते वाहनों से बचती, उनमें से अपना रास्ता बनाती हुई तेज़ तेज़ चलती आ रही थी। रंग-बिरंगे भड़कीले, राजस्थानी काट के घाघरा चोली पहने हुए थी, लगता था जैसे सचमुच कोई दुल्हन चली आ रही हो!

"जगदीश!" सुधीर ज़ोर से चिल्लाया और फिर भाग कर बाहर की ओर जाने लगा।

हँसती-मुस्कराती, दाएँ हाथ से घाघरे के चुन्नट पकड़े, मानो भागती हुई-सी नीलू पहुँच गई थी। सुधीर को अभी भी यकीन नहीं आ रहा था कि नीलू सचमुच पहुँच गई है। हाँ, हाँ, नीलू ही तो थी! लाल रंग का राजस्थानी घाघरा और पीले रंग की चोली और ओढ़नी, जिस पर गोटे की बिंदियाँ चमक रही थीं। सड़क पार करते हुए नीलू एक-एक कदम आगे बढ़ाती तो लगता जैसे कोई लहर उछली है। संगीत के किसी आरोह-अवरोह के साथ!

सीढ़ियों के पास पहुँची तो सुधीर आगे बढ़ आया।

"तू कैसे पहुँच गई, नीलू?"

"क्यों जी, मुझे आना ही तो था।"

उसी समय जगदीश भी पहुँच गया था।

पलक मारते ही जैसे सुधीर की दुनिया बदल गई। उसे लगा जैसे चारों ओर रोशनी छिटक गई है। उसकी बाँछें खिल गईं। वह बड़ा हल्का-हल्का महसूस करने लगा, साथ ही उत्तेजित भी। नीलू का हाथ पकड़े वह उसे हॉल कमरे के अंदर सीधा बैनर्जी साहिब के पास ले गया।

सुधीर भूल ही गया कि प्रदर्शनी में मेहमानों के साथ बातचीत का दायित्व भी उसे निभाना है। जमीन पर उसके पाँव टिक ही नहीं पा रहे थे, बार-बार उसका शरीर पुलक-पुलक उठता। नीलू का हाथ थामे वह उसे प्रदर्शनी में लगा एक-एक चित्र दिखाने लगा।

प्रदर्शनी के उद्घाटन के बाद देर तक दर्शकों का ताँता लगा रहा था। शिमला

के प्राकृतिक दृश्य ही नहीं, हिमाचली घरों के झुरमुट, रहन-सहन के आँगन, उनके मंदिर, तरह-तरह के अनूठे चेहरे, बहुत कुछ था जो अनदेखा नहीं किया जा सकता था। नीलू एक-एक चित्र के सामने देर देर तक खड़ी रहती। यह चित्र तब बना था जब बनाते समय बारिश होने लगी थी, यहाँ भी सुधीर पर छाता खोले वह खड़ी रही थी, पर स्वयं इतनी भीग गई थी कि घर लौटते ही ठिठुरने लगी थी। यह चित्र अंबेडकर के बुत्त के पास बनाया गया था। हैं ना? इतने सारे लोग आस-पास इकट्ठा हो गए थे, कुली-मज़दूर, दुकानों के कारिंदे, सैलानी। पर सुधीर ने एक बार भी मुड़कर उनकी ओर नहीं देखा था।...यह गली का चित्र बड़े बाज़ार में बनाया था। हैं न? यहीं पर पुलिस आ गई थी न, कि बताओ तुम्हारे पास लाइसेंस है या नहीं? चित्रों को देखती हुई वह कई बार बच्चों की तरह हँसने लगती, "हाय, मैं नहीं आती तो कितना बुरा होता, क्यों जी?"

उद्घाटन समारोह समाप्त हुआ। एक-एक करके दर्शक चले गए। बत्तियाँ बुझने लगीं। बैनर्जी साहिब तो बहुत पहले ही चले गए थे।

तभी जगदीश धीरे से सुधीर के पास आया और चुपके से अपने कमरे की चाबी सुधीर के हाथ में थमाते हुए वहाँ से जाने लगा।

"अब तुम जानो और तुम्हारा काम, मैं जा रहा हूँ।"

जब सुधीर ने आग्रह किया कि जैसे-तैसे एक ही कमरे में गुजर-बसर कर लेंगे तो जगदीश ने सिर हिला दिया।

"रात भर चूड़ियों की खनकार सुनो। तुम्हारी खुसर-फुसर सुनो। अपनी नींद हराम करो। नहीं जी। शुक्रिया। किसी ढाबे के बाहर सोना मुझे मंजूर है।" कहता हुआ वह वहाँ से निकल गया।

सड़क पर जाते हुए वह अपनी उधेड़बुन में खोया रहा। वह समझ नहीं पा रहा था कि नीलू यहाँ कैसे पहुँच गई? वहाँ से कैसे निकल आई? भागकर आई है तो हमीद इसे कहाँ छोड़ेगा? और शाम के वक्त जो टेलीफ़ोनें आती रही थीं, उनको वह क्या समझे?

"तू कैसे पहुँच गई, नीलू?" सुधीर ने नीलू को आलिंगन में भरते हुए, प्यार की बदहवासी में पूछा। अँधेरी कोठरी में अपना बैग फ़र्श पर पटकते हुए, मानो वर्षों का प्यासा, उसने नीलू को बाँहों में भर लिया था। सुधीर का गला बार-बार रुँध-रुँध जाता। दोनों अपार सुख के झूले पर झूल रहे थे। कितनी ही देर तक वे एक-दूसरे में गुँथे रहे थे।

"तू तो बड़ी बन-ठनकर आई है। ऐसे चटकीले कपड़े कहाँ से मिल गए?"
"क्यों जी, मेले-ठेले पर लोग जाते हैं तो चटकीले कपड़े पहनकर नहीं जाते?"

"तेरी ओर सभी लोग देखते रहे होंगे?"

"पर मैं तो किसी की तरफ़ नहीं देखती थी ना। मुझे क्या, कोई भी मेरी तरफ

देखता फिरे, क्यों जी।"

बहुत दिन बाद, नीलू का हर वाक्य के साथ 'क्यों जी?' कहना सुधीर को सुनने को मिल रहा था। इसके लिए भी वह तरस तरस गया था।

"नीलू, मैं तुम्हें खो नहीं सकता।"

"तुम मुझे नहीं खोओगे। खोओगे क्यों जी? मैं तो भागती हुई तुम्हारे पास पहुँच गई हूँ।"

"मगर हमीद को पता चल गया तो?"

नीलू क्षण-भर के लिए चुप रही, फिर बोली, "जो होगा देखा जाएगा।"

"तुम्हें यहाँ आते हुए किसी ने देखा नहीं? पहचाना नहीं?"

"मुझे कोई कैसे देख सकता था? मैंने बुर्का जो ओढ़ रखा था।" नीलू ने कहा और ठहाका मारकर हँस दी।

"बुर्का ओढ़ लो तो तुम तो हर किसी को देख सकते हो, पर तुम्हें कोई नहीं देख सकता," उसने हँसकर कहा, "मैंने बुर्का ओढ़ा और घर में से निकल आई। अब मैं कहूँ हमीद भैया आएँ मुझे ढूँढ़ते फिरें। मज़ा आ जाए। वह मुझे ढूँढने निकलें और मेरे पास से गुज़र जाएँ, और मैं बुर्के में छिपी हँसती रहूँ, क्यों जी?"

हमीद की चर्चा होने पर सुधीर का मन फिर से डूबने लगा था। शाम को बार-बार आनेवाली टेलीफ़ोनों की याद उसे फिर से विचलित करने लगी। पर नीलू, बेसुध सी, सुख का एक-एक क्षण जैसे बीन रही थी। भविष्य की चिंता स्त्रियों की तुलना में पुरुष अधिक करते हैं। भविष्य का भय स्त्रियों को इतना नहीं सताता जितना पुरुषों को। सुधीर से मिल जाने पर वह निश्चित-सा महसूस करने लगी थी मानो नाव अपने ठौर जा लगी हो।

"यह चटकीला घाघरा कहाँ पर पहना? क्या घर से ही पहनकर निकली थीं?"

"नहीं जी, रेलगाड़ी में बैठते ही पहन लिया। संडास में गई और पहनकर निकल आई।"

"इतने चटकीले रंग हैं इसके। तुम्हें झेंप नहीं हुई?"

"वाह जी, झेंप क्यों होती? तुम चटकीले रंगों से चित्र नहीं बनाते? मैं तो कोई पूछता तो बता भी देती थी, मेरे घरवाले के चित्रों की नुमायश हो रही है, वहाँ जा रही हूँ।"

सुधीर हँस दिया, "सारा वक्त तू मेरी प्रदर्शनी का प्रचार करती रही है।"

"तुम्हें मेरी याद आती थी?" सहसा नीलू ने कहा।

"याद नहीं आती थी? मेरा तो दिल बैठ जाता था कि न जाने अब कभी तू मिलेगी भी या नहीं।"

"मैं नहीं आती तो तू क्या करता?"

"तू नहीं आती तो प्रदर्शनी के बाद मैं तेरे गाँव जा पहुँचता। मैंने पहले ही दिल

में ठान रखी थी।"

"हाय, नहीं।" नीलू के मुँह में से निकला और वह सुधीर के और निकट सट गई।

नीलू जैसे वर्तमान की घड़ियों को अपने छोटे-छोटे हाथों में कसकर पकड़े रहना चाहती थी। सुधीर के गले में डाली उसकी बाँह सुधीर को नहीं, वरन् वर्तमान को जैसे आलिंगनबद्ध किए हुए थी कि कहीं हाथों में से निकल नहीं जाए।

"मेरे पीछे कितने चित्र बनाए? चित्र बनाते समय मुझे याद करते थे?" फिर झट से बोली, "चलो, वापिस शिमला चलें। मैं फिर से वहाँ जाना चाहती हूँ। हाय, मैं तुम्हारे बिना नहीं रह सकती।"

"तुम भागकर आई हो क्या?" सुधीर ने झट से पूछा।

"और नहीं तो क्या?"

"और तेरे भागने का किसी को पता नहीं?"

"नहीं तो, केवल माँ को मालूम है।"

सुधीर उठकर बैठ गया। नीलू के मिल जाने पर वह इतना प्रफुल्लित हुआ था कि उसका ध्यान ही और बातों की ओर नहीं गया था।

"अरे, मैं तो भूल ही गया था।" कहते हुए फ़ौरन ही सुधीर का हाथ नीलू के पेट की ओर बढ़ गया, "हमारे चिरंजीव कैसे हैं?"

"अब यहाँ कुछ नहीं है।" अपना हाथ सुधीर के हाथ पर रखती हुई नीलू बोली, "सब खाली है।"

"क्या?"

"हमीद भैया ने बच्चा निकलवा दिया।"

"अरे, यह क्या? मुझे पता ही नहीं।"

"तुम्हें कैसे पता चलता, मैं गाँव में जो थी।" नीलू ने कहा और क्षण-भर के लिए चुप रही, फिर बोली, "फिर बताऊँगी।" और बरबस ही नीलू की आँखों के कोनों से गर्म-गर्म आँसू उसकी कनपटियों पर गिर पड़े।

कुछ देर तक दोनों चुप बैठे रहे। सुधीर का मन फिर से विचलित होने लगा।

"तुम्हें मालूम है, मैंने जगदीश को तुम्हारे गाँव भेजा था।"

"सच? तो वह मुझे मिला क्यों नहीं?" फिर अपने आप ही लंबा साँस खींचकर बोली, "पर वह मुझे कैसे मिल सकता था? मैं तो सारा वक्त घर के अंदर बंद थी।"

जब एक बार गाँव का ज़िक्र शुरू हुआ तो एक के बाद एक, नीलू ने सारा किस्सा कह सुनाया। सुधीर सुनता जा रहा था, और उत्तरोत्तर उसकी व्याकुलता बढ़ती जा रही थी। कभी उसका खून खौलने लगता, कभी वह गहरे अवसाद में डूब जाता। देर तक सुनते रहने के बाद भर्राई-सी आवाज़ में बोला, "तू वहाँ से निकली कैसे?"

नीलू कुछ देर तक चुप बैठी रही, फिर बोली, "मैं तो एक-एक दिन गिन रही थी कि प्रदर्शनीवाला दिन आए और मैं जैसे-तैसे वहाँ से भाग निकलूँ। पर घर में से

निकल भागना मुमकिन ही नहीं था। कोठरी का पिछला दरवाज़ा गली में खुलता था। पर उस पर ताला चढ़ा था। मैं देर देर तक चाबियाँ ढूँढ़ती रहती कि जैसे भी हो ताला खोलूँ। मैंने सोचा था कि अगर चाबी नहीं मिली तो मैं कोठरी में लटकता माँ का बुर्का ओढ़कर घर से निकल जाऊँगी। आगे जो होगा देखा जाएगा। मुझे चाबी कहीं नहीं मिली। बस जी, आज जब सब लोग खाना खाकर उठ बैठे तो मैंने कोठरी में जाकर खूँटी पर से लटकता माँ का काला बुर्का उतारा ही था कि दरवाज़ा खुला और माँ अंदर आ गई। उसने मुझे बुर्का उतारते देखा तो बोली, "यह क्या करने जा रही है?"

मैंने माँ को सब बता दिया। मैंने कसम खाकर कहा कि एक दिन के लिए जाऊँगी, फिर लौट आऊँगी। एक दिन के लिए मुझे जाने दे। माँ सुनती रही, फिर सिर हिलाकर बोली, "तू उसे भी मरवाएगी और अपनी जान से भी हाथ धो बैठेगी। जहाँ बैठी है, वहीं बैठी रह। हो गई तेरी आशनाई बहुत।"

मैं क्या कहती, मैं चुप हो गई और एक ओर को जा बैठी।...दो ही दिन पहले माँ ने मुझे बहुत पीटा था। मुझे मेरा दहेज़ दिखाने लगी थी कि देख कितने चाव से तेरा दहेज़ बनाती रही हूँ और फिर उसे मुझ पर गुस्सा आ गया और मुझे पीटने लगी थी। मैंने सोचा, अब फिर से माँ बिफर उठेगी कि मैं घर से भागने की कोशिश कर रही थी। पर माँ कुछ देर तक तो दरवाज़े के पास खड़ी रही, फिर दीवार के साथ रखे संदूक को खोलकर उसमें कुछ देखती रही। मेरी समझ में कुछ नहीं आया।

कुछ देर बाद वह एक पोटली-सी उठाए हुए मेरे पास आई। बोली, "ले, इस पोटली में तेरे लत्ते हैं। राजस्थानी घाघरा-सूट जो मैंने तेरे ब्याह के लिए बनवाया था। मुझे क्या मालूम था तू कुलच्छनी निकलेगी।" और दूसरी मुट्ठी में नोटों की गड्डी थी। "ले, मेरा बुर्का ओढ़ ले और पिछले दरवाज़े में से निकल जा। मैं ताला खोल देती हूँ।" मैं माँ से लिपट गई। माँ रो पड़ी, बोली, "मैंने तेरे लिए कितनी दुआएँ माँगी थीं। कपड़े-लत्ते इतने चाव से बनवाए थे। अब जा, अल्लाह ताला को जो मंजूर होगा। अब ज़्यादा देर नहीं कर। घर में मर्द कोई नहीं है। तेरे अब्बा बैठक में सोए पड़े हैं। जा, अब वही तेरा घर है। बेफिक्र होकर जा।" मैंने गठरी उठाई, बुर्का ओढ़ा और घर से निकल आई और तीन बजेवाली गाड़ी में जा बैठी।" कहते हुए नीलू हँसने लगी।

सुधीर चुपचाप सुने जा रहा था। सुनता हुआ वह बार-बार परेशान हो उठता था। कोई बात थी जो अंदर ही अंदर उसके दिल को कुरेद रही थी। नीलू कह रही थी, "माँ ने मदद की। माँ ने मदद न की होती तो भी मैं निकल आती। पहुँचना ही पहुँचना था। मालूम है? हमीद भैया मेरा निकाह किसी दूसरी जगह पढ़वाना चाहते हैं। एक शादीशुदा के साथ जिसके तीन बच्चे हैं।..."

सुनते ही सुधीर सिर से पाँव तक सिहर उठा। उसकी आँखों के आगे जैसे अँधेरा छा गया। फिर वह भर्राई-सी आवाज़ में बोला, "नीलू...।"

"क्या है जी?"

"वे लोग अभी भी हमें परेशान करेंगे। आज शाम को टेलीफ़ोन आती रही है। कोई आदमी धमकियाँ देता रहा।"

फिर थोड़ी देर तक चुप रहने के बाद उसने जोड़ा, "नीलू, मैं कलमा पढ़ लूँगा। मैं दीन कबूल कर लूँगा।"

इस पर, उसके साथ सटकर बैठी नीलू ने अपनी तर्जनी उसके होंठों पर रख दी, "क्यों जी? क्या कह रहे हो?" फिर धीरे से बुदबुदाई, "हमारे प्यार की यह शर्त तो नहीं थी।"

सुधीर सिर से पाँव तक जैसे सराबोर हो गया, फिर धीरे से बोला, "मैं तुम्हें खो नहीं सकता।"

"तुम मुझे नहीं खोओगे। खोओगे क्यों जी? मैं तो भागी हुई तुम्हारे पास आ गई हूँ।"

सुधीर की आँखें भर आईं, "मैं तुम्हें सही-सलामत देखना चाहता हूँ।"

"कुछ नहीं होगा जो होगा देखा जाएगा। शादी से पहले तुम मेरे लिए सुधीर थे। शादी के बाद भी सुधीर ही रहोगे।"

"पर नीलू, हमीद चुप तो नहीं बैठेगा। क्या मालूम आगे क्या होगा!"

"जो होगा देखा जाएगा। मुझे क्या मालूम था कि मैं यहाँ तुम्हारे पास पहुँच पाऊँगी। मुझे क्या मालूम था कि घरवालों से मिलने जाऊँगी और अपना बच्चा निकलवा बैठूंगी।" कहते हुए ही सहसा ठहाका मारकर हँस दी।

"मुझे क्या मालूम था कि एक दिन तुम जैसे काले-कलूटे अनजान आदमी से मिलूँगी और उस पर अपनी जिंदगी वार दूँगी।"

"बस, बस।" सुधीर ने भावविह्वल होकर कहा।

पर नीलू की टुनटुनाती हँसी की आवाज़ अँधेरी कोठरी में गूँज गई, "मुझे क्या मालूम था कि एक अँधेरी कोठरी से दूसरी अँधेरी कोठरी में जा पहुँचूँगी मुझे क्या मालूम था कि अल्लाह ताला मेरे दिल की मुराद पूरी कर देंगे और मैं तुम्हारे पास पहुँच जाऊँगी। और इस वक्त तुम्हारे साथ सटकर बैठी होऊँगी।"

फिर बड़े चाव से उसकी बाँह सहलाती हुई बोली, "जो होगा, देखा जाएगा।"

"हमीद चुप तो नहीं बैठेगा।" सुधीर बोला।

"हम कहीं और निकल जाएँगे।" कहते हुए नीलू हँस दी, "भाग जाने के लिए तो बहुत जगहें हैं। हिंदुस्तान इतना बड़ा मुल्क है। अब मैं तुम्हें कभी भी छोड़ने वाली नहीं हूँ।"

वास्तव में उस रोज़ हमीद को कुछ भी पता नहीं चल पाया था। शाम के वक्त जब वह घर लौटा और घर के लोग दस्तरख्वान पर बैठकर भोजन करने लगे तो पहले

अब्बा जान ने, फिर हमीद ने नीलू के बारे में पूछा था। जवाब में माँ ने लापरवाही से कह दिया था कि कुलच्छनी असबाबवाली कोठरी में पड़ी सो रही है। शाम को मैंने उसे दूध का गिलास पिला दिया था। वहीं पड़ी है। मुझे तो कहती थी भूख नहीं है, पर जाए, उसे कोई बुला लाए, क्या मालूम दो लुक्में तोड़ ले।

इस पर हमीद ने इतना भी कहा था, "पड़ी रहने दो जहाँ पडी है।"

इस पर माँ कुछ देर के लिए तो चुप बैठी रही थी फिर सहसा बिफर उठी थी, "यह घर इन्सानों का घर है, कसाइयों का घर तो नहीं है। उसने काफ़िर से ब्याह किया है तो क्या मैं उसे दिन-रात पीटती रहूँ? उसका बच्चा तुमने निकलवा दिया। तुम और क्या चाहते हो, मैं पूछँ तो?"

और माँ की उत्तेजना बढ़ती चली गई थी, जब सहसा वह फट पड़ी, "नहीं है नीलू असबाबवाली कोठरी में। वह घर से निकल गई है।"

"क्या?" हमीद चिल्लाया था। दस्तरख्वान पर बैठे सभी लोग हैरान रह गए थे और आँखें फाड़-फाड़कर माँ के चेहरे की ओर देख रहे थे। माँ तनिक ठिठकी. फिर पहले की ही तरह अपनी सधी हुई आवाज़ में बोली, "मैंने ही उसे चलता किया है। उसके घरवाले की तसवीरों की नुमाइश थी। मैं कोठरी में गई तो नीलू पड़ी बिलख रही थी।"

"माँ, तुमने उसे भेज दिया? तुमने?" हमीद चिल्लाया।

"हाँ, मैंने। कितने दिन तक कोई माँ अपने बच्चे को बिलखता देख सकती है? और नीलू जैसी नाजुक लड़की। मैंने उसे भेजा है। यों पड़ी रहती तो एक दिन ज़हर खा लेती। तुम उसका निकाह दूसरी जगह करने जा रहे थे, यह जानते हुए कि वह अपना दिल किसी को दे बैठी है। क्या वह नए शौहर के साथ खुश रहती? गले में फंदा डालकर मर जाती तो? मैंने उसे इसलिए जना था कि वह तड़प-तड़पकर मरे? मैं माँ हूँ कि कसाइन हूँ? बड़े आए हो, करते-कराते कुछ हो नहीं, सब पर हुक्म चलाते फिरते हो। ख़बरदार, जो मेरे सामने मुँह खोला तो।"

हमीद दाँत पीसकर माँ की ओर घूरता रह गया, "तुम समझती हो हम उसे छोड़ देंगे? दीन के दुश्मन का मैं खून नहीं पी जाऊँ?"

"अपनी हमशीरा का खून पिएगा, नामुराद!" माँ चिल्लाई।

"मैं पहले उस काफ़िर का खून पिऊँगा, जिसने मेरी बहिन को बहकाया है। और इसमें अगर मेरी बहिन भी मरती है तो मुझे कोई अफसोस नहीं होगा।"

"क्या बक-बक लगा रखी है?" सहसा हमीद के अब्बाजान की आवाज़ आई। "इस घर को तुम लोगों ने क्या समझ रखा है? इन्सानों की तरह एक-दूसरे के साथ बात नहीं कर सकते?"

"आप हम पर उल्टा चिल्लाने लगे हैं। माँ ने उस चुड़ैल को घर से चलता कर दिया। आप माँ को कुछ नहीं कहते।"

"तुमने उसका हमल क्यों गिरवाया? यह बुरा फैल करने से पहले तुमने किसी से पूछा क्यों नहीं?"

"कौन जाने नीलू उस लौंडे को इस्लाम कबूल करने पर रज़ामंद कर ले।" इस पर मँझला बेटा जो घर के झगड़ों से दूर रहता था, बोल उठा, "क्या मालूम ब्याह किया है तो क्या मैं उसे दिन-रात पीटती रहूँ? उसका बच्चा तुमने निकलवा दिया। तुम और क्या चाहते हो, मैं पूछूँ तो?"

और माँ की उत्तेजना बढ़ती चली गई थी, जब सहसा वह फट पड़ी, "नहीं है नीलू असबाबवाली कोठरी में। वह घर से निकल गई है।"

"क्या?" हमीद चिल्लाया था। दस्तरख्वान पर बैठे सभी लोग हैरान रह गए थे और आँखें फाड़-फाड़कर माँ के चेहरे की ओर देख रहे थे। माँ तनिक ठिठकी, फिर पहले की ही तरह अपनी सधी हुई आवाज़ में बोली, "मैंने ही उसे चलता किया है। उसके घरवाले की तसवीरों की नुमाइश थी। मैं कोठरी में गई तो नीलू पड़ी बिलख रही थी।"

"माँ, तुमने उसे भेज दिया? तुमने?" हमीद चिल्लाया।

"हाँ, मैंने। कितने दिन तक कोई माँ अपने बच्चे को बिलखता देख सकती है? और नीलू जैसी नाजुक लड़की। मैंने उसे भेजा है। यों पड़ी रहती तो एक दिन ज़हर खा लेती। तुम उसका निकाह दूसरी जगह करने जा रहे थे, यह जानते हुए कि वह अपना दिल किसी को दे बैठी है। क्या वह नए शौहर के साथ खुश रहती? गले में फंदा डालकर मर जाती तो? मैंने उसे इसलिए जना था कि वह तड़प-तड़पकर मरे? मैं माँ हूँ कि कसाइन हूँ? बड़े आए हो, करते-कराते कुछ हो नहीं, सब पर हुक्म चलाते फिरते हो। ख़बरदार, जो मेरे सामने मुँह खोला तो।"

हमीद दाँत पीसकर माँ की ओर घूरता रह गया, "तुम समझती हो हम उसे छोड़ देंगे? दीन के दुश्मन का मैं खून नहीं पी जाऊँ?"

"अपनी हमशीरा का खून पिएगा, नामुराद!" माँ चिल्लाई।

"मैं पहले उस काफ़िर का खून पियूँगा, जिसने मेरी बहिन को बहकाया है। और इसमें अगर मेरी बहिन भी मरती है तो मुझे कोई अफसोस नहीं होगा।"

"क्या बक-बक लगा रखी है?" सहसा हमीद के अब्बाजान की आवाज़ आई "इस घर को तुम लोगों ने क्या समझ रखा है? इन्सानों की तरह एक-दूसरे के साथ बात नहीं कर सकते?"

"आप हम पर उल्टा चिल्लाने लगे हैं। माँ ने उस चुड़ैल को घर से चलता कर दिया। आप माँ को कुछ नहीं कहते।"

"तुमने उसका हमल क्यों गिरवाया? यह बुरा फैल करने से पहले तुमने किसी से पूछा क्यों नहीं?"

"कौन जाने नीलू उस लौंडे को इस्लाम कबूल करने पर रज़ामंद कर ले।"

इस पर मँझला बेटा जो घर के झगड़ों से दूर रहता था, बोल उठा, "क्या मालूम माँ ने यही समझाकर नीलू को घर से भेजा हो? माँ भी तो नहीं चाहती कि नीलू की जिंदगी बर्बाद हो।"

"मैंने उससे कुछ नहीं कहा। नीलू खुद सब जानती समझती है। बस, इस तकरार को बंद करो।"

घर के बाकी लोग तो चुप हो गए पर हमीद बिना लुकमा तोड़े दस्तरख्वान पर से उठ गया।

उसके जाने की देर थी कि माँ ने माथा पीट लिया, "यह कोई खून करके रहेगा। यह कम्बख़्त नहीं जानता। इस घर को बर्बाद करके छोड़ेगा। किसी दिन फाँसी पर लटकेगा।"

और माँ छाती पीटती हुई दस्तरख्वान पर से उठ खड़ी हुई, "इस घर पर कहर टूटेगा। इस घर में कोई किसी के समझाए नहीं समझता। यह जो बड़-बड़ करता घर से निकल गया है, "इस घर की ईंट से ईंट बजेगी। तेरी बहिन अँधेरी कोठरी में रो-रोकर आधी हुई जा रही थी। मुझे रहम आया। मैंने क्या गुनाह किया? अपनी बेटी को सिसककर मरता देखती रहती? मुझे भी तो खुदा देखता है। उसने बुरा काम किया तो मैं क्या उसे भूखों मार देती? अपने ऐमाल पर हर इनसान का हक है। अब उसे खुला छोड़ दो। क्या मालूम वह लड़का खुद ही कलमा पढ़ने पर रजामंद हो जाए। शरीफ लड़का है, तेरी बहिन की कद्र करता है, पढ़ा-लिखा है, नीलू को पलकों पर उठाए रहता है, और तुम्हें क्या चाहिए? कम्बख़्तो, अब ख़त्म करो इस किस्से को।"

अँधेरी कोठरी में एक-दूसरे के साथ सटकर बैठे, एक-दूसरे में खोए, नीलू और सुधीर फिर से अपनी भावी योजनाओं का ताना-बाना बुनने लगे थे। हर नए मंसूबे पर उनके प्रेम की आभा छिटकी थी। प्रेम यथार्थ जीवन में पड़नेवाले अवरोधों की चिंता कर ही नहीं सकता। उन्हें यह अटूट विश्वास था कि वे अपने प्रेम के बल पर बीहड़ से बीहड़ वास्तविकता पर भी काबू पा लेंगे।

अठारह

कसाई ने मुर्गी काटने में देर नहीं लगाई। न ही मुर्गियों से भरी टोकरी में से और निकालने में, न ही काटने में। ब्रॉयलर चूजों से भरा टोकरा, जिसके ऊपर लगी सुतली की जाली में से, कुड़-कुड़ करते चूजे सिर निकाल रहे थे। कसाई ने अपना दायाँ हाथ पसारकर एक ही झपट्टे में दो चूजे एक साथ निकाल लिए थे, फिर उसकी सधी हुई उँगलियों ने झट से टटोल-टटोलकर समझ लिया था कि कौन-सा चूज़ा ज़्यादा मांसल होगा, और फड़फड़ाते चूज़े के पंखों को अपने दाएँ पैर के नीचे दबोच लिया था, और दूसरे चूजे को, जिंदगी की छोटी-सी मोहलत और देते हुए वापिस टोकरे में खोंस दिया था। ब्रॉयलर चूजे के पंख यों भी बर्फ जैसे सफ़ेद होते हैं, और पेट के नीचे हाथ लगाओ तो रेशम जैसे मुलायम रोयों पर उँगलियाँ फिसल-फिसल जाती हैं।

पास खड़ी नीलिमा की आँखें इस सारे व्यापार को एकटक देखे जा रही थीं। कसाई की दुकान दो कोठरियों में बँटी थी और दोनों में से ही बदबू के भभूके उठ रहे थे। नीलिमा के लिए वहाँ खड़े हो पाना भी असहय हो रहा था। पहली कोठरी में दो खुली आलमारियाँ थीं जिनमें मुर्गियाँ ही मुर्गियाँ भरी थीं, काली अथवा लाल। लाल मायल पंखोंवाली देसी मुर्गियाँ। जब कोई ग्राहक देसी मुर्गी की माँग करता तो मुर्गी इन आलमारियों में से निकाली जाती। पर ज़्यादा माँग ब्रॉयलरों की ही रहती, क्योंकि ब्रॉयलर जल्दी पककर तैयार हो जाता है। देसी मुर्गी पुरानी वज़ह के लोग ज़्यादा पसंद करते हैं। उन्हें झटका और हलाल की भी ज्यादा तमीज़ रहती है। वे लोग बड़े चाव और मेहनत से मुर्गी पकाते हैं। उन्हें जायके की ज़्यादा परवाह रहती है। नई रोशनी के लोग ज़ायके की ज़्यादा परवाह नहीं करते।

पर कसाई का काटने का ढंग दोनों के लिए करीब-करीब एक जैसा ही था। एक लंबे चबूतरे पर दो कसाई—बाप और बेटा—एक-दूसरे से थोड़ी दूर पर, पालथी मारे बैठे थे। पंख फड़फड़ाता, कुलबुलाता चूजा हाथ में आने पर जब कसाई उसे दाएँ पैर के नीचे दबोच लेता तो चूजे की गर्दन अपने आप ही जैसे उसके बाएँ हाथ की हथेली पर टिक जाती। फिर, छुरे को चूजे की गर्दन पर एक ही बार फेर देना

काफी था, खून फव्वारे की तरह फूटकर निकलता। और तभी कुछ देर तक हाथ में रखे ही रखे, अपने अँगूठे से चूजे की गर्दन दबाए हुए, कसाई बैठा रहता था और फिर चूजे को—जो अभी भी तड़प रहा होता—उछालकर एक हौदी में डाल देता था।

सुबोध, चूज़ों के बारे में अपनी जानकारी बघारते हुए अक्सर कहा करता था, "गला काटने के बाद कोई भी कसाई मुर्गी के पंख उतारने नहीं लगेगा। मुर्गी का खून कुछ देर तक ज़रूर रिसते रहना चाहिए, इसीलिए वे उसे कुछ देर के लिए हौदी में डाले रखते हैं। वरना मुर्गी जायकेदार नहीं बन पाती।"

पर तभी, फड़फड़ाती मुर्गी हौदी में फेंक दिए जाने पर, नीलिमा को ज़ोरों की मतली आई थी, और वह अपने मुँह पर हाथ रखे, भागकर कसाई की कोठरी में से बाहर निकल आई थी। खुली हवा में आने पर भी, देर तक उसकी तबीयत सँभल नहीं पाई थी। चेहरा पीला पड़ गया था और उस पर पसीने की परत छलक आई थी।

बाहर की खुली हवा में मतली से तो वह सँभल गई, पर वहीं खड़े-खड़े उसे रुलाई आ गई थी। घर के पुराने नौकर, अमीरचंद ने उसे समझाया भी था, "बिटिया, मुर्गी लाना तुम्हारा काम नहीं है। यह काम मैं ही करूँगा।" पर नीलिमा नहीं मानी थी। बल्कि उसने जिद पकड़ ली थी कि वही मुर्गी लाएगी, "मैं चाय बनाना सीख गई हूँ तो मुर्गी खरीदना, मुर्गी बनाना भी सीख जाऊँगी।" और वह थैला कंधे से लटकाकर घर से निकल आई थी। तभी अमीरचंद ने—घर का पुराना नौकर जिसे बैरिस्टर साहिब ने बिटिया की मदद करने के लिए भेज रखा था—नीलिमा को कसाई की दुकान का अता-पता भी बताया था, और देसी की जगह ब्रॉयलर लाने का सुझाव भी दिया था, और नीलिमा ने आश्वस्त सा महसूस करते हुए, मार्किट की ओर कदम बढ़ा दिए थे। "सुबोध की नज़रों में अब मैं 'फूहड़' नहीं बनी रहूँगी।" वह मन ही मन कहती रही थी। पर जब बीसियों मुर्गियों के खून से सनी हौदी में अपनी फड़फड़ाती मुर्गी को गिरते देखा तो वह घबराकर बाहर भाग आई थी, "मैं कभी नहीं सीख पाऊँगी। यह मेरे बस का नहीं है। मैं कुछ भी नहीं सीख पाऊँगी।" और वह रो पड़ी थी।

जब वह कसाई की कोठरी में लौटकर गई तो कसाई ने मुर्गी को हौदी में से निकाल लिया था और उसके पंख नोच-नोचकर उतार रहा था, और नीलिमा के देखते ही देखते कसाई के हाथ में नंगा-बूचा चूजा लटकने लगा था। वैसे ही जैसे एक बार उसने अस्पताल में नर्स के हाथ में नंगे बूचे नवजात बच्चे को लटके देखा था और वह सिहर उठी थी। बच्चा उसे बड़ा मासूम और निःसहाय लगा था।

"मेम साहिब, कितने टुकड़े होंगे? चार या आठ?"

"हैं?" नीलिमा समझ नहीं पाई थी कि वह क्या कह रहा है और पथराई-सी आँखों से उसके हाथ में लटकते चूजे को देखती रह गई थी।

कसाई कुछ देर तक मेम साहिब के पीले ज़र्द चेहरे और उस पर फैली पसीने की परत को देखता रहा था, फिर उसने अपना सवाल दोहराना ज़रूरी नहीं समझा

और स्वयं ही चूज़े को काठ के पटरे पर पटककर उसके टुकड़े करने लगा था।

दुनिया में ऐसे स्थान भी हैं, नीलिमा ने इसकी कल्पना तक नहीं की थी। ऐसी अँधेरी कोठरियाँ भी हैं, पैरों के नीचे मुर्गियों के पंख दबोचनेवाले बधिक भी हैं, खून से लथपथ पंखों से भरी हौदियाँ भी हैं। छोटी-सी झिल्ली मुर्गी की खुली आँख को ढक ले तो वह जिंदा मुर्गी, मरी हुई मुर्गी में बदल जाती है, पर फड़फड़ाती, हाँफती मुर्गी स्थिर हो जाती है। नीलिमा की पथराई-सी आँखों के सामने मुर्गी काटने की सारी क्रिया घूम गई थी—गर्दन पर चलनेवाली छुरी की एक ही लकीर पर फड़फड़ाती, उछलती हाँफती मुर्गी, कटी गर्दन में से उड़ते खून के छींटे। उसके सफ़ेद उजले पंखों पर खून के लाल-लाल चिकत्ते कितने सुंदर लग रहे थे। इन्हीं परों के नीचे, कुछ देर पहले कसाई की उँगलियाँ उसके अंग-अंग को टटोलती रही थीं, जिससे वह उसकी मांसलता का अनुमान लगाता रहा था। उसका नन्हा-सा शरीर बधिक की उँगलियों के नीचे कितना गुदगुदा-सा लगता रहा होगा।

एक बार हाँफना बंद हो जाए तो शरीर स्थिर पड़ जाता है, बेजान, शांत, बधिक के छुरे से कोसों दूर। बधिक चाहे भी तो भी उसे फिर से पीड़ा नहीं पहुँचा सकता। उसके पीछे, हाथ में छुरा लिये भागता फिरे तो भी उसे पकड़ नहीं सकता। वह उसके हाथ नहीं आएगा, वह मुक्त हो चुका होगा। भले ही फिर से अपने चबूतरे पर बैठा बार-बार उसके टुकड़े करता रहे। आठ नहीं, सोलह, सोलह नहीं बीस टुकड़े कर डाले, वह उस पीड़ा से मुक्त हो चुका होगा। जितने टुकड़े करना चाहे, करता फिरे, उसके छुरे के नीचे उसका शरीर कटता रहे, वह उसे महसूस तक नहीं करेगा...! नीलू को यह चमत्कार-सा लग रहा था।

मृत्यु में कितनी शांति है, सारी छटपटाहट समाप्त हो जाती है। केवल मरने की छटपटाहट ही नहीं, उससे पहले के समूचे जीवन की छटपटाहट शांत हो जाती है। सब कसाई पीछे छूट जाते हैं, फिर उनकी पकड़ में कोई नहीं आ सकता। घर की ओर जाती हुई नीलू की आँखों के सामने, हौदी में पड़ी मुर्गी की छटपटाती देह फिर से घूम गई और नीलू के दिल में उसके प्रति प्यार उमड़ आया। कितनी निश्छल, उसके पंख कितने सुंदर लग रहे थे। बाद में बधिक उसके पर नोचता रहा, उसे नंगा-बूचा करके उसके बेजान, नंगे शरीर की नुमायश करता रहा, पर मुर्गी उसकी पकड़ से दूर जा चुकी थी। फिर वह उसके टुकड़े करता रहा। यदि मुर्गी उसे देख रही होती, उसके सिर पर मँडरा रही होती, तो वह हँस देती, "काट डालो, आठ नहीं, बीसियों टुकड़े कर डालो। मेरी आँखों के सामने काटते जाओ। मेरे शरीर पर चलनेवाले तुम्हारे छुरे का तो मुझे पता ही नहीं चल रहा।"

कैसी अद्‌भुत स्थिति होगी—सुबोध मेरे मुँह पर चांटा मारे और मुझे पता ही न चले। वह बुरा-भला कहे और मैं सुनती हुई भी न सुनूँ। वह झल्लाता रहे और मैं मन ही मन मुस्कराती रहूँ। ऐसी स्थिति में कितनी शांति है, अपार सुख है। हम जीवन से

क्यों प्यार करते हैं, हमें तो मृत्यु से प्यार करना चाहिए। जो कुछ हमें मृत्यु से प्राप्त होता है, वह हमें जीवन कहाँ दे पाता है। छुटकारा! शांति! मुक्ति! तब आकाश में अबाध उड़ते रहो, अपार सुख का अनुभव करते हुए!

कंधे पर से लटकते थैले में कटी हुई मुर्गी लिये, घर की ओर कदम बढ़ाती हुई नीलिमा परम सुख की स्थिति का सपना देखती हुई चली जा रही थी। इस वक्त वह नन्हीं सफ़ेद पंखोंवाली मुर्गी कितनी सुखी होगी। क्या मालूम इस समय उसकी आत्मा मेरे सिर के ऊपर मँडरा रही हो, थैले में पड़ी अपनी कटी-फटी देह को देख रही हो, मन ही मन हँसती हुई कि देखूँ तो, यह मेरे शरीर के टुकड़ों का क्या करेगी। और क्षण-भर के लिए नीलिमा को लगा, मानो मुर्गी की आत्मा उसे संबोधन करती हुई कह रही है, मै तो बड़ी सुखी हो गई हूँ। देख तो, आकाश के असीम विस्तार में उड़ती फिर रही हूँ। चली आओ, घड़ी-भर की पीड़ा और छटपटाहट की परवाह नहीं करो। उसके बाद तुम्हें अबाध सुख मिलेगा, मेरी तरह स्वतंत्र हो जाओगी, आकाश के असीम विस्तार में उड़ती फिरोगी, तुम्हें चैन नसीब होगा, सुख के महासागर में तैरती रहोगी।

इस अपार सुख की कल्पना में डूबी जब नीलिमा सहसा अपने घर के सामने जा पहुँची तो अपने यथार्थ से साक्षात् करते हुए उसे धक्का-सा लगा। पर अजीब बात है, अपनी वास्तविक स्थिति में लौटते हुए एक झटका तो लगा, लेकिन वह उसे भयावह नहीं लगी। कहीं उसके मन में इस बात का आश्वासन भी था कि इस छटपटाहट से मुक्ति मिल सकती है। मुक्ति मिलने की संभावना उतनी ही निश्चित हो सकती है, जितनी कसाई के पैरों के नीचे छटपटाती मुर्गी के लिए।

जब वह थैला लटकाए अपने घर में पहुँची तो उस वक्त सुबोध नहा धोकर साफ़-सुथरे कपड़े पहन रहा था। उसकी गर्दन और छाती पर छिड़के हुए टेलकम पाउडर के कारण सारा कमरा महक रहा था। जब भी सुबोध किसी पार्टी में जाने की तैयारी करता तो पार्टी में पहननेवाले कपड़े पलंग पर बिछा दिया करता था। गुसलखाने में से निकलने के बाद और गर्दन, छाती और पीठ पर पाउडर छिड़कने के बाद वह पलंग पर बैठकर ही, बड़े धैर्य से एक-एक कपड़ा उठाकर पहनता। इसमें उसे बड़ा रस मिलता था।

"तुम कहाँ घूमती रही हो? नौकर भी कब का तुम्हारी रहा देख रहा है?...और सुनो, देवेन्द्र का फोन आया था। उसकी पत्नी नहीं आएगी। इसलिए तुम्हारी छुट्टी। हमारे साथ बैठने की तुम्हें ज़रूरत नहीं। तुम मेज़ लगा देना। अब जाकर देख लो। बीयर के लिए फ्रिज में से बर्फ निकल आएगी ना?...इस तरह काठ की मूरत बनी मेरी ओर क्या देख रही हो? कभी जागा भी करो। सोए-सोए सामने ताकती रहती हो,

न हूँ, न हाँ।...मुर्गी ले आई हो?"

इस पर नीलिमा चौंक-सी गई और बरबस उसके मुँह से निकला, "आठ टुकड़े करवाए हैं। मुर्गी देर तक हौदी में तड़पती रही "खून के छींटे..." वह जैसे में शून्य देखती कहे जा रही थी।

"मुर्ग़ी ले आई हो तो कुछ मटन चाप भी ले आती। मुझे बाद में ख़्याल आया। तुम्हें खुद सोचना चाहिए था। पर तुम्हें ऐसी बातें कहाँ सूझती हैं।"

दूर, नीलिमा के अवचेतन की गहराइयों में से हल्की-सी आवाज़ नीलू को संबोधित करती हुई आई, आगे से जब भी बाज़ार जाऊँगी, यह सोच लिया करूँगी कि और क्या लेना चाहिए। इसका खुद ध्यान रखा करूँगी। मैं सीख जो रही हूँ। मुर्गी खरीदकर, आँखों के सामने कटवाकर लाई हूँ, अबकी बार जाऊँगी तो मटन चाप भी लेती आऊँगी। इसमें मुश्किल क्या है।

और किचन की ओर कदम बढ़ाती नीलिमा की आँखों के सामने फिर से बधिक के पैरों के नीचे फड़फड़ाती मुर्गी, अपनी यातना से छुटकारा पाने के लिए तड़पती-कराहती मुर्गी घूम गई। हाय, उसके सफेद, छितरे पंखों पर खून के छींटे कितने सुंदर लग रहे थे!

देवेन्द्र आया था। वह भी सज-धज कर आया था। हल्के नीले रंग की कमीज़, नेकटाई में सुनहरी पिन खोंसकर आया था। बालों पर लोशन लगाकर आया था, जिससे बाल चमक रहे थे। कुर्सी को खिसकाकर ऐसा कोण बनाकर बैठा था कि बार-बार उसकी आँखें मेज सजाती नीलिमा की ओर उठ रही थीं।

"भाभी, हमारे साथ आकर नहीं बैठोगी?" बीयर की कुछ ही चुस्कियाँ लेने के बाद उसने बड़े आग्रह से कहा था।

और थोड़ी देर बाद, अपना गिलास उठाए-उठाए, मटक-मटककर चलता हुआ, खानेवाले कमरे की दहलीज़ पर आ गया था। वास्तव में वह आया ही नीलिमा के आकर्षण से था। यह साला सुबोध तो दफ़्तर में रोज़ ही मिलता है। आँख भरकर नीलिमा को तो देख पाएँगे। शुरू-शुरू में इतना ही बहुत है। 'सहज पके सो मीठा होए!' अपनी पत्नी को जान-बूझकर नहीं लाया था। "दफ़्तर के काम से जाना पड़ रहा है। देर-सवेर हो सकती है। तुम खाना खा लेना।"

"आओ ना, भाभी, ऐसी भी क्या नाराज़गी है। हमारे साथ बैठना भी नहीं चाहती हो। यह भौंदू, तुम्हारा घरवाला, इसे तो कुछ सूझता ही नहीं है।" फिर सुबोध की ओर मुड़कर बड़ी बेतकल्लुफ़ी से बोला, "तुम भी कैसे हो, सुबोध, हमारी बीवी नहीं आई तो इसका यह मतलब तो नहीं कि तुम्हारी बीवी भी हमारे साथ नहीं बैठे। भाभी से कहो ना, हमारे साथ आकर बैठे।"

नीलिमा को लगा था, जैसे बधिक ने अपने पाँव के नीचे मुर्गी के पंख दबोच लिये हैं।

वह मुस्कराई थी, एक क्षीण-सी औपचारिक मुस्कराहट, पति के सहकर्मी मित्र के प्रति, एक अतिथि के प्रति। उसने देवेन्द्र की ओर देखकर सिर भी हिलाया था, फिर रसोईघर में लौट आई थी और किचन के काम में व्यस्त हो गई थी।

देवेन्द्र भी लौट गया था और दोनों मित्र बतियाते रहे थे, पर कुछ देर बाद वह फिर से, हाथ में गिलास उठाए, चहलकदमी करता हुआ, रसोईघर की दहलीज़ पर जा पहुँचा था, "भाभी, हमें भी कोई काम बताओ! बताओ न!"

दरवाज़े की चौखट के साथ कंधा सटाते हुए वह बार-बार आग्रह करता रहा था। नीलिमा हाथ में सलाद की प्लेट उठाए, उसे खानेवाले मेज़ पर रखने जा रही थी। देवेन्द्र ने अपना हाथ बढ़ाते हुए उसके हाथ से प्लेट लेने की कोशिश की।

"कुछ काम तो हम भी करें।"

और प्लेट हाथ में लेते हुए, प्लेट के नीचे, नीलिमा के हाथ को अपनी अँगुलियों से टटोल लिया था—वैसे ही जैसे चूज़े के शरीर को बधिक की अँगुलियाँ टटोलती रही थीं।

नीलिमा ने प्लेट उसके हाथ में नहीं दी, और मेज की ओर बढ़ गई।

"कुछ काम तो करने दो ना, भाभी, यह भी क्या हुआ।" लाड दिखाते हुए उसने कहा और प्लेट के नीचे हाथ बढ़ाते हुए उसने फिर से नीलिमा के हाथ को सहला दिया। इतना ही नहीं, उसके हाथ में से प्लेट छीन लेने की चेष्टा करते हुए, नीलिमा के कंधे पर भी अपना हाथ रख दिया। रखा ही नहीं, हल्के से नीलिमा का कंधा दबा भी दिया।

नीलिमा किचन की ओर लौट गई। पहली बार उसने ध्यान नहीं दिया था। पर दूसरी बार अपने हाथ पर देवेन्द्र की सहलाती उँगलियों का स्पर्श पाकर वह सिहर उठी थी। उसे वह स्पर्श बड़ा लिजलिजा लगा था।

"हमारे साथ बात नहीं करोगी, भाभी, हम इतने पराए हो गए हैं?"

इन शब्दों को सुनते हुए नीलिमा की आँखें बार-बार बंद हो रही थीं, पर मुँह से एक शब्द भी फूटकर नहीं निकल रहा था।

नीलिमा की आँखें बार-बार अपने पति की ओर उठ रही थीं। वह चाहती थी कि उसका पति उसे इस साँसत से मुक्त करे, पर वह अपनी जगह से उठने का नाम नहीं ले रहा था। क्या वह उसे सचमुच परेशान होते देखना चाहता है?

तभी पीछे से सुबोध की आवाज़ आई, "अरे लौट आओ, देवेन्द्र। तेरी भाभी हमारे साथ सीधे मुँह बात नहीं करती, तो तेरे साथ क्यों करेगी। आ जा, नहीं तो मैं सारी बीयर पी जाऊँगा।"

"हमसे नाराज़ हो क्या, भाभी? सच-सच बताना।" नशे की हल्की-हल्की हिलोर

में देवेन्द्र कह रहा था।

रसोईघर में काम करता हुआ अमीरचंद, किचन और खाने के मेज़ के बीच बार-बार आ जा रहा था, और इसे साहिब लोगों की चुहलबाज़ी समझकर, कभी कनखियों से मेमसाहिब की ओर तो कभी देवेन्द्र की ओर देख रहा था।

सुबोध को खटका हुआ कि देवेन्द्र उसकी पत्नी को मात्र उलाहने नहीं दे रहा है, बल्कि दोनों के बीच चुहलबाज़ी होने लगी है। इस पर सुबोध का पारा भी तेज़ होने लगा था। कॉलर-टाई पहननेवाला छोटा अफ़सर भले ही अपने को संयत रखे, पर शराब के नशे में तो वह भी तुनकने लगता है।

"लौट आ, स्साले! वहीं जाकर जम गया है।"

उस रात जब देवेन्द्र अपने घर जा चुका था और दोनों पति-पत्नी सोने की तैयारी कर रहे थे तो सुबोध ने तंज़ भरे लहजे में कहा, "बड़ी घुल-घुलकर बातें कर रहा था देवेन्द्र तुम्हारे साथ। बार-बार उठ उठकर तुम्हारे पास जा रहा था। उसे क्या इशारे कर रही थी? आँख लड़ाना तो तुमने उस स्साले अल्ताफ़ के साथ ही सीख लिया था। वह मेरे पास बैठ ही नहीं पा रहा था। लपक लपककर तुम्हारे पास जा पहुँचता था।"

नीलिमा सुन रही थी, पर कुछ भी नहीं सुन रही थी। सुबोध के शब्द उसके मस्तिष्क पर वैसे ही गिर रहे थे, जैसे कंकड़-पत्थर किसी चेतनाशून्य काठ के कुंदे पर गिरते हैं। भीतर कहीं उसके अवचेतन में त्रास और आतंक, भय और वितृष्णा और एक प्रकार की जड़ता बढ़ती जा रही थी।

देवेन्द्र देर से अपने घर गया था। लगभग ग्यारह बजे डिनर समाप्त हुआ और वह झूमता हुआ विदा हुआ। तब तक रसोईघर में अमीरचंद ने बर्तन भी धो डाले थे, रसोईघर का फ़र्श भी धो डाला था। सुबोध, देवेन्द्र को नीचे तक छोड़ने भी गया था, और लौटने पर, तनिक टेढ़ा चलता हुआ जब सोनेवाले कमरे में आया था तो नीलिमा ने अभी तक अपने कपड़े नहीं बदले थे, रात को सोनेवाले कपड़े नहीं पहने थे और अपने पलंग के पास खड़ी शून्य में देखे जा रही थी।

"अल्ताफ़ नहीं मिला तो अब इसे घेरने लगी हो?"

नीलिमा की आँखें फैल गई थीं और वह सुबोध के चेहरे की ओर देखती रह गई थी। वही भय, वही आतंक, वही वितृष्णा घुमड़ते बादलों की तरह फिर से उसके मस्तिष्क पर छाने लगे थे।

कहते हैं, फाँसी लगने से पहले, व्यक्ति का मस्तिष्क भले ही जड़ हो जाए, पर कहीं कोई तीसरी आँख खुल जाती है जो सब कुछ देखती रहती है, भले ही उसका देखा हुआ उसके मस्तिष्क पर अंकित हो पाए या नहीं हो पाए।

नीलिमा की खुली आँख भी देख रही थी कि आगे क्या होगा, भले ही उसकी चेतना को लकवा मार गया था।

अब सुबोध मेरे साथ चिपटेगा, आज शनिवार है। मेरा अंग-अंग टटोलेगा,

मसलेगा, और नीलिमा की आँखों के सामने फिर से वह फड़फड़ाता चूज़ा आ गया, जिसके पंखों के नीचे कसाई की उँगलियाँ उसका अंग-अंग टटोलती रही थीं। फिर जिस भाँति उस कसाई ने चूज़े के पंखों को, जो उसके नंगे बूचे शरीर को ढके हुए थे, एक-एक करके नोच डाला था, वैसे ही यह आदमी मेरे शरीर को ढकनेवाले वस्त्रों को नोचने लगेगा, और मेरे नंगे बूचे शरीर पर वैसे ही आँखें गाड़ेगा जैसे कसाई चूजे के नंगे बूचे शरीर पर गाड़े था, जो तब परलोक सिधार चुका था।

तभी वह दु:स्वप्न अपने पूरे वेग के साथ आरंभ हो गया था। नीलिमा के गाल मसले जाने लगे थे। इस बीच सुबोध के हुँकारे भी थे, बुदबुदाते शब्द भी थे, जानवरों के जैसी आवाज़ें भी थीं, शिथिल होती देह के उच्छ्वास भी थे, और सुबोध के मुँह में से निकलनेवाले बीयर की बू के भभूके भी थे। नीचे पड़ी नीलू को फिर से मतली आ गई थी, और वह तथाकथित 'प्रणय क्रीड़ा' की सेज पर से उठकर सीधा गुसलखाने की ओर भाग खड़ी हुई थी।

तभी वह घटना घटी थी, जिसकी पूर्वाशा किसी को नहीं थी, नीलिमा तक को नहीं थी।

गुसलखाने में से तनिक स्वस्थ होकर लौटने पर नीलिमा बड़ी देर तक सुबोध के पलंग के पास खड़ी शून्य में ताकती रही थी। तब तक सुबोध करवट बदलकर गहरी नींद सो चुका था और खर्राटे भरने लगा था। रसोईघर में से बर्तनों की खट-खट अभी आ रही थी पर नीलिमा जानती थी कि अमीरचंद शीघ्र ही चौका-बर्तन से निबटकर, और हर चीज़ को ठिकाने लगाकर, बत्ती बुझा देगा और बरामदे में अपनी कथरी बिछाकर देर तक बैठा चिलम पीता रहेगा।

पृथ्वी पर घटनेवाली घटनाएँ अकारण नहीं घटतीं, भले ही उनका पूर्वानुमान किसी को न रहता हो। और घटना का बीज अक्सर व्यक्ति के मस्तिष्क में ही पनपता रहता है, भले ही इसका भी पूर्वाभास उस व्यक्ति को न मिलता हो।

नीलिमा गुसलखाने में आई तो मुँह-हाथ धोने के लिए थी। अपनी साड़ी को सँभालती हुई वह बिस्तर पर से उठ आई थी। छाती में उठनेवाली मतली ही उसे गुसलखाने में खींच लाई थी। पर गुसलखाने में अँधेरा था। उसी शाम गुसलखाने में लगा बिजली का बल्ब फ्यूज़ हो गया था और उसे बदला नहीं जा सका था। पर नीलिमा को हाथ बढ़ाने पर ताकी पर रखी माचिस की डिबिया और मोमबत्ती मिल गए थे। सुबोध हर बात में तरतीब चाहता है। उसी ने घर के हर कमरे में, कहीं खिड़की के दासे पर तो कहीं अँगीठी पर एक मोमबत्ती और उसकी बग़ल में माचिस की डिबिया रख छोड़ी थी। इसलिए गुसलखाने के अँधेरे में भी हाथ बढ़ाने पर नीलिमा को माचिस की डिबिया और मोमबत्ती मिल गए थे।

मोमबत्ती जलाने पर, नीलिमा की आँखें बरबस मोमबत्ती की छोटी-सी अग्निशिखा

पर लग गई थीं। तभी उसके मस्तिष्क में यह बात कौंध-सी गई थी कि मोमबत्ती की नन्हीं-सी जलती शिखा से उसे अपनी यातना से छुटकारा मिल सकता है, और यह अवधारणा उत्तरोत्तर उसके मन में गहरी उतरती जा रही थी, यहाँ तक कि उसकी आँखें मुँदने लगी थीं। उस नन्हीं मुर्गी के लिए तो मुक्त होने का एक ही रास्ता था कि वह कसाई के हाथों कट मरे, पर मेरे लिए मुक्त होने का रास्ता मेरे सामने है, उस जलती, झपकती अग्नि-शिखा में है और नीलिमा का हाथ दासे पर रखी मोमबत्ती की ओर बढ़ गया था, मानो अपने आप ही बढ़ गया हो।

उसका हाथ देर तक दासे पर ठिठका रहा था। मस्तिष्क में घुमड़ता कोई धूमिल-सा विचार धीरे-धीरे निर्णय का रूप ले रहा था।

फिर वह चुपचाप गुसलखाने में से निकल आई थी और धीरे-धीरे स्थिर कदमों से चलते हुए वापिस सोनेवाले कमरे में आ गई थी। यहाँ भी अँगीठी पर काँच के बत्तीदान में बड़ी-सी मोमबत्ती रखी थी और उसके निकट माचिस की डिबिया भी। पर नीलिमा ने मोमबत्ती नहीं जलाई। अँधेरे में ही कुछ देर तक पलंग के पास चुपचाप खड़ी अँधेरे में ही आँखें गाड़े खड़ी रही थी। सुबोध के खर्राटों की आवाज़ अनवरत उसके कानों में पड़ रही थी।

किसी ने कहा था कि सूती साड़ी की तुलना में रेशमी साड़ी जल्दी आग पकड़ती है, जल्दी ही भड़क उठती है। नीलिमा अँधेरे में ही आलमारी की ओर बढ़ गई, धीरे से उसका ताक खोला और हाथ बढ़ाकर, थोड़ी देर तक अंदर रखी साड़ियों को टटोलती रही। उसे याद था कि बाएँ हाथ की ढेरी में, बड़े-बड़े नीले रंग के फूलों की छापवाली साड़ी ऊपर ही ऊपर रखी है। उसने झट से साड़ी खींच ली और उसे उठाए हुए, सधे हुए कदम बढ़ाती गुसलखाने की ओर चली गई थी। कमरे में से निकलते समय सुबोध, नींद ही नींद में कुनमुनाया था, जैसे बच्चे छाती पर हाथ आ जाने पर कुनमुनाते हैं। नीलिमा ठिठकी भी थी, उसे लगा जैसे सुबोध ने उसे बुलाया है, पर वह रुकी नहीं और साड़ी को छाती से चिपकाए गुसलखाने की ओर बढ़ती गई।

न जाने क्यों, गुसलखाने में पहुँचने पर उसका साँस धौंकनी की तरह चलने लगा था। शायद इसलिए कि कमरे में से निकलते समय उसने दम साध लिया था और साँस रोके ही रोके गुसलखाने की ओर बढ़ती गई थी।

गुसलखाने में जलती मोमबत्ती के सामने खड़े खड़े उसका ध्यान छाती से चिपकी नीले फूलोंवाली साड़ी की ओर गया। बुआ आंटी कहा करती थी कि अकड़े की साड़ी पहनकर किचन में काम कभी नहीं करना...। "यह बात गाँठ बाँध लो, नीलिमा। अकड़े की साड़ी पहनकर आग के नज़दीक कभी नहीं जाना।"

और जवाब में नीलिमा बोली थी, "पर चाची, अगर भड़कती आग से खेलने का मन हो, तो भी नहीं?"

"बस, बस, ऐसी फिजूल बातें नहीं करते।"

उसने झुककर छाती के साथ सटी साड़ी की ओर देखा था। उसे देखते हुए वह तनिक भी विचलित नहीं हुई। एक बार भी उसके हाथों में कँपकँपी नहीं हुई। मानो आग के रास्ते मृत्यु की कल्पना ही कल्पना में उसके हाथों में स्थिरता आ गई थी।

एक बार, एक कुएँ की जगत् पर खड़े खड़े—जहाँ उसके डैडी अपना पुश्तैनी गाँव उसे दिखाने ले गए थे—नीचे झाँकने पर उसे दूर नीचे, झिलमिलाता पानी नज़र आया था। कुएँ की गहराई को देखकर उसे डर भी लगा था और नीचे झिलमिल झिलमिल करते जल को देखकर एक गहरा आकर्षण भी उसके मन में उठा था। उसमें कूद जाने को मन हुआ था।

"इसमें कूद जाऊँ? क्यों, डैडी? इसमें कूद जाऊँ?"

"हत् पगली, यह क्या कह रही है?" और डैडी ने उसकी बाँह पकड़कर उसे कुएँ की जगत् पर से नीचे खींच लिया था।

ऐसा ही एक बार नीलिमा के साथ शिमला में भी हुआ था। ऊँची चट्टान पर खड़े सब लोग नीचे गहरे खड्ड में झाँक रहे थे। "बाप रे, कितना गहरा खड्ड है।" सरोज कह रही थी। तभी नीलिमा का मन चट्टान पर से कूद जाने को हुआ था। "आदमी गिरता जाए, गिरता जाए, और फिर धड़ाम से नीचे गहरे अँधेरे में खो जाए!"

तब उसे सरोज ने चट्टान पर से खींच लिया था और चहककर कहा था, "तू तो बीच में ही दम तोड़ जाएगी।" और देर तक हँसती रही थी।

गुसलखाने में खड़े-खड़े उसे फिर से लगने लगा था, वह छोटी-सी जलती शिखा उसे उत्तरोत्तर अपनी ओर खींच रही है। वह उसे जिंदगी की घुटन में से छुटकारा पाने का रास्ता सुझा रही है। चली आओ, मेरे साथ मैं तुम्हें उस पार पहुँचा दूँगी। साड़ी को आग लगते ही एक भभूका-सा उठेगा और एक ही भभूके में सब समाप्त हो जाएगा।

जैसे कोई व्यक्ति नींद में चलता हुआ अपने रास्ते पर चलता जाता है, गिरता नहीं, कहीं ठोकर नहीं खाता, मानो उसकी अंत:प्रेरणा उसे रास्ता सुझा रही हो, नीलिमा भी उस अग्निशिखा को देखती हुई उसे उत्तरोत्तर मानो अपनाती जा रही थी। मुझे ज़्यादा दूर नहीं जाना है, मुझे केवल एक अवरोध को पार करना है, मुक्त होना है, इस असह्य स्थिति से पार पाना है। यह अग्नि-शिखा मुझे उस पार ले जाएगी, इसका बड़ा सहारा है, इसके सहारे मैं उस पार चली जाऊँगी। क्षण-भर के लिए उसे लगा जैसे अग्नि-शिखा उसे बुला रही है, बत्ती की लौ सचमुच झुकी है, उसने नीलिमा का आह्वान किया है, झुककर उसे निकट आने का इशारा किया है। जल मरूँगी तो सुबोध की पकड़ से बाहर हो जाऊँगी, जल मरूँगी तो डैडी को भी मेरी चिंता से छुटकारा मिलेगा। अँधेरी खोह में यह निर्णय, गहराती धुंध की तरह उसके मस्तिष्क पर छाता जा रहा था। उसका गुबार इतना बोझिल हो चला था कि उसकी तुलना में सुबोध अथवा उसके मित्र देवेन्द्र का छिछोरापन दूर, बहुत दूर जान पड़ने लगा था। मानो वह अभी से मुक्ति की राह पर बहुत आगे निकल आई हो।

गुसलखाने के बंद दरवाज़े के पीछे मोमबत्ती की जलती शिखा बड़ी अपनी सी लगने लगी थी। वह देर तक एकटक उसे देखती रही थी। उसकी हल्की-सी झपकती लौ में उसने नीले फूलोंवाली अकड़े की साड़ी पहन ली थी।

तभी क्षण-भर के लिए वह ठिठकी थी। मोमबत्ती को हाथ से उठाकर साड़ी में आग लगाऊँ या जलती मोमबत्ती दासे पर पड़ी रहे और मैं साड़ी का आँचल उसके ऊपर ले जाऊँ, उसे ओढ़ा दूँ। यह काम कैसे किया जाता है, मैं कुछ भी तो नहीं जानती। मरना तक नहीं जानती। उसकी अपलक आँखें अभी भी मोमबत्ती की नन्हीं सी शिखा पर लगी थीं और उसकी आँखों के सामने लाल-लाल डोरे से घूमने लगे थे।

ज्यादा सोचने का वक्त नहीं है। ज़्यादा सोचूँगी तो ठिठकने लगूँगी। और सचमुच ही क्षण-भर के लिए आँचल को पकड़े उसका हाथ ठिठका था। एक झिझक-सी मन में उठी थी। किसी अज्ञात आशंका से हाथ साड़ी के छोर पर से शिथिल पड़ने लगा था, पर फिर एक झटके से ही उसने साड़ी का लहराता पल्लू जलती मोमबत्ती के ऊपर डाल दिया था, और क्षण-भर में ही आग का भभूका उठा था।

तभी भभूका उठा था, तभी जलती हुई आग की लपट पहले नीलिमा की कोहनी को, फिर उसके कंधे को चीरने-काटने लगी थी, और तभी नीलू अपनी वास्तविक स्थिति से अवगत हुई थी और एक भयावह चीख उसके मुँह से निकली थी।

कुछ ही दूरी पर सोए सुबोध ने उसे सुना था, पर वह चौंका नहीं था। नींद में बुदबुदाया-भर था और फिर से करवट बदलकर सो गया था।

पर दूर बरामदे में सोया अमीरचंद ज़रूर हड़बड़ाकर उठ बैठा था। वास्तव में वह अभी सोया भी नहीं था, देर तक चिलम पीता रहा था और कुछ ही देर पहले अपनी चिलम को झटककर लेटा था, और 'या मालिक, ख़ैर कर' बुदबुदाता हुआ उस ओर को लपका, जिस ओर से चीख़ की आवाज़ सुनाई दी थी।

उन्नीस

वही पेड़, वही पर्वत, वही टेढ़े-मेढ़े पहाड़ी रास्ते। वही पहाड़ों की घनी तलहटियाँ। पहाड़ों के ऊपर फैला वही स्वच्छ निर्मल आकाश, जो कभी-कभी सहसा ही घुमड़ते-हरहराते बादलों का क्रीड़ांगन बन जाता है। वही दहकते हर क्षण रंग बदलते सूर्योदय और सूर्यास्त, घने घनेरे बादलों के बीच आँखमिचौनी खेलता अस्तप्राय सूर्य। इन्हीं दृश्यावलियों को अपने कैनवास पर उतार पाने की ललक सुधीर को फिर से शिमला में खींच लाई थी। अबकी बार भी कभी किसी चट्टान की ओट में तो कभी किसी विशालकाय पेड़ के नीचे खड़ा, अपनी कैनवास पर कभी किसी अनूठी इमारत तो कभी किसी भव्य दृश्यावली को उतार पाने की चेष्टा कर रहा होता; और अबकी बार भी नीलू उसकी बगल में खड़ी थी।

अबकी बार वे एक अस्पताल के निकट, जिसके सामनेवाली तलहटी पर टेढ़े-मेढ़े रास्तों का जाल-सा बिछा था, जो सुधीर के शब्दों में शिवजी महाराज की जटाओं की भाँति तलहटी पर छितरे हुए थे और नीचे उतर रहे थे, इसी सबको वह अपने कैनवास पर उतारने में लगा हुआ था और नीलू की उत्सुक आँखें, बहुत दिन बाद फिर से उसे कूची चलाते देख रही थीं, तसवीर को बनता देख रही थीं। उसके लिए अभी भी यह चमत्कार जैसा ही था कि कैसे बड़े-बड़े पहाड़ और तलहटियाँ और विशालकाय वृक्ष, उस छोटे से कैनवास के टुकड़े पर सिमट आते हैं और सहसा ही कैनवास का टुकड़ा सजीव हो उठता है जैसे जाग उठता है। कैनवास पर आँखें गाड़े वह इस इंतज़ार में रहती कि कब वह चौंकानेवाली घड़ी आएगी, जब तसवीर में अंकित पेड़-पौधे सहसा बोलने लगेंगे। तब नीलू की आत्मा जैसे नाच उठती। उसके शरीर में झुरझुरी-सी होती। ऐसा क्या होता है कि घड़ी भर पहले, कैनवास पर केवल पुते हुए आड़े-तिरछे रंग नज़र आते हैं और देखते ही देखते एक मनोरम दृश्य में बदल जाते हैं। बीसियों बार देख चुकने के बाद भी उसे उस घड़ी का इंतज़ार रहता था, जब वह कैनवास का बेजान टुकड़ा जीती-जागती तसवीर में बदल जाता, और नीलू पुलक-पुलक उठती। कैनवास पर बने पेड़ों के झुरमुट को देखते हुए उसे लगता

जैसे वह उनमें साँय-साँय करती हवा को भी सुन रही है, बहते जल की कल-कल ध्वनि भी उसके कानों में पड़ रही है।

नीलू बहुत कुछ झेलकर आई थी, अपने ही घर की अँधेरी कोठरी में बहुत दिन तक पड़ी रही थी। गर्भ नुचवाने की यातना सह चुकी थी। उसे अभी भी यक़ीन नहीं हो पाता था कि वह सचमुच उस कोठरी में से निकल आई है, इसीलिए प्रकृति के विशाल आँगन में फिर से पहुँच जाने पर उसकी उत्सुकता पहले से कहीं ज़्यादा बढ़ गई थी।

टेढ़े-मेढ़े रास्तों पर लोग आ-जा रहे थे। ये टेढ़े-मेढ़े रास्ते, तलहटी पर से उतरते हुए सीधे अस्पताल के फाटक तक चले गए थे। अस्पताल की ओर आने-जाने वाले लोगों के चेहरे बुझे-बुझे से लग रहे थे। ये लोग सैलानी नहीं थे, किसी रोगी की शैया पर से उठकर आ रहे जान पड़ते थे, या उस ओर जा रहे थे।

"अरे, देखो तो कौन आ रहा है?" सुधीर ने झट से कहा, और उसके हाथ में पकड़ा ब्रुश काँप गया, "नीलू देख देख तो कौन आ रहा है।"

नीलू का दिल धक् से रह गया। कया कोई और मुसीबत आनेवाली है? जिस तरह सुधीर झट से बोल पड़ा था, नीलू को लगा जैसे फिर से दे दोनों पकड़े गए हैं। नीलू ने झट से मुड़कर देखा और दूसरे क्षण उस ओर भाग खड़ी हुई।

"अरी नीलिमा, बेशर्म, तू कहाँ से टपक पड़ी? हाय, मैं तो समझे बैठी थी कि इस जन्म में तुम्हें कभी नहीं देख पाऊँगी।"

दूसरे क्षण दोनों एक-दूसरे की बाँहों में थीं और दोनों रो रही थीं।

"हम दोनों तो फिर से भागकर शिमला में आ गए हैं। तू कैसे यहाँ पहुँच गई? तेरा मियाँ कहाँ है?"

टुनटुनाती हँसी के साथ नीलू बोल रही थी। अबकी बार नीलू चहक रही थी, जबकि नीलिमा धीर-गंभीर लग रही थी।

"पगली, देखती नहीं, पीछे अस्पताल है जिसमें से निकलकर आ रही हूँ।"

"अस्पताल में क्या करने गई थी? घर में कोई बीमार है क्या? तेरे डैडी कैसे हैं? और तेरा मियाँ?" नीलू ने सवालों की झड़ी लगा दी थी।

दोनों एक-दूसरी की कमर में हाथ डाले सुधीर की ओर आने लगीं।

"अभी भी तसवीरें बनाते हो?" नीलिमा ने थकी-सी आवाज़ में कहा, "इन तसवीरों को कोई देखता भी है, सिवाए नीलू के?"

"कोई देखे या नहीं देखे, हम तो बनाएँगे।"

"बड़े हठी हो जी! सब मर्द बड़े हठी होते हैं, अपनी मनमानी करते हैं।"

"बड़ी फिलासफी बघारने लगी हो, नीलिमा! इतना कुछ कहाँ से सीख आईं?"

"बहुत कुछ तो सिखाया मेरे घरवाले ने। अच्छी तरह से मेरी धुनाई करते हुए। रहा-सहा मैंने खुद सीख लिया, सिर पटक-पटककर।"

"कैसी ऊलजलूल बातें करने लगी हो, नीलिमा!"

"ऊलजलूल बातें नहीं करती तो यहाँ अस्पताल में क्यों आती?"

तभी नीलू और सुधीर ने देखा, नीलिमा अकेली नहीं थी। नीलिमा के पीछे-पीछे, अधेड़ उम्र का एक व्यक्ति, जो चाल-ढाल से घर का पुराना नौकर जान पड़ता था, चला आ रहा था। नीलिमा को अपनी जान-पहचान की किसी युवती से बग़लगीर होते देख वह ठिठक-सा गया था, और एक ओर को खड़ा बड़े स्नेह भाव से इन लोगों को देखे जा रहा था।

"तुमने मेरी चिट्ठी का जवाब क्यों नहीं दिया?" नीलिमा ने उलाहने के स्वर में नीलू से पूछा।

"मुझे तेरी चिट्ठी मिली कहाँ थी जो जवाब देती।"

नीलिमा एकटक नीलू के चेहरे की ओर देखने लगी, "क्या सच तुम्हें मेरी चिट्ठी नहीं मिली?"

"नहीं तो क्या लिखा था?"

सुनकर नीलिमा चौंकी, "मैंने लिखा था कि मुझे भिंडी बनाना सिखा दो।"

नीलू और सुधीर हँस दिए। फिर नीलिमा बोली, "कब लिखी थी?" इस पर नीलिमा धीरे से बुदबुदाई, "पिछले जनम में।"

नीलू ने आँख उठाकर नीलिमा के चेहरे की ओर देखा। नीलिमा बड़ी बुझी बुझी लग रही थी। कुछ देर पहले जब दोनों सहेलियाँ एक-दूसरी से गले मिली थीं, तब भी नीलू को नीलिमा बड़ी बुझी बुझी लगी थी और उसके मन में यह प्रश्न कौंध-सा गया था कि नीलिमा के चेहरे की लुनाई कहाँ गई और चेहरे पर छाइयाँ-सी कैसे उभर आई हैं।

सहसा ही नीलू ने पूछ लिया, "इस अस्पताल में क्या करने आई हो? क्या बच्चा होनेवाला है?"

"फिर बूझ!"

"क्या किसी मरीज़ को देखने आई थी?"

"फिर से बूझ!"

"क्या अपने पागलपन का इलाज करवाने आई है।" कहते हुए नीलू ठठाकर हँस दी।

इस पर नीलिमा ने अपने दोनों हाथ फैला दिए। अधजली त्वचा। फिर दायाँ हाथ ऊपर उठाकर, ब्लाउज़ को गले से नीचे खिसकाया तो नीलू बोली, "हाय, नीलू, तेरे कपड़ों को आग लग गई थी?"

"आग लग नहीं गई थी, मैंने खुद लगाई थी।"

"हाय, क्या बक रही है।"

नीलू की आँखें नीलिमा के चेहरे पर जैसे जम गईं। वह देर तक उसकी ओर देखती रही। नीलू का चेहरा पीला पड़ गया था और वह काँप-सी गई थी।

"क्या सच, नीलू? तूने ऐसा क्यों किया? तू तो ऐसा करनेवाली नहीं थी।" नीलिमा की आँखें डबडबा आईं। बहुत दिन बाद उसने किसी की आवाज़ में सहृदयता की गूँज सुनी थी।

"किया था, पर अब नहीं करूँगी। अगर करुँगी भी तो किसी दूसरे ढंग से।"

"हाय, ऐसा मत बोल नीलू! क्या बके जा रही है?"

"नहीं-नहीं, अब कभी नहीं करूँगी। प्रॉमिस!" उसने उसी तरह कहा, जैसे बचपन के दिनों में वे एक-दूसरी को कहा करती थीं और एक क्षीण-सी मुस्कान नीलिमा के होंठों पर आ गई।

"पता है, जलकर मरना बड़ा मुश्किल काम है। सोचा था कुछ देर नहीं लगेगी, और झट से पार बोल जाऊँगी।"

"बस-बस, मैं और सुनना नहीं चाहती।" और नीलू ने अपना हाथ नीलिमा के मुँह पर रख दिया।

पर नीलिमा बोले जा रही थी, "और भी कितने ही तरीके हैं मरने के, पर तब मुझे कोई और तरीका सूझा ही नहीं। गोलियाँ खा सकती थी। पंखे के साथ झूल सकती थी। पर मुझे सूझा ही नहीं। नीलू, मैं बड़ी कायर हूँ। मैंने सोचा था दीयासलाई की लपट मेरी साड़ी को छुएगी और मैं ख़त्म हो जाऊँगी। मुझे क्या मालूम था कि उसमें से इतनी तेज़ आग निकलेगी।" फिर नीलू की कोहनी पर हाथ रखकर बोली, "जो अपने पति के साथ चिता में जल मरती थीं ना, वे इसलिए जल मरती थीं कि चिता में से कूदकर बाहर नहीं निकल सकती थीं, अगर कूदकर बाहर आ सकतीं तो सभी मेरी तरह भाग निकलतीं।"

नीलू सुन रही थी। सुनते हुए उसके शरीर में बार-बार सिरहन सी उठती। पर किसी-किसी वक्त नीलिमा की आवाज़ में उसे पहले जैसे उसके अल्हड़ स्वभाव की गूँज-सी सुनाई दे जाती, मानो अपनी ही स्थिति का मज़ाक उड़ा रही हो। तब नीलू को बहुत अच्छा लगता और वह नीलिमा का हाथ दबा देती, उसके दिल में प्यार उमड़ आता।

"तू अपनी सुना।" नीलिमा झट से बोली, "तू क्यों इतनी मरी-मरी लग रही है?"

"मैं कहाँ मरी-मरी लग रही हूँ? मैं तो ठीक-ठाक हूँ।"

"अभी तो कह रही थी कि तुम लोग यहाँ भागकर आए हो। छिपते फिरते हो।"

"वह तो सही है। हम हर रोज़ अपने काम की जगह बदल देते हैं, और हर चौथे-पाँचवें दिन रहने की जगह भी बदल देते हैं।" कहते हुए नीलू हँस दी, "अब तू भी पूछेगी कि कहाँ रहते हो तो मैं नहीं बताऊँगी।"

"तेरे बच्चा-बाला नहीं हुआ, क्या?"

इस पर नीलू ने अपने आप ही सारी वार्ता कह सुनाई। बच्चे का जिक्र करते हुए उसकी आवाज़ भी काँप-काँप जाती थी।

नीलिमा एकटक नीलू के चेहरे की ओर देखती रह गई।

"तभी मैं कहूँ, तेरा चेहरा इतना पीला क्यों पड़ गया है।" पर नीलू झट से हँसने लगी।

"क्यों, हँस क्यों रही है?"

"हँस रही हूँ, क्योंकि वह फिर से मेरे पेट में आ गया है।"

"कौन आ गया है?" फिर झट से नीलू का आशय समझती हुई नीलिमा चहक उठी, "क्या सच? क्या फिर से बच्चा होनेवाला है?"

"हाँ, तो।" इस पर अपने आप ही धीरे से बुदबुदाई, "इसीलिए तो जगह-जगह छिपते फिरते हैं। और क्या? पर कोई फिक्र नहीं। देखा जाएगा, जो होगा।" नीलू ने कहते हुए सिर झटक दिया।

फिर सहसा ही हँस पड़ी और अपना हाथ नीलिमा की कलाई पर रखती बोली, "मैंने भी जान पर खेल जाने का सोचा था। हाय, नीलिमा, तुम्हें क्या बताऊँ! जब उन्होंने मुझे अँधेरी कोठरी में डाल दिया और मैंने सुना कि मुझे किसी दूसरी जगह बैठाने जा रहे हैं। पर मैंने मन ही मन ठान रखी थी कि जैसे भी होगा, सुधीर की प्रदर्शनी पर ज़रूर पहुँचूँगी, आगे देखा जाएगा जो होगा। उस अँधेरी कोठरी में भी छत पर से लटकता बिजली का पंखा था। मैंने भी सोचा था कि गले में पल्ला डालकर उससे झूल जाऊँगी, पर यह इतना आसान थोड़े ही था। पहले कहीं से कोई स्टूल ढूँढ़कर लाओ। फिर उस पर चढ़कर पंखे के साथ पल्ला बाँधो। फिर पल्ला गले में लपेटो। इतना झंझट कौन करे?" कहते हुए नीलू ठठाकर हँस दी। "मैंने कोशिश भी नहीं की। मैंने सोचा, अगर सुधीर की प्रदर्शनी पर नहीं पहुँच पाई तो ज़रूर इसी पंखे से झूल जाऊँगी।" और फिर से हँसने लगी।

नीलिमा की आँखें नीलू के चेहरे पर लगी थीं। दर-दर की ठोकरें खाती हुई नीलू अभी भी हँस-हँसकर बातें कर रही थी। मुझे हुआ क्या है, मैं तो ठीक-ठाक हूँ। यह हँस-बोल रही है, क्योंकि इसका घरवाला इसके साथ है, इसका संगी-साथी।

थोड़ी ही दूरी पर, अपने कैनवास पर झुका हुआ सुधीर चित्र बनाने में मग्न था। दोनों के वार्तालाप के अस्फुट से शब्द उसके कानों में पड़ रहे थे, जिन्हें सुनते हुए, किसी-किसी वक्त उसके हाथ में पकड़ा हुआ ब्रुश काँप सा जाता।

दोनों बतियाती सहेलियाँ कभी हँसने लगतीं, कभी एक-दूसरी से लिपटने लगतीं। कुछ दूरी पर बैठा अधेड़ उम्र का अमीरचंद बैरिस्टर साहिब का नौकर, नीलिमा बिटिया को हँसता देखकर बार-बार हाथ जोड़ देता, बिटिया ने मुँह तो खोला, हँसी तो। इसके मन की जड़ता कुछ तो टूटी। भगवान अपनी दया बनाए रखें। शिमला से लौटते ही मैं यह खुशख़बरी साहिब को दूँगा। अगर यह चित्रकार और उसकी घरवाली हमारे बैरिस्टर साहिब के घर में आकर रहें तो नीलिमा बिटिया दो दिन में तंदुरुस्त हो जाएगी, फिर से चहकने लगेगी।

कुछ ही देर बाद दोनों युवतियों की ओर से धीमे-धीमे गाने की आवाज़ आने लगी। दोनों मिलकर गा रही थीं। जाने कौन-सा गीत था। दो पंक्तियाँ गाकर दोनों चुप हो गईं। नीलिमा बोली, "आगे की पंक्तियाँ मुझे याद नहीं। नीलिमा, वह गीत गा जो

स्कूल में गाया करती थी, वह गीत 'उड्डी उड्डी जावाँ। और नीलिमा के गले से कोमल, धीमी-सी आवाज़ निकली :

"ओ मैं उड्डी उड्डी जावाँ
हवा दे नाल!
ओ मैं डोरे-डक्के खावाँ
हवा दे नाल!"

फिर वे दोनों यही पंक्तियाँ बार-बार गाने लगीं। आगे की पंक्तियों के कुछेक शब्द ही उन्हें याद थे, बहुत से भूले हुए थे। पर वे चट्टान की ओट में एक-दूसरी के हाथ में हाथ डाले गाए जा रही थीं :

"नी मैं उड्डी उड्डी जावाँ
हवा दे नाल!
नी मैं डोरे-डक्के खावाँ
हवा दे नाल!"

शाम के साये लंबे पड़ने लगे थे। जुदाई की घड़ी सरकती हुई उनके सिर पर आ पहुँची थी। दो-एक दिन में ही सुधीर और नीलू शिमला छोड़ जाएँगे। "कौन जोखिम मोल ले, नीलिमा, सुधीर कहता है जब तक दूसरा बच्चा नहीं हो जाता, हम एक जगह पर नहीं रहेंगे। जगह बदलते रहेंगे। बाद में देखेंगे।" फिर बड़े आग्रह से नीलिमा का हाथ पकड़कर बोली, "मैं तुम्हें खत लिखूँगी। अपना पता भी लिख दूँगी, जिस पर तुम जवाब देना।"

और कुछ ही दिन बाद इलाज और हवा बदली के लिए आई हुई नीलिमा भी अपनी आंटी के साथ शिमला छोड़ जाएगी। दोनों अपने-अपने भाग्य के साथ जूझती हुईं अपने-अपने रास्ते जाने लगेंगी।

पर इसमें संदेह नहीं कि अमीरचंद के साथ चलती हुई नीलिमा बार-बार बोलने लगती थी, "यह मेरे साथ पढ़ती थी। बड़ी शैतान थी। हम दोनों बड़ी शैतान थीं। यह छोटी-सी थी तो कूदकर पेड़ पर चढ़ जाती थी। मैं इसके घर जाती तो हम दोनों छिपकर सारी पंजीरी खा जातीं। तब इसके माँ-बाप शहर में रहते थे। एक बार हम पकड़ी गईं। इसकी माँ ऊपर से आ गई। यह पगली कहने लगी, 'मैंने नहीं, नीलिमा ने पंजीरी खाई है।' और पगली के मुँह पर पंजीरी लगी हुई थी। इसकी माँ ने मुझे छाती से लगा लिया। खाए, जितना खाना चाहती है, और मुझे चूमने लगी। इसकी

माँ बहुत अच्छी है। पर तब मैं बहुत छोटी थी ना। स्कूल से निकलकर सीधा इसके घर खेलने चली जाती थी।"

कुछ ही दूर जाने के बाद नीलिमा ने मुड़कर देखा तो सुधीर और नीलू वहाँ पर नहीं थे। वह जगह जहाँ वे बैठी रही थीं, बिलकुल सूनी लग रही थी। नीलिमा देर तक एकटक उस ओर देखती रही और अवाक्-सी खड़ी रही, मानो उसे संदेह होने लगा हो कि नीलू और सुधीर कुछ देर पहले वहाँ पर थे भी या नहीं। कहीं यह सब उसके मन की कल्पना ही तो नहीं थी? कहीं वह सपना तो नहीं देखती रही थी!

"अमीरचंद जी, वे लोग कहाँ गए? वहाँ पर वे थे भी या नहीं?"

"नहीं, बिटिया रानी, तुम देर तक उनके साथ बतियाती रही हो। वे कुछ ही देर पहले, मोड़ काटकर ढलान उतर गए हैं।"

नीलिमा फिर भी एकटक उस ओर देखती रही। फिर मुड़कर धीरे-धीरे, अमीरचंद के साथ-साथ चलने लगी। पर इसके बाद वह बोली नहीं। सारा रास्ता चुप बनी रही। अमीरचन्द के बार-बार सवाल पूछने पर भी नहीं, केवल हाँ या ना में उत्तर देती रही।

उस रात नीलिमा देर तक सो नहीं पाई। अपने बिस्तर पर करवटें बदलती रही। एक बार जब झपकी लगी तो उसने देखा कि कोई बड़ा-सा जंगल है, और किसी दैत का लंबा सा साया पेडों के बीच कभी इधर तो कभी उधर आ जा रहा है। कभी वह फैलकर वृहदाकार हो जाता है तो कभी जब किसी पेड़ के नीचे खड़ा होता है तो सिकुड़कर छोटा हो जाता है। नीलिमा एक पेड़ की ओट में छिपी खड़ी है। बार-बार पेड़ के तने के पीछे से गर्दन निकालकर दाएँ-बाएँ देखती है। फिर हँसकर कहती है, "मुझे ढूँढ़ लो। देखो तो मैं कहाँ हूँ। मुझे ढूँढ़ लो!"

और फिर हँसती हुई उस पेड़ को छोड़कर भागती हुई किसी दूसरे पेड़ की ओट में जा छिपती है और फिर वैसे ही मुँह पीछे से निकालकर कहती है, "देखो तो मैं कहाँ हूँ। ढूँढ़ सकते हो तो मुझे ढूँढ़ लो।" फिर चहकती हँसती हुई वहाँ से भाग खड़ी होती है।

साया बार-बार उस ओर लपकता है, जहाँ से नीलू की आवाज़ आ रही होती है। कभी लगता है कि वह कोई भारी-भरकम आदमी है जिसने गहरे काले रंग का लबादा पहन रखा है। कभी-कभी पेड़ों के नीचे भागता हुआ मुड़कर देखता है तो उसकी काली दाढ़ी नज़र आती है पर पेड़ के नज़दीक पहुँचने पर ही नीलू की नन्हीं सी काया छिटककर किसी दूसरे पेड़ के नीचे जा पहुँचती है, और नीलू की टुनटुनाती हँसी सुनाई देती है, "मुझे ढूँढ़ लो! मैं तो यहाँ हूँ।"

नींद में ही नीलिमा ज़ोर से हँस दी। उसकी हँसी की आवाज़ ने पिछले कमरे में सोई आंटी को भी जगा दिया और बरामदे में लेटे अमीरचंद को भी। और दोनों लेटे ही लेटे मुस्करा दिए। अमीरचंद ने तो प्रार्थना में अपने हाथ भी बाँध दिए।

धीरे-धीरे दिन बीतने लगे। नीलिमा की मानसिक जड़ता कम होने लगी। वक्त

बड़ा कारसाज़ है, गहरे से गहरे घाव भी भर देता है। किसी-किसी वक्त अवसाद के गहरे घटाटोप में रोशनी की हल्की-सी किरण फूट पड़ती। नीलू की याद आते ही उसके मन में उछाह-सा उठता। नीलू इस समय कहाँ होगी? अपने सगे भाइयों से भी कोई यों भागता है? पर भाई हो या पति, उसकी जान को साँसत में तो कोई भी डाल सकता है। दिल में किसी-किसी वक्त एक हिलोर-सी उठती, उछाह-सा उठता, पर शीघ्र ही दिल की अतल, अँधेरी गहराइयों में डूब भी जाता।

"मैं ठीक हूँ, डैडी!" वह हर बार यही वाक्य अपने डैडी से कह देती। डैडी को अभी तक वह एक ही वाक्य कहती रही थी कि आग अचानक ही उसकी साड़ी को लग गई थी, "डैडी, गुसलखाने में बत्ती नहीं थी। दासे पर रखी जलती मोमबत्ती गिर पड़ी और मेरी साड़ी को आग लग गई। मैं क्या करती? आग भड़क उठी।"

पर उसका घायल आत्मविश्वास जम नहीं पा रहा था। जहाँ भविष्य की ओर आँख उठाने का साहस ही व्यक्ति न जुटा पाए, जहाँ उसका मन सारा वक्त किन्हीं घुमड़ते भँवरों में ही डूबता, चक्कर काटता रहे, जहाँ बाहर की दुनिया पराई जान पड़े, अवसाद और शून्य की उन गहराइयों में से निकलना कहाँ संभव हो सकता है? पर इन सबके रहते भी, जब भी आँखों के सामने नीलू का खिला-खिला चेहरा घूम जाता तो नीलू का दिल उमड़-सा पड़ता था।

"नीलिमा, क्या होगा पकड़ लेगा तो, हम फिर से भाग जाएँगे। पर वह तो सुधीर के पीछे पड़ा हुआ है। मैं सुधीर को तो आँच नहीं आने दूँगी। मैं ही इसे यहाँ भगा लाई हूँ। तू चिंता नहीं कर। कुछ नहीं होगा।"

और नीलिमा के मन में उठता, कैसी बातें करने लगी है, नीलू। वह जो इतनी नाजुक मिज़ाज हुआ करती थी। बात-बात पर जिसका चेहरा झेंप से लाल हो जाया करता था, कैसी बदल गई है, कैसी बातूनी हो गई है।

नीलिमा की मन:स्थिति ऐसी नहीं थी कि ज़्यादा सोच सके। उसकी आँखों को तो सब कुछ तैरता-सा जान पड़ता था। किसी बात पर भी मन नहीं जमता था, न ही कोई बात पकड़ में आती थी फिर भी नीलू की याद आने पर दिल की कैफियत बदल-सी जाती, दिल में जैसे सुखद हलचल सी मच जाती थी।

शिमला से लौटे महीना भर का वक्त बीत चुका होगा। नीलिमा अपने पिता के घर में ही रह रही थी। स्थिति की विडंबना इस बात में थी कि दोनों बाप-बेटी एक-दूसरे से वस्तुस्थिति को छिपाते रहे थे। जहाँ नीलिमा अपने डैडी से बार-बार यही कहती रही कि उसकी साड़ी को अचानक ही आग लग गई थी, उसने जान-बूझकर अपने कपड़ों को आग नहीं लगाई, वहाँ उसके पिता यह कहकर उसके साथ शिमला नहीं गए थे कि कुछ ज़रूरी मुकदमे आ पड़े हैं, जिनके लिए नई तारीखें नहीं ली जा सकती थीं, जबकि वास्तव में उन्हें दिल का दौरा पड़ा था और डाक्टरों ने पहाड़ पर जाने की मनाही कर दी थी और पूरी तरह आराम करने को कहा था। इसी कारण उनकी

बहिन नीलिमा को अपने साथ शिमला ले गई थी। यह भेद नीलिमा पर तब खुला जब एक शाम पार्क में टहलते रहने के बाद वह अमीरचन्द के साथ घर लौटकर आई।

यह रहस्योद्‌घाटन उतना ही अप्रत्याशित और उतना ही मार्मिक रहा, अपने प्रभाव में उतना ही दूरगामी भी जितना कुछ वर्ष पहले का वह रहस्योद्‌घाटन, जब नीलिमा को दादी माँ और डैडी के बीच अल्ताफ को लेकर गर्मागर्म बहस हुई थी, जिसे सुन पाने के बाद नीलिमा की जिंदगी का काँटा ही बदल गया था।

आज भी जो शब्द नीलिमा के कान में पड़े, वे कम निर्णायक नहीं थे।

अबकी बार वार्तालाप डैडी और उनकी बहिन के बीच चल रहा था और नीलिमा अचानक ही, हवाखोरी के बाद घर लौटने पर, उसी पर्दे के पीछे खड़ी सुन रही थी जैसे उस दिन सुनती रही थी। ऐसे वार्तालाप शाम के वक्त ही क्यों होते हैं, जब अँधेरा उतर रहा होता है, और घर-बाहर को उसका अवसाद भरा साया ढकने लगता है।

"तुम अपनी सेहत का ख़्याल करो जी, बेटी की चिंता नहीं करो। दिल की धड़कन अच्छी नहीं होती। तुम्हें अपनी देखभाल करने की ज़्यादा ज़रूरत है।"

"नीलिमा बच्ची को मैं अपने पास रखूँगा तो मुझे दिल की धड़कन परेशान नहीं करेगी।"

"पर कितने दिन तक रख पाओगे? तुम्हें फिर से उसकी चिंता खाने लगेगी। बेटियाँ अपने ही घर में रहें तभी माँ-बाप की चिंता दूर होती है।"

"नहीं जी, मैं तो इसे वहाँ लौटकर नहीं जाने दूँगा। उसने फिर से कोई ऐसी-वैसी हरकत कर डाली तो क्या होगा।"

"कौन जाने यह जान पर खेल गई थी या अचानक इसकी साड़ी को आग लग गई।"

"जैसा भी रहा हो, अगर यह वापिस गई तो क्या मैं चैन से रह सकता हूँ?"

"कुछ नहीं होगा जी, क्यों चिंता करते हो? मियाँ-बीवी के मनमुटाव किस घर में नहीं होते? बच्चा-बाला हो जाएगा तो सारी बात सँभल जाएगी।" फिर सहसा आंटी उत्तेजित-सी हो उठीं, "बेटी को सारी उम्र के लिए घर बैठा लोगे? कभी ऐसा हुआ है? भगवान न करे, तुम्हें कुछ हो गया तो उसका क्या होगा? वह न इधर की रहेगी, न उधर की। किस घर में परेशानियाँ नहीं उठतीं?" इस पर आंटी अपने ही गृहस्थ जीवन की दुश्वारियों की चर्चा करने लगी, "तुम लोगों ने जिस घर में मुझे ब्याह कर भेजा था, वहाँ मुझे कौन-सा सुख मिला था? ऐसे आदमी के साथ बाँध दिया जो महीने में सत्ताईस दिन बाहर रहता था। पूरे दस साल तक माँ लुक्के-छिपे मुझे पैसे देती रही थी। हर बार मायके आती थी तो पिताजी घूर घूरकर देखते थे कि क्यों चली आई है? क्या मेरे लिए आसान था?" कहते-कहते आंटी का गला भर आया था। पर फिर संयत होकर बोली थी, "पर मैं घर से बेघर तो नहीं हुई ना। बच्चे-बाले आए तो धीरे-धीरे गृहस्थी ठिकाने पर आ गई। तुम तो बच्ची नीलिमा को

बेघर करने पर तुले हुए हो।"

इस पर डैडी चुप हो गए थे और दोनों के बीच गहरा मौन छा गया था। कुछ देर बाद आंटी फिर से भर्राई आवाज़ में बोली थी, "नीलिमा तुम्हारी बच्ची है तो मेरी भी तो कुछ लगती है। क्या मैं उसका सुख-चैन नहीं चाहती? धीरज से काम लो। बेटी को घर बैठा लोगे तो क्या वह सुखी हो जाएगी?"

"मेरी आँखों के सामने तो रहेगी। मैं उसे देख-देखकर ही जीता हूँ, जीता रहूँगा।" फिर सहसा ही कहने लगे, "मैं उसे घर क्यों बैठाऊँगा, मैं उसे विलायत पढ़ने के लिए भेजूँगा। अच्छा पढ़-लिखकर आए, अपना कोई काम-धंधा करे। उस नरक में से तो निकलेगी।"

इस पर फिर से दोनों चुप हो गए थे।

"जैसा ठीक समझो, करो।" कुछ देर बाद आंटी ने बुदबुदाकर कहा था। "सबसे जरूरी बात तो यह है कि वह उस माहौल में से निकले।"

"सच पूछो तो मुझे उसकी इतनी चिंता नहीं जितनी तुम्हारी चिंता है। वह लड़की है, जवान है, एक न एक दिन सँभल जाएगी। एक बार उसमें समझदारी आ गई तो अपने आप सँभल जाएगी, बल्कि तुम्हें भी सँभाल लेगी। कौन जाने बाहर भेज देने से बात ठिकाने पर आएगी या नहीं आएगी। क्या उसके दिल में से सारा डर-भय निकल जाएगा?"...

नीलिमा ज्यादा देर वहाँ खड़ी नहीं रह पाई। वह बड़ी थक गई थी और उसकी टाँगें लरज़ने लगी थीं। धीरे-धीरे चलती हुई वह अपने कमरे की ओर लौट गई। पर वह रात उसने आँखों ही आँखों में काट दी। इस वार्तालाप ने उसे बुरी तरह से झिंझोड़ दिया था।

बीस

प्यारी नीलू, नीलोफ़र,

तुम्हें किस नाम से पुकारूँ? या तुम्हारा कोई नया नाम रखूँ? तुमने ख़त लिखा, मेरे लिए दुनिया खिल उठी। ख़त मिलने पर जी चाहता था, उड़कर तुम्हारे पास पहुँच जाऊँ और तुम्हारे लख़्त-ए-जिगर को गोद में लेकर खिलाऊँ, उसे पुचकारूँ, छाती से लगाऊँ। तुम्हारा लाडला आ गया, सही-सलामत पहुँच गया, तुम्हारी गोद भर गई, इससे बड़ी ख़बर क्या होगी! तुम दोनों को लाख-लाख मुबारक हो! मैं यहाँ बैठी कल्पना कर सकती हूँ कि तुम्हारा लाडला तुम्हारी गोद में लेटा, तुम्हें लातें जमा रहा होगा, तुम्हें देख-देखकर मुट्ठियाँ भींच रहा होगा, किलकारियाँ भर रहा होगा। वह जुग जुग जिए, फले-फूले, तुम्हारे लिए सौभाग्य के दरवाज़े, एक के बाद एक, खोलता जाए, यही मेरी 'दुआ' है। अब हम जब मिलेंगी, न जाने किस सड़क पर, किस शहर में, तो तुम्हारा लाडला भी तुम्हारे साथ सटकर खड़ा अपने बापू को चित्र बनाते देख रहा होगा।

अब मेरी सुनो। यहाँ भी अच्छा-खासा नाटक हुआ है। यों तो स्त्री का जीवन ही नाटकमय होता है। पैदा होती है तो भी नाटक। इंतज़ार बेटे का हो रहा होता है, पहुँच बेटी जाती है—सभी की आशाओं पर पानी फेरती हुई। मुबारक देनेवाले कम होते हैं, दम-दिलासा देनेवाले अधिक। लड़की बड़ी होने लगती है तो भी नाटक—सुंदर निकलेगी या असुंदर? लड़की का जन्म भी नाटक, उसका विवाह भी नाटक, जिस घर में ब्याह कर जाएगी, उस घर में उसका भविष्य कैसा होगा? जीवन के हर मोड़ पर नाटक होते रहते हैं। उसका गृहस्थ भी नाटक, सास-बहू प्रसंग नाटक, पति-पत्नी प्रसंग भी नाटक। नाटक ही नाटक!...

मेरे साथ भी पग-पग पर नाटक होते रहे हैं। सारा जीवन ही एक नाटक-सा बन गया है। कभी-कभी सोचती हूँ इस नाटक का अंतिम अंक कैसा होगा? अभी तक तो मेरे जीवन के हर मोड़ पर ऊँची-ऊँची दीवारें ही सामने आई हैं। पर एक अंतर भी हुआ है, नीलू! पहले मेरे साथ घटनाएँ घटती थीं, मैं उन्हें झेलती थी, उनके अनुरूप

अपने को ढालती थी, पर अब कभी-कभी मेरे किए पर भी घटनाएँ घटने लगी हैं।

शिमला से लौटने पर ही एक और घटना घटी। शिमला में मेरे साथ मेरी आंटी—डैडी की बहिन—गई थीं। मेरे डैडी इसलिए नहीं गए थे कि उन्हें अदालत में कुछेक ज़रूरी मुकदमों की पैरवी करनी थी। पर यह झूठ था। मुझे सच-सच नहीं बताया गया था कि वह क्यों मेरे साथ शिमला नहीं गए थे। घर लौटने पर भी डैडी ने मुझे नहीं बताया और हँसते-बोलते रहे, मुझे विलायत भेजने के सुझाव देते रहे कि विलायत चली जाऊँ और वहाँ जाकर कोई डिग्री ले आऊँ और किसी दिशा में अपना भविष्य बनाऊँ। और मैं भी मन ही मन ललचाने लगी थी, यहाँ तक कि विलायत के सपने भी देखने लगी, कि लंदन की सड़कों पर चली जा रही हूँ, बड़े-बड़े कॉलरोंवाला ओवरकोट पहन रखा है, हाथों पर दस्ताने, गले में बढ़िया लाल रंग का गलूबंद, बाल हवा में उड़ते हुए, उन पर बर्फ के फाहे पड़ रहे हैं, ठंडी-ठंडी हवा में गाल सुन्न हो रहे हैं। वाह! कैसे सपने थे वे!

पर एक दिन शाम को हवाखोरी के बाद अमीरचंद के साथ घर लौटी तो मेरी आंटी और डैडी के बीच धीमे-धीमे वार्तालाप चल रहा था, मुझे ही लेकर। हाय नीलू, तुम्हें क्या बताऊँ। मैंने पर्दे के पीछे खड़े-खड़े सारी बात सुन ली। नीलू, नीलू, जिंदगी इन्सान के साथ कैसे-कैसे खिलवाड़ करती है। कुछ ही बरस पहले, इसी पर्दे के पीछे खड़े-खड़े मैंने एक और वार्तालाप सुना था—डैडी और दादी माँ के बीच—और उसने मेरी जिंदगी का रास्ता बदल दिया था। यह भी कोई वैसा ही वार्तालाप होने जा रहा था। मेरे जीवन के नाटक को नया मोड़ मिलनेवाला था।

तभी पहली बार मैंने आंटी के मुँह से सुना था कि डैडी को दिल का दौरा पड़ा था और इसी कारण वह मेरे साथ नहीं जा पाए थे। आंटी कह रही थीं, "अब तुम अपनी फिक्र करो। अब तुम्हें सावधान हो जाना चाहिए।..."

उनके बीच वार्तालाप देर तक चलता रहा था। डैडी बार-बार कह रहे थे कि मैं नीलू को वापिस उस नरक में तो नहीं भेजूँगा। वह मेरे पास रहेगी, और आंटी कह रही थी कि नीलू को उसके घर लौट जाना चाहिए, कि वही उसका घर है, कि हर घर में ऊँच-नीच होती रहती है, कौन-सा ऐसा घर है जिसमें कलह नहीं होती, पर वक्त बीतने पर मामले सुधर भी जाते हैं। जब बच्चे-बाले आएँगे, नीलू की गोद भर जाएगी तो गृहस्थी की गाड़ी अपने आप पटरी पर आ जाएगी। पर जब डैडी ने फिर से इसरार किया तो आंटी बिफरकर बोली, "क्या तुम लोगों ने मेरा ब्याह ऐसे आदमी के साथ नहीं किया था जो महीने में सत्ताईस दिन बाहर रहता था? जैसी पैसे की तंगी मैंने देखी है, भगवान किसी को न दिखाए। पर मेरी गृहस्थी तो नहीं टूटी। मेरा घर तो बना रहा। मेरे बच्चे तो पल गए।"

मैं देर तक सुनती रही। मेरी टाँगें थककर चूर हो गईं, तब मैं धीरे-धीरे चलती हुई अपने कमरे में जा पहुँची।

उस रात, नीलू डियर, मैं रात भर नहीं सो पाई। मैंने छत को ताकते सारी रात काट दी। मेरा मन मुझे कचोटता रहा। डैडी को दिल का दौरा पड़ा मेरे कारण और मुझे इसकी ख़बर ही नहीं। मेरी ही चिंता करते हुए उनको दिल का दौरा पड़ा है। एक धूमिल सा विचार मेरे मस्तिष्क में घुमड़ने लगा, जिसने धीरे-धीरे एक संकल्प का-सा रूप ले लिया। अब मैं उन्हें दूसरा दौरा तो नहीं पड़ने दूँगी।...

नाटक हुआ या नहीं, नीलू? यह वार्तालाप न सुनती तो क्या मालूम, इस वक्त मैं लंदन में बैठी होती।

डैडी ने मुझसे इस सम्बन्ध में कुछ नहीं कहा तो मैं भी डैडी से कुछ नहीं कहूँगी। मैं खुश नज़र आऊँगी तो डैडी भी खुश रहेंगे। मैं घूमने जाऊँगी तो डैडी को भी अपने साथ ले जाया करूँगी।

मेरा मन अपनी यातना पर से हटने लगा। डैडी मेरी आँखों के सामने सारा वक्त रहने लगे। मेरा घर टूटे तो वह दुःखी, मैं उनके पास, उनके घर में रहूँ तो उन्हें मेरे भविष्य की चिंता। मैं बाहर जाऊँ तो उनके लिए अनिश्चय ही अनिश्चय! और जिसे एक बार मेरे कारण दिल का दौरा पड़ सकता है, उसे दूसरी बार भी दौरा पड़ सकता है। मैं कितनी अभागिन हूँ, मेरे कारण इन्हें इतना कुछ सहना पड़ रहा है।

उन दिनों किसी-किसी वक्त मुझे अचानक ही वह सपना याद हो आता जिसमें किसी जंगल में तुम्हारे पीछे कोई साया पड़ा है और तुम उससे बचने के लिए पेड़ों के पीछे छिपती फिरती हो। पर जहाँ भी छिपती हो, वहीं से गर्दन बाहर निकालकर हँस-हँसकर कहती हो, 'मुझे ढूँढ़ लो! मैं तो यहाँ हूँ, मुझे ढूँढ़ लो!' और तेरी टुनटुनाती हँसी सुनाई देती। और उसे सुनते ही मैं हँसने लगती। तुम्हारी याद आते ही मुझे त्राण-सा मिलता।

फिर एक दिन बिना किसी को बताए मैं अपने घर जा पहुँची। जाने से पहले अमीरचन्द को इतना-भर कहती गई कि मैं अपने घर जा रही हूँ, वहाँ से डैडी को टेलीफ़ोन कर दूँगी। मैं मन ही मन जानती थी कि सुनकर डैडी चौंकेंगे, पर साथ ही साथ आश्वस्त भी महसूस करेंगे। वैसे ही जैसे उस दिन जब मैंने सुबोध को अपना भावी पति चुनने का फैसला उन्हें सुना दिया था। मैं जानती थी कि वह चौंकेंगे, पर उन्हें अच्छा भी लगेगा कि अल्ताफ़ से पिंड छूटा और दादी माँ की बात रह गई। एक संकट का अपने आप ही समाधान हो गया। अबकी बार भी डैडी की वैसी ही प्रतिक्रिया होगी। वह चौंकेंगे। हैं? नीलू कहाँ गई? तुमने उसे क्यों जाने दिया? मुझे बताया क्यों नहीं? उसे रोका क्यों नहीं? यह सब वह कहेंगे, पर मन ही मन आश्वस्त भी होंगे कि नीलू अपने ठिकाने पर जा पहुँची है। कुछ भी कहो, उसका घर तो वही है ना। और सच पूछो तो सुबोध को उसने स्वयं ही अपने लिए चुना था ना, किसी के दबाव में आकर तो उसके साथ ब्याह नहीं किया ना! मैं अपने डैडी को जानती हूँ। पिछली लीक पर चलने में उन्हें विश्वास नहीं है, पर पुरानी लीक पर बने रहने में

वह सुरक्षित भी महसूस करते हैं। पुरानी लीक पर चलते रहने में उन्हें सुख मिलता है।

मैं फिर से अपने घर की ओर क्यों जा रही थी जिसमें से मेरी लाश उठने वाली थी। मेरे पाँव उस ओर क्यों उठ रहे थे, जबकि वहाँ क्लेश और यातना और अवसाद के भँवरों में मैं डूबती-उतराती रही थी?

इसका उत्तर मैं स्वयं नहीं दे पा रही थी। यदि उस समय मेरे मन में भी यह सवाल उठता कि मेरे क़दम क्यों उस घर की ओर उठने लगे हैं, तो मैं कोई उत्तर नहीं दे पाती। आंटी के शब्द ज़रूर मेरे मस्तिष्क में गूँज रहे थे, 'इसकी गृहस्थी को मत तोड़ो, यह कहीं की नहीं रहेगी।' पर मेरी गृहस्थी थी कहाँ? ऐसे एक नहीं, दसियों वाक्य आंटी ने कहे थे, पर कहीं एक का भी असर मेरे मन पर नहीं हुआ था। मैं लौट रही थी, क्योंकि मेरे बेघर होने से डैडी को दिल के दौरे पड़ेंगे। क्या यही कारण था? मैंने चलने से पहले कुछ भी सोचा-विचारा नहीं था, बस चल पड़ी थी। डैडी के घर में से निकल आई थी, यह मेरा घर नहीं है, पर मेरा मन कह रहा था, वह भी मेरा घर नहीं है। फिर मेरा घर कौन-सा है? नीलू, तुम मानोगी नहीं, इस प्रश्न का उत्तर सड़क पर चलते मेरे क़दम देने लगे थे—मैं जहाँ पर रहूँगी, वहीं मेरा घर होगा।

नीलू, प्यारी, तुम्हें पत्र लिखते हुए मेरे विचारों में कुछ स्पष्टता आने लगी है, पर उस समय मेरे दिमाग़ में सब गड्डमड्ड था, कुछ भी स्पष्ट नहीं था। पर हाँ, मेरा मन पथराया हुआ नहीं था, जैसा उस दिन था जब थप्पड़ खाने के बाद मैं घर से बाहर निकली थी और मेरे अंदर भावनाओं का ज्वार-सा, बवंडर-सा उठ रहा था।

नए नौकर ने दरवाज़ा खोला।

मैं अंदर गई। वह आरामकुर्सी पर बैठा अख़बार पढ़ रहा था। मेरी ओर देखकर चौंका और अख़बार तिपाई पर रख दिया।

"क्यों? चौंक गए? मेरी सेहत अब बेहतर है। चल-फिर सकती हूँ।" कहते हुए मैं अपने कमरे की ओर बढ़ गई। फिर दरवाज़े पर पहुँचकर ही मैं मुड़ गई। मैंने मुड़कर कहा, "श्रीमती वर्मा मेरे बारे में पूछती होंगी। तुमसे तो कुछ नहीं कहा? मैं कल उनसे मिलने जाऊँगी।"

वह सतर्क होकर बैठ गया और मेरी ओर देखने लगा। पर मुँह से कुछ नहीं बोला।

मैंने कलाई घड़ी पर वक्त देखा और बुदबुदाई, "अब शायद देर हो गई है, वरना मैं टेलीफोन करती।"

घर की ओर आते हुए रास्ते में मुझे श्रीमती वर्मा से मिलने का ख़्याल तक नहीं आया था। न जाने उस वक्त कैसे यह मेरे मुँह में से निकल गया।

"कल हो सका तो उनसे मिलूँगी।" मैंने कहा, कह चुकने के बाद, सहसा ही मेरे मुँह से निकला, "मैं अमीरचंद को कल बुला रही हूँ। वही घर का काम करेगा। अगर इस आदमी को तुम अपने किसी काम पर लगाए रखना चाहते हो, तो लगाए रखो, पर घर का काम अब अमीरचंद ही करेगा।"

इस पर वह सीधा तनकर बैठ गया, "किसने तुम्हारे अंदर हवा भरी है, जो बोलने लगी हो? यह घर उसी तरह चलता रहेगा, जैसे पहले चलता रहा है।"

पर तब तक मैं मुड़कर अपने कमरे में जा चुकी थी।

मेरा बोलने का लहजा बदल गया था। मैं स्वयं अपने पर हैरान हो रही थी। मैंने देखा है नीलू, जितना अधिक हम अपने दु:ख और क्लेश के बारे में सोचते हैं, उतना अधिक हमें अपने पर रहम आने लगता है, और उतने ही अधिक हम दयनीय, अपनी ही नज़र में दयनीय बनते चले जाते हैं। सारा रास्ता मैं अपने से कहती आई थी कि डैडी को इस वक्त मेरी ज़रूरत है। और मुझे लगने लगा कि मैं सब कुछ कर सकती हूँ। इस विचार ने ही जैसे मुझे साहस दे दिया। पहले मैं सोचा करती थी कि डैडी के सिवा दुनिया में मेरा कोई नहीं। अब सोचने लगी कि डैडी के लिए अब दुनिया में मेरे सिवा कोई नहीं, तो मेरे अंदर आत्मविश्वास की लहरें-सी उठने लगतीं।

घर की दहलीज़ पार करते हुए मुझे भी लगा जैसे मैं पहलेवाली नीलिमा, थर-थर काँपनेवाली, बात-बात पर सुबोध का मुँह जोहनेवाली नीलिमा नहीं रह गई हूँ। अब मेरे क़दम ज़्यादा मजबूती के साथ उठ रहे थे।

श्रीमती वर्मा का नाम लेने से सुबोध का सिंहासन डोल गया। वह विचलित-सा हो उठा था। उसे डर था कि उस दिन की घटना का जिक्र मैं श्रीमती वर्मा से न कर बैठूँ। वह डरता था कि उसका असर उसकी नौकरी पर पड़ सकता है।

कुछ देर बाद मैं हाथ-मुँह धोकर और कपड़े बदलकर आई तो वह सचमुच मेरे स्वास्थ्य के बारे में पूछने लगा, शिमला की मेरी यात्रा के बारे में, डैडी के बारे में। पर मैंने वार्तालाप का रूख फिर से श्रीमती वर्मा की ओर मोड़ दिया।

मुझे लगने लगा था जैसे मेरे और मेरे अतीत के बीच सहसा ही एक दीवार खिंच गई है, ऊँची-सी दीवार। जो पीछे छूट गया है, वह उस ऊँची दीवार के पीछे रह गया है, उसका महत्त्व मेरे लिए गौण होता जा रहा है। कभी-कभी तो लगने लगता, जैसे जो कुछ मेरे साथ हुआ है, वह मेरे साथ नहीं, किसी अन्य व्यक्ति के साथ हुआ है। खून तो अब भी रिसता है पर जैसे किसी पुराने ज़ख़्म का। और मुझे इस बात का चेत होने लगा था, जैसे मैं कुछ-कुछ सँभल गई हूँ।

उसने आँख उठाकर मेरी ओर देखा। फिर मुझे सिर से पैर तक देखकर बोला, "अकेली क्यों चली आईं? किसी को साथ लेकर आतीं?"

मेरे मुँह से निकला, "अकेली ही चली आई, "फिर न जाने मुझे क्या सूझा, छूटते ही बोली, "रास्ते में अल्ताफ़ का घर पड़ता है। वहाँ चली गई थी।"

उसकी आँखें फैल गईं। वह अवाक्-सा मेरे मुँह की ओर देखता रह गया। पर शीघ्र ही समझ गया कि मैं उसको चिढ़ा रही हूँ।

"बड़ी ज़बान खुलने लगी है तुम्हारी।"

जब से मैंने श्रीमती वर्मा का नाम लिया था, सुबोध का रवैया मेरी ओर बदलने

लगा था। मैं समझ गई थी कि वह नहीं चाहता कि मैं श्रीमती वर्मा से मिलने जाऊँ।

अभी बात चल ही रही थी कि नौकर खाना खाने के बारे में पूछने आया। मैंने झट से कह दिया, "तुम साहिब के लिए खाना लगाओ। मैं बाद में खाऊँगी।"

वह चुप रहा। मेरा व्यवहार उसे अनूठा सा लग रहा था। उसने सिगरेट सुलगा लिया और लंबे-लंबे कश लेने लगा। मैं समझ गई कि मेरे व्यवहार ने उसे विचलित कर दिया है। सुबोध सिगरेट बहुत कम पीता है, और अक्सर चाय के बाद ही सिगरेट सुलगाता है, पर अब जो सिगरेट के लंबे-लंबे कश ले रहा है तो इसका मतलब है उत्तेजित है, किसी परेशानी में है।

उस रात मैंने अपना बिस्तर बरामदे में रखे तख़्त पर लगा लिया था। जब नौकर चौका-बर्तन से मुक्त होकर अपनी कोठरी में चला गया और बत्तियाँ बुझ गईं तो वह मेरे पास आया। धीरे-धीरे चलता हुआ आया और तख़्त के एक सिरे पर बैठ गया। और-अजीब बात है, मैं दुबलाने के बजाए, सूखी लकड़ी की तरह जड़वत् हो गई और उसकी ओर पीठ मोड़ ली।

"जाकर सो रहो," मैंने कहा, "कल सुबह तुम्हें काम पर जाना है। देर हो रही है।"

उसने हाथ बढ़ाकर मेरे कंधे पर रखा जिस पर मैं बिफरकर बोली, "जाओ जी, मैं परेशान हूँ। मेरा मन इस झूठे प्यार-दुलार में नहीं है।"

इस पर वह चीख उठा, "शट अप!" और तख़्त पर से उठ खड़ा हुआ। शायद वह कुछ देर और बैठा रहता और मेरा कंधा सहलाने थपथपाने लगता, लेकिन मैंने घर लौटने पर अल्ताफ़ का नाम लिया था, उसी की चुभन उसे सालती रही होगी, वरना वह इतनी जल्दी हार माननेवाला जीव नहीं था।

उस रात तख़्त पर लेटे ही लेटे मैं बरबस अपने भावी जीवन के बारे में सोचने लगी। कैसा होगा मेरा भविष्य? जहाँ पर मैं लौटकर आ गई हूँ, वहाँ पर मैं क्या करूँगी? शायद धीरे-धीरे वैवाहिक जीवन किसी पटरी पर आ जाएगा। मारना पीटना तो शायद बंद हो जाए, एक-दूसरे से आशाएँ-अपेक्षाएँ भी ख़त्म हो जाएँ, और एक ठंडा-सा रिश्ता स्थिर होता चला जाए। हमारे शहर में घोडे को टाँगे के साथ जातने से पहले 'सधाते थे। उसकी आँखों पर झब्बे चढ़ा देते और उसे एक खुले मैदान में ले जाते। वहाँ उसे एक गोल दायरे में घुमाते, चाबुकें मार-मारकर सरपट दौड़ाते। घोड़ा कुछ भी देख नहीं पाता था, जिस ओर उसकी लगाम खींची जाती उसी ओर मुड़ जाता था। शुरू-शुरू में वह दुलत्तियाँ झाड़ता, कभी दौड़ने से इन्कार कर देता, झुंझलाता, पर धीरे-धीरे उसकी स्वच्छंद मानसिकता टूट-टूट जाती और वह 'सध' जाता, मतलब कि लगाम का हल्का-सा झटका महसूस करने पर ही वह मुड़ जाता। शायद एक दिन ऐसी ही पटरी पर मेरा वैवाहिक जीवन भी आ जाएगा और फिर किसी रात उपेक्षा, वितृष्णा और अवसाद और सेक्स की तीखी वासना में मेरा गर्भ ठहर जाएगा और मेरी गृहस्थी पटरी पर आ जाएगी जैसी आंटी ने आशा व्यक्त की थी।

सोचते ही मैं सिहर-सिहर उठी।

कल रोज़ भी एक अजीब कैफ़ियत हुई।

मेरा 'मियाँ' कार चला रहा था। मैं बगल में बैठी थी। जब मैं छोटी थी और कार में बैठे किसी युवा दंपती को देखती तो वे मुझे बड़े सुखी नज़र आते और मुझे लगता जैसे ये लोग हँसते-चहकते, सारा वक्त प्रेम की बातें करते होंगे। एक-दूसरे पर निछावर होते होंगे। उनकी आँखों में प्यार, उनके हाव-भाव में प्यार ही प्यार झलकता मुझे दिखाई देता। कभी बगल में बैठी हुई स्त्री आइसक्रीम खा रही होती, उसके कानों में नगीने चमक रहे होते, कभी एक-दूसरे पर झुके होते। मुझे वे सुख और सौभाग्य के मूर्त रूप नज़र आते।

पर जब मैं स्वयं इस कार में बैठने लगी—जिसे मेरे डैडी ने मेरे पतिदेव को उपहारस्वरूप इसलिए दिया था कि वह मुझ पर हाथ न उठाए, मुझे सताना छोड़ दे, तो कार में स्वयं बैठने पर बचपन में देखे वे दृश्य बड़े झूठे जान पड़ने लगे थे। और मैं सोचूँ, क्या मुझे कार में बैठे देखकर किसी को मेरे भाग्य से ईर्ष्या होती होगी?

मेरा मियाँ मोटरकार पाकर खुश था। कार मिलने के पहले दिन से ही वह उस पर सवार होकर दफ़्तर जाने लगा था। मैं कभी-कभी उसके लिए दफ़्तर में खाना लेकर जाती तो बस में बैठकर। उस बेशर्म को कभी इतना भी ख़्याल नहीं आया कि गाड़ी मेरे बाप ने उसे लेकर दी है, कभी तो वह उसे मेरे लिए छोड़कर जा भी सकता था। एक बार बात चली तो कहने लगा, "दहेज़ की चीज़ ब्याह के समय न देकर बाद में दी है, इसमें ऐसी बड़ी बात क्या है?"

मानो मेरे डैडी ने विलंब से कार देने की जो भूल की, उसे क्षमा कर रहा हो। फिर छूटते ही बोला, "इसमें एअर कंडीशनर लगवा देते तो उनका कितना खर्च बढ़ जाता?"

मैं सुनकर अवाक् रह गई। पर कुछ देर बाद मैंने बड़े सहज ढंग से कहा था, "मैं अगली बार जाऊँगी तो उनसे कहूँगी कि एअर कंडीशनर लगवा दें।"

उसने कनखियों से मेरी ओर देखा पर चुप रहा। तब भी मेरा मन खट्टा हो गया था और मैंने मुँह फेर लिया था।

पर यह बहुत दिन पहले की बात है। कल शाम जो कुछ हुआ, वह बिलकुल अनूठे ढंग का था।

अपने घर लौटकर आने के बाद कल मैं पहली बार कार में बैठी। मुझे भी कुछ सौदा-सूद खरीदना था, इसलिए मैं इसके साथ हो ली।

थोड़ी दूर जाने पर एक पेट्रोल पंप आया। सुबोध पेट्रोल डलवाने के लिए कार को पेट्रोल पंप के अहाते में ले गया। हमारी कार के आगे एक और कार पेट्रोल डलवाने के लिए पहले से खड़ी थी। हम इंतज़ार करने लगे। मैं जब से कार में बैठी थी, बुझा-बुझा महसूस कर रही थी। तभी आगेवाली कार का दरवाज़ा खुला और एक

लड़की बाहर निकली—कटे हुए बाल, कंधों पर झूलते हुए, नीचे बड़े चुस्त शॉट्स, और हाथ में टेनिस खेलने का रैकेट। पाँवों में खेलने के सफ़ेद जूते।

वह कार में से उतरी। अंदर बैठे लोगों को हाथ हिलाकर 'टा-टा, बाई-बाई' कहा, "मैं अपने आप घर पहुँच जाऊँगी, कोई मुझे लेने नहीं आए!" उसने कहा, और टेनिस का रैकेट झुलाती, पेट्रोल पंप का अहाता लाँघने लगी। चेहरा खुशियों भरा, कमर बल खाती हुई, कटे हुए बाल कंधों पर नाचते।

तभी मेरे अंदर कुछ उछला। न जाने वह क्या था। मेरे अंदर उछाह-सा उठा। मैंने मुड़कर देखा, वह लड़की रैकेट झुलाती, अठखेलियाँ करती-सी पेट्रोल पंप के अहाते में से बाहर जा रही थी।

अभी पेट्रोल डलवाने की हमारी बारी आई भी नहीं थी कि मैंने अपनी कार का दरवाज़ा खोला और बाहर निकल आई।

"टा-टा, बाई-बाई!" मैं कह रही थी। सुबोध ने मुड़कर मेरी ओर देखा, "क्यों, क्या हुआ? क्या बात है?"

"मैं जा रही हूँ।"

"क्या बक रही हो?" वह झल्लाकर बोला, "कहाँ जा रही हो?"

"मैं टेनिस खेलने जा रही हूँ। बहुत दिन से नहीं खेली। तुम जाओ जहाँ तुम्हारा मन आए।"

और नीलू डार्लिंग, तुम मानोगी नहीं, मैं सचमुच वहाँ से निकल आई। सड़क पर पहुँची तो न तो वह टेनिसवाली लड़की मुझे कहीं जाती नज़र आई, न कहीं कोई टेनिस खेलने की जगह नज़र आई। कौन जाने यह भी मेरे मन का भ्रम ही रहा हो। पर मैंने उसकी छवि को देख लिया था, मेरे लिए यही बहुत था।

नीलू, सच मानो, मैं सारी शाम सड़कों पर घूमती रही। मैं नाचती हुई-सी सड़क पर चले जा रही थी। मन ही मन उस लड़की की तरह जो सचमुच टेनिस खेलने जा रही थी। मैं हल्का-हल्का महसूस कर रही थी। मन में से एक ही आवाज़ बार-बार उठती, "मैं टेनिस खेलूँगी! मैं तो टेनिस खेलूँगी!"

और इस तरह चलती हुई कुछ देर बाद मैं सचमुच ही एक क्लब के सामने जा पहुँची, जहाँ टेनिस की कोई प्रतियोगिता चल रही थी। मैं बड़ी उत्सुकता से अंदर जा पहुँची। वह लड़की तो मुझे कहीं नज़र नहीं आई। पर वहाँ मैच चल रहे थे और मैं पहले वक्तों की ही तरह दीर्घा में बैठ गई और अन्य दर्शकों के साथ मैच देखने लगी। नीलू, टेनिस का मैच देखते हुए, मुझे लगा, जैसे मैं आज़ाद हो गई हूँ। टेनिस का खेल देखते हुए मेरा मन हिलोरें लेने लगा।

पर जब शाम हुई, टेनिस का खेल ख़त्म हुआ, मैं बाहर निकली तो टेनिस का जादू भी छनकर सिर पर से उतरने लगा।

कहाँ जाऊँ? मैं बाहर निकलकर सड़क के किनारे खड़ी सोच रही थी। मन

के अंदर ही अंदर से जवाब आया, 'यह भी कोई पूछनेवाली बात है। अपने ही घर जाओगी।' पर सहसा ही ठिठक गई। अपने घर? कौन-सा है मेरा घर? मैंने मन को समझाया। डैडी के पास चली जाऊँ तो क्या वहाँ जाना उचित होगा? गहरी शाम गए घर का दरवाज़ा खटखटाऊँगी तो मुझे देखकर डैडी चौंक नहीं जाएँगे? वह तो घबरा जाएँगे। पहले ही उनका दिल कमजोर है। तभी मेरे मन में यह सवाल कौंध-सा गया कि मेरा घर है कौन-सा? और मुझे लगा, जैसे मेरा शरीर सहसा ही ठंडा पड़ गया है!

गहरी शाम गए मैं फिर से अपने फ्लैट की सीढ़ियाँ चढ़कर दहलीज़ पर खड़ी थी। वह बैठक में बैठा रोज़ की तरह अख़बार बाँच रहा था। मुझे देखते ही बोला, "बड़े मिज़ाज दिखाने लगी हो। बड़-बड़ करती कार में से निकल गई थीं। अब लौटकर क्यों आई हो?"

नीलू, तुम मानोगी नहीं, जब वह इस तरह गुस्से से बोला तो मेरी हँसी छूट गई। मैंने हँसते हुए ही कहा, "अल्ताफ़ खेल रहा था। मैं उसका मैच देखने चली गई। बहुत अच्छा खेलता है।"

वह अवाक्-सा मेरे चेहरे की ओर देखने लगा, जैसे उसे साँप सूँघ गया हो।

जब मैं घर लौटी थी तो अन्यमनस्क-सी, हर कदम पर पाँव बोझिल हो रहे थे, और मन में वितृष्णा-सी उठती थी। पर उसे उत्तर देने के बाद मुझे लगा जैसे मैं अभी भी निश्चित-सी सड़कों पर टहल रही हूँ। मन फिर से हल्का-हल्का-सा महसूस करने लगा था।

उसने यह पूछने की ज़रूरत नहीं समझी कि मैं क्यों मोटरकार में से निकलकर चली गई थी और लौटकर क्यों चली आई?

उसके निकट कुर्सी पर बैठते हुए मेरे मन में वितृष्णा-सी उठी। पहली बार जब घर लौटी थी—जब मैं बेसुध सड़कें लाँघती हुई अल्ताफ़ के घर के सामने जा पहुँची थी। उस रोज़ मैं किंकर्तव्यविमूढ़, डरी-सहमी सी घर लौटी थी। पर अबकी बार जो लौटी तो सुबोध कद-बुत में बहुत छोटा-सा लगा मानो पिछले दो-तीन घंटों में ही वह छोटा हो गया हो।

"आज तो जहाँ गई थी, मैंने बता दिया। अब कल कहाँ जाऊँगी, कहो तो वह भी बता दूँ?"

उसने पलकें ऊपर उठाईं और उपेक्षा भरी नज़र से मेरी ओर देखकर बोला, "न मैंने पूछा है तुम कहाँ गई थीं, और न मैं पूछना चाहता हूँ तुम कहाँ जा रही बला से।"

"आज तो मैं गई थी घूमने-फिरने, पर कल सुबह जा रही हूँ वर्मा जी की पत्नी से मिलने।"

उसने फिर से पलकें ऊपर उठाईं और देखते ही देखते उसका चेहरा पीला। पड़ गया। पर वह कुछ भी बोला नहीं, उसके माथे पर रेखाएँ उभर आईं।

मुझे लगा, जैसे तीर निशाने पर बैठा है। वह अंदर-ही-अंदर तिलमिलाया होगा,

और साथ ही साथ घबराया भी कम नहीं होगा। वह अपनी जगह से नहीं उठा, मानो मेरे एक वाक्य ने कील से ठोंक दिया हो।

पर अबकी बार जो वह बोला तो लगा जैसे वह अपनी घबराहट को दबा रहा है, "ऐसा कौन-सा ज़रूरी काम करना पड़ गया है जो मिसिज़ वर्मा से मिलने हो?"

"मैं उनसे भिंडी बनाना सीखना चाहती हूँ।" मैंने कहा, और कहते ही हँस दी।

वह हत्बुद्धि-सा मेरी ओर देखने लगा।

"उन्होंने कहा था, जब मन आए चली आना। अब मन आया है, मैं कल सुबह जा रही हूँ।"

मेरे मियाँ की शक्ल देखनेवाली थी। सरकारी नौकर जो ठहरा। सरकारी नौकर के लिए उसका बॉस भगवान का अवतार होता है।

"बिना इत्तला दिए, कौन किसी के घर जाता है?" वह बोला।

"श्रीमती वर्मा ने मुझसे कह रखा है, जब मन आए चली आना।"

हमारा अहम् कितनी खोखली—सी भीत पर खड़ा होता है जो ज़रा-सा धक्का लगने पर ही भुरभुराने लगती है। सुबोध का सारा तेवर घबराहट में बदल रहा था कि कहीं मैं श्रीमती वर्मा से इसकी शिकायत नहीं कर दूँ जिसका असर इसकी पदोन्नति पर पड़े।

उस समय मैं सचमुच बड़ी शांत थी। शांत ही नहीं, बेपरवाह भी। उसी बेपरवाही के अंदाज़ में मेरे मुँह से निकला, "क्यों? थप्पड़ नहीं मारोगे?"

वह चौंका और मेरे मुँह की ओर देखने लगा।

नीलू, मेरी जान, अगर इनसान में साहस आता है तो यातनाएँ भोगने पर ही। और वह साहस बड़ा बेजोड़ होता है। अगर उस रोज़ थप्पड़ न खाया होता, और सड़क पर लुढ़कते पत्थर की तरह भटकती न रही होती, और अल्ताफ़ के घर के अंदर से ढोलक की आवाज़ न सुनी होती, और आंटी और डैडी का वार्तालाप नहीं सुना होता,—या फिर तुमसे न मिली होती तो इस समय मैं सुबोध के सामने उसकी खिल्ली नहीं उड़ा रही होती।

पर कौन जाने यह धोखा ही हो, आत्म-प्रवंचना ही हो। हाँ, उस वक्त मुझे लग रहा था कि यह धोखा नहीं, सच्चाई है। अब मेरा मन इतना तो ठिकाने पर आ गया है कि मैं भागूँगी नहीं। जलती मोमबत्ती पर अपनी साड़ी का पल्लू डालूँगी। मुझे अपनी स्थिति कुछ-कुछ समझ में आने लगी है। हालाँकि मुझे अभी भी अपने साहस पर विश्वास नहीं है। अपने को साहसी मानते हुए लगता है, डींग हाँक रही हूँ। न तो भागनेवाली नीलिमा में भाग जाने की सकत थी और न ही लौटनेवाली नीलिमा में जूझने की सकत है। अभी तो केवल एक ही बात मन में घूमती रहती है कि मुझे भागना नहीं है, असलियत केवल इतनी ही है कि मैं लौट आई हूँ, और घर की दहलीज़ पर खड़ी हूँ। हँस-हँसकर बोल रही हूँ और अपने ही साहस पर हैरान हो

रही हूँ। मन के अंदर से एक ही आवाज़ बार-बार उठती है कि मुझमें इतनी सकत हो कि जिस रास्ते पर मुझे जाना है, उसका निर्णय मैं स्वयं कर सकूँ।

प्रिय नीलू, बस इतना ही। तुम यही समझो, अगला संकट आने तक मेरी स्थिति काबू में है।

तुम पूछोगी, अल्ताफ़ मियाँ क्या कभी मिले? मैं क्या उत्तर दूँ? इस उठा-पटक में मेरे प्यार की भूख तो कब की मिट चुकी है। मिट नहीं, मर चुकी है। अल्ताफ़ कहाँ और मैं कहाँ! कुछ समय पहले उसकी झलक मिली थी। एक पार्क के निकट, कंधे पर अपने छोटे से बच्चे को उठाए हुए, हाथ में गुब्बारा पकड़े वह सड़क पार कर रहा था, पार्क की ओर जा रहा था। देखकर मुझे अच्छा लगा था। सुखी लोगों के चेहरों पर कैसा सुकून-सा झलक रहा होता है, देखकर मुझे अच्छा लगता है।

कई बार मैं सोचती हूँ कि क्या वह सब—अल्ताफ़ का और मेरा सम्बन्ध—सपना था, या क्या यह सब जिसे मैं जी रही हूँ, सपना ही है?

ख़त लिखती रहना। तुम्हारे ख़तों से बल मिलता है। कौन जाने, किसी दिन मैं भी हँसने-चहकने लगूँ!

तुम्हारी,
नीलिमा